아직 늦지
않았을지도
몰라

아직 늦지
않았는지도
몰라

초판 1쇄 인쇄일 2016년 11월 21일
초판 1쇄 발행일 2016년 11월 24일

지은이 | 하늘연달에
펴낸이 | 김기선
편집장 | 김은지

펴낸곳 | 와이엠북스(YMBOOKS)
출판등록 | 2012년 7월 17일 (제382-2012-000021호)
주소 | 서울시 도봉구 노해로 379, 1005호(창동, 대성빌딩)
전화 | 02)906-7768 / **팩스** | 02)906-7769
E-mail | ymbooks@nate.com

ISBN 979-11-322-3962-8 03810

값 9,000원

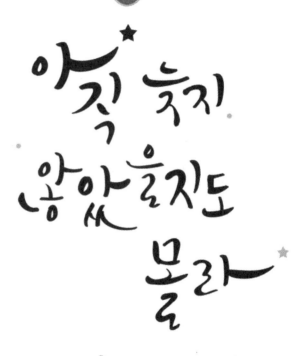

아직 늦지 않았을지도 몰라

★ 하늘연달에
장편소설
YMBOOKS
ROMANCE STORY

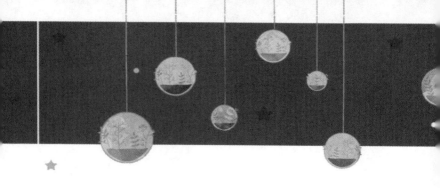

차 례

프롤로그

일주일째 찌는 듯한 폭염이 전국을 뒤덮고 있었다.

한밤중에도 25도를 넘는 열대야는 많은 이의 잠을 앗아갔고 날이 갈수록 치솟는 불쾌지수는 조그만 소리에도 신경을 예민하게 만드는 구석이 있었다.

"소람아. 소람아?"

부엌 저편에서 엄마의 목소리가 들려오자 소람은 갑자기 어깨가 움츠러들었다.

소람은 시선을 컴퓨터 화면에 고정한 채 열심히 태블릿 펜을 움직여가며 그림에 몰두한 상태였고 손이 빨라질수록 엄마의 목소리는 한층 더 볼륨을 키워가고 있었다.

"소람아! 애가 자나? 왜 이렇게 대답이 없어."

엄마가 혼자서 중얼거리는 소리가 들리더니 곧 육중한 발소리가 점점 더 가까워지기 시작했다.

이 글만 끝내고. 이 글 하나만. 소람이 애타게 끄적이던 글이 끝나기 무섭게 방문이 벌컥 열리더니 엄마의 기차 화통 같은 목소리가 들려오기 시작했다.

"아니, 방에 있으면서 왜 대답을 안 해? 엄마 좀 도와달라니까?"

컴퓨터 앞에서 갈 곳을 잃은 펜이 부들부들 떨리기 시작했다.

"대답 없으면 바빠서 그런가 보다 하면 되잖아. 뭐가 그렇게 급해가지고 목소리까지 높여? 나도 지금 하고 있는 일이 있잖아!"

소람의 짜증 섞인 목소리가 날아들자 엄마도 지지 않는다.

"그러게 금방 해주고 가면 될 것을 뭘 그렇게 비싸게 굴어?"

엄마의 잔소리가 이번에도 쉽게 끝날 것 같지 않자 소람은 거친 몸짓으로 벌떡 일어나더니 쿵쾅거리면서 부엌으로 걸어갔다.

"또 뭔데? 더운데 좀 가만히 있으라니까 또 뭔 일을 벌여서 그래!"

"아 글쎄 이게 안 나오잖아. 네가 좀 해봐."

엄마는 이 더위에도 식구들 먹을 반찬을 만들고 있었던 듯 부엌은 음식들로 난리가 난 상태였다. 그 순간 갑자기 소람의 얼굴이 한껏 찌푸려졌다.

"지환이가 주말에 집에 온다고 하니까 이 난리가 난 거야? 관절도 제대로 돌아가지 않는 사람이 이렇게까지 무리를 하면 어떡해. 이러다 다시 아프면 그땐 어떻게 하려고!"

소람이 타박하자 엄마는 대꾸도 하지 않은 채 무치고 있던 더덕을 계속 비비더니 소람의 입에 쏙 넣어주었다.

"좀 맵게 된 것 같지? 저번에 네가 하던 식으로 케첩을 넣으니까 덜 맵고 좋던데 이놈의 케첩이 나와야 말이지. 이것 좀 쭉 짜봐."

"하루쯤 나가서 좀 사 먹으면 어때서. 엄마는 이제 누구를 대접해야 할 위치가 아니라 누구에게 대접받아야 할 위치라고! 그것들이 음식을 해와도 모자랄 판에 이 난리가 뭐야?"

딱! 하고 강력한 스매싱이 소람의 등짝에 날아들었다.

"하여간 계집애가 못하는 말이 없어. 그동안 엄마 밥 못 해 먹인 것도 속이 상해 죽겠는데 그런 소리를 해? 나 죽어봐라. 너나 지환이나 제일 그리운 게 엄마가 해준 음식일걸? 그러니까 해줄 때 많이 얻어먹어. 이렇게 해주고 싶어도 나중에는 진짜 못해줄 날이 올 테니까."

다른 집이라면 그냥 스쳐 지나갔을 넋두리일 테지만 그녀의 집에서 엄마의 말은 곧 천금 같은 것이었다. 수많은 고비를 이겨낸 자의 뼈저린 깨달음이랄까. 소람은 투덜거림을 멈추고는 케첩을 빼앗아 들고 묵묵히 그것을 흔들어보았다.

엄마 밥! 우리는 이 밥을 다시 얻어먹기까지 지옥 같은 2년여의 시간을 건너왔다.

소람은 엄마가 늘어놓은 것들을 하나둘씩 정리하기 시작했다. 그러고는 마지막으로 엄마가 더덕무침에 한 소끔 넣기를 소망한다는 문제의 케첩을 들고 승강이를 시작했다.

그런데, 진짜 이놈의 케첩이 아예 굳어버렸는지 나올 생각을 하지 않는다. 입구만 벗어나면 주르륵 나올 것 같은데 이 입구가 문제인 모양이다.

소람이 몇 분째 굳어 빠진 케첩 통을 들고 씨름하고 있는데 갑자기 현관 벨이 울렸다.

"이렇게 바쁜데 누구라니? 또 잡상인은 아니겠지?"

엄마의 말에 현관을 흘끔 바라보던 소람은 또다시 케첩 통을 들고 흔들기 시작했고 그와 동시에 현관 벨이 다시 한 번 울려대기 시작했다.

"애, 진짜 뭔가 있나 보다. 굉장히 다급하게 누르는 거 보니."

철심을 많이 박아서 이제는 로봇 다리가 되어버린 엄마의 다리가 슬쩍 움직이는 것을 보고 있던 소람의 마음이 바빠졌다.

"엄마. 앉았다가 일어나기 힘드니까 내가 나가볼게. 그러니까 앉아 있어."

엄마를 가까스로 말렸건만 성미가 고약한 방문객은 이제 문까지 두드리기 시작했다.

계십니까? 안에 주인 안 계십니까?

밖에서 처음 들어보는 남자의 목소리가 들려오기 시작했다.

소람은 급한 마음에 과도를 들고 케첩 통 입구를 벌리다가 다시 흔들어보기 시작하는데, 그런 소람을 보다 못한 엄마가 마지못해 지팡이를 이용해 일어나기 시작했다.

"대답 안 하면 사람이 없는 줄 알잖아."

그 순간이었다. 케첩의 속마개가 뽕 하고 튀어나가더니 온 사방으로 케첩이 뿜어져 나오기 시작했다.

"어머, 어머! 이게 웬일이야?"

엄마가 소리를 지르자 소람은 자신을 바라보았다. 갑자기 뿜어져 나온 케첩으로 하얀 티셔츠 상의가 피칠갑을 한 듯 붉게 물들었다.

그때였다. 또다시 미친 듯이 울리는 현관 벨. 이번에는 약간 과격하게 쾅쾅쾅! 현관문까지 두드리는 소리까지. 이제는 더 이상 버티기가 힘들 것 같다.

"애, 나중에 치우고 일단 나가봐."

엄마의 말에 소람은 옷과 얼굴에 묻은 케첩을 다 닦지도 못한 채 자리에서 일어서 얼굴에 튄 것들을 손으로 슥슥 닦아내었다.

"네! 나가요, 나가!"

소람이 소리를 지른 채 쿵쾅거리면서 벌컥 현관문을 열자 환한 햇빛을 받으며 키가 크고 훤칠하게 생긴 남자가 그녀를 향해 뒤돌아섰다.

두 사람이 마주 보는 순간 찌는 듯한 더위로 짜증이 가득했던 남자의 눈빛이 갑자기 기묘하게 변하는 것이 보인다.

날카로운 남자의 시선이 그녀를 꼼꼼하게 훑기 시작하더니 그녀가 들고 있는 과도에 시선이 멎었다.

"괜찮으십니까?"

갑자기 남자가 말을 걸어오자 소람은 무심한 듯 그를 바라보며 퉁명스럽게 대꾸했다.

"도대체 무슨 일이신대요?"

봐라. 내 몰골을 봤으면 알겠지. 그러니까 빨리 볼일 보고 가라고! 그가 그녀를 너무 뚫어져라 쳐다보는 바람에 창피한 소람은 자꾸만 그의 눈을 피했고 그런 그녀의 행동을 오해한 그는 점점 더 그녀를 의심하고 있었다.

그 순간, 그의 뒤에서 누군가가 튀어나오더니 소람을 보고서는 표정이 굳어졌다. 훤칠한 미남자가 뒤의 남자와 시선을 교환하더니 갑자기 문을 밀고 들어오면서 급하게 중얼거렸다.

"잠시 실례하겠습니다."

순식간에 낯선 두 남자가 문을 밀고 들어오자 깜짝 놀란 소람은 소리를 질렀고 자신도 모르게 들고 있던 과도를 그들을 향해 휘둘렀다.

"어머! 뭐…… 뭐 하는 거예요?"

갑자기 그 순간, 뭔가가 탁 하고 소람의 손목을 치더니 손에 들고 있던 과도가 저 멀리 날아가는 동시에 손이 뒤로 꺾이면서 단단한 팔이 사정없이 그녀의 목을 졸랐다.

그 순간, 엄마 손에서 스테인리스 볼이 떨어지면서 그 안에 담겨 있던 빨간 더덕 무침이 바닥으로 후두둑 떨어져 내렸다.

1. 살벌한 남자와 이상한 여자

"아휴. 경찰이라고 진즉에 말을 했어야죠. 내가 얼마나 놀랐겠
어요."

욕실에서 엄마의 목소리를 듣고 있던 소람은 입을 삐죽거리면
서 이내 물이 뚝뚝 떨어지는 얼굴을 수건으로 닦았다.

"왜 저렇게 친절하게 구실까?"

젊은 남자에게는 무조건 친절한 엄마의 목소리에 소람은 통명
스럽게 반응하며 수건을 걸다가 아까 공격당한 팔을 풀어보았
다.

아! 역시 아프다. 순간적으로 팔을 얼마나 아프게 꺾던지 심장
이 튀어나오는 줄 알았다. 그 와중에도 바다처럼 고요했던 그 남자
의 숨소리. 만약 진짜 나쁜 놈이었다면 살아남기 힘들 살기였다.

자신도 모르게 고개를 이리저리 돌려보던 소람은 뚱한 표정으로 문을 열고 거실로 나갔다.

"소람아. 이번에 지하로 이사 온 정 씨가 수배된 사기범이란다? 이 형사님들이 말씀해주지 않았으면 우리도 속을 뻔했다."

이 모든 소동이 자신 때문에 일어난 것 같자 엄마는 미안한 듯 소람에게 자꾸 말을 붙였고, 엄마의 말이 끝나기 무섭게 아까 자신을 덮친 미남자와 눈이 마주쳤다.

흥! 얼굴이 저렇게 잘생기면 뭘 하니? 매너가 꽝인데!

소람은 그에게서 고개를 휙 돌리며 엄마를 바라보았다. 소람의 싸늘함을 눈치챘는지 그 미남자보다 나이가 더 많아 보이는 형사가 미안한 얼굴로 소람에게 말을 걸어왔다.

"몸은 좀 괜찮으십니까? 아까는 순간적으로 저도 오해했습니다. 피칠갑을 하고 과도까지 들고 계시니까 일이 나도 단단히 난 줄 알았죠. 햇빛이 가득한데서 실내를 보니 케첩인지 피인지 구분할 수가 있어야지요."

나름 열심히 설명하는 그 말에 소람은 기분이 약간 풀리는 듯했다. 그러자 그는 젊은 형사를 툭 치면서 인사를 하라고 종용했다.

"빨리 사과드려!"

그는 마지못한 표정으로 그녀에게 보일 듯 말 듯 고개를 끄덕여 보였다.

"오해해서 미안합니다."

와! 인사하는 태도하곤. 저 사람은 형사를 하기 이전에 청학동에 가서 예절부터 배워야겠어. 흥!

소람은 그를 무시한 채 선임 형사에게 마지못한 인사를 건넸다. 만약 그 상황이 정말 그들이 오해할 상황이었다면 그들의 행동은 아주 시기적절했다. 그렇게 자신의 일에 철저한 사람들에게 더 이상 화를 낼 수도 없고…….

"괜찮습니다. 저도 잘한 건 없는데요, 뭘. 오히려 기동력 좋으시던데요."

"진짜 괜찮으십니까? 이 자식이 특공대 출신이어서 무도를 꽤 살벌하게 하거든요. 남자였으면 오해든 뭐든 팔을 꺾어놨을지도 몰라요."

그의 말이 끝나기 무섭게 소람은 어깨가 잔뜩 움츠러드는 것을 느꼈다.

"아휴. 그러게요. 그만 하길 다행이지. 아까는 나까지 심장이 벌렁거려서……."

엄마의 말에 소람은 자신도 모르게 심장에 손을 얹었다.

"그런데 여기는 어떻게 알고 찾아오셨어요? 아직 주소 이전도 안 했다면서요."

"계속 뒤를 밟고 있던 중이었습니다. 채권자들을 통해 이 근방에 있다는 제보가 있어 근처 집들을 계속 탐문하고 있던 중이었습니다. 이놈 사기 수법이 월세 살면서 자신이 주인이라며 돈을 빌리고 다니는 거라서 잘못하면 집주인도 피해를 보실 염려가 있습니다. 그러니까 나타나면 꼭 저희에게 연락주세요."

"아휴. 이래저래 걱정이네요. 하필 우리 집으로 이사를 와서는……."

상황이 좋지 않아 집주인에게 알리는 상황이 되어버렸지만 그런 사실을 알려주는 그들의 마음도 좋을 리가 없었다. 그들이 가보겠다며 일어서자 엄마는 일어서 그들을 다시 잡았다.

"아이고. 더운데 이 주스는 다 마시고 가요. 그나저나 고생이 많으시네요. 형사를 인물로 뽑나, 어쩜 이리 다들 훤칠하대요?"

엄마의 그 말에 주스를 마시던 선임 형사의 눈이 매력적으로 휘어졌다.

"감사합니다. 그나저나 어머님. 주변에 아는 처자 없으십니까? 이놈 장가 좀 보내야겠는데?"

"총각이면 우리 딸 좀 데려가요. 내가 저거 치우려고 그렇게 애를 썼는데 벌써 서른 살을 훌쩍 넘겨버렸지 뭐예요?"

갑자기 소람의 얼굴이 하얗게 질리기 시작했다.

엄마! 제발!

갑자기 젊은 형사의 입꼬리가 씰룩하는 것이 보인다.

"자아를 찾겠다나 뭐라나 하면서 한참 잘 다니던 회사까지 딱 그만두더니……."

소람은 빠르게 걸어가 엄마의 입을 손으로 막고는 그들에게 인사했다.

"바쁘실 텐데 이만 가보세요. 아줌마한테 잡히면 언제 풀려나실지 모르거든요."

소람의 그 말에 형사들의 시선이 그녀에게 닿았다.

"근육통 심하면 이 친구한테 청구하면 됩니다. 성동서 수사과 1계 이태준."

선임 형사가 친절하게 소속을 줄줄 읊자 태준이라는 남자의 시선도 그녀에게 와 닿았다.

"저도 운동을 좀 해서 그 정도는 괜찮아요."

그녀가 뻐기듯 말하자 태준의 표정이 미묘하게 씰룩거리는 것이 보였다.

"살 빼기 위한 미용 체조도 운동이라면요."

그동안 꿀 먹은 벙어리처럼 입을 다물고 있던 남자의 입에서 뜻밖의 말이 흘러나왔다. 그녀가 다이어트를 위한 운동을 할 것이라 단정하는 이 패기는 또 뭐지?

"저 요즘 주…… 주짓수 배우거든요? 주짓수도 미용 체조예요?"

소람이 지지 않고 그를 노려보자 돌아서던 태준이 그녀를 바라보았다. 도대체 저 남자 눈동자는 몇만 와트길래 이렇게 눈이 부신 거야? 너무 그렇게 보니까 눈을 뜰 수가 없네!

"그럼 그 도장 등록비 환불하셔야겠네요. 아까 내 공격에는 그보다 무력할 수가 없었으니까."

그 순간, 소람의 얼굴은 표현하기 힘들 정도로 붉게 물들기 시작했고, 태준과 선임 형사는 그녀의 반응에 웃음을 터지려는 것을 참아내며 도망치듯 집을 빠져나왔다.

"와. 그 아가씨, 얼굴은 예쁘장하게 생겨서 꽤 까랑까랑하네?"

선배의 그 말에 태준은 더운 기운이 가득 들어찬 차에 올라타며 시동을 걸었다.

아까 그녀를 제압할 당시 달콤하고 말랑말랑한 몸이 감겨왔던 순간이 생각나자 태준은 자신도 모르게 엉덩이를 들썩거리며 자세를 바로 잡았다. 그 순간, 옆에서 선배의 말이 들려왔다.

"정수근이 우리 낌새를 알아챘나 모르겠네. 하여튼 주인집에는 알려놓았으니 오늘은 서로 들어가자."

"예, 선배님."

태준은 기어를 넣으면서 사이드 미러를 바라보았다. 주택들이 밀집되어 있어 조용할 것 같지만 유흥 골목과 불과 몇 블록밖에 떨어져 있지 않아서 생각보다 성가신 동네였다. 가끔 취객들이 동네까지 흘러들어와 말썽을 부리기 때문이다. 더군다나 이곳은 사통팔달 교통의 요지로 전국에서 온갖 사람들이 몰려들기도, 또 숨어들기도 편한 곳이어서 더욱더 조심해야 하는 곳이었다.

이런 곳에 그녀가 살고 있다는 말이지? 이제부터 이곳을 지날 때마다 신경 좀 쓰이겠구만.

"아까 그 집 내부 구조 괜찮지 않았어? 이런데 원룸 건물 하나 가지고 있으면 얼마나 좋을까. 한 달에 얼마나 벌겠냐?"

"먹고 살 만큼은 벌지 않겠습니까?"

"하? 먹고 살 만큼? 대박이지, 이 자식아. 그런 의미에서 아까 그 아가씨는 어떠냐? 성깔은 있어 보이지만 인물 그만하면 괜찮고, 뭐 직업이 딱히 있진 않아 보인다만…… 원룸 건물주 아니시냐. 어차피 우린 마누라가 집에 있어주는 것도 편해."

그 말에 태준의 입꼬리가 빙긋 올라갔다.

"어? 이 자식 봐라? 사양을 안 하네?"

"요즘 여기저기 중신한다 하셔서 제가 곤란해 죽겠습니다. 심지어는 식당 아주머니까지 난리입니다.”

태준의 그 말에 갑자기 선배가 너털웃음을 흘렸다.

“네가 아직도 마음을 못 잡고 있는 게 다른 사람 눈에도 보이나
보다.”

무심한 듯했지만 뼈가 있는 선배의 그 말에 태준의 입가가 약간
굳어졌다.

“아시지만 이 방법이 제게는 최선이지 않습니까.”

“글쎄. 최선이 아니라 차선이지. 너 아까도 그래. 평상시에는
꽤 냉정한 놈이 몸이 먼저 튀어나갔잖아. 난 조금 더 말을 건네
볼 거라고 생각했는데 바로 기술 들어가기에 깜짝 놀랐다. 조금
만 더 들어갔으면 그 아가씨 목뼈 부러뜨렸다. 그때 네 눈의 살
기는 용의자 잡는 형사의 눈이 아니라 적을 제압하는 살인 무기
의 눈이었어.”

선배의 그 말에 태준은 반성이라도 하는 듯 운전대를 더욱 힘주
어 잡았다.

“버릇이 들어서 그렇습니다. 선배님께선 제 눈빛을 또 언제 보
셨습니까?”

그러자 선배의 손이 태준의 가슴 앞으로 다가오더니 그의 심장
을 두드려주었다.

“나이가 들면 반무당이 된다는 말이 괜히 있는 줄 아냐. 안다.
네가 진정 하고 싶은 게 뭔지. 그런 코스로만 밟아왔는데 오죽하겠
어! 그래도 희망 잃지 말아라. 계속 노력해. 언제고 그 노력들이 빛
을 발할 날이 꼭 온다.”

선배의 의미심장한 말에 태준은 한쪽 팔을 창가에 기댄 채 가느다란 한숨을 쉬었다.

"태준아."

태준은 복도에서 자신을 부르는 강력계 2팀장의 부름에 정중하게 고개를 숙였다.

"안녕하십니까. 팀장님."

"너 요즘 뭐 하냐? 사건 많냐?"

"예. 뭐……. 몇 가지 고소 건 더 들어와서 확인 중에 있습니다."

"하! 자식. 우리 팀으로 들어오라니까. 그 좋은 몸 뒀다 뭐 하냐."

그는 아쉽다는 표정을 지으며 감정이 실린 주먹을 들어 그의 가슴을 툭툭 건드렸다. 그와 헤어져서 들어가는 길, 태준은 문밖에서 담배를 피우고 온 듯 연기를 가득 안고 나타난 동료와 맞닥뜨렸다.

"태준아. 너 있지……."

그의 말에 태준은 우뚝 멈춰 서서 그를 바라보았다.

"뭐야. 이제는 좀 불어! 아까 팀장님 표정도 심상치 않던데. 복잡한 사건이라도 터진 거야?"

그의 말에 동료 형사는 마지못해 태준의 귀에 속삭이기 시작했다.

"한영대 주택가에서 마포 발바리 유사 사건이 일어났어. 벌써 세 번째야."

그의 말에 태준의 인상도 와락 구겨졌다.

"감도 못 잡았는데 언론에 꼬리라도 밟힐까 봐 조심하고 있긴 한데, 세 번째 희생자가 세현당 김교진 의원 딸이야. 그래서 지금 서가 발칵 뒤집혔다. 그래서 말인데 꼬리 잡히면 다른 과까지 지원 요청해서 투입한다는 말이 있어. 그러니까……."

그가 태준의 어깨를 탕 하고 두드리고 사라졌다. 그러니까 기다리고 있어. 갑자기 '주…… 주짓수요!' 하던 소람이 떠올랐다. 천방지축 그 여자는 자신이 무술이라도 배운다고 과신하고 있을 텐데……. 그 여자한테 제대로 된 호신술이라도 가르쳐주고 올 걸 그랬나.

갑자기 왜 이렇게 귀가 근질근질하지? 태준은 들고 있던 서류로 머리를 긁적긁적하더니 사무실로 들어갔다.

"어머, 어머! 그래서 그 형사가 형님을 덮쳤어요? 형님 괜찮으세요?"

소람은 이내 잡채를 집던 젓가락에 힘을 가했고 적당하게 삶아진 당면이 힘없이 끊어져 내렸다. 소람은 입술에 힘을 주고는 눈은 반달로 휜 채 올케를 바라보았다.

"덮치긴. 칼을 들고 있으니까 순간 오해했겠지."

소람이 단어를 정정해주자 눈치 없는 올케는 다시 호들갑을 떨었다.

"어머, 어머. 웬일이야. 형님 진짜 큰일 날 뻔하셨네. 그런데 그 형사 분은 어땠어요?"

올케의 갑작스러운 화제 전환에 소람이 올케를 바라보는데 눈치 없는 엄마가 끼어들었다.

"그래. 소람이 목 조른 형사도 총각이라더라. 와. 빠르대? 순식간에 소람이 제압하는데 진짜 그런 형사 열 있으면 우리나라 참 살만하겠다 싶더라고."

소람은 엄마를 째려봤다.

"엄마. 그게 딸한테 할 소리유? 이거 안 보여? 그 자식 때문에 나 이렇게 된 거?"

소람이 손목을 들어 보이자 다섯 개의 멍이 보랏빛으로 물들어 있었다.

"어머, 멋져라! 상남자네, 상남자야. 어머님, 그 형사 잘생겼어요? 사윗감으로는 어떤 것 같아요?"

그러자 소람의 눈에서 번쩍 하고 번개가 쳤다.

"아니! 올케까지 왜 그래?"

그 순간 엄마가 한술 더 뜨기 시작했다.

"그래! 위험한 일하는 형사만 아니라면 내가 바짓가랑이 붙들고 사위 삼고 싶었을 정도로 잘생겼더라. 훤칠하니 키도 크고. 소람이 덩치도 하나도 안 밀리는 게."

하! 내가 말을 말자, 말을 말아! 소람이 짙은 한숨을 내쉬고 있는데 동생 지환의 목소리가 들려왔다.

"몸은 좀 괜찮아?"

"어. 보시다시피. 별일 아니었어."

"그래도 조심해. 그 형사가 괜히 그랬겠어. 요즘 하도 세상이 흉

흉하니까."

"알아. 그래서 나 주짓수 시작했다니까?"

"그 형사 말이 맞지. 거기 환불해 와라. 남자가 덮치는데 얼어붙지고서는 꼼짝도 못하는 게 전혀 위협도 안 되더라."

엄마의 말에 소람은 그 사람이 앞에 있는 것처럼 상 위에 있는 호박전을 거칠게 집어서 입으로 가져갔다.

"형님, 제가 TV에서 봤는데 여자들은 나쁜 놈을 맞닥뜨리면 너무 당황해서 전혀 움직일 수가 없으니까 그냥 낭심을 있는 대로 걷어차고 미친 듯이 달려야 한대요."

차라리 그럴걸. 그 잘난 척하는 남자의 낭심을 냅다 걷어차서 끙끙거리는 꼴을 좀 봤어야 하는데 그때는 왜 그런 생각을 못했지?

하지만 오래지 않아 소람에게도 그런 기회가 찾아왔다.

새벽 시간, 열대야를 이기지 못하고 근처 편의점으로 맥주를 사러 나갔다가 용의자를 뒤쫓는 그를 발견한 것이다.

다른 것은 둘째 치고 그의 살기 넘치는 눈빛만은 도저히 잊으려야 잊을 수가 없으니까. 그렇다면 저 앞에 달려오는 놈은 바로 나쁜 놈이란 말인데!

무시할까, 도와줄까를 두고 고민하던 그녀는 고개를 드는 양심을 저버릴 수 없어 비닐봉지 안으로 손을 넣어 맥주 캔 하나를 잡았다.

애야, 부디 저 나쁜 놈 이마에 가서 부적처럼 달라붙어다오.

소람은 야구선수처럼 심호흡을 한 뒤 들고 있는 맥주 캔을 달려오는 용의자를 향해 냅다 던졌다.

순간 '퍽' 하는 소리가 들리더니 도망치던 사람이 휘청하는 것이 보였다. 좋았어! 소람은 다시 하나를 더 던지기 시작했고, 급기야는 아예 맥주 캔 봉지를 붕붕 돌리면서 그 남자에게 달려들었다.

하지만 소람의 운은 그렇게 좋지 못했다. 갑자기 그가 비닐봉지를 잡아채며 그녀를 끌어당긴 것이다.

그 순간, 뒤에서 그 남자를 잡아채는 손길이 다가오더니 순식간에 남자를 땅바닥에 메다꽂았다. 곧이어 묵직하면서도 낮은 남자의 목소리가 울려 퍼졌다.

"당신을 절도 및 강간 미수 현행범으로 긴급 체포하겠습니다. 현 시간부로 당신은 묵비권을 행사할 수 있으며 변호사를 선임할 수 있고, 지금부터 당신이 하는 모든 말은 법정에서 당신에게 불리하게 적용될 수 있습니다. 만약 변호사를 선임할 수 없다면 국가에서 국선 변호사를 선임할 수 있습니다. 법에 의거하여 미란다 원칙을 고지합니다."

그의 말이 끝나기 무섭게 철컥 하고 수갑이 채워지는 소리가 들리더니 뒤쫓아 온 다른 형사에 의해 끌려 일어나는 것이 보였다.

강간? 현행범? 평소 접하지 못했던 살벌한 단어들에 소람은 순간 들고 있던 비닐봉지를 그대로 떨어뜨리고 말았고 동시에 맥주 캔이 펑 하고 터지면서 내용물이 봉지 밖으로 흘러나오기 시작했다.

그 순간 그녀의 앞에 익숙한 그림자가 버티고 서 있는 것이 느껴졌다.

"도대체 이 시간에 여기서 뭐 하고 있는 겁니까?"

그제야 정신을 차린 소람이 태준을 물끄러미 올려다보았다. 그는 눈을 가늘게 뜬 채 못마땅한 표정을 지으며 그녀를 내려다보았다.

그제야 잠시 외출 나갔던 두려움이 돌아온 듯 소람의 몸이 사시나무처럼 떨려오기 시작했다. 그런 소람을 지켜보던 태준의 시선도 조금씩 누그러지기 시작했다.

"지금 당신이 얼마나 위험한 행동을 했는지 압니까?"

소람이 멍한 표정으로 바라보고 있자 태준은 다시 목소리를 높였다.

"저 사람이 어떤 놈인 줄 알고 그 사람 앞을 막습니까. 또 무슨 봉변을 당하려고!"

갑자기 그가 벼락같은 고성을 질렀다.

"저…… 저 사람, 성폭행범이예요?"

태준은 더 이상 말하기 싫다는 듯 양 어금니를 꽉 깨물며 감정을 추슬렀다.

"밤늦게 다니지 말라고 건물마다 전단을 붙인 걸로 아는데, 그런데도 겁도 없이 이 시간에 나다닙니까? 더군다나 맥주 캔까지 던져가며! 그러다가 저 자식이 당신을 상해죄로 걸면 당신도 유치장행이야!"

태준이 꾸짖자 소람은 아차 싶었는지 입술을 깨물었다.

아무리 그래도 너무 과하게 화를 내는 거 아니야? 내가 뭘 그렇게 잘못했는데! 이제는 무모했던 자신의 잘못보다 이 남자의 타박에 더 화가 난다. 갑자기 소람의 얼굴에 반항심이 일어났다.

"내가 괜히 그래요? 형사님이 쫓는 놈이니까 나쁜 놈이겠거니 하고 그랬죠."

소람이 눈을 똑바로 바라보며 시선을 피하지 않자 태준은 눈에 불을 켜고 그녀를 나무라기 시작했다.

"어떤 놈인 줄 알고 형사가 잡는 놈의 길목을 막고 있습니까? 만약 그놈이 칼이라도 들고 덤볐으면 어쩔 뻔했습니까! 당신을 인 질로 잡기라도 했다면!"

그가 다시 한 번 살벌하게 다그치자 방금 전까지 의기양양했던 소람의 얼굴이 돌덩이처럼 굳어지기 시작했다.

그제야 얼어붙었던 이성이 돌아오기 시작했다. 그래, 솔직히 그 것까지는 생각하지 못했다. 그래서 그녀가 뛰어들었을 때 그렇게 무서운 표정을 지었나 보다.

"그것까지는 미처 생각 못했어요. 하지만 필사적으로 달려오는 형사님들을 보는 순간, 발이라도 걸지 않으면 안 될 것 같았어요. 이렇게 늦은 밤까지 다들 고생하시는데……."

소람이 조그만 목소리로 중얼거리자 그의 표정이 눈에 띄게 풀 어졌다. 끝까지 고집을 피울 줄 알았더니 이 여자는 의외로 대범한 구석이 있었다. 태준은 그제야 한숨을 쉬며 자신의 본심을 이야기 했다.

"당신 때문에 범인을 수월하게 잡게 된 건 고맙습니다만, 여성 상대 범죄자를 쫓고 있는데 그 앞에 날 잡아 잡수, 하고 서 있는 댁 을 봤을 때 내가 무슨 생각을 했을 것 같습니까?"

소람이 고개를 들어 올리자 그는 뜻을 알 수 없는 눈빛으로 그녀를 뚫어져라 바라보고 있었다.

아……! 그렇네. 아니, 그렇다고 왜 자기가 날 걱정해?

소람도 마음이 복잡해져서 이런저런 생각을 하고 있는데 또다시 그의 독설이 날아왔다.

"다음부터는 영웅놀이 하기 전에 소중한 목숨이나 좀 아낍시다. 나보고 시체까지 치우게 하지 말고!"

그가 다시 한 번 눈물이 쏙 빠지게 다그치자 소람은 서운한 표정으로 그를 있는 힘껏 쏘아보았다.

"이렇게까지 말하는데 형사님은 꼭 말을 그렇게 해야 해요? 그냥 도와줘서 고맙다고 말 한마디 하면 어디가 덧난데요?"

소람이 팽 하고 지나쳐가려고 하자 태준이 철컥 하고 팔을 잡아챘다.

"이봐요!"

"왜 이래요? 진짜!"

소람이 날카롭게 소리를 지르자 태준도 피곤한 듯 그녀를 내려다보았다. 그 순간, 그들의 신경전을 말리듯 누군가의 외침이 들려왔다.

"어이! 이 형사! 가세!"

멀리서 동료 형사들의 목소리가 들려오자 태준은 소람의 팔을 잡고는 소리쳤다.

"먼저 들어가십시오. 이분 좀 댁까지 모셔다드리고 가겠습니다."

소람이 태준의 팔을 떨쳐내려고 하자 그는 놓치지 않겠다는 듯 그녀의 팔을 흔들어 그에게 집중하도록 했다.

"다짐하고 가요. 다음부터는 당신이 얼마나 좋은 의도를 가지고 있든 절대로 그런 현장에 뛰어들면 안 됩니다. 대답 안 할 겁니까?"

그 와중에도 잘 알아들었는지 확인하고 싶어 하는 태준의 기세에 눌린 소람이 드디어 모기만한 소리로 중얼거렸다.

"알겠어요. 다음부터는 조심할게요."

범죄자를 잡을 생각만 했지 그 후에 벌어질 일에 관해서는 한 번도 생각해볼 일이 없었던 소람으로서는 자신을 다그치면서도 단속하는 그의 반응이 꽤 신선하게 다가왔다.

한밤중의 소란에 주민들이 꽤 신경이 쓰였는지 잠옷 바람으로 하나둘씩 창문을 열고 내다보기 시작했다. 그런 분위기에 부담을 느낀 태준은 소람을 잡아끌었다.

"갑시다. 데려다줄게요. 당신을 도저히 믿을 수가 없어."

그때 길에 나와 있던 할머니 하나가 툭 튀어나오더니 그들을 막아섰다.

"이 아가씨는 왜 데려가는 거예요. 아가씨가 피해자유?"

그 말에 소람의 눈이 휘둥그레졌다. 주변에 나와 있던 사람들이 웅성웅성대자 태준이 크게 소리쳤다.

"사건은 바로 종료되었습니다. 단순 절도범이니 걱정하지 마시고 다들 들어가서 주무십시오."

"어머! 총각, 무슨 일이예요. 어디에 도둑이 들었는데요?"

태준은 아무 말도 하지 않은 채 소람의 팔을 끌고서는 그 무리를 헤치고 나왔다.

이상한 남자야! 그냥 성폭행범 잡았다고 하면 되지.

"왜 제대로 말 안 해요? 그냥 단순 절도범이 아니잖아요?"

사람들 무리를 빠져나와 한적한 길을 걷고 있을 때 소람이 툭하니 이야기하자 태준은 소람을 기가 찬 듯 바라보았다.

"이 밤에 그런 극악무도한 놈을 잡았다고 떠들어대면 퍽이나 잘들 주무시겠습니까?"

태준의 거침없는 말투에 소람은 그를 빤히 바라보았다. 굉장히 까칠하게 굴길래 다른 사람에게도 막 대할 줄 알았더니 이 남자에게는 의외의 섬세함이 있었다.

한참을 걷는데 태준이 불쑥 그녀에게 말을 걸었다.

"그나저나 이 밤에 힘들게 사 온 맥주는 어쩝니까? 다 터져서. 우리한테 손해 배상 청구해봤자 공적 자금이라 좀 오래 걸릴 텐데."

"하! 기가 막혀!"

소람이 쌩하니 걸어가는데 갑자기 뒤에서 태준의 목소리가 들려왔다.

"대신 내가 호신술 한두 가지 가르쳐줄까요?"

소람이 뒤돌아서자 태준은 어떻게 할 거냐는 표정을 지으며 서 있었다.

"김소람 회원님. 오늘따라 너무 열심히 하시는데요?"

일주일에 두 번 오는 주짓수 도장에서 소람은 관장을 바라보았다.

"오늘은 제가 한번 상대해드릴까요?"

소람은 그를 물끄러미 바라보며 그날 밤, 그와의 일들을 곱씹어 보았다. 그래! 이놈의 남자들! 내가 그렇게 만만해 보인다 이거지? 오늘 본때를 보여주마!

소람은 얼굴에 철판을 깔고서는 정중하게 오늘 한 수 잘 가르쳐 달라며 허리를 굽혔다.

그날 밤, 태준은 호신술을 가르쳐준다며 그녀를 동네 놀이터로 데려갔다.

폼패드가 깔려 있고 은은한 조명까지 더해지니 꽤 괜찮은 분위기가 났다. 태준은 소람에게 배운 주짓수 동작을 시연해보라고 이르더니 몇 개 보지도 않고 중얼거렸다.

"진짜 핵심 기술은 단증이 있어야 한다며 안 가르친 모양입니다. 그렇게 팔을 꺾고 나서 어쩔 건데? 남자를 패대기 친다한들 남자가 더 열 받아서 쫓아오면? 다른 건 없습니까?"

태준을 만난 이후로 한 번도 그를 이겨보지 못한 소람으로서는 갑작스러운 그의 말에 귀가 솔깃했다.

"내가 초보라서 그렇지 이 무술이 그렇게 허술하지가……."

그는 시니컬한 표정을 짓는다고 짓는데 왠지 그 표정이 자신을 무시하고 있다고 생각한 소람은 순간 서 있는 그를 몸으로 밀었다. 관장은 분명 자신의 몸무게를 이용해서 한껏 밀라고 했었는데 태준은 꿈쩍도 하지 않았다.

"어떤 범죄자가 처음부터 호기롭게 앞에서 공격합니까? 얼굴을 모르는 여자라면 보통은 뒤에서 공격하지."

느긋하게 말을 던진 태준이 소람의 뒤에 서더니 몸을 느슨하게 안았고, 소람은 몸이 움츠러드는 것을 느꼈다. 내가 이 남자를 의식하고 있나?

그간 태준에게 자존심이 상했던 그녀는 이번에야말로 본때를 보여주겠다 맘먹고 안긴 자세에서 뒷박치기를 시도했다.

하지만, 소람의 예상은 보기 좋게 빗나갔고 소람의 머리는 태준의 가슴에 기댄 꼴이 되어버렸다.

"아! 지금 방금 공격한 겁니까?"

태준의 말에 심한 수치심을 느낀 소람은 얼른 몸을 일으켰다.

"보통 남자는 내 뒤통수에 맞아 코피가 나야 정상이라고요. 형사님이 키가 커서 그런 거잖아요."

짐짓 으름장을 놓긴 했지만 소람의 얼굴에는 초조함이 서리기 시작했다. 소람의 얼굴에 곤란한 기색이 지나가자 태준이 웃을 듯 말 듯 미묘한 표정을 지었다.

"좋아요. 이번 기술도 실패했다 치고 다음은 뭡니까?"

어머! 기가 막히고 코가 막혀! 나를 완전 물로 보고 있잖아? 이번에야말로 입이 떡 벌어지게 만들어주겠어!

말이 끝나기 무섭게 소람은 다짜고짜 그의 한쪽 팔을 어깨에 걸더니 앞으로 메치려고 했다. 하지만 이번에도 태준은 꿈쩍하지 않았다. 소람은 이 사람 몸이 꽤 탄탄하구나라는 생각만 했을 뿐이다.

"모든 것이 실패했으니 이제 내가 공격해도 괜찮겠습니까? 내가 어떻게 하든 놀라지 말아요!"

그렇게 말한 태준은 그녀의 허리를 덥썩 안아 공중에 띄우더니 바닥에 가볍게 패대기쳤다.

"꺄아악!"

그 순간, 소람의 목구멍 깊은 곳에서 반사적인 비명이 터져 나왔다. 그러자 무지막지한 손이 입을 틀어막더니 목으로 팔꿈치가 들어왔다.

태준에게 너무도 간단히 제압되자 소람은 아찔한 생각이 들었다. 나 이러다가 여기서 이상한 일 당하는 건 아니겠지?

그 순간 달라붙은 그들의 몸이 서로를 의식하기 시작했다. 서로 맞닿은 허벅지, 목을 쥐고 있는 그의 손가락과 소람의 입술에 닿은 손바닥까지. 소람이 숨을 쉬자 따뜻한 숨결이 태준의 손바닥을 자극하기 시작했다.

한참 동안 온몸이 밀착된 채 서로의 눈만 뚫어지게 바라보던 그 순간, 먼저 정신을 차린 소람이 고개를 들어 태준의 이마에 쾅 하고 박치기를 시도했다.

하지만 정작 박치기에 정신을 잃은 사람은 소람이었다. 태준이 절도 있게 외쳤다.

"정신 차려요! 비둘기가 날아다니면 이때 차는 겁니다. 내 낭심!"

소람이 발을 들어 올리려 했지만 박자가 늦는 바람에 태준의 다리 사이에 끼이고 말았다. 그녀가 밀쳐내기에는 너무나 단단한 몸.

소람이 울상을 짓자 태준이 속삭였다.

"기술이 막혔다고 겁내지 말고 방금 전 박치기한 것처럼 순간적으로 틈새를 찾아봐요. 하체는 묶이고 상체는 풀렸으니 이제 할 수 있는 건 단 한 가지. 내 눈을 손가락으로 찔러요!"

태준의 외침에 소람은 순간 손을 들어 그의 눈 가까이 가져다 댔다. 하지만 그래도 어떻게 사람을 찔러, 하면서 소람이 주저하자 태준은 소람의 손을 잡아채 자신의 눈꺼풀을 찔렀다.

"왜 이렇게 사람이 소심합니까! 이렇게 꽉! 찔러요!"

훈련인데도 이 남자는 자기 피부를 깊이 찔렀다. 손가락의 닿는 부드러운 그의 피부에 소람의 마음도 울렁거렸다. 얼마 안 있어 어두운 밤 희미한 불빛 아래로 그의 눈동자가 다시 모습을 드러내며 소람의 눈을 깊이 응시했다. 깜깜한 어둠과 아스라한 빛 속에서 그의 눈은 이상하게 맑고 깨끗하게 보였다. 더불어 그에게선 체화된 스킨향이 여리게 풍겨 나오고 있었다.

지금껏 의식하지 않았던 그의 몸이 구석구석 느껴지기 시작하면서 소람의 마음을 심란하게 흐트려놓기 시작했다. 소람이 품을 벗어나기 위해 꼼지락대자 태준은 자세를 풀어주며 일어나는 것을 도왔다.

"잘했어요. 하지만 이때 '사람 살려' 하고 소리 지르는 거 잊지 말아요. 여자들은 힘이 약해 제압당하기 쉬우니까 무조건 주변에 도움을 청하고 보는 게 제일 좋습니다."

잠깐 움직였다고 소람의 호흡은 엉망으로 흐트러진 반면 그는 조금의 흐트러짐조차 없이 그녀를 내려다보았다.

"그래도 순발력이 아예 없는 건 아니네요. 조금만 더 용기를 가진다면 훌륭한 방어를 하겠어요."

태준의 때아닌 미소 공격에 순간적으로 가슴이 덜컹거린 소람은 자신의 감정을 들키기 싫어 오히려 아무렇지도 않은 듯 태준에게 물었다.

"고마워요. 그런데 아까부터 궁금했는데 이런 건 왜 가르쳐주는 거예요?"

소람이 조심스럽게 묻자 태준은 빙긋 웃으면서 이렇게 이야기했다.

"저번부터 눈여겨봤는데 옷차림이 참 야해서요. 지금도 봐요. 이 새벽에 나오면서 핫팬츠가 뭡니까? 술 취한 취객은 판단력이 흐려지니 그 어떤 추녀라도 예뻐 보이곤 하죠. 특히나 이런 동네에서는 댁도 표적이 되기 십상입니다."

그의 마지막 말이 생각난 소람은 열이 나서 상대해주고 있던 관장의 손을 인정사정없이 힘껏 꺾었다.

"아! 아! 김소람 회원님! 김소람 회원님!"

매트를 한쪽 손으로 마구 때리며 바둥거리던 관장의 비명에 놀란 소람은 순간적으로 그의 몸에서 손을 뗐다. 관장은 앓는 소리를 내면서 매트에 얼굴을 박고 중얼거렸다.

"그렇게 안 생기셔서 굉장히 과격하시네요. 제 낭심을 공격하려고 하시질 않나, 제 눈을 찌르시질 않나. 아…… 전 오늘 정말 죽다 살아난 기분입니다."

"어머, 죄송해요. 관장님!"

소람이 계속 미안한 표정을 지었지만 그는 앓는 소리를 내면서 겨우 일어나 앉았다.

"혹시 집안에 무슨 우환이 있으십니까? 아니, 무슨 무도를 그렇게 스트레스 풀 듯 배우십니까, 그래?"

관장이 일어나다 말고 무릎이 꺾여 주저앉기 시작하자 소람은 안팎으로 자신에게 우환을 심어놓고 간 그 남자를 속으로 저주하기 시작했다.

열심히 조서를 작성하고 있던 태준의 책상이 똑똑 하고 울려댔다. 태준이 고개를 들자 강력계 서 형사가 그를 내려다보고 있었다.

"이태준. 지금 시간 좀 돼?"

태준은 고개를 끄덕였다.

경찰서 뒤편 벤치에 앉은 서 형사는 시원한 음료를 뽑아 태준에게 건네주었다. 태준이 정중하게 그 음료를 받아들자 서 형사는 담배를 한 대 꺼내 입에 물었다.

"너 진짜 후회 안 하겠냐?"

"후회라뇨?"

"한영대 발바리 왜 내가 검거했다고 했냐. 검거한 건 넌데."

서 형사의 말에 태준은 빙긋 웃었다.

"왜 이러십니까, 선배님. 선배님께서 다 잡아놓으시고."

서 형사는 담배 연기를 내뿜더니 답답한 속내를 털어놓았다.

"내가 더 비참한 게 뭔지 아냐? 아닌 건 아니라고 말해야 하는데 그렇게 말하지 못하는 내가 더 비참하다."

서 형사의 진솔한 그 말에 태준은 시원한 음료를 들이켰다.

"실은 그놈 잡은 사람은 따로 있습니다. 서 형사님도 보시지 않았습니까? 그놈한테 맥주 캔 투척했던 여자분."

그러자 서 형사가 아차 싶었던 듯 태준을 바라보았다.

"선배님. 세상이 그런 게 아니겠습니까. 죄질도 나빴던 놈이 빨리 잡힌 건 다행이지만 솔직히 그 녀석도 1계급 특진 대상감은 아니잖습니까. 그 발바리 놈이 김교진 의원 딸을 건드리지 않았다면 요주의 인물이 되지 않았을 테고, 그런데 그놈이 다행히 선배님의 그물망 수사에 바로 걸려들었고, 선배님보다 10살이나 어린 제가 요리조리 피해가는 놈을 잡으러 좀 더 빨리 뛰었던 것뿐입니다."

그때를 생각하는 듯 태준의 입술이 미묘하게 틀어지기 시작했다.

"다행히 골목길에서 마주친 어느 무모한 시민께서 맥주 캔을 던져 진로 방해를 해주신 덕분에 전 그놈을 주워 왔을 뿐이고요. 초동 수사부터 검거까지 선배님께서 다 해놓으시고 마지막에 그놈 잠깐 주웠다고 홀랑 공을 가져가는 건 아니지 않습니까?"

태준이 정중한 듯 신랄한 이야기를 꺼내놓자 서 형사의 손이 태준의 등을 툭툭 쓸었다.

"이 곰 같은 놈을 보게. 다들 손바닥 비벼가며 위로 올라가려고 혈안이 되어 있는데 너도 참……."

서 형사는 태준을 기특하게 바라보았다.

"아버지는 어떠시냐?"

"그만그만하십니다."

"너도 참 대단하다. 강력계 추 계장이 너 눈여겨보고 있는 건 아냐?"

태준은 아무 말도 없이 빙그레 미소만 지었다.

"태준아. 그래도 속은 감추고 살아라. 이 경찰서에서도 널 주시하는 놈들이 한두 놈이 아닌 건 잘 알지. 하지만 그 누구도 적극적으로 널 끌어들이지는 않잖아. 왜인지 아냐? 넌 언제라도 훌쩍 떠날 놈 같아서 그래."

태준은 생각이 깊어지는지 먼 곳을 바라보았다.

"사람은 갈 때 가더라도 온전히 자신의 사람이 되어주는 놈에게만 정을 주게 되어 있다. 기왕 일할 거면 뭐 하러 차별받으면서 일을 해."

"예. 선배님 말씀 새겨듣겠습니다."

서 형사는 태준의 어깨를 툭툭 두드렸다.

그들이 막 경찰서 건물로 들어가려던 그때, 태준은 입구에서 서성이는 누군가를 발견하고 말았다.

"어? 그런데 저 아가씨는……?"

순간 태준은 인상을 찌푸렸다.

"여기서 뭐 하는 겁니까?"

태준이 불러 세우자 소람이 고개를 돌려 그를 바라보았다.

"아!"

소람은 태준의 얼굴을 보고 순간 반가운 듯 반색하다가 갑자기 곤란한 표정을 지었다. 도대체 이번에는 무슨 사고를 쳤길래. 태준보다 그녀에게 먼저 다가간 서 형사는 인사말부터 건넸다.

"저번에 범인 검거 때 도와줘서 정말 고마웠습니다. 내가 경황이 없어서 인사도 못했네요."

소람이 무슨 이야기냐는 듯이 바라보자 태준은 소람에게 자초지종을 설명해주었다.

"당신이 맥주 캔으로 가격한 사람 말입니다. 그놈 담당 형사님이거든."

가격! 단어 쓰는 솜씨하고는. 아! 진짜 이 남자하고는 정말 코드가 안 맞는다니까?

소람의 속마음이 얼굴에 다 드러났던 듯 태준은 팔짱을 끼고서는 그녀를 내려다보았다.

"그놈이 상해죄로 고소할까 싶어 왔습니까?"

소람은 그를 무시한 채 서 형사에게 고개를 숙여 보였다.

"흉악범을 그렇게 빨리 검거해주셔서 정말 감사드려요. 저도 몰랐는데 저희 건물 2층에 세 든 아가씨도 그날 분명 잠그고 나갔던 창문이 열려 있었다고 하더라고요. 집 안에 있었으면 큰일 날 뻔했어요. 그래서 저희 건물은 전부 보조 잠금 키를 다시 달고 가스관 주변에 방범 못도 다시 달았어요."

소람이 서 형사에게 깊은 감사를 표시하자 태준은 순간 무안해져버렸다.

"원래 검거를 도와준 시민에게는 용감한 시민상을……."

서 형사의 말이 끝나기 무섭게 소람은 두 손을 저으면서 적극적으로 사양했다.

"어머, 어머. 아니에요. 저한테 그런 일이 있었다는 거 엄마가 아시면 저 진짜 집에서 쫓겨나요. 그날도 엄마 몰래 나가서 편의점 다녀오는 길이었거든요. 그러니까 형사님께서도 눈감아주세요. 네?"

소람의 그 말에 서 형사는 한결 가벼워진 마음으로 물었다.

"그럼, 여기는 어쩐 일로……."

그러자 소람이 주먹을 꽉 쥐었다.

"실은 제가 중고 사이트에서 사기를 당해가지고……."

순간 두 형사의 몸이 살짝 굳었다.

"사기 금액이 큽니까?"

소람이 고개를 붕붕 흔들었다.

"그래서 고소하러 왔습니까?"

태준이 취조하듯 물어대자 서 형사의 손이 그의 어깨를 두드렸다.

"도와드리지 그래. 그거 네 전문이잖냐."

서 형사의 말에 소람의 얼굴에 반짝하는 빛이 뿌려졌다.

"원래 민원실에서 고소장 써야 되는 겁니다. 그런데 여기 마침 담당 형사가 있으니 수사가 좀 더 빠르게 진행되겠는데요?"

서 형사는 일부러 그렇게 이야기하더니 이내 잘 도와드리라는 듯이 태준의 등을 팡팡 두드려주고는 건물 안으로 들어가버렸다.

한참 동안 태준이 팔짱을 끼고 위압적으로 내려다보자 소람은 이내 인상을 찡그렸다. 차라리 앓느니 죽지. 왜 하필 이 남자를 여기서 만나가지고서는.

태준은 한숨을 쉬더니 건물 안으로 들어가며 한마디 했다.

"일단 들어갑시다."

아! 진짜! 울상이 되는 소람의 표정을 보며 태준이 웃고 있었다는 걸 그녀는 몰랐지만.

2. 인생 잘 살기 자격증이 있다면

"노트북에 그래픽 태블릿을 함께 판다고 했다. 노트북은 알겠는데 그래픽 태블릿은 어디에 쓰는 겁니까?"

"컴퓨터로 그림 그리는 도구예요."

"이런 것도 그렇게 돈이 많이 들어가는 겁니까?"

그를 쏘아보는 소람의 표정에서 '무식하긴'이라는 말이 떠올라 있었다.

태준은 소람이 증거로 가져온 중고 사이트 판매글, 문자 거래의 사 타진 캡처본과 신분증, 은행 이체 내역을 확인했다. 소람의 신분증을 확인하던 그의 표정이 잠시 미묘하게 변하긴 했지만.

태준이 판매자 번호로 전화를 거니 없는 전화라는 메시지가 울리기 시작했다.

책 축제 낮말혹시도 몰라   41

"봐요. 없는 전화라잖아요. 입금하고 바로 없는 전화번호가 되어버렸어요."

"피해 금액이 60만 원입니까?"

"네. 소액이면 모르겠는데 금액이 너무 커서요. 저 거래할 때 과거 이력도 조회해봤는데 별 이상은 없었거든요."

소람이 대답하자 그가 고개를 끄덕였다. 태준이 번호를 조회하는 사이 그의 책상이 소람의 시야에 들어왔다.

남자 책상답지 않게 정갈하게 정리되어 있는 모습이 인상적이다. 컴퓨터 모니터 앞에 떡하니 모셔놓은 가족사진 속에서는 아버지와 어머니 사이에 앉아 있는 개구쟁이 소년이 보였다. 이 사람, 외동아들인가? 어릴 때부터 예쁘장한 것이 인물은 타고났네.

"그런데 무슨 그림을 그립니까? 직업이 그림 그리는 일입니까?"

"아니요."

태준이 키보드를 두드리다가 돌아보자 소람은 그제야 한숨 쉬듯 이야기했다.

"솔직히 백수예요, 전."

소람의 말끝에 약간의 회한이 묻어나왔다.

"좋겠네요."

태준의 그 말에 소람은 그런 말 많이 들었다는 듯 턱을 괴고서는 모니터를 바라보았다.

"적은 나이도 아닌데 백수라니 참 한심하죠."

짧지만 그녀의 감정을 다 담은 듯한 말에 태준은 순간 실수했나 싫었다.

"괜찮아요. 남들이 속으로 생각하는 거 내가 입 밖으로 내뱉은 거뿐이니까."

태준도 지지 않고 대답했다.

"글쎄요. 때론 자기변명일 수도 있고?"

냉철한 그의 반박에 '아유, 얄미워'라고 생각한 소람의 눈이 순식간에 가늘어졌다.

"어쨌든 이 사건 수사해주세요. 백수에겐 천 원 한 장도 참 귀한 돈이거든요."

순간 소람의 눈과 태준의 눈이 마주쳤다. 그녀에 관해 모든 것을 알아내고 말겠다는 듯 그의 눈은 여전히 반짝이고 있었다.

"그나저나 전직은 뭐였습니까?"

태준의 질문에 소람의 새초롬한 시선이 따라오자 그는 괜히 헛기침을 하며 피식 웃었다.

"아니, 직업을 보면 그 사람의 성격도 대충은 보이니까."

어설픈 그의 변명에 소람은 이상한 눈초리를 보내며 대답했다.

"작은 출판사에서 편집자로 있었습니다. 아실지 모르겠는데 글과 그림을 다루는?"

"그 일도 멋진데, 왜."

태준의 말에 소람은 턱을 괴며 매력적으로 눈을 반짝거렸다.

"사람이 궁금해지면 반한 거라던데."

소람의 그 말에 잠시 멈칫한 태준이 곧 고개를 절레절레 흔들었다.

"서른을 훌쩍 넘으니 마음이 너무 쫄렸거든요. 결혼할 기미는 보이지 않지, 한 것도 없는데 회사에서는 왕 언니 취급이지. 어릴 때 서른 살이 넘어가면 난 뭐 굉장히 성공한 사람이 되어 있을 줄 알았는데 성공은 개뿔, 소모되는 직장인으로 하루하루 무력하게 시간을 보내다 보니 내가 사라지는 기분이 들었어요. 적어도 서른다섯 살 전에는 내가 하고 싶은 일을 하고 있어야겠다 싶어 과감하게 때려치웠습니다."

그녀의 이상적인 계획에 태준은 웃음이 나오려는 것을 꾹 참았다. 참 그녀답다.

"솔직히 내가 방금 전에 작은 출판사 편집자였어요, 라고 한 건 내 직업을 좀 더 폼 나게 보이고 싶어 포장한 거예요."

태준의 나른한 눈길이 소람에게 와 닿는 것이 느껴졌다.

"실은 그냥 작은 출판사 비슷한 기획사에서 기계 부품 같은 삶을 살던 직원이라고 하는 게 정확한 표현이겠네요."

"그래도 뭔가 생각하는 바가 있었으니 그만뒀을 거 아닙니까?"

소람은 옅은 한숨을 쉬었다.

"반은 맞고 반은 틀려요. 내가 회사를 그만둔 이유는 솔직히 불순했거든요. 이 직업은 내가 찾던 이상향이 아니야. 그러니까 더 나이 먹기 전에 폼 나고 괜찮은 직업을 찾아보자."

그렇게 말하는 소람의 시선이 태준의 시선과 얽혀 들어갔다.

"그런데 보기 좋게 망했죠. 실은 후회했거든요. 출근 마지막 날까지 술을 마시고 동료들과 헤어져 새벽길을 걷는데 덜컥 겁이 나는 거예요. 내가 젊은 객기에 너무 경솔한 짓을 했구나 싶어서."

소람이 너무 솔직하게 이야기를 털어놓는 바람에 태준은 그녀에게서 시선을 뗄 수가 없었다. 자신이 들을 필요도 없고 전혀 상관이 없는 이야기인데도 태준은 그녀의 이야기 속으로 빨려 들어가고 있었다.

"원래 사람이라는 게 바로 앞에 두고도 굳이 먼 길까지 파랑새를 찾기 위해 모험을 떠나잖아요. 바로 그것과 같은 거죠."

그렇게 담담하게 말하는 소람의 속눈썹이 햇빛에 가려져 더욱 길게 늘어져 보였다. 눈이 참 예쁘네. 태준은 순간 그렇게 생각했다.

"그래서 결국 파랑새를 찾긴 했습니까?"

소람은 고개를 흔들었다.

"나이가 들수록 파랑새 찾는 일이 점점 더 어려워져요."

태준은 소람의 말에 의외의 말을 꺼냈다.

"하지만 사람 일은 모르는 거니까. 혹시 압니까? 지금도 당신 곁에 있을지."

그러자 소람이 엷마 미소를 지으며 태준을 바라보았다.

"뭡니까? 그 표정은?"

"형사님이 그런 말도 할 수 있는 사람이었나, 해서요."

도대체 날 어떻게 봤길래. 자신의 평판에 아무 관심 없는 태준이었지만 갑자기 자신에 대한 소람의 평가가 신경 쓰이는 태준이었다.

"하는 짓 보면 세상 절대 허투루 살아온 사람 같지 않은데 그런 걱정을 왜 합니까. 더 잘 살고 싶어서 회사도 나왔으면서."

"그런데, 요즘은 좀 헷갈리네요. 버텨야 했을까? 파랑새를 굳이 찾아야 했을까? 제시간에 파랑새를 찾지 못하고 보니 나는 도태되어 가고 그 자리에서 끝까지 버틴 직원들은 그 분야의 전문가가 되어가더군요. 어떤 것이 맞는 건지는 모르죠. 평가는 언제나 세월이 한참 흐르고 나서 받게 되니까요. 그러니까 형사님도 고민이 있거든 잘 생각해보세요."

그로부터 며칠 후, 태준은 사기 사건의 가해자를 찾아냈다.

소람에게 몇 가지 묻기 위해 전화번호를 찾던 태준은 그날 나누었던 대화들을 다시 곱씹었다. 순간 눈에 들어오는 가족사진.

'아버지, 방황하는 아들이 안타까워서 이 여자를 저에게 보내셨어요?'

태준은 사진을 손가락으로 매만지더니 책상 위에 얌전히 내려놓았다. 그리곤 언제 그런 표정을 지었느냐는 얼굴로 서류에 기재되어 있는 번호로 전화를 걸었다.

곧 소람이 나른한 목소리로 전화를 받았다. 갑자기 태준의 입가에도 미소가 떠올랐다.

"여보세요? 김소람 씨? 이태준입니다."

-누구시라고요?

반문하는 소람에 태준의 입가를 맴돌던 미소가 순식간에 사라졌다. 아니, 이 여자가 지금까지 나를 몇 번 봤는데 모른 척이야?

"이태준이라고요. 성동서 수사과 1계 이태준."

그러자 소람은 생각이 났다는 듯 휴대폰을 고쳐 잡았다.

-아. 네! 그 사기범 잡았나요?

태준은 떨떠름한 얼굴로 그녀에게 수사 결과를 간단하게 일러 주었다.

"잡긴 했는데 미성년자예요. 고등학교 2학년이랍니다. 그 아이 부모님과 연락이 닿았는데 피해액은 보상해주겠답니다."

-어머! 그놈 자식, 사과부터 하는 게 먼저 아니에요? 그리고 나도 혹시 몰라 인터넷 뒤져봤는데 사과받고, 피해액 플러스 합의금까지 받을 수 있는 사안이던데요, 이거?

사과와 합의금. 왜 인터넷까지 뒤져서 또 일을 키우십니까, 김소람 씨. 태준은 자신도 모르게 양쪽 어금니에 힘이 꽉 들어가는 것이 느껴졌다. 태준은 모니터를 바라보며 빠르게 대꾸했다.

"이런 경우 잡힌 게 더 다행입니다. 요즘 하도 인터넷 사기가 기승이라 대포 통장 쓰는 놈들도 많고 그럴 경우엔 피해액도 못 찾아요. 어쨌든 운 좋게 범인을 잡았으니 빠르게 처리……."

-전 사과부터 받고 싶어요. 어디 머리에 피도 안 마른 게 벌써부터 사기를 치고!

다혈질의 여자가 여전히 수화기 저편에서 떠들고 있었다.

"아이 부모가 일이 커지길 원치 않아요. 학생부에 빨간 줄이 가 버리면 애 인생이 먹구름일 테니까!"

-그러니까 인성을 가르쳐야죠. 저 그 사람들 대면할래요!

갑자기 머리가 아파지는 느낌이었다. 5분이면 끝날 사건이었다. 경찰서에 출두하고 피해자에게 피해 보상하라. 그리고 확인하고 고소 취하하고 끝! 그런데 이 망할 놈의 여자가 일을 키운다.

-아니, 이 형사님도 그래요. 사람이 어떻게 그렇게 근시안이에

요? 얘 초범 맞아요? 아니, 초범이 어떻게 60만 원이나 해먹어요? 이놈 자식 완전 프로 아니에요?

"김소람 씨!"

-왜요!

휴대폰 저편에서 태준의 목소리가 쥐어짜듯 흘러나왔다.

"그럼 대면하시겠습니까?"

-네. 그렇게 해주세요. 전 사과받아야겠어요.

격앙된 소람의 목소리에 태준은 가느다란 한숨을 흘렸다. 피곤한 여자구만.

"아니. 60만 원 준다는데 그냥 입금받고 끝내면 되잖아요! 바쁜 사람을 왜 오라 가라 해요? 성가시게!"

부모의 적반하장에 소람은 주먹을 꽉 쥐었다. 부모 뒤에 숨어 그녀를 회피하는 학생을 보고 있자니 오장육부가 뒤틀렸다. 죄는 누가 지었는데 지금 누구더러 수습하라는 거야?

"넌 나한테 할 말 없니?"

"죄송해요."

"아니, 형식적인 그런 말 말고."

소람의 집요한 눈길에 학생은 약간 주눅이 든 것 같았다.

"어머! 이 여자 봐. 왜 우리 애를 범죄자 취급해요? 순간 실수한 거라잖아요!"

소람은 눈을 꽉 감고 있다가 부모를 바라보았다.

"그럼 주세요. 그 물건. 노트북하고 전문가 사양의 그래픽 태블릿. 지금이라도!"

소람이 시선을 피하지 않은 채 뚫어지게 바라보고 있자 학생이 자신도 모르게 고개를 숙였다.

"네가 사기 친 항목 중에 다른 건도 한 건 있다며?"

소람이 묻자 학생은 아무 말도 하지 않았다.

"아직 열여덟 살인데 돈 버는 방법이 그 방법밖에는 없었니?"

소람의 그 말에 부모가 항의했다.

"아니! 이 여자가. 왜 가만히 있는 애를 다그쳐요? 내가 분명 우리 애를 대신해서 사과했잖아!"

"거! 조용히 하세요! 이거 합의 못하시면 검찰에 송치되고 그러면 사기죄 성립돼서 아이는 검찰 수사 받아야 합니다. 아시겠어요?"

태준의 엄한 목소리에 애 엄마의 목소리가 잦아들었다.

"아가씨. 한 번만 봐줘요. 철없는 애가 한 짓인데 그냥 돈 받고 넘어갑시다. 이렇게 경찰서 왔다 갔다 하는 거 학교에서 알면 어떻게 되겠어요? 대학도 못가고 반편이 인생 된다고. 그러니까 아가씨 좋게 좋게 넘어갑시다. 네? 어려서 뭘 잘 모르잖아요."

"열여덟 살이면 외국에선 성인이지요. 얜 열여덟 살에 벌써 사람 등쳐 먹는 사기죄를 저지른 거예요."

그 말에 갑자기 돌변한 애 엄마가 소람의 멱살을 콱 움켜쥐었다.

"지금 뭐라고 했어? 감히 내 귀한 아들 보고 사람 등쳐 먹는 사기꾼? 지금껏 내 말 뭐로 들었니? 머리에 피도 안 마른 게 뭐가 어쩌고 저째?"

"알아듣겠니? 넌 나한테 처음부터 없는 물건을 팔겠다고 마음 먹었어. 그건 엄연한 범죄야."

"야! 입 닥치지 못해?"

부모가 소리를 지르자 사무실 안이 웅성대면서 사람들이 모두 그들을 바라보기 시작했다.

"네까짓 게 뭔데 내 아들 보고 범죄자니 하고 떠들어!"

지켜보고 있던 태준이 거칠게 애 엄마와 소람을 떼어놓았다.

"아주머니, 여기가 어디라고 목소리를 높이시는 겁니까? 그리고 당신, 당신도 말 좀 가려서 해요!"

그러자 갑자기 학생의 표정이 울 것처럼 일그러졌다.

"그럼 어떻게 해요? 이 아이 부모님도 범죄의 개념이 없으신 듯한데. 그냥 좋게 좋게 끝내겠다고 합의하고 피해 보상받고 나면 그 다음엔요? 그냥 부모님한테 등짝 한 대 맞고 또 다른 곳에서 똑같은 일을 저지르겠죠. 다음번에 또 들키면 그때도 엄마한테 잠시 혼나고 말면 되나요?"

소람의 항변에 사고를 친 남학생이 훌쩍훌쩍 울기 시작했다. 태준은 옆의 형사에게 그들을 부탁하더니 소람의 팔을 잡았다.

"나와요."

소람이 끌려 나가지 않기 위해 애를 쓰자 태준은 거칠게 그녀의 팔을 잡아당겨 사무실 밖으로 데리고 나갔다. 야외 휴게실까지 나온 그가 거칠게 팔을 놓았다.

"도대체 사람이 왜 그럽니까? 왜 사사건건 유하게 넘어가지 못하고 사고를 치냐 이 말입니다! 당신이 영웅이야? 이 세상을 다 구할 수 있어? 자기 몸 하나 지키지도 못하고 심지어는 사기나 당하고 다니면서 왜 쓸데없는 오지랖은 떨고 다니냐 이 말입니다!"

태준의 벼락같은 그 말에 소람은 꿋꿋하게 가만히 있었다.

"왜! 나한테도 그 잘난 입 좀 열어보시지!"

태준도 열 받은 김에 울분을 쏟아내자 소람도 그를 바라보았다.

"알아요. 내가 피곤하게 군 거. 하지만 그 아줌마 참 괘씸하지 않았어요? 자기 애가 범죄를 저질렀으면 사과부터 해야죠. 뭐가 그렇게 당당해요? 그리고 아까 그 꼬마는 어떻고요. 자기가 일은 다 저질러 놓고서는 뒤에 숨어서 엄마가 다 알아서 하길 바라는 표정이었잖아요. 부모도, 아이도 반성하는 낯빛이 아니었다고요."

태준이 아직도 화가 잔뜩 난 시선으로 쏘아보자 소람도 그를 바라보았다.

"우리가 아무리 바쁜 세상에 산다지만 잘못한 것을 잘못했다라고 말하지 못하는 세상에서 산다는 건 좀 아니지 않나요?"

소람의 그 말에 태준은 거칠게 머리를 쓸어 올렸다.

"그러니까 그 집 예절 교육을 왜 당신이 시키냐고!"

그 순간, 소람이 그를 뚫어지게 바라보았다.

"저 애 부모 봤잖아요. 결국 죄는 부모가 짓고 있는 거였어요. 그저 공부 잘해서 좋은 대학 가고 좋은 직장 잡으면 그동안 애가 어떻게 살았든, 인성이 어떻든 아무 상관이 없는 거예요? 글쎄요. 난 그렇게 안 커봐서 모르겠네. 하지만 난 그 부모가 못하면 나라도 알게 해주고 싶었어요. 이건 정말 나쁜 짓이다! 다소 무리가 되더라도 한 번쯤은 저 아이 머릿속에 빨간 등 켜보고 싶었다고요. 그런 내 행동이 그렇게 잘못됐어요?"

소람이 올곧은 눈으로 태준을 쏘아보자 태준도 그녀를 마주 보았다.

"당신은 제대로 된 어른이라고 자신합니까? 얼마 전에 나한테 그랬죠. 나이에 쫓기는 자신이 비참했다고. 그렇다면 저 안에 있는 어른들과 다른 게 뭔데? 어른이니까 아이는 함부로 대해도 된다고 생각하나 봅니다? 어른이니까 도덕적인 관념을 가르쳐야 하고 반말을 쓰는 건 당연하고! 그 과정에서 상대가 어떤 수치심을 느끼고 어떤 모욕감을 느끼건 간에 당신의 그 올곧은 도덕적 인식만 강요하면 된다는 건가?"

잘 벼려진 칼처럼 날카로워진 두 사람의 시선이 부딪쳤다. 소람이 토라진 듯 뒤돌아서자 태준이 황급히 그녀의 손목을 잡아 세웠다.

"사무실 들어가면 더 이상 그 집 식구 자극하지 말아요. 아까 애 우는 거 못 봤습니까?"

"왜요. 아주 간단한 일이었는데 이렇게까지 소란 키워서 형사님 인사 고과에 금이라도 가게 될까 걱정되시나요?"

소람이 냉정하게 이야기하자 태준이 무언가를 꾹 참는 듯한 신음을 냈다. 몇 걸음 걸어가던 소람이 갑자기 태준을 향해 확 돌아섰다.

"경찰은 민중의 지팡이라고 하지 않았어요? 그러니까 나쁜 사람을 보면 계도부터 해야죠! 범인 잡아 실적만 쌓으면 다야? 당신도 완전히 썩었네!"

그녀의 도발에 뒷목이 뻣뻣해진 태준은 다시 열이 확 올라왔다. 진짜 저 사람이 보자 보자 하니까!

"가요."

팽 돌아서는 소람의 뒷모습을 보면서 태준은 순간 양 주먹을 꽉 쥐었다. 나라도 저런 여자한테 사과하고 싶지 않을 것 같다.

하지만 기적은 그다음에 있었다.

태준이 사무실에 들어가니 그 애 엄마와 아이가 소람에게 90도로 허리를 숙여가며 사과하고 있었던 것이다.

"저 아가씨 패기에 감동하셨는지 아까 수사 과장님이 너희 나간 뒤에 부모와 아이를 잡고 달래시는 것 같더라. 저 아가씨가 합의 안 해줘서 검찰에 올라가면 사기죄로 감옥에 들어갈지도 모른다. 애가 감옥에 들어가 봐라, 집안 평판은 어쩌겠냐. 대학이 뭐냐 이제 직장도 못 잡는다. 차라리 잘 된 거다. 바늘 도둑 소도둑 되기 전에 잡는 게 좋다. 나중에 대형 범죄자를 보니 초장에 잡는 게 중요한 것 같더라 하시며."

그렇게 속삭인 동료가 잘해보라는 듯이 태준의 배를 사정없이 툭 치고 들어갔다.

하. 정말 미치겠네, 김소람.

태준은 공손하게 그의 부모와 마주 절하고 있는 소람을 바라보다가, 기가 차서 웃었다.

도대체 당신은 몇 가지의 얼굴을 가지고 있는 겁니까?

경찰서에서 그 사건을 치른 후 소람의 심기는 연일 먹구름이 잔뜩 낀 흐린 날씨가 지속되고 있었다. 그녀는 버벅대는 구형 태블릿으로 그림을 그리면서도 계속 그가 던진 화두를 떨쳐내지 못하고 있었다.

'당신은 제대로 된 어른이라고 자신합니까?'

소람에게는 사회생활 3년 차 시절부터 운영해왔던 웹툰 다이어리 블로그가 있었다. 글을 쓰고 그림 그리는 것을 즐겨했던 그녀는 그런 특기를 살려 동화 작가로의 전향을 꿈꾸던 시절이 있었지만 그 꿈 대신 많은 사람이 보는 블로그에 자신의 일기를 올리면서 소통 아닌 소통을 시작했다.

자신을 돌아보고자 그린 일기는 많은 사람의 공감을 이끌어내며 단골 방문객들을 만들었고 이제 그 공간은 많은 사람을 위로하고, 위로받는 따뜻한 공간으로 발전하고 있었다.

하지만, 요즘 그 밴댕이 소갈딱지 같은 형사가 그 물을 흐리고 있다. 아무래도 요즘 그와 부딪힌 일이 많다 보니 그의 이야기를 그렸을 뿐인데 모든 사람이 그와의 만남을 기대하고 있었다.

특히나 얼마 전에 올린 호신술 에피소드에서는 단골 방문객들의 반응이 폭발적이었다. 살면서 꼭 필요한 정보였다나 뭐라나. 나중에 괴한을 만나면 그대로 써먹어보겠다고 한다.

두고 보자. 이 썩은 민중의 지팡이! 당신 말 듣다가 엄한 사람들이 상해죄로 줄줄이 잡혀가면 반드시 책임을 묻겠어!

'당신이야말로 상대에게 당신의 도덕적 신념을 강요하고 있는 건 아닙니까?'

발작처럼 그날 그녀에게 쏟아부었던 그의 말들이 다시 떠오르자 소람은 자꾸만 하이킥을 하고 싶은 충동과 싸워내야 했다.

그래, 난 자라다 만 어른이고 남의 감정도 읽을 줄 몰라서 상대를 막 대하는 무뢰한이다. 됐냐? 바르게 살아보자는 게 왜 나빠? 소람은 그의 말을 다시금 떠올리다 약이 오르기 시작했다.

조서를 쓸 때만 해도 넋두리 같은 그녀의 말을 주의 깊게 귀담아 듣던 그가 그런 비난을 쏟아내자 소람은 내심 더 서운했다.

그래도 이태준, 당신과 나 사이에는 통하는 것이 있다고 믿었었는데…….

소람이 내뱉은 한숨들로 방 안의 공기가 더더욱 무거워지는 느낌이 들었다. 의기소침해 있던 소람의 휴대폰이 울린 것은 그즈음이었다.

-hey! 소람! 소람? 어떻게 지내고 있는 겨?

"어! 수화 선배! 선배, 어쩐 일이세요. 요즘도 잘나가는 팀장님, 아니지 실장님인가?"

-너! 왜 총무로 사무실로 한번 나오라니까 그렇게 두문불출이야? 벌써 세 번이나 약속 어겼어?

"말씀드렸잖아요, 제 사정. 움직이기 쉽지 않았어요."

-그래서 요즘 부모님 건강은 괜찮으시니? 영국 가는 건 아예 포기한 거고?

선배의 물음에 소람은 순간 말문이 막혔다.

"아. 그게……. 아직 잘 모르겠어요."

-너나 나나 인생길이 시원하게 안 뚫리고 왜 이리 막힌다니?

갑자기 선배의 때아닌 걱정에 아까까지 환하던 소람의 미소가 일그러지기 시작했다.

　-우리 이번 달도 월급 밀렸다. 벌써 세 달째야. 그런데 야근은 왜 이렇게 많니? 이젠 사장이 별별 지라시까지 다 들고 와. 우리의 정체성은 도대체 뭐니? 사람이 일관성이 없어. 진짜 나 자존심 상해 죽겠다니까?

　여전하네, 그 세계는. 소람은 선배의 그 말에 쓰디쓴 미소를 지었다.

　"그래도 선배. 잘 버틴다. 대단해."

　벌써 결혼해서 애가 둘인 선배는 여전히 그쪽에서도 이름난 베테랑이었다. 신입 여럿이 해낼 일을 선배는 혼자 해냈다.

　-소람아. 솔직히 너 이 세계를 떠나겠다고 선언하고 나가버렸을 때 나 너 진짜 멋있게 봤다? 와. 애가 강단이 있더라? 나는 목구멍이 포도청이라 아무것도 못하는데.

　"뭐가 멋있어. 그 후로 3년이 지나도록 아무것도 못하고 있는데."

　소람의 대꾸에 선배의 청량한 웃음소리가 들려왔다.

　-하지만 그래도 우리 많은 이야기를 했었잖니. 우리 인생은 이대로 이렇게 스러지나. 내 인생에 뭔가 더 서프라이즈한 일은 없나. 그랬을 때 넌 '나무 밑에 앉아 배 떨어지기를 기다리지 않겠다. 나무에 기어올라가 배를 직접 따겠다' 하면서 일을 저지르더라. 회사 나가서도 외주받아 독하게 일하면서 유학 준비하는 거 지켜보면서 나는 정말 네가 부러웠어. 부모님만 아프지 않으셨다면 지금쯤 너도 네가 꿈꾸는 대로 살고 있을지도 모르지.

"고마워, 선배. 그렇게 말해줘서. 하지만 다 지나간 일이야. 덕분에 나도 지난 3년간 참으로 값진 인생 공부를 했잖아. 조금만 더 일찍 철들었더라면, 하는 아쉬움은 남지만 지난 세월을 후회하고 싶지는 않아요."

-으이구. 장하다. 장해. 그래. 내 앞의 현실 대신 타인에게 나의 온갖 것을 쏟아내며 집중할 수 있는 사람이 몇이나 있겠니. 설사 그 사람이 지금껏 나를 키워주신 부모라 할지라도. 소람아. 그래도 부모님은 부모님이고 넌 너다? 그래도 내가 몇 년 더 산 선배로서 이야기하는데 이제는 너도 너의 삶을 살아야지.

어쩌면 선배 눈에도 흔들리는 내 마음이 보인 걸까? 소람은 자신도 모르게 씁쓸하게 웃으면서 휴대폰을 고쳐 들었다.

"으휴, 수화 선배. 돗자리 깔아야 되겠네. 맞아요, 선배. 부모님이 요즘 슬슬 안정을 되찾아 가시니 솔직히 나 요즘 그거 고민해. 다시 살아가야 하는 건 알겠는데 그럼 어떻게 사는 것이 좋을지에 대한 고민?"

-소람아. 그러지 말고 다시 돌아오는 건 어때? 새로운 길만이 꼭 네 길인 건 아니야.

수화의 따뜻한 목소리를 듣는 순간 소람은 다시 한 번 빙그레 웃었다.

"고마워. 선배. 갑자기 선배의 말을 듣고 나니 그렇잖아도 잔뜩 쪼그라들었던 내 마음이 조금 펴지는 느낌이네. 한 번 더 깊이 생각해볼게요."

-무슨 그런 말이 있어. 답답할 때는 언제라도 전화해. 선배 좋다

는 게 뭐니. 일이 필요할 때도 전화하고. 우리는 항상 널 기다리고
있다.

소람은 선배와의 전화를 끊고서도 한참 동안 망부석처럼 그 자
리를 쉽게 벗어나지 못했다.

돌아간다? 아니면 새로운 길을 찾는다.

극심한 불황이 계속되던 몇 년 전부터 기획물 출판 시장은 내
리막길을 걷고 있었다. 인터넷과 모바일이 발달하며 사람들은 더
이상 인쇄물을 읽지 않았다. 그런 마당에 3년이나 쉰 내가 들어간
다?

다시 돌아간다는 건 결국 편한 길을 택한다는 것이고, 새로운
길을 선택한다는 것은 나이 서른 중반에 또다시 모험을 시작한다
는 뜻이다.

소람은 책상에 앉아 예전에 일하면서 만들었던 기획물을 한 권
꺼내고 영국 유학을 준비하면서 보던 IELTS 책을 동시에 꺼내 보
았다.

과거로 가느냐, 미래로 가느냐. 그것이 문제로다.

그때 갑자기 현관이 소란해졌다.

"그러니까 당신, 교수님 말대로 해요. 지금 시기가 중요하다잖
아요."

"아! 글쎄, 됐다니까. 약 먹고 운동하면 돼. 애들한테까지 말할
거 없어."

"당신마저 그러면 나는 어떻게 살라고 그러는 거야! 지금껏 난
당신이 지켜줘서 살았는데!"

부모님의 목소리가 방 안으로까지 흘러들어오자 소람은 책을 보던 고개를 들어 두 사람의 목소리에 귀를 기울였다.

"하여간 난 입원 안 할 테니까 그런 줄 알아."

아버지가 방문을 탁 닫고 들어가는 소리가 들린다. 그리고 한참 동안 속상해하는 엄마의 목소리가 들리더니 곧이어 소람의 방문을 두드리는 소리가 들렸다.

똑똑. 조심스러운 소리. 소람이 대꾸하지 않자 엄마의 노크엔 더욱더 힘이 실리기 시작했다. 엄마가 노크를 한다는 건 즉, 긴히 할 이야기가 있다는 뜻인데?

"소람이 뭐 하니?"

방문을 살짝 연 엄마가 문을 열고 머리를 들이밀었다.

"무슨 일이야?"

"어. 너하고 좀 상의하고 싶은 게 있어서."

그제야 소람은 책상에서 등을 돌리고는 엄마를 바라보았다. 평상시에는 거침없던 엄마가 조용한 걸 보니 무슨 일이 생겨도 단단히 생긴 모양이었다. 갑자기 소람의 가슴에 미세한 균열이 일어나기 시작했다.

"아빠가 말이야. 요즘따라 자꾸 뭔가를 깜박깜박하고 걸음걸이도 위태롭고 그랬었잖아. 손가락이 자꾸 저리다고도 하고."

엄마가 긴장하며 침을 꼴깍 삼키는 것이 느껴졌다.

"요즘에 아버지 몸이 이상하셔서 최 교수님께 가서 MRI 찍고 왔는데, 아버지가 아무래도 '뇌신경 축삭손상' 같단다. 아마도 교통사고 당시 순간 충격으로 손상을 받았었는데 별다른 외상이 없으니까 우리가 그동안 지나친 거지."

갑자기 소람의 눈동자가 지진이 난 듯 심하게 흔들렸다.

"그…… 그래서? 치료 방법은 뭐래. 어떻게 하면 된대?"

"일단 입원하자고 하셔. 이렇게 신경이 손상된 채로 오래 있다 보면 인지 기능도 그렇고 신체적 기능도 점점 더 나빠질 거래. 교수님 환자 중에 한 해 한 해 나빠지다 지금은 침대 생활하고 있는 환자도 있다고 하시잖아. 그 말을 듣는 내 심장이 얼마나 벌렁거리던지……. 그런데도 너희 아버지는 입원이 싫다고 저렇게 생떼를 쓰신다?"

엄마의 울음 섞인 목소리에 소람 또한 울컥하고 감정이 치솟았다. 아, 어쩐지 요즘 이상하게 모든 일이 잘 풀려간다 싶더라니.

정말 마른하늘에 이런 날벼락이 또 있나?

서른두 살의 겨울, 그날은 정말 이상한 날이었다.

바람이 심하게 불고 눈보라가 치는 날이었는데 아버지가 엄마와 함께 시골에 사는 할머니를 방문하겠다고 나섰다.

"이런 날은 좀 피해서 가자고 해도 저렇게 고집을 피운다? 효자랑은 결혼할 필요가 없어, 소람아."

극성스럽긴 하지만 그래도 아버지를 무척 사랑했던 엄마는 기나긴 세월 동안 4남매의 장남 노릇을 톡톡히 하는 아버지의 뜻을 한 번도 거스른 적이 없었다.

"아빠. 진짜 꼭 이런 날 가시게요? 오늘 심한 눈보라라는데 내일 가세요."

소람의 그 말에 아버지는 입을 꾹 다물었다.

"할머니가 며칠째 전화해서 앓는 소리를 하시니 네 아빠 속은 오죽하겠니? 오늘 간다 약속을 했으니 하늘이 두 쪽이 나도 가야 된단다."

팔순이 한참 넘은 할머니는 장남인 엄마 아빠를 들들 볶고 있었다. 연로한 늙은이를 시골구석에 처박아 두고 지들만 편하게 산다며 그렇게 타박이었다. 서울에 살면 따뜻한 방바닥에 뜨끈한 물이 펑펑 나오는데 왜 자기 혼자 시골구석에 데려다 놓고 모시질 않느냐며 몇 년째 시위 중이셨다.

그런 할머니의 압박을 이기지 못한 아버지는 정년 퇴직 후 소일거리 삼아 일하고 있던 사설 교육기관의 교육원장직을 사임하고 다음 해부터는 할머니와 살림을 합치기로 한 참이었다.

그런데 그날, 사고가 났다.

고속도로에서 눈길에 미끄러진 차 한 대가 옆 차선에서 달려오는 아버지의 차를 덮쳐왔고 아버지의 차는 그 차와 1차 충돌한 뒤 갓길에 주차되어 있던 트레일러와 부딪쳤다.

그 충격으로 트레일러 뒷부분으로 차가 깔려 들어갔다. 차체에 눌린 엄마의 골반뼈와 왼쪽 팔이 부서진 것은 물론이고 미약한 뇌출혈까지 있었다. 아버지는 뇌진탕에 이마가 찢어지는 부상만을 입고 나란히 병원으로 실려 갔다.

그날, 음산했던 교통경찰의 전화, 정신없이 병원으로 뛰어갔을 때 불길하게 깜박이던 '수술 중'이라는 붉은 글씨. 부상 정도가 심각해서 오늘 밤을 넘기기 힘들겠다며 마음의 준비를 하라던 의사의 냉정한 말투와 숨이 막힐 듯 코끝을 찔러대던 소독약 냄새가 기억난다.

다행히 아버지는 곧 의식을 되찾았고 수술을 마친 엄마는 중환자실에서 3일 만에 깨어났다. 온몸에 붕대를 칭칭 감고서. 그때 수술실 밖에서 얼마나 많은 기도를 되뇌었던가.

하느님 아버지. 제발 저의 불쌍한 부모님을 살려주십시오. 평생 자기 것은 못 챙기고 남의 것만 챙기며 살아왔던 선량한 사람들입니다. 부디 살아남아 못다 한 행복을 누리고 갈 수 있게 해주십시오. 하느님 제발 부탁입니다.

하늘이 그 기도를 들어주었던 듯, 엄마와 아버지는 다시 살아났다. 대신 고통스러운 치료와 재활의 시간이 버티고 있었지만.

소람은 아버지의 방에 조심스럽게 노크를 하고 들어갔다.

"아버지, 입원하세요."

"통원해도 된다."

"알잖아. 아버지. 최 교수님이 입원하라고 하시는 건 분명 이유가 있어서 그래. 그 후로 벌써 많은 시간이 지났어요. 사고 나고 6개월 안에 치료했었다면 더 좋았었다잖아."

아버지는 탁 하고 책을 덮고는 이내 돋보기용 안경을 책 위로 내려놓았다.

"내가 입원하면!"

아버지가 안타까운 듯 소람을 바라보았다.

"내가 입원하면 네가 또 고생일 텐데. 엄마 보호자로 병원에서 살았던 1년도 부족하나?"

소람이 아버지를 보며 씩 웃었다.

"난 능력이 없으니까 몸으로라도 때워야죠. 지금 약해진 뇌신경을 놔두면 놔둘수록 나중에 더 못 걷고 침대에서만 누워서 생활하게 되실 수도 있어요. 이제 아버지는 더 이상 젊은 나이가 아니야. 교통사고가 아니라 가만히 계셔도 병이 올 나이라고요."

소람은 서글픈 표정으로 지쳐 있는 아버지를 바라보았다.

"이렇게 버티다가 결국 더 나빠져서 내가 아버지 똥오줌까지 받아내는 걸 보셔야 속이 시원하시겠어요? 내가 아무리 선수라지만 아버지 기저귀까지 갈아내는 건 좀 그런데? 아버지는 남자잖아."

농담스레 말하는 소람이었지만 그 말에 아버지는 울컥한 듯했다.

"미안하다, 소람아. 부모가 돼서 이렇게 번갈아가며 아프니 우리 딸만 이렇게 고생을 시키는구나. 내 잘못이 크다."

"아! 또 그러시네. 내가 몇 번을 말해. 그건 아빠 잘못이 아니래도!"

눈보라가 치던 날 굳이 무리하게 차를 움직여서 큰 사고를 낸 아버지는 아직도 엄마를 힘들게 만든 장본인이란 굴레를 벗어나지 못한 상태였다. 그런 스트레스가 아버지의 모든 신경을 이렇게 갉아먹고 있었을까.

"많이 늦었을 수도 있단다."

"아직 늦지 않았어요. 아버지 기억 안 나요? 병원은 하룻밤 새 안녕도 할 수 있는 곳이지만 수많은 기적을 일구기도 하는 곳이에요. 나아질 수가 없다면 적어도 악화되는 건 막아줄 테니까요."

아버지 방에서 나온 뒤 소람은 식탁에 망연자실하게 앉아 있는 엄마를 바라보았다. 참 괄괄하던 김 씨댁 큰며느리는 병원에서 기나긴 치료와 재활을 견디느라 살이 10킬로그램이나 빠져버렸다. 두툼했던 손은 뼈가 드러나고, 뱃살로 출렁이던 하복부는 이제는 제법 라인이 드러나 보이기도 한다. 그리고 그런 엄마 곁에서 소람은 지난 1년 6개월을 보내왔다.

"엄마. 괜찮아?"

"뭐가."

소람은 건너편 의자에 앉아 엄마의 손을 툭툭 쳤다.

"아버지 괜찮으실 거야. 강한 양반이라 이번에도 잘 이겨내실 거야."

엄마는 대번에 눈물을 터트렸다.

"자기 몸 아픈 줄도 모르고 자기가 마누라 몸 고장 냈다고 그 먼 길을 매일같이 왔다 갔다 했잖니, 네 아버지가. 지난 1년간 우리처럼 건실하게 산 사람들이 어디 있다고 이런 벌을 주니. 하늘이 원망스러워 죽겠다."

속상하다며 눈물을 흘리는 엄마를 보며 소람도 울고 싶어졌다. 서른네 살 가을에는 기필코 다른 결단을 내리리라 마음먹었는데, 나이를 먹으면 먹을수록 자신만을 위한 고민뿐만이 아니라 주변의 고민들과 함께 싸울 일이 늘어간다.

아버지 일을 상의하려고 남동생과 통화를 시도한 소람은 대번에 싸늘해지는 그의 목소리에 마음이 다시 한 번 무너지는 것 같았다.

-그래서?

동생의 약간은 차가운 그 말에 소람은 먼 곳을 바라보았다.

-그래서 병원비는 얼마나 들 것 같은데. 그거 보험 처리하면 되는 거 아니었어?

대번에 흘러나오는 말에 소람은 깊은 한숨을 흘렸다. 괜히 전화를 했나. 아버지의 소식이 그에게는 돈 달라는 소리로 들렸나.

"그러면 좋겠지만 보험사에 기대기엔 사안이 복잡해. 일단 점점 더 나빠지기 전에 치료부터 하셔야지."

소람의 말투도 덩달아 조금 차가워졌다.

-알았어. 희원이한테 이야기해볼게.

동생이 한숨을 쉬며 전화를 끊으려고 하자 소람은 싸늘한 목소리로 다시 한 번 그를 불렀다.

"아버지는 괜찮으신지 안 물어보니?"

멈칫하는 동생의 기색이 느껴졌다.

······아버지는 괜찮으셔?

동생의 그 말투에 그동안 꾹꾹 참았던 소람은 폭발해버렸다.

"결혼하면 다 그러니? 부모의 상태보다 목돈 나가는 게 더 걱정돼?"

소람의 외침에 동생은 아무런 말도 하지 못했다.

"내가 그동안 너희들에게 이야기를 할까 하다가 꾹 참아왔는데 오늘은 꼭 해야겠다."

소람의 가슴이 벌써부터 피를 흘리기 시작했다.

"엄마가 입원했을 때 너희들 겨우 박사 과정이었고 돈도 없었던 거 다 알아. 그래도 누나가 너한테 아쉬운 소리 한 번 한 적 있었어? 내가 너보다 나이가 좀 더 많고 직장 생활 오래해서 돈 좀 모았기에, 그래. 그걸로 부모님한테 썼어. 그때 내가 너희한테 부담준 거 있었어?"

순간 휴대폰 저편에서 숨을 참는 소리가 들린다.

"누나가 분명 그때도 그랬지. 다른 건 다 필요 없으니까 자주 찾아오기라도 하라고. 졸업 논문이 코앞이라고 바쁘다더니 처갓집은 주말마다 들렀더라?"

소람은 다시 눈물을 삼키며 악다구니를 했다.

"그런데, 이번에는 아버지가 아프다고 하니 정작 아픈 아버지는 뒷전에 두고 너희 가계비 뚫릴 걱정부터 들어? 이 이기적인 자식아! 솔직히 엄마는 너희들에게 아무 말도 하지 말라고 하시지만 왜 아무 말도 하지 말아야 하는데! 고액 연봉 받아 취업하고도 너희들끼리 패밀리 레스토랑에 가서 쓰는 10만 원은 안 아깝고 부모 위해 사 오는 도넛 만 원 쓰는 것도 아까운 너희들에게 내가 더 이상 무슨 배려를 해야 하는데!"

소람의 목소리가 공기를 타고 한 옥타브 높아지기 시작한다.

"좋을 때만 네 부모고 아프고 나니 부모도 아니야?

나는 무슨 죄가 있어 내 돈까지 쓰고 간병인 쓰는 것도 아까워 24시간 바쳐가며 부모 똥오줌을 받아냈는데! 너는 그럼 지금껏 내가 했던 모든 일이 마냥 좋아서 한 일이라고만 생각했어? 부모님은 너 박사 만들기까지 수억이 들었어도 하나도 안 아까웠다는데 그런 부모한테 네가 보이는 태도가 고작 이런 거야? 그런데도 여전히 네게는 이 모든 이야기가 박사 근처에도 못 가본 백수 누나가 열등감에 절어서 지껄이는 미친 소리 같니?"

절규 같은 소람의 목소리가 밤공기를 가르며 무겁게 흩어져 나왔다. 그동안 그녀가 남모르게 껴안고 살았던 응어리들이 터져 나오면서 듣는 사람의 마음을 울렸다.

3. 그 남자의 프러포즈

태준은 사기꾼 정수근의 집을 둘러보고 나오다가 동네 어귀 편의점 앞에서 심각하게 누군가와 통화를 하고 있는 소람을 발견하고 멈칫했다.

중고 사이트 사기 사건도 있었고 소람과 맞닥뜨리면 껄끄러울 것 같아 그대로 스쳐 지나가려고 하는데 태준의 귀에 이런 말이 들려왔다.

"좋을 때만 네 부모고 아프고 나니 짐스럽니?"

얼어붙은 듯 그 자리를 떠나지 못한 태준은 소람이 전화를 끊고 편의점에 들어가 소주 한 병을 사 들고 나오는 모습을 지켜보았다.

그녀는 안주도 없이 작은 잔에 소주를 따라 한 모금을 삼켰다. 소람이 소주를 들이켜던 표정은…… 모든 것을 담고 있었다. 미안함, 쾌씸함, 하지만 짙은 후회…….

태준은 그냥 지나치지 못하고 소람 앞에 의자를 잡아당겨 털썩 주저앉았다.

"홍 반장. 뭐 합니까?"

"홍 반장?"

소람이 사나운 표정을 짓자 그가 씩 웃었다.

"어디서나 어김없이 나타나니까. 참 팔자 좋은 동네 형입니다?"

농담을 거는 태준에 소람은 대꾸도 하지 않은 채 잔에 소주를 가득 따랐다.

"초저녁부터 왜 쓰디쓴 소주를 들이켜고 있습니까? 안주도 없이."

"이 형사님은 저보고 홍 반장이라고 하셨지만 제가 보기엔 이 형사님도 만만치 않으신데요, 뭘. 오늘은 또 무슨 일이신데요? 이 동네가 언제부터 형사가 일주일에 한 번 꼴로 등장할 정도로 우범지대가 된 거죠?"

"오늘은 당신네 건물 때문에 왔는데 몰랐습니까?"

소람의 시선이 그에게 달라붙었다.

"정수근이 증발했습니다. 실종된 상태에서는 명도 소송이 가능해지는 건 당연하고. 그래서 명도 강제 집행되기 전에 소람 씨 어머님께 그 방을 한번 살펴보게 해달라고 부탁드렸습니다. 오늘 다녀가라고 하시기에 다녀왔고."

"잘하셨네요. 그 사기범이 부디 잡혀서 더 이상 피해자가 나타나지 말아야 할 텐데."

그렇게 말하는 소람의 표정이 아주 어두웠다.

"오늘은 기분이 별로입니까?"

태준이 개인적인 것을 묻자 소람은 애써 미소를 지어 보였다.

"홍 반장도 맨날 좋을 수는 없잖아요?"

"그럼 일어나요. 여기서 처량 맞게 강소주나 마시지 말고. 오늘은 내가 사리다, 백수 양반."

소람이 그를 쏘아보았다.

"이 형사님이 왜요?"

"오늘은 나도 꿀꿀하니까? 그리고 저번에 새벽의 그 맥주가 아무래도 양심에 찔려서요. 어엿한 직장인이 되어서 백수의 코 묻은 맥주나 강탈해야 되겠습니까? 왜요. 내가 술친구하기에 좀 많이 떨어집니까?"

자신을 자극하는 말에 소람은 여전히 미심쩍은 얼굴로 태준을 살폈다.

"근무 중인 거 아니에요?"

"어제 야간 근무하고 심지어는 일이 밀려 초과 근무까지 하고 지금 퇴근하는 길입니다. 정수근 집에 들르는 게 내 마지막 업무였고. 지금부터는 프리입니다. 아직도 생각 없어요?"

태준이 매력적으로 웃으면서 바라보자 소람은 그의 미소를 모른 척하며 주머니에 손가락을 푹 찌른 채 일어났다.

"나 생각보다 많이 마시는데?"

"원하시는 대로. 지갑은 빵빵하니까 그건 걱정하지 말고."

태준이 소람을 지그시 바라보았다. 아! 왜 이렇게 진지하게 쳐

다봐. 이런 남정네의 눈길에 동하는 나는 또 뭐고. 내가 너무 굶었나?

태준은 앞장서라는 듯 잘생긴 턱을 앞으로 한 번 까닥거렸다.

시끌벅적한 펍(Pub)에 들른 그들은 간단한 안주에 시원한 생맥주를 들이켜고 있었다. 소주부터 시작하자는 소람의 말에 태준은 일단 목구멍을 축이고 싶다며 그녀를 강제로 맥주 집으로 데리고 들어갔다.

"아우. 사람 많네? 이런 곳에서 이야기하다간 목이 다 쉬겠네."

같은 생각을 했는지 태준은 원형 테이블 의자를 그녀 옆으로 당겨 일직선으로 만들었다.

"그나저나 나 저번부터 되게 궁금한 거 있었는데요. 이 형사님은 나이가 어떻게 되세요?"

소람이 뜬금없이 그의 나이를 묻자 태준은 맥주를 마시다가 그녀를 바라보았다.

"왜 갑자기 내 나이를 묻습니까?"

"그냥요. 그때 서에 갔을 때 보니 이 형사님 선배들한테 굉장히 예쁨받고 계시던데. 수사 과장님까지 나서서 일을 수습해주시고."

그제야 태준은 떨떠름한 표정을 짓더니 앞에 놓인 뻥튀기를 와그작와그작 씹어 먹었다.

"그거야 다른 피의자들이 있으니까 하는 액션일 뿐이고."

"혹시 그날 나 때문에 많이 혼났어요?"

소람이 조심스럽게 묻자 태준은 빙그레 웃으며 그녀를 바라보았다.

"나보고 썩은 지팡이라면서요. 그렇게 목소리 높였던 건 나도 좀 당해봐라, 이런 의미 아니었습니까?"

그 말에 소람은 입을 삐죽하더니 맥주를 한 모금 들이켰다.

"미안해요, 그때는. 제가 그렇게 가끔씩 쓸데없이 오지랖을 부립니다. 자기 앞가림도 잘 못하는 주제에."

소람이 안 어울리게 우울모드에 돌입하자 태준은 조용히 말했다.

"서른둘입니다."

"네?"

"서른두 살이라고요!"

소람이 깜짝 놀라 바라보자 태준 또한 그녀를 바라보았다.

"어머! 나보다 동생이네요?"

한 옥타브 올라간 소람의 목소리에 태준은 불편한 듯 목을 큼큼 가다듬더니 물었다.

"그러는 김소람 씨는 몇 살입니까?"

소람은 당당하게 서른네 살이라고 말했다.

"내가 댁보다 어린 게 그렇게 기분이 좋습니까?"

태준이 기가 막힌다는 듯 웃자 소람은 다시금 빙긋 웃었다.

"그럼요. 좋죠. 왜 자꾸 내 일에 사사건건 따지나 싶더니 다 이유가 있었네요."

"뭐요?"

"젊은 혈기! 조금만 지나봐요. 다른 형사님들은 안 그러는데 유독 이 형사님만 그랬잖아요? 조심하라고 타박하고, 피하라고 타박하고, 그냥 지나치라고 타박하고. 그러다 세월 좀 지나봐요. 나중에는 귀찮아서라도 그렇게 못한다니까?"

지금 누가 누굴……! 소람의 눈이 애교스럽게 가늘어지며 빙긋 웃는 걸 보고 있자니 태준은 단전에서 요상한 기운이 피어오르기 시작했다.

"꼭 그래서 그런 건 아닐 텐데."

"괜찮아. 자식! 누나는 다 이해한다. 진즉에 이야기하지!"

소람이 갑자기 등을 툭툭 두드리자 태준은 기가 막혔다.

"지금 뭐 하는 겁니까?"

"나 대학 시절에 꽤 날리는 여자였거든요? 학생회 일도 많이 해서 항상 후배들한테 둘러싸여 살았거든요. 그래서 연하남에 대해 좀 알죠. 이 자식들, 누나가 예뻐해주는 걸 얼마나 다른 식으로 오해를 하는지. 그런데 저에게도 남동생이 있다 보니 다 동생 같기만 하고. 갑자기 옛날 생각이 나네요."

태준이 코웃음을 쳤다.

"지금 날 당신 후배들하고 동급 취급하는 겁니까?"

"그럼 안 돼요?"

소람이 되바라지게 묻자 태준은 고개를 절레절레 저었다.

"난 외동이라 그런 거 모릅니다. 한 번도 여자한테 누나라고 불러본 적도 없습니다."

단호한 태준의 말에 소람의 표정이 찌푸려졌다.

"사촌 누나도 없어요? 대학 시절에는?"

"선배들하고도 안 친했습니다."

"거짓말."

소람이 그를 쏘아보자 태준도 지지 않고 그녀를 바라보았다.

"그런데 왜 그런 게 김소람 씨에게 중요합니까?"

태준이 생각지도 못한 질문을 하자 소람의 표정이 살짝 일그러졌다.

"무슨 말이죠?"

"왜 그렇게 우위를 선점하지 못해서 안달이냐 이 말입니다. 그렇게 상대보다 높은 게 하나라도 있어야 당신 자존심이 좀 채워집니까?"

정곡을 찔린 소람의 눈동자가 당황하는 것이 보였다. 소람이 아무 말도 하지 않은 채 맥주를 벌컥벌컥 들이켜자 태준은 자신이 또 한 건 했구나 싶어서 가느다란 한숨을 쉬었다. 그때였다.

"야! 김소람!"

갑자기 누군가가 다가오더니 소람에게 아는 척을 해왔다.

"어? 정윤아."

친구를 보고도 전혀 반가워하지 않는 소람을 보며 갑자기 태준의 얼굴에도 흥미로운 기색이 어리기 시작했다.

"와. 너 진짜! 동창회에 좀 나오라고 해도 코빼기도 보이지 않더니 여기 있냐? 부모님한테 교통사고가 크게 났었다면서 이젠 좀 괜찮으시고?"

순간 소람의 시선이 태준과 맞닿았다.

"어."

"어쩜 널 여기서 딱 만나냐? 오늘 소정이랑 찬우 결혼하는데 한 턱 낸다고 모이자고 했거든. 넌 연락 못 받았어?"

소람은 씁쓸한 미소를 지었다.

"걔들 결혼한대?"

"그래. 겨우 날 잡았다더라. 9월에 한대. 걔네들 사귀면서 꽤 삐 걱거린 모양이던데. 너 혼자만 알고 있어? 찬우가 글쎄 소정이랑 초반에 사귈 때 양다리였단다, 글쎄? 그 상대가 우리 동창 중 하나 라던데? 그런데 나중에 동창 몇이 그 사실을 알아가지고 그것 때 문에 난리가 났었단다."

팔짱을 낀 채 방관자처럼 그들의 이야기를 듣고 있던 태준이 소 람을 뚫어져라 응시했다. 때아닌 그의 시선에 소람의 얼굴도 뜨거 워졌지만 애써 외면했다.

정윤이 입을 삐죽거리면서 한마디 더 덧붙였다.

"그런데 찬우 그 자식도 웃기지. 그렇게 어렵게 소정이랑 사귀 어놓고 사귀는 동안에도 소개팅도 여러 번 했던 모양이야. 물건처 럼 괜찮은 신붓감을 계속 물색한 거겠지. 소정이가 나중에 그 사실 을 알게 되어서 결혼 날짜까지 잡고는 결혼을 하네 마네 했다가 결국은 하기로 했단다. 뭐 초등학교 선생이니 찬우 입장에서 놓치 기는 아까웠던 모양이지? 넌 금시초문이야?"

순간 테이블에는 잠시 묘한 정적이 흐르더니 소람의 입가가 살 짝 굳어졌다. 소람이 뭔가를 결심한 듯 살짝 미소를 지은 채 정윤 을 바라보았다.

"애들이…… 찬우의 양다리 상대가 나였었다는 건 말 안 해주니? 심지어 내가 소정이보다 먼저였었다는 것도?"

갑작스러운 소람의 말에 정윤의 입이 악어처럼 크게 벌어졌다. 남의 이야기를 좋아하지 않아 심드렁해 있던 태준의 고개도 그들을 따라왔다.

이것 봐라? 김소람, 제법인데? 태준이 입술이 비틀며 두 사람을 바라보았다.

"소람이…… 너?"

"그래. 나."

큰 실수를 했다 싶었는지 정윤이 두 손으로 자신의 입을 막았다.

"괜찮아. 이제는 다 지난 일이고. 결혼한다니 축하한다고 전해 줘. 잘 살면 그만이지 뭐."

"야! 이 계집애. 그 이야기를 왜 지금 해? 너 괜찮아? 승훈이가 그렇잖아도 찬우 멱살을 쥐고 흔들면서 동창들 돌려가며 건드렸다고 그렇게 깽판을 쳤다는데."

그 말에 괜찮다던 소람의 표정도 눈에 띄게 굳어졌다.

"승훈이는 항상 의리의 사나이니까."

"승훈이는 알았는데 나는 왜 몰라? 승훈이가 동창회에 자주 나오던 자식도 아니고!"

"몰래 사귀었거든. 동창회에서 말 나오는 것도 싫고 해서. 그런데 내가 승훈이한테는 못 참고 이야기했었어. 연애를 막 시작했던 그때는 세상이 참 아름답더라."

담담하게 말하는 소람의 음성에 태준도, 정윤도 할 말을 잃었다.

"미안해. 소람아."

자신의 입방정이 얼마나 큰 효과를 가져왔는지 깨달은 정윤은 뒤늦게 소람에게 사과했지만 소람은 그녀의 어깨를 꼭 쥐어 보였다.

"넌 몰랐잖아. 그러니까 이야기하는 거야. 혹시라도 나중에 또 이런 일 생길까 봐. 그러니까 너도 네 남편 흉보지 말고 잘 모시고 살아. 늘그막까지 노처녀로 남으면 가끔씩 그런 놈한테까지 휘둘려버린다?"

차분하게 이야기하는 것 같지만 적나라한 소람의 말에 정윤의 표정이 더욱 경악으로 물들어갔다.

"애들 여기로 오니? 그럼 우리가 자리 피해줄게. 가죠? 이 형사님."

소람이 미련 없이 자리에서 일어나자 정윤은 그녀를 붙잡을 생각도 못하고 그 자리에 그대로 서 있었다.

"또 보자, 정윤아. 내가 그 이후로 동창회에 학을 떼서 다시 나갈 일이 있을지는 잘 모르겠지만."

소람의 그 말에 정윤도 펍을 나가는 그녀에게 소심하게 손을 흔들어 보였다.

"꼭 그렇게까지 해야 했습니까?"

느릿하게 거리를 걸으면서 태준이 불쑥 물었다.

"뭘요."

"꼭 그렇게 자신의 입을 통해 극적으로 터트려야 했냐는 말입니다. 오늘 동창회인 걸 보면 언제고 알 일이었을 텐데."

"아무래도 이 형사님과 내 관점에는 무척 큰 차이가 있는 것 같은데요?"

"김소람 씨 보면 굉장히 솔직한 것 같은데 어떤 면에서 보면 굉장히 신랄합니다. 특히나 자기 자신에 대해서는 별로 배려가 없어. 듣는 사람이 미안할 정도로 잔인하게 회개하거든."

그런 그의 말에 소람은 가슴이 덜컹거렸다. 뭐야. 이 남자? 그녀를 읽고 있는 듯한 기분이 들어 마음까지 괜히 산란해졌다.

"어쨌든 난, 내 뒤에서 이러쿵저러쿵하는 소리 듣기 싫어요. 내가 왜 내 이야기를 하면서 듣는 사람들 기분까지 배려해야 하는데요? 솔직히 내 이야기 뻔히 알면서도 저렇게 일부러 모르는 척 떠보는 수도 있거든."

소람의 그 말에 태준은 생각하고 싶지도 않다는 듯 인상을 썼다.

"풋. 이 양반. 굉장히 순진하시네. 사람들이 그렇게 못할 것 같아요? 합니다. 그렇잖아도 평소에 아니꼬웠는데 그 사람의 불행을 보면 즐겁거든요."

소람은 산전수전 다 겪은 사람처럼 말했고 태준은 코웃음쳤다.

"나 진짜 그때 되게 아팠어요. 진짜 죽을 만큼 아팠다고요."

소람이 고집스럽게 덧붙이자 그는 측은한 눈길로 그녀를 바라보았다.

"그럼 어디 한 번 이야기해 보든가. 나도 한 번 들어나 봅시다."

태준이 소람을 향해 미끼를 던지자 그녀는 정작 쉽사리 입을 열지 못했다.

"해봐요. 다른 데 가서는 더 신랄하게 말할 거면서?"

소람은 한참 망설이더니 조용한 목소리로 이야기를 시작했다.

"녀석은 초등학교 동창이었어요. 어릴 때는 친하지 않았는데 성인이 되어 동창회에서 다시 만나면서 안면을 튼 사이였죠. 예전부터 나한테 데이트 신청을 몇 번 했었지만 난 거절을 반복하고 하곤 했었고."

태준의 한쪽 눈썹이 올라갔다. 그러자 소람이 상상은 자유라는 듯 어깨를 으쓱해 보였다.

"동창회에 나와도 겉돌던 그가 어렵다던 변리사에 합격해서 화려하게 컴백하니 자연스럽게 그의 추종 세력이 늘어나더군요. 몇 년이 지나 내가 회사를 그만두고 프리랜서로 일할 즈음 변리사의 세계에 관한 취재를 할 일이 생겼어요. 일 핑계로 그를 다시 만나게 되었고. 그러다가 몇 번 차를 마시고 밥을 먹고, 영화를 보게 되고. 그러다 보니 자연스레 좋아지더라고요. 그러다가 데이트가 늦게 끝난 어느 날, 절 집 앞에 데려다주다 부모님과 마주치게 되었는데 별안간 이 녀석이 '아버님, 어머님. 뒤늦게 인사드려서 죄송합니다. 소람이와 교제하고 있는 최찬우라고 합니다.'라고 하잖아요?"

그 순간 태준의 눈썹이 움찔했다.

"당신은 그와 사귀는지도 몰랐는데?"

태준의 그 말에 소람도 웃었다.

"솔직히 헷갈렸거든요. 지금껏 내가 사귄 남자들은 한 번도 내게 사귀자! 라고 말해준 적이 없었거든요. 어느 날 돌아보니 사귀고 있었고 결혼을 이야기하고 있었죠."

이 여자 제대로 연애할 줄 모르는구만?

어떻게 보면 연애를 모르는 여자가 자신을 표현할 방법을 찾지 못한 상태에서 자꾸만 같은 상황을 겪다 보니 '연애는 원래 그런 건가 보다'라고 단정 지은 모양이었다.

"그 친구가 양다리라는 건 언제 알게 되었습니까?"

날카로운 태준의 질문에 소람은 바람 빠진 풍선처럼 축 늘어진 얼굴로 중얼거렸다.

"우리 부모님께 인사드리고 얼마 지나지 않아 자기 부모님께 인사하러 가자더니 며칠째 소식이 없는 거예요. 아. 바쁜가 보다. 저도 마감을 하느라고 정신이 없었죠. 솔직히 난 그때 그 남자에게 지지 않으려고 꽤 유능하고 열정적인 프리랜서 편집자 코스프레를 하고 있었거든요. 그 남자가 다른 여자와 나를 두고 재는지도 모르고, 집착하는 여자는 매력 떨어지니까 더 고고하게 굴자라고 생각했거든요. 지금 생각해도 참 한심했죠. 그의 연락이 뜸해지고 정확히 한 달 후, 그 애들의 교제 소식이 들리더군요."

아직도 그 상처를 회복하지 못한 소람이 보여 태준은 자신도 모르게 인상을 쓰고 말았다.

그 순간 갑자기 소람이 몸을 돌리더니 태준을 마주 보았다.

"거기까지만 했으면 그래도 극복하기가 쉬웠을 텐데 아쉽게도 불행은 거기서 그치지 않았어요."

앞서 걷던 소람의 말에 태준의 눈이 가늘어졌다. 아무래도 형사의 직감으로 지금부터가 진짜란 생각이 들었다. 지금까지 그녀의 마음속을 아직까지 어지럽게 만들고 있는 이것의 정체는⋯⋯.

"그간 할머니나 여러 친척들에게 시집 못가서 그렇게 눈총을 받고 있었는데 녀석이 결혼을 운운하는 바람에 저희 부모님이 그렇게 기뻐하셨거든요. 드디어 집안의 애물단지가 시집을 가게 생겼다고. 그런데 일이 그렇게 되어버려서 부모님께 죄를 짓는 기분이었거든요. 배신당한 충격과 부모님에 대한 죄송스러움으로 한참 헤매고 있는데 그즈음 우리 부모님에게 엄청나게 큰 교통사고가 나버렸어요."

태준이 우뚝 걸음을 멈췄다. 김소람, 제발! 태준은 자신도 모르게 눈을 감으며 주먹을 꼭 쥐었다.

"마음은 망가질 대로 망가져 있는데 부모님은 생사를 넘나들고 계시지, 그때는 사람이 이렇게 살다 보면 딱 죽겠구나 싶더라고요. 그리고 새해가 밝았는데, 난 그 사람과 꿈꾸던 행복한 꽃길 대신 부모님 간병하느라 힘든 고행길을 걷고 있더라고요. 다행히 부모님의 목숨은 건졌는데 만약에 그때 부모님께서 돌아오지 않으셨다면⋯⋯."

소람의 먹먹한 표정에 태준은 숨이 턱 하고 막혀오는 느낌이 들었다. 한 발 앞서 걷고 있는 이 여자의 가녀린 어깨를 꼭 안아주고 싶은 심정이었다.

"김소람 씨."

태준의 단호한 말투에 소람은 천천히 몸을 돌려 그를 바라보았다.

"혹시 부모님에게 일어난 그 사고가 당신 때문이라고 착각하는 건 아니겠지."

소람은 대답하지 않았다. 대신 네온사인 불빛에 눈가에 반짝이는 이슬이 보였을 뿐.

"하지만 그래도 가끔 그런 생각은 들죠. 제 나이에 시집가서 남들처럼 손자, 손녀 잘 낳고 행복한 모습을 보여드렸다면 어땠을까. 내가 빨리 이 집을 나가서 할머니와 부모님이 같이 살았다면 그날 그 사고는 일어나지 않았을까 하는 생각들은요."

태준은 소람의 손목을 낚아채 그녀가 자신을 바라보게 만들었다.

"도대체 당신은 왜 그렇게 삽니까? 왜 그렇게 짠하게 살고 있느냐고!"

그 후로도 한참을 헤맸던 것 같다. 그가 알고 있는 소람답지 않게 그녀는 그 이후로 입을 꾹 다물고 있었고 두 사람은 사람들이 바글거리는 대학가를 정처 없이 걸었다.

한참 동안 묵묵히 걷기만 하던 소람이 드디어 입을 열었다.

"그래도 시간이 지나니 조금씩 나아지기 시작했어요. 완전하게 안정을 되찾진 못했지만."

소람이 미안한 듯한 표정을 지으며 걸음을 멈췄다.

"오늘은 확실히 이 형사님이 날을 잘못 잡으신 것 같네요."

소람이 그렇게 이야기하자 태준은 물끄러미 그녀를 바라보았다.

"이제 들어가 봐야 합니까?"

"일찍일찍 다니라고 했던 건 이 형사님 같은데요?"

"하지만 오늘은 나하고 있잖습니까?"

그 말에 소람이 눈을 굴리자 태준은 픽 하고 웃었다.

"내가 덮치기라도 할 것 같습니까?"

그 농담에 희미하게 웃던 소람이 그제야 눈빛을 반짝였다.

"그렇다면 저야 땡큐죠. 잘생기고 몸 좋은 연하남이 날 덮치겠다는데 어떤 백수 노처녀가 거부를 해요. 당장 접수해야지."

그러자 태준이 얼굴을 찡그리며 기어코 한마디를 덧붙였다.

"간덩이는 엄청 작으면서 그렇게 배포 큰 척은 하지 맙시다. 나니까 그렇지 엄한 놈 만나면 또 울 일만 생길 겁니다."

태준은 멍하니 자신을 바라보고 있는 소람의 손목을 덜컥 잡아채더니 뒤돌아 걷기 시작했다.

"어머! 어디 가요?"

"2차 하러. 아까 그 친구 때문에 입맛만 버렸는데 같이 안 마셔 줍니까? 김소람 씨가 알딸딸하게 취할 때까지 알코올은 무한 제공하겠습니다."

그러자 소람도 태준을 보며 귀엽게 웃었다.

"사람 참 시원시원하니 괜찮네. 좋아요. 오늘은 뭐 그러기로 한 날이니 한번 달려봅시다."

길을 걷다 보니 작은 일식 술집이 있어 두 사람은 자리를 펴고 앉았다. 나란히 메뉴를 보고 있는데 솔솔 소람에게서 좋은 향기가 뿜어져 나왔다. 아까는 못 맡아본 향기인데?

"향수 뿌립니까?"

"아뇨? 요즘은 그렇게까지 섬세한 몸치장은 못합니다."

"언제 한 적은 있었습니까?"

"어머? 이 형사님 날 되게 만만하게 보신다! 내가 꾸며놓으면 한 미모 해요."

소람의 말에 태준이 코웃음을 쳤다.

"아예 호박에 분을 바른다고 하십시오."

메뉴를 살펴보던 소람이 눈을 들어 태준을 뚫어지게 바라보았다.

"뭐. 전에 여자 사귀다가 안 좋은 기억이라도 있었어요?"

"아뇨?"

"그런데 왜 맨날 나에 관해 안 좋게 말해요?"

"내가? 언제요?"

"야하다는 둥, 추녀라는 둥, 피곤하다는 둥, 잔인하다는 둥."

태준은 아무 말도 없이 싱긋 입술 한쪽을 올리며 웃었다.

"뭐 드시고 싶으세요? 난 봐도 복잡해서 모르겠네요. 그냥 알아서 시키세요."

태준은 이곳에서 제법 주문을 해봤던 듯 능숙하게 모듬 꼬치구이와 참치 다다끼를 주문했다.

"이 근처가 집이에요?"

"여기서 30분 거리?"

"요즘도 일 많아요?"

"일이야 항상 많죠. 원래 그런 거 아니겠습니까?"

태준이 물을 한 모금 들이켜니 꼴깍하며 툭 튀어나온 목젖이 움직이는 것이 보인다. 이상하게 물 마시는 모습에서 남성미가 느껴지네. 분명 이 사람은 연하남이 맞는데. 보면 볼수록 눈길이 간다.

"그때 선임 형사님이 이 형사님 특, 뭐 출신이라고 했잖아요? 그게 뭐예요?"

"특, 뭐?"

"왜 저 막 제압했을 때 특, 뭐 출신이라고."

"아…… 특전사? 특공대?"

갑자기 소람의 눈이 반짝거리면서 그를 바라보았다.

"어머. 특전사 나오셨어요?"

"네."

"와우! 그 유명했던 드라마에 나왔던 거기 부대?"

"거기까지는 아니고 그 비슷한?"

소람의 눈에 경외심 섞인 눈빛이 떠오르자 태준은 빙긋 웃었다.

"그런데 왜 군대에 안 남았어요?"

"실은 다른 계획이 있었는데 그 계획이 어그러졌죠."

"다른 계획은 뭔데요?"

"있습니다. 그런 거."

"아."

그가 이야기를 하는 걸 꺼려하는 것 같자 소람은 고개를 끄덕이며 다른 곳을 보는 척했다.

"그나저나 소람 씨는 몇 학번입니까?"

"03학번이요."

갑자기 태준이 굉장히 섹시한 표정을 지으며 웃었다. 맛있어 보이는 쥐새끼를 발견한 고양이의 표정이랄까?

"재수했네?"

소람이 어깨를 으쓱하자 태준은 또다시 빙긋 웃었다.

"왜 웃어요?"

"그런 게 있습니다."

"와. 진짜 빈정 상해서 같이 술 못 마시겠네. 나는 묻는데 자꾸 비밀이래."

소람이 투덜대자 태준은 잠시 생각하더니 물었다.

"요즘 만나는 사람 있습니까?"

"있으면 얼마나 삶이 즐겁겠어요. 그런데 요즘 세상에 누가 백수를 만나주나요."

그 순간 태준이 시킨 사케가 시원한 이슬을 머금고 그들 앞에 놓였다. 태준은 두 개의 잔에 술을 나누어 따르더니 건배를 요청했다.

소람이 사케 잔을 입술에 가져다 대는 것을 홀린 듯 바라보던 태준은 이내 시선을 돌려 자신의 잔을 바라보았다. 이야기를 할까 말까 태준은 잠시 고민했다.

"음⋯⋯! 이 일본 술도 마실 만하네! 이 형사님도 마셔봐요!"

"그렇게 자꾸 마시다 보면 취합니다. 이것도 도수가 만만치 않아요."

태준이 경고하자 소람은 이렇게 이야기했다.

"내가 취하면 이 형사님이 데려다주면 되잖아요?"

데려다 달라? 그렇다면 날 믿는다는 뜻인가?

"내가 왜요? 남자친구도 아닌데?"

"와. 맨날 일찍일찍 다녀라 잔소리 해놓고는."

"나는 원래 내 여자만 챙깁니다."

"그건 여자들의 판타지이긴 하죠."

태준의 미간이 순식간에 구겨졌다. 또 무슨 이야기를 하고 싶어서?

"내 남자가 내 여자만 챙기는 거요. 하지만 봐요. 다 바람 피우고 다른 여자 만나고. 남자들은 다 똑같아."

소람의 말에 태준은 그녀가 귀엽다는 듯 피식 웃었다. 역시나 그녀의 지나간 연애는 보이지 않는 곳까지 그녀를 멍들게 만든 모양이었다. 남자에 대한 불신, 불만. 그녀는 이제 더 이상 남자를 믿고 싶지 않을지도 모른다.

"하도 당해서 그런지 연애에 관해서는 아주 부정적 생각만 뿌리박혔네요?"

소람은 끄응 하고 앓는 소리를 내더니 깊은 한숨을 쉬었다.

"그러게요. 별건 아니지만 한 번씩 당하고 나면 사랑 같은 건 다시는 하고 싶지 않아져요."

별안간 테이블 위에 놓인 그녀의 휴대폰이 울어대기 시작했다.

벨소리조차 정의로 똘똘 뭉친 태권브이라니! 아, 진짜 이 여자는 도대체 휴대폰 벨소리까지 왜 이 모양이야?

노래마저 깜찍한데 볼륨마저 우렁차다 보니 가게에 있는 사람들이 하나둘씩 돌아보기 시작했다. 소람이 휴대폰을 집어 들고 발신자 번호를 한참 동안 바라보자 태준이 채근하기 시작했다.

"안 받습니까? 지금 다들 당신만 바라보는데?"

태준의 그 말에 소람은 옅은 한숨을 쉬며 마지못해 전화를 받기 위해 화면을 밀었다. 순간 휴대폰 밖으로 우렁찬 노인의 말소리가 흘러나왔다.

-소람아! 너 왜 그렇게 전화가 안 되는 거냐? 애비도 그렇고 너고 그렇고 몇 번을 해야 연결이 되니 이거 갑갑해서 쓰겠냐? 거 다름이 아니라 네 선 자리가 들어와서 연락했다!

순간 얼굴에 곤란한 기색이 떠오른 소람이 밖으로 나가려 일어섰다. 하지만 이미 할머니가 내뱉은 '선 자리'라는 단어에 꽂힌 태준은 그녀의 손목을 잡고는 여기서 통화하라며 고갯짓을 했다.

-누가 네게 중신을 하겠다고 찾아왔는데 그 자리가 재취라지 뭐냐. 애비에게 이야기를 하니 네게는 입도 뻥긋하지 말라면서 크게 화를 내던데 놓치기에는 자리가 좀 아까워서 말이다. 너 이제 뭐 볼 게 있냐. 나이도 많은 게 직업도 그렇지. 그나마 이런 것도 시골에서 다 네 아버지 평판 보고 들어오는 거 아녀!

갑자기 태준의 머릿속에 미세한 균열이 일어나기 시작했다.

도대체 이 여자의 가족들은 뭔가. 그 순간 아주 닳고 닳은 소람의 목소리가 들려오기 시작했다.

"할머니. 할머니? 제가 지금 밖에 있어서 이야기를 다 듣지 못하거든요. 그러니까 집에 가서 전화드릴게요."

소람은 할머니가 뭐라고 이야기하든 말든 전화를 딱 끊어버렸다.

"보셨죠? 우리 할머니 지상 최대 과제는 애물단지 손녀 김소람을 시집보내는 거라니까? 그 자리가 어떤 자리든 상관없이. 나한테 이럴 때 할머니가 우리 부모님을 얼마나 들들 볶았겠어요. 할머니와 오래 통화를 하다 보면 머리가 아파져요. 그러니까 흉보지 마요. 어른이 이야기하시는데 중간에 전화 끊는다고."

그렇게 이야기한 소람이 다시 의자에 엉덩이를 붙이고 앉았다.

"늘 있는 일입니까?"

소람은 씨익 웃었다.

"그냥 한 귀로 흘리면 돼요. 나이 드시고 솔직히 마음처럼 되는 일도 없다 보니 가끔씩 이렇게 전화하셔서 억지를 부리시네요. 난 우리 할머니를 볼 때마다 노인이 되면 말을 아껴야겠다, 라고 생각하죠."

"아버지가 꽤 평판이 좋으신 분인가 봅니다?"

"네. 일반직 공무원치고는 꽤 높은 곳까지 올라가셨으니까요. 아무래도 시골 촌구석에선 입지전적인 인물이겠죠. 실은 그래서 더 그랬어요. 제가."

"뭐가요?"

"진실로 나를 위한 사람보다 포장지만 화려한 신랑감을 찾았다고요."

태준은 턱을 괴고서는 가느다란 한숨을 쉬었다.

"그것도 그 친구와 헤어지고 알았어요. 아니라고 애써 부인하고 싶었지만 그 친구의 화려한 껍데기에 혹했던 건 사실이니까. 그래서 더 충격이 컸죠. 내가 자신의 가치를 그 정도밖에 매기지 않았다는 사실에."

"그래서 그러는 겁니까? 좋은 사람으로 살기 위해 아등바등하는 거 말입니다."

태준의 말에 소람은 사케를 잔에 따라 들이켰다.

"네. 내 지나간 과거는 그렇지만 같은 실수는 반복하고 싶지 않거든요."

소람은 비로소 태준의 눈을 똑바로 바라보았다.

"앞으로는 그 사람의 외면보다 내면을 소중히 여기는 사람이 되고 싶어요. 그러기 위해선 내 스스로가 먼저 가치 있는 사람이 되어야 하겠죠.."

소람의 말에 태준은 기다렸다는 듯 저녁 내내 품고 있던 폭탄을 터트렸다.

"그럼 이참에 당신답지 않은 짓 하나 해봐요."

"나답지 않은 짓?"

소람이 무슨 말이냐는 듯 태준의 대답을 기다리고 있자 그는 고개를 끄덕이며 한마디 했다.

"나랑 사귀어 봅시다."

"뭐라고요?"

소람은 펄쩍 뛰었다.

"길게 갈 것도 없이 딱 3개월만 연애해 봅시다. 일명 묻지마 연애. 그러면 서로 부담스럽지 않잖아요?"

"이 형사님이랑 나랑?"

소람은 자신과 그가 매치가 잘 안 된다는 듯 한참 생각하는 듯했다.

"아까는 내가 덮친다면 무척 환영한다고 해놓고서는."

소람의 입이 쩍 하고 벌어졌다.

"설마? 이 형사님은 그런 스타일 아니실 것 같은데?"

"당신은 뭐 그런 스타일입니까? 방금 내 제안받고도 머릿속으로 계산하고 있지 않았습니까? 김소람 씨는?"

태준의 그 말에 소람은 인상을 찡그렸다. 이 사람 혹시 독심술도 하는 걸까? 그런데 왜 이렇게 심장이 미친 듯이 방망이질 치는 거지? 이 사람, 진짜 나에게 관심이 있는 걸까?

소람이 태준 몰래 심장 근처에 손을 올려놓는데 굼뜬 대답을 기다리지 못한 태준이 그녀를 다그쳤다.

"지금까지 그렇게 후회해놓고 아직도 재고 따지고 싶습니까?"

소람은 입술을 쭉 내밀었다. 어쨌건 당신의 갑작스러운 제안은 당황스러워요, 란 뜻이겠지. 하지만 태준은 어떻게 해서든 그녀에게 긍정적인 대답을 받아낼 생각이었다. 만약 그녀를 놓친다면 두고두고 후회할 것 같다는 생각이 들었기 때문이다.

"왜 난데요? 왜 하필……."

"이성적이고 현실적인 나와 감성적이고 이상적인 당신이 만나 믹스매치된다면 우리는 어디까지 갈 수 있는지 궁금해져서 그럽니다."

대답은 참 간단한데 자신을 바라보는 그의 눈빛이 심상치 않았다. 그래서 더 확인하게 된다. 이 사람의 진심은 뭘까 하는 생각이 들어서.

"불과 몇 분 전까지만 해도 나보고 피곤한 여자라면서요."

"그렇게라도 제어해야 당신이 에너지를 덜 낭비할 테니까."

"내가 그렇게 실없어 보였어요?"

소람이 인상을 쓰자 태준은 빙긋 웃었다.

"실없다기보다 혼자만 너무 애를 쓰니까 지켜보는 사람이 안쓰럽고 속상해서 그럽니다."

소람은 약간 씁쓸한 듯 웃었다.

"나랑 연애…… 할 겁니까 말 겁니까?"

태준의 다그침에 망설이던 소람은 한참 만에 엉뚱한 걸 물었다.

"거기엔 섹스도 포함되나요?"

"왜요. 나랑 섹스까지 하고 싶습니까?"

태준은 여전히 무심한 얼굴을 가장하고 있었지만 소람이 본 그의 눈빛은 얼굴이 타들어갈 정도로 뜨거워서 그녀로 하여금 긴장감을 불러일으켰다. 왜일까? 왜 이 남자는 나에게 이런 말도 안 되는 제안을 하는 걸까?

"아무리 그래도……."

자기 자신만을 오롯하게 응시하는 태준의 시선에 소람은 자신도 모르게 먼저 시선을 피했다. 그의 눈을 바라보고 있자면 이 말도 안 되는 최면에 그대로 빨려 들어갈 것 같았기 때문이다.

"요즘 나는 김소람 씨랑 있으면 다른 생각이 안 들어요. 머릿속이 복잡한 날도 김소람 씨랑 만나면 그냥 김소람으로 머리가 꽉 차거든요. 오늘도 마찬가지입니다. 너무나 솔직했던 당신 때문에 내 머릿속이 꽉 차서 터질 것 같거든."

"그거 나 좋다는 이야기예요?"

소람은 가볍게 물었지만 태준은 그녀를 응시한 채 그건 네가 알아내야지 하는 듯한 표정으로 그녀를 바라보기만 했다.

태준이 다시 물었다.

"말해봐요. 연애하고 싶긴 해요?"

그가 다시 입을 열었다. 뭐야? 이 남자! 정말 선수 아니야?

"앞으로 셋 셀 동안 대답해요. 만약 그 안에 대답이 안 나오면 어차피 아닌 겁니다. 카운트 들어갈까요?"

그러더니 그가 숫자를 세기 시작한다.

"셋."

"참 급하시네. 특전사 양반."

"둘."

"나 좋아하는 것도 아니라면서."

"하나. 그게 김소람의 마지막 대답입니까?"

태준이 뚫어질 듯 바라보자 소람의 마음에는 소용돌이가 일기 시작했다. 다시는 자신을 구슬리는 남자의 세치 혀에 놀아나고 싶지 않았지만, 이상하게도 이 남자의 올곧은 눈동자를 바라보고 있자니 다시 한 번 사람을 믿어보고 싶어졌다.

물론 이 남자를 믿어봐도 되는 걸까, 또다시 상처만 입고 돌아오지 않을까 온갖 생각이 난무했지만 그런 불안감을 누른 것은 이 남자에 대한 호기심이었다. 그 모든 것을 포기하기엔 역시나 난 이 남자가 궁금해.

드디어 소람의 입에서 선택의 결과가 흘러나왔다.

"좋아요. 뭐. 나이 먹을 대로 먹은 여자가 이렇게 잘생기고 신원 확실한 남자가 사귀어보자는데 거절할 이유가 없죠. 연애라는 게 뭐 별거 있나요? 그냥 심심할 때 만나서 차 마시고, 밥 먹고, 드라이브하는 거지."

태준의 얼굴에는 '과연, 글쎄?'라는 표정이 지나갔지만 소람은 그 뜻을 미처 알아채지 못했다.

"그럼 우리는 뭐부터 할까요?"

소람이 어색한 듯 술을 홀짝이자 태준은 테이블에 팔을 괴고 그녀를 바라보며 이렇게 말했다.

"그전에 다짐 하나만 더 받고."

태준의 의미심장한 말에 소람의 시선이 느껴졌다.

"연애하는데 선언서라도 낭독하고 해야 하는 거였어요?"

"다음부터는 혹시라도 누가 어디 가자고 하거나 뭐 하자고 하면 나한테 일단 확인받는 걸로 합시다."

소람이 황당하다는 얼굴로 태준을 바라보았다.

"당신이 얼마나 허술한 사람인지 진즉에 알고 있었지만 그래도 이 정도일 줄이야! 내가 어떤 사람인 줄 알고 그 제안을 덥석 뭅니까?"

태준의 말에 소람의 얼굴이 경악으로 물들기 시작했다.

"여전히 새하얀 당신에게 관심을 가진 나도 잘못이지만 그렇다

하더라도 당신은 너무 구멍이 많아."

태준의 타박에 소람은 그를 노려보며 허탈한 웃음을 지었다. 나, 참 기가 막혀!

곧이어 태준의 진심 어린 목소리가 소람의 마음을 두드려댔다.

"나는 직업이 경찰입니다. 세상 어둠에 관한 온갖 것을 봅니다. 살인, 강간, 방화, 사기, 폭력. 그 일을 당하는 가해자나 피해자가 우리와 완전히 다른 모습으로 살고 있는 줄 압니까?"

태준은 거짓이 한 톨도 없는 눈빛으로 소람을 뚫어지게 바라보았다.

"그런데 난 당신을 보면 항상 혼란스러웠습니다. 우연인지 필연인지는 잘 모르겠지만 당신은 내가 보고, 느끼고, 체험한 결과와 항상 다른 결과를 이끌어내는 사람이었으니까요. 내가 투철한 사명감이 있어서 경찰이 된 줄 압니까? 나는 나쁜 놈 때려잡기 위해 경찰이 된 게 아니라 사정상 어쩌다 보니 옮겨온 자리가 바로 그 자리였을 뿐입니다. 그렇게 꾸역꾸역 끌려온 자리에서 내가 무엇을 본 줄 압니까? 자기 부모 칼로 찌르고 돈 안 준다고 서로 때리고 고소하고……. 까만 어둠에만 익숙한 내게 어느 날 나타난 당신은 사기 캐릭터에 가까운 사람이었습니다. 당신의 밝은 빛이 까만 어둠을 몰아내는 광경을 목격하면서 내가 무슨 생각을 했겠습니까?"

갑자기 그가 미묘한 미소를 띠더니 먼 산을 바라보며 다시 말했다.

"매순간 이렇게 다른 세상을 보여주는 당신 곁에 있다 보면, 혹

시나 나도 다른 세상을 경험할 수 있진 않을까. 만약 진짜로, 내게
도 그런 기적이 일어난다면. 혹시 모르잖습니까? 나도 지금과는
다른 모습으로 살고 싶어질지."

태준은 그렇게 이야기하며 소람의 시선을 강하게 붙잡고 다짐
을 했다.

"그래서 이 연애가 더 해보고 싶었습니다."

태준의 그 말에 소람은 그 어떤 말도 할 수가 없었다.

"앞으로 3개월, 괜찮겠습니까?"

소람이 고개를 끄덕였다.

"묻지마 연애고."

그녀가 미동도 하지 않자 태준은 다시 고개를 내밀어 그녀를 살
폈다. 그러자, 머리카락을 커튼 삼아 고개를 수그리고 있던 소람이
비로소 태준을 바라보았다.

"그런데 난 어디까지 묻고 또 어디까지 묻지 말아야 하는 거예
요?"

처음에는 취해서 그러나 했는데 가만 보니 소람은 지금 부끄
러워하는 중이었나 보다. 아까까지만 해도 그와 눈을 맞추며 호
기롭게 바라보던 눈빛에는 수줍은 마음이 깃들어 있었고, 두 볼
을 빨갛게 물들인 채 무언가를 물어보려고 하는 그녀는 천생 여
자였다.

"그러니까 내가 태준 씨한테……."

소람이 그런 질문을 하는 순간 태준은 그만 자제심을 잃고 고개
를 기울이며 가까이 다가갔다.

"미안하지만. 아마 앞으로는 질문할 시간조차 없을 겁니다. 3개월은 아주 짧은 시간이거든. 대신 마음의 짐을 내려놓고 그냥 당신도 좀 즐겨봐요."

말을 마친 태준의 입술이 그녀의 입술을 덮어왔다.

4. 당신이 연애하자 말했던 그 순간부터

너무나 충동적이고 짜릿한 키스였다. 태준의 입술이 나비가 날아들 듯 살포시 내려앉더니 순식간에 소람의 입술에 묻어 있는 사케를 훔쳐서는 도망가버렸다.

그는 그러고 나서는 언제 그런 일이 있었냐 싶게 아주 말짱한 얼굴로 자기 자리로 돌아갔다. 웬일이니. 이 남자 선수야!

소람은 얼굴에 더욱더 열이 오르자 두 손으로 파닥파닥 부채질하기 시작했다. 그 모습을 지켜보던 태준의 입가에도 빙긋하니 옅은 미소가 떠올랐다.

시작부터 또 다른 세상을 보여주는 당신, 그러니 어떻게 이 만남을 기대하지 않을 수 있겠는가.

한 시간이 지나지 않아 두근대는 마음을 진정시키려 사케를 연속해서 들이켜던 소람은 그만 취해버리고 말았다. 자신과 달리 여전히 꼿꼿한 자세를 유지하는 태준을 본 소람이 말했다.

"특전사는 술도 잘 마시네요."

"전술 훈련 중에 약물에 견디는 훈련도 합니다."

"우와. 멋지다! 그런데요. 보통은 다 2년짜리 군대 가지 않나요?"

"사정이 있었습니다. 아버지가 특전사 출신이기도 하셨고."

순간 소람의 눈이 반짝였다.

"아. 아버지의 뒤를 잇고 싶었구나. 장해라! 이 형사님 아버지는 좋으시겠네요. 이런 건장한 아들을 두셔서."

"그랬죠. 아버지는…… 나에게 있어 모든 것이니까."

그렇게 말하는 태준의 목소리가 너무 애틋해서 소람은 마음이 아팠다.

"은퇴하셨어요?"

"네. 오래전에 은퇴하셨습니다."

"그때 경찰서에서 태준 씨 책상 위에 있는 사진 봤었는데."

그 후로는 아무 말 없이 술만 들이켜는 태준이었다. 그러면서 확실하게 깨달은 것이 하나 있는데 이태준은 자신의 가족 이야기를 하는 것을 극히 꺼려한다는 점이다.

흥. 나랑 사귀기로 했으면서 그런 것도 물어보면 안 돼?

괜히 머리에 뿔이 나는 소람이었다.

소람이 눈이 살살 감은 채 테이블에 턱을 괴자 태준은 점원을 불러 계산을 하고 소람을 일으켰다.

"아니, 왜요. 지금 좋은데."

"취했습니다. 내가 김소람 씨한테 술을 사주겠다고 한 건 알딸 딸할 때까지라고 했지 정신을 잃을 때까지라고는 안 했습니다."

그러자 소람은 강아지처럼 '웅' 하는 표정을 지어 보였다. 그러 자 태준은 웃을 듯 말 듯한 표정을 지어 보이더니 무뚝뚝하게 한 마디 했다.

"그런 표정 짓지 말아요. 나이 먹고 추합니다."

소람은 그의 앞을 가로막은 채 강력하게 경고했다.

"누나가 분명히 말하는데! 앞으로 나한테 늙었다, 추하다, 고루 하다 이런 말하기만 해봐. 그땐 정말!"

태준은 다정하게 그녀의 주름진 미간에 손을 가져다 대더니 연 신 문질러주었다.

"찡그리지 말아요. 이제는 얼굴에 탄력도 사라져서 한 번 접히 면 쉽게 원상복귀 안 되는 나이입니다. 난 보톡스 맞는 여자도 싫 어합니다."

소람이 손을 탁 쳐내자 빙긋 웃은 태준은 이내 흔들거리는 그녀 의 손목을 잡고 걷기 시작했다.

"이게 무슨 연애야? 아. 나 이상한 계약한 것 같아."

소람이 애꿎은 하늘에 하소연하자 곧이어 청명한 태준의 목소 리가 화답했다.

"언제라도 무를 수 있습니다. 그러니까 영 아니다 싶으면 말해 요. 당신에게 억지로 강요하는 건 아니니까."

소람은 밤거리를 담담하게 걸어가는 태준의 모습을 한 발자국 뒤에서 지켜보았다. 그에게 손목이 잡힌 채 끌려가면서도 이 남자가 왜 나에게, 라는 수많은 물음이 떠올랐지만 지금 자신의 손을 잡아주는 체온이 너무 따뜻했기에 비록 그와 닿아 있는 그 면면이 미미하다 할지라도 소람은 그 온기에 살짝 기대보고 싶었다.

"들어가요."

태준이 소람의 집 앞까지 데려다주고는 돌아설 때였다.

"정말 이게 끝이에요?"

소람이 투정을 하듯 물었다.

"연애하자면서요. 그럼 헤어질 때 한 번은 안아줘야 하는 거 아니에요?"

소람의 말에 태준은 멈칫하더니 헛기침을 한 뒤 그녀에게 다가섰다. 하지만, 팔을 벌리고 서 있던 소람은 짓궂게 웃었고 순간, 장난임을 알아챈 태준은 허탈한 표정을 짓더니 다시 뒤로 물러섰다.

"이태준 씨."

그녀가 담백한 미소를 지으며 그를 올려다보았다.

"그런데 난 이제부터 어떻게 하면 돼요?"

소람이 묻자 태준은 이상하다는 듯 그녀를 마주 보았다.

"김소람답지 않은 질문 같습니다만?"

"내가 연애를 잘했다면 이 나이까지 이러고 있겠어요? 벌써 시집가고도 남았지. 아무리 묻지마 연애라고는 해도 당신이 바라는 것 정도는 알려줄 수 있잖아요."

소람이 심통 난 목소리로 한마디 하자 태준은 양쪽 바지 주머니에 손을 찌른 채 이렇게 말했다.

"왜 벌써부터 내가 바라는 연애를 하려고 합니까? 당신은 당신이 바라는 연애를 해야지."

돌아온 태준의 대답에 소람은 순간 멍한 충격을 받았다.

"내가 바라는 건 단 하나입니다. 그냥 김소람다운 거. 당신은 그냥 김소람답게 하고 싶은 거 해요. 그러다가 이견이 생기면 그때 가서 조율하면 될 테고, 안 되면 우리는 또 싸우면서 서로를 배워가겠죠. 그러니까 당신도 부담 없이 나랑 연애하면서 지나간 그 사람한테 못했던 거나 풀어봐요. 어쭙잖게 내숭 떨 생각은 하지 말고."

태준은 그렇게 웃더니 순식간에 저만치 멀어져 갔다.

태준의 모습이 사라지고도 그 자리에서 움직이지 않던 소람은 갑자기 자기의 뺨을 때려보았다.

아니야. 아닐 거야. 나 그동안 착한 짓 많이 했다고 하늘에서 천사님을 보낸 건 절대 아닐 거야!

한참 동안 몸부림치던 소람은 별이 반짝 빛나는 하늘을 올려다보고서는 집으로 향하는 계단을 오르기 시작했다.

태준은 불 꺼진 작은 원룸의 문을 열었다. 성인이 되어 여러 서를 돌다 보니 이젠 그곳에서 움직이기 좋은 곳에 자리 잡는 것이 버릇이 되었다.

정말 오랜만에 기분 좋게 즐겼던 시간이었다. 태준은 지끈거리는 머리를 쓸어 올리며 방에 있는 창문을 활짝 열어젖혔다.

내가 연애를 한다! 무리라는 걸 뻔히 알면서도 그는 자제력을 잃고 소람의 발목을 잡았다. 지금이 아니면 안 될 것 같다는 생각이 들었기에 충동적으로 저지른 짓이었다.

그래. 내 인생에서 겨우 3개월인데 뭐 어때.

지금껏 그만큼의 포기를 하고 그만큼 인내했는데 적어도 내 인생에서 3개월쯤은 내가 원하는 대로 살아봐도 되는 것 아닌가?

하지만, 아무리 자신을 달래도 또 달래보아도 애써 눌러놓았던 마음이 또다시 고개를 쳐들기 시작한다. 태준은 복잡한 머리를 식히기 위해 옷을 훌러덩 벗어던지고는 욕실로 들어가 차가운 물을 틀었다.

'태준아. 나 9월 1일부로 경호실로 출근한다. 파견 신청 해놓고 잘될까 싶어 한동안 그것 때문에 엄청 스트레스 받았었는데 오늘 출근하라고 통보받았어. 생각보다 기분이 무지 좋다.'

특공대 동기 놈의 그 말 한마디에 왜 그렇게 마음이 복잡해졌을까.

'넌 특공대로 다시 안 돌아올 거냐? 이번에 테러 사건 난 이후로 특공대 인력이 대폭 늘어날 전망이야. 솔직히 훈련시킬 교관도 더 필요하고 이렇게 파견 나가는 인물들도 많아서 대장님의 고민이 깊으신 모양이더라. 오늘도 나한테 네 사정 다시 한 번 물으시던데.'

아버지! 태준은 쏟아져 내리는 물줄기를 맞으면서 자신도 모르게 주먹을 꽉 쥐었다.

사정, 사정, 사정! 제기랄! 이놈의 인생도 참 개떡같네.

편의점 앞에서 소람이 '좋을 때만 네 부모고 아프고 나니 부모도 아니야?'라고 내뱉는 순간 그는 자리에서 조금도 움직일 수가 없었다. 지금 내 이야기를 하나?

태준은 그때 눈시울이 붉어진 눈으로 소람을 바라보았다. 복잡해 보이는 그녀의 얼굴을 바라보고 있자니 아마 자신의 얼굴도 저럴 것이라는 생각이 들었다. 어쩌면 당신과 난 이렇게 닮았단 말인가.

그가 지켜본 바로 그녀는 그가 피하고 싶어 하는 모든 것을 온몸으로 받아들이는 여자였다. 그가 애써 외면하며 피했던 모든 것을 그 작은 몸으로 받아들이고 인내하며 이겨낸다.

그녀는 이겨냈으니 괜찮다고 했지만 그 과정이 얼마나 뼈아프게 힘들었을지 잘 알기에 그로서는 소람의 모든 행동이 미련하게만 보였다.

그런데도 이상한 건 그것들을 애써 외면하고 싶은 자신의 얼굴에는 이렇게 수심이 가득한데 그것들을 모두 이겨냈다는 그녀의 얼굴은 환하게 빛나고 있으니 이건 또 무슨 조화란 말인가.

나도 당신처럼 그 모든 것을 이겨내는 방법을 배우게 된다면 가슴이 콱 막히고 때론 내 온몸을 짓누르는 것 같은 고통이 사라지긴 하는 걸까.

아니, 그것도 아니라면 그냥 당신의 그 빛으로 내 못난 마음을 당분간만 누름돌 누르듯 푹 눌러놓지 뭐. 그러고 나면 잠시나마 지옥같이 들끓는 내 마음의 혼돈 또한 당분간은 잠잠해지겠지.

묻지마 연애를 하기로 한 지 벌써 하루가 지났다.

'벌써 하루씩이나.'

평상시에는 '겨우 하루밖에' 안 지나던 일상이 '앞으로 시작'한 순간부터 뒤바뀌기 시작했다.

침착하자. 김소람. 흥분하지 말자, 김소람. 집착하지 말자, 김소람. 신경 안 쓸 수 있다. 김소람. 이건 일종의 계약일 뿐이다. 김소람.

하지만…….

으아아아!

어떻게 이럴 수가 있지? 연애하자 겨우 한마디 들었을 뿐인데 하루에도 열두 번씩 기분이 오락가락하고 있는 중이다.

3년 전 연애가 배신으로 무참히 끝나버렸을 때 다시는 사랑 같은 건 하지 않겠다고 그렇게나 다짐해놓고 태준에게서 '연애하자'라는 말을 듣고 난 직후부터 소람의 세상에서는 몇 시간째 계속 꽃비가 내리고 있었다.

그동안 연애를 한두 번 해본 것도 아닌데 서른네 살이나 먹은 지금까지 왜 이렇게 마음이 울렁거리는 거야. 아! 제발 누가 좀 나를 말려줘요!

감정 조절 호르몬인 세로토닌의 급증으로 일상생활에 상당한 지장을 받고 있는 지금, 소람은 책상에 앉아서도 안절부절못하고 급기야는 다리까지 떨었다.

"전화해볼까? 아니야, 너무 없어 보여. 내숭 떨지 말라고 했잖아? 그래도 전화 폭격하라는 소리는 아니었지. 그래도 이건 너무 김소람답지 않아. 그러면 너 다운 건 또 뭔데?"

소람은 휴대폰을 붙들고 방을 왔다 갔다 하다가 안 되겠다 싶어 컴퓨터를 켰다. 아무래도 무언가 자신을 바쁘게 만들 것이 필요했다.

그 사람에게는 어엿한 직업이 있고 자신은 특별하게 집중할 것이 없는 지금, 할 일을 만들어서라도 그에게 집착하지 않는 방법을 찾는 것이 중요했다. 차라리 그림을 그리자.

그로부터 30분 후, 소람의 손에서는 눈이 몽롱하게 빛나는 여자의 배경 뒤로 오색 꽃비가 내리는 그림이 쓱쓱 그려지고 있었다.

<단지 연애하자! 한마디 들었을 뿐인데 그 순간부터 내 주변은 무지갯빛 꽃비가 계속 흩날리고 있었다.>

휴……. 나이를 이렇게 먹고도 어쩜 하는 짓은 스무 살 때와 하나도 달라진 것이 없냐.

사랑에는 국경도 없다더니 나이도 없는 건 확실한 모양이었다. 소람은 키보드 옆에 놓여 있던 자신의 휴대폰을 슬쩍 바라보았다.

갑자기 용기가 불쑥 솟아난 소람은 연락처를 뒤져보았다. '밴댕이 형사'라고 적혀 있는 곳에서 손가락이 멈추었다.

지금이라도 전화를 해볼까? 소람은 다시 그의 이름을 만지작거리다가 이내 결심한 듯 그의 번호를 꾹 눌렀다.

"어이! 축하해! 이번에도 우리 서에서 네가 1등이네?"

누군가 태준의 등을 툭 치고 지나간다. 탕탕탕탕, 무섭게 쏟아져 내리는 총탄 소리를 막아보려 끼웠던 귀마개를 뺀 태준은 그에게 정중하게 고개를 숙여 보였다.

"특전사 에이스를 우리가 무슨 수로 이겨먹습니까. 저는 순경 출신입니다."

또 다른 선배가 이죽거리듯 한마디를 얹는다.

"이번에 특공대 대장이 사격 성적 좀 넘기라고 했다던데 넌 또 다시 눈도장이겠네?"

"왜 이래? 이태준이 특공대 출신이었던 거 까먹었어?"

형사들끼리 노닥거리는 소리를 뒤로하고 태준은 눈 보호대를 벗으면서 사격장을 나섰다. 경찰은 달에 한 번 사격 시험을 봐야 하는 규정이 있기에 오늘도 그는 일정을 맞추기 위해 사격장에 나와 있었던 참이었다.

장비를 반납하고 사격장 건물을 벗어나면서 휴대폰을 살펴보니 소람에게서 전화가 들어와 있는 게 보인다. 야박한 여자 같으니라고.

태준은 한참 동안 생각하는 듯한 표정을 짓더니 그녀의 이름을 눌러 통화를 시도했다.

-여보세요?

여전히 경쾌한 소람의 목소리가 들렸다.

"뭐 하고 있었어요?"

-이태준 씨 생각 안 하려고 아주 갖은 생쇼를 다 하다가 지금은 뭔가 좀 하는 중이에요.

태준은 담배를 하나 물다가 먼 곳을 바라보았다.

"내 생각을 하긴 했습니까? 난 우리 홍 반장이 여기저기 간섭하 느라고 나 따위는 까맣게 잊어버렸는지 알았는데?"

태준의 농담 섞인 말에 저편에서 순간 정적이 들려왔다.

"김소람 씨?"

-어려워요.

소람이 대뜸 대꾸했다.

-어렵다고요. 이태준 씨. 아니, 이 연애.

갑작스러운 그녀의 말에 태준의 마음 한쪽이 순식간에 푹 꺼져 버리는 것 같았다.

아! 역시나 연애…… 까지는 무리였던 걸까?

태준이 씁쓸하게 미소를 짓다가 예의상 그녀에게 이렇게 물었다.

"그러면 어쩌고 싶습니까?"

-잘 모르겠어요. 정말 내가 이상해졌다니까요? 아침부터 불안, 초조가 극에 달해 있어요. 난 이 형사님한테 언제 전화해야 하는지 말아야 하는지조차 모르겠고요. 전화를 걸면서도 내 전화가 반가울까 안 반가울까 생각하며 긴장이 돼서 미치겠어요. 당신이 연애하자고 한 순간부터 들떠서는 내 세계가 서서히 붕괴되고 있다고요. 나 진짜 이런 거 정말 싫거든요?

속사포로 터진 소람의 하소연에 태준은 순간 그녀가 한 말을 곱씹어보다가 이내 얹혀 있던 체증이 쏙 내려가는 것을 느꼈다. 아! 김소람. 이 여자는 역시나 중간이 없네.

-난 서른네 살이나 먹었고, 그리고 당신보다 두 살이나 더 먹은 여자로서 최대한 체통을 지키려고 노력했다고요. 그런데 그게 잘 안 돼요. 그리고 당신이 모르는 게 있는데 난 당신이 생각하는 것

과는 달리 본래 굉장히 소심하고 생각 많고, 어! 그래. 걱정도 많은 애거든요. 그런 내가…….

점점 더 덩치를 키우는 소람의 고민에 태준은 쿡쿡거리면서 웃었다.

맞다. 그녀는 이런 캐릭터였지. 너무나 밝아서 자신이 가진 어둠마저 흡수해버리는 여자. 그는 방금 전까지 긴장으로 딱딱해져 있던 얼굴을 조심스럽게 쓸어보았다.

"다행이네."

-뭐가요?

"내가 김소람을 흔들어 놓고 있다, 이 뜻 아닙니까?"

태준이 정곡을 콕 찌르자 소람이 멈칫하는 듯한 느낌이 들었다.

-그래요. 바로 그거. 그러니까…….

"기분 괜찮네요."

태준의 말에 소람은 자신의 귀를 의심했다. 진짜 이 사람, 내 말을 제대로 듣고 있긴 한 거야?

-뭐라고요?

"솔직히 집으로 돌아가면서 나도 괜한 짓을 한 건 아닌가 하는 생각이 들던 참이었거든요. 어젯밤 내가 그렇게 허무하게 뒤돌아섰음에도 불구하고 당신은 다른 여자들처럼 잘 들어갔냐 하는 살가운 문자 한 통 남기지도 않았고. 당신은 어제부터 지금까지 자기가 두 살이나 누나라고 계속 으스대기 바쁘지 않습니까?"

-내가 언제 으스댔다고…….

갑자기 그의 등을 탁탁 치며 누나라고 부르라고 말하던 자신의 모습이 떠오르는 소람이었다.

"내가 혹시나 당신에게 문자라도 오지 않을까 휴대폰만 바라보던 시간에 정작 나는 김소람의 머릿속에 들어가 당신을 괴롭히고 있었다고 하니 이보다 더 좋은 게 어디 있습니까?"

태준은 지금쯤 볼을 잔뜩 부풀리고 있을 소람의 모습이 상상되어 빙그레 웃었다.

-내가 언제 이태준 씨만 내내 생각했다고 그래요?

소람이 발뺌하자 태준은 나른한 눈매로 속삭였다.

"아. 이제야 발뺌하기는 늦었지. 내가 알면 가벼워 보이기라도 할까 봐? 그렇게 재고 따지지 말라고 일러놨거늘 아직도 그러고 있습니까?"

태준의 그 말에 소람의 얼굴이 빨갛게 달아올랐다. 아. 진짜.

"내가 어제 그냥 마음 가는대로 해보라고 하지 않았습니까? 난 참고로 애교 많은 여자, 자기 감정을 있는 대로 표현하는 여자. 좋아합니다. 지금 당신이 하는 것처럼."

그 순간 태준의 목소리를 타고 들어온 묘한 전율이 소람을 흔들었다.

"또 질문하고 싶은 건?"

-없어요.

갑작스럽게 풀이 죽은 소람의 목소리에 태준은 마음이 쓰였다.

"오늘은 좀 일찍 끝날 겁니다. 서가 아닌 다른 곳에서 일이 끝나서. 그래서 하는 말인데 오늘은 영화나 한 편 볼까요?"

자연스러운 그의 제안에 소람이 화들짝 놀란 목소리로 말했다.

-오…… 오늘도 만나게요?

"겨우 3개월 만날 건데 시간 따져가며 만납니까? 서로 집도 가까운데 우리 그냥 재고 따지지 말고 매일 봅시다. 그래야 당신 머릿속을 잠식하던 그 고민도 훨씬 줄어들 것 아닙니까? 지금도 고민했잖아요. 이 남자에게 만나자고 언제 이야기하지? 하면서."

이 곰이! 아니 이 남자, 실은 여우 아니야?

하지만 태준의 그 제안이 소화제처럼 답답하게 그녀를 짓누르고 있던 고민을 뻥 뚫어주었다는 사실은 인정해야 했다.

역시나 사람을 만날 때는 상대의 마음과 자신의 마음을 견주면서 표현하는 일이 가장 어려운 법이니까.

하지만 생각해보니 또 그렇다. 그가 이렇게까지 밑밥을 깔아주는데 그 밥을 찾아먹지 못하는 것도 예의가 아니지.

-알았어요. 그나저나 우리 오늘은 몇 시에 만나요?

그렇게 이야기하는 소람의 목소리는 한결 밝아져 있었다.

소람과 태준은 집 근처의 멀티플렉스 영화관에서 장안의 화제가 되고 있는 공포 영화를 보기로 했다. 태준이 미리 가서 표를 끊겠다 하자 이번에는 소람이 영화 표를 예매하겠다 큰소리를 쳤다.

오후 5시 10분 전, 태준은 멀티플렉스를 서성이다가 이내 로비 저편에서 바쁘게 걸어오는 소람을 발견하고 입이 벌어졌다.

가슴이 강조된 상의에 날씬한 허리가 돋보이는 플레어스커트를 입은 그녀는 극장에 모여든 남자들의 시선을 끌면서 걸어오고 있었다. 그런 광경을 보는 순간 수컷 특유의 경계심이 발동한다.

하여튼, 저놈의 무다리는 좀 감추고 다니라고 했거늘.

소람의 각선미는 하늘하늘한 스커트 아래에서 남자들을 유혹하듯 예쁘게 빛나고 있었다.

"이 형사님은 왜 이렇게 일찍 왔어요? 약속 시간보다 내가 더 일찍 나온 건데?"

이 형사님이라. 호칭에 살짝 거리감이 느껴지는 것 같아서 태준의 미간이 살짝 구겨졌다. 뭐. 오늘은 첫날이니까. 태준은 소람에게 손을 내밀었다.

"몇 시 표입니까? 어디 한 번 봅시다."

소람이 영화 표를 꺼내려고 핸드백을 열자 그녀에게서 지금껏 맡아보지 못한 청량한 향기가 풍겨 나왔다. 그러고 보니 오늘 그녀는 확실히 평상시 모습과 다르다. 컬이 진 머리카락도 그렇고 상당히 붉어진 입술도 그랬다.

"오늘은 제법 섬세하네요."

태준의 그 말에 소람은 영화 표를 꺼내면서 갑자기 눈을 깜박거렸다. 그러자 그녀가 강조하려고 했던 속눈썹이 나풀거리며 그를 유혹하고 있었다.

"어때요. 조금 뇌쇄적으로 보이긴 하나요? 나 오늘 굉장히 섹시한 콘셉트로 온 건데?"

"뭐라고요?"

그를 위해 단장했다는 소람의 말에 가슴 한쪽이 쿵쿵 뛰기 시작했지만 태준은 모른 척했다.

"사람 참. 여자가 이렇게 속눈썹을 나풀거리며 예쁜 척을 하면…… 당신은 뭘 하든 예뻐. 그래주면 되는 거예요."

소람이 여자의 마음을 몰라준다며 투덜대자 태준은 피식거리며 그녀를 훔쳐보았다. 불과 몇 시간 전까지도 연애가 어렵다고 투정하던 그녀가 맞는지 의심스러울 정도다.

"그러나저러나 나 음료수 좀 사줘요. 미리 와서 물이라도 사려고 했는데 이 형사님이 서 있는 바람에 저쪽에서부터 뛰어 왔단 말이에요."

자연스럽게 무언가를 청할 줄 아는 소람이 기특해서 태준은 '그럽시다' 하면서 기분 좋게 돌아섰다.

그때였다. 뒤에서 누군가가 소람의 어깨를 덥석 잡아챘다.

"소람 누나. 소람 누나 맞죠?"

소람도 깜짝 놀란 듯이 자신을 붙든 남자를 돌아보다가 이내 소리를 지르면서 좋아했다.

"꺅! 창수야. 이게 얼마만이야?"

그들은 서로를 안고 방방 뛰기 시작했다. 참 눈물겨운 상봉 장면이로군. 하지만, 그들의 포옹이 생각보다 길어지자 태준은 그들을 불량스럽게 내려다보았다.

"너 진짜 어떻게 된 거야? 요즘 모임도 잘 안 나오더라. 네가 차린 스타트업이 이제야 빛을 보고 있다면서. 내가 너 고생할 때 진짜 걱정 많이 했었는데."

"간간이 누나들이 찔러주고 간 돈으로 지금껏 버틴 거죠 뭘. 그렇잖아도 누나들 보러 가려고 마음먹고 있었는데 이런데서 보네."

"당연하지. 정말 이런데서라도 봐서 좋다. 그나저나 누구랑 왔어? 요즘 만나는 사람 있어?"

소람의 속사포 같은 질문에 그는 약간 쑥스러운 듯 머리를 긁적였다.

"네. 요즘 어린 친구 하나 꼬시고 있는 중이거든요. 그 친구가 보고 싶은 영화가 있는데 상영관이 많지 않아서요. 외근 나온 김에 표 끊어가는 중이예요."

부끄러운 듯 말하는 그의 말에 소람은 잘됐다면서 그의 어깨를 마구 때렸다.

아쭈. 김소람. 아주 프리하시구만. 태준은 순간 일행이 있다는 것도 잊어버린 채 후배와의 조우에만 열중하고 있는 그녀에게 한숨이 쌓여가는 걸 느끼고 있었다.

"그나저나, 이분은⋯⋯."

그가 태준을 가리키자 소람은 아무렇지도 않다는 듯이 말했다.

"응. 내가 요즘 만나고 있는 분."

소람의 애매한 표현에 태준은 약간 꺼림칙한 표정으로 그녀의 후배와 악수를 나누었다.

그래, 일단 두고 보자. 앞으로 시간은 많으니까.

소람이 그렇게 후배를 보내는 사이 물을 사가지고 온 태준은 그녀에게 물을 던져주며 불량스럽게 굴었고 그의 행동에 놀란 소람은 눈을 휘둥그레 뜬 채로 그를 바라보았다.

"뭐예요?"

소람은 자기 혼자 휙 하니 걸음을 옮기는 태준에게 재빨리 따라붙었다.

"뭐가 뭡니까."

그가 퉁명스럽게 대답하자 소람은 인상을 쓰며 따졌다.

"왜 때아닌 심통을 부리냐고요."

소람의 말이 거슬린 태준은 영화관 복도를 걷다가 멈춰 섰다. 오해가 쌓이느니 말할 것은 말하는 것이 낫다는 생각에 그녀를 돌아보았다.

"내가 속 좁아 보이는 것 같아 언급 안 하고 싶었는데 말입니다. 공공장소에서 외간 남자를 끌어안고 방방 뛰는 건 잘하는 짓 같습니까?"

태준이 타박하듯 한마디 내뱉자 소람은 인상을 찌푸렸다.

"저 아이를 몇 년 만에 만난 지 알아요? 5년? 아니, 8년? 하여간 얼마나 오랜만인데요."

이해하지 못하겠다는 소람의 시선에 태준의 눈이 가늘어졌다. 차라리 말을 말걸. 갑자기 자신만 옹졸한 남자가 된 것 같아 더욱더 기분이 상했다.

"그래요. 반가웠겠네."

태준이 다시 뒤돌아서려는데 갑자기 소람이 그의 팔을 덜컥 잡았다.

"왜 태준 씨는 말 안 해요? 나보고는 다 말하라면서요? 나 지금 굉장히 답답해요."

"난 이 문제가 함께 나눌 수 있는 문제라고 생각했는데 지금 당신을 보니 이건 철저하게 내 개인적인 문제라는 걸 알았습니다."

뒤에서 와! 하며 열을 올리는 소람의 목소리가 들려왔다. 그때였다.

"이 형사님?"

그곳에는 같은 경찰서 교통과 김 순경과 채 순경이 눈을 반짝반짝 빛내면서 서 있었다.

"어, 김 순경. 영화 보러 왔어?"

"네. 채 순경이랑요. 이 영화 수사물이니까 다들 한 번쯤 봐두면 좋다고 해서. 저번에 같이 보러 가자고 하니까 바쁘다고 하시더니."

딱 보아하니 20대의 꽃띠 아가씨들이었다. 그 무엇을 하든 예쁠 나이. 태준은 정작 언제 그런 적이 있었나? 하는 표정이었지만 태준을 보며 얼굴을 붉히는 처자들을 보고 있자니 소람은 괜시리 심기가 불편해지기 시작했다.

"이 형사님이 이런 곳에 혼자 오실 리는 만무하고……."

여자들이 그의 일행을 찾아 재빨리 눈을 굴리자 태준은 건성으로 소람을 삐죽 가리켰다.

"여자친구는 아니고."

태준의 그 말을 멀리서 들은 소람은 순간 울컥하는 기분이 들었다. 굳이 뒤에 한마디를 덧붙이는 저 심보는 뭐야? 그리고 그 한마디에 더욱더 환하게 피어나는 그녀들의 웃음은 또 뭐고?

순간 열이 확 받은 소람은 태준을 휙 스쳐가며 빠르게 이야기했다.

"영화 시작하네요. 들어가죠."

영화관에 들어가서 자리를 잡은 태준은 소람의 엉뚱한 행동에 약간 의아함을 느꼈다. 섬세하지 않은 김소람답지 않게 좌석은 커플석이었다.

내가 너무 심했나.

서로 붙어서 영화 보는 내내 어색하게 앉아 있을 생각을 하니 태준은 눈앞이 깜깜했다. 조금만 더 참을걸. 휴.

불이 꺼지자 한동안 눈을 감고 있던 태준의 눈이 어둠에 익숙해 졌다. 그는 갑자기 소람이 궁금해져서 한쪽 팔걸이에 머리를 괴고서는 그녀가 있는 쪽을 슬쩍 바라보았다. 소람은 여전히 꼿꼿하게 허리를 세우고 팔짱까지 낀 채 영화를 관람하는 중이었다. 소람은 '지금 화가 많이 났어요!'라는 오라를 마구 발산하고 있는 중이었다.

하! 저 여자를 어떻게 요리하지?

태준이 머리를 굴리고 있을 무렵 갑자기 화려한 섬광이 극장 안을 수놓았다. 태준은 소람이 움찔하며 팔짱을 푸는 것을 보았다.

어? 시작하나?

태준은 피식 웃으면서 이내 자세를 바로 잡았다. 또다시 섬광이 번쩍 하며 긴장감 있는 장면이 지나가자 갑자기 소람은 무언가를 참으려는 듯 자신의 치맛자락을 꽉 쥐었다.

그 순간, 기괴한 사운드가 극장 안에 울려 퍼지자 스크린을 차마 못 보겠다는 듯 살짝 몸을 틀던 소람과 눈이 마주쳤다.

흥! 하면서 자세를 잡던 소람은 갑자기 화면 가득 흉측한 모습을 한 캐릭터가 등장하자 소리를 지르면서 태준의 어깨에 얼굴을 파묻었다.

옳거니, 드디어 기회가 왔다! 태준은 따뜻한 손으로 소람을 감싸 안고 토닥이기 시작했고 소람은 자신도 모르게 어깨를 움츠리며 그에게 더 달라붙었다.

태준은 소람의 귀에 속삭였다.

"그렇게 너무 훅 들어오진 맙시다. 당신 숨결 때문에 영화에 집중할 수가 없으니까."

장난스러운 말과는 달리 태준의 표정은 꽤 진지해 보였다. 또 한 차례 '꺄아아악!' 하고 모든 관람객의 소리가 온 극장 안을 울리기 시작하자 소람은 고개를 파묻고는 태준에게 겨우 물었다.

"뭐…… 뭐예요?"

소람이 그의 어깨에 얼굴을 묻은 채 돌아보지 못하자 태준은 그녀의 귀에 속삭였다.

"지금 범인이 사람을 죽여서 내장을 꺼내 먹고 있습니다."

아니! 이런 엉터리 사기꾼을 봤나!

오기 전에 열심히 읽고 왔던 영화 설명 그 어디에도 그런 전개는 없었다. 소람은 고개를 휙 들어 태준을 올려다보았다. 얼굴 사이의 거리가 10센티미터도 떨어져 있지 않은 상태에서 두 사람은 서로를 마주 보았다.

"거짓말하지 마요?"

"거짓말 아닌데? 그럼 직접 당신 눈으로 보든가."

"당신이야말로 내 허리에서 손 좀 내려요."

태준은 활짝 웃으면서 소람의 갈비뼈를 일부러 쓱 하니 쓸었다.

하! 정말 이런 식으로 나온다 이거지? 그렇다면…….

태준 때문에 내내 약이 올랐던 소람은 영화 감상을 방해할 목적으로 그의 턱을 잡아 입술을 밀어붙였다. 김소람 인생에서 처음으로 남자에게 먼저 키스를 시도한 순간이었다.

　태준은 기다렸다는 듯이 입을 크게 벌리며 소람은 입술을 빨아들였다. 그들이 나눈 키스는 그 어떤 영화보다도 더 흥미진진했고, 소람을 어루만지는 태준의 손길은 그녀가 알았던 그 어떤 남자보다도 더 섹시했다.

　얼마간의 시간이 흘렀을까. 심장이 터질 것 같은 소람에게 태준은 이렇게 속삭였다.

　"김소람. 당신은 나한테 안 돼."

　아직도 가슴이 들썩들썩한 소람과 달리 태준은 평온해 보였지만 심기는 생각보다 좋아 보이지 않았다.

　"다음부터는 우리 조심 좀 하기로 합시다. 나와 있는 한 다른 남자와의 스킨십은 최소한으로 줄이고."

　소람은 자신의 귀를 의심했다.

　"뭐라고요?"

　"들었잖습니까. 나와 있는 한 다른 남자와의 스킨십은 자제해 달라고."

　"내가 뭘 했는데요?"

　"아무리 3개월 연애라지만 난 제대로 연애할 겁니다. 당신은 나와 생각이 다른 것 같지만."

　소람은 자신의 손을 잡아챈 태준의 손을 뿌리쳤다.

　"이 연애, 남는 시간 함께 차 마시고, 영화 보면 되는 거 아니었어요? 어차피 난 당신에게 여자친구도 아니라면서요."

소람이 반항심에 그렇게 이야기하자 얼음장 같은 태준의 시선이 와 닿았다.

"지금 뭐라고 했습니까?

"말 그대로예요. 태준 씨가 아까 태준 씨 지인들 앞에서 그렇게 이야기했잖아요. 여자친구는 아니라고."

소람이 속을 긁자 태준도 만만치 않게 반격했다.

"김소람에게 내가 남자친구라는 자각은 있고?"

"그건 상대적인 거 아닌가요? 당신이 날 그 정도로밖에 생각 안 하는데 나라고 다를까요? 우리는 서로 즐기면 그만인 사이 아닌가요?"

소람의 반격에 태준의 얼굴이 일그러지는 게 보였다.

흥! 그것 봐라. 당신만 한 방 먹일 줄 알고?

소람이 흐트러진 옷매무새를 다듬으려고 하는 찰나였다.

갑자기 태준이 꼰 다리를 풀고 소람을 향해 자세를 틀더니 별안간 그녀의 양팔을 잡고서는 등받이 구석까지 밀어붙였다.

"지금 뭐 하는 거예요!"

소람이 반항하며 마구 버둥거렸지만 태준은 아랑곳하지 않은 채 으르렁거렸다.

"서로 즐기자며! 그렇다면 내 생각대로 당신도 날 상대해야지."

그리고 태준은 그녀의 어깨와 연결된 부분의 목을 사정없이 물어뜯었다. 순간 소람은 자신도 모르게 소리를 질렀다.

소란에 주변의 커플들이 하나둘씩 얼굴을 내밀어 그들을 바라보자 소람은 거의 울 듯한 표정으로 자리에서 천천히 일어났다.

"정말 저질이야. 이태준."

소람이 이를 갈며 이야기하자 태준은 약간 화가 난 듯 의자에 자세를 잡고 바로 앉았다.

"다음부터 그런 이야기할 때는 한 번 더 생각하고 말해요."

태준의 말에 소람은 갑자기 얼굴이 새빨개져버렸다.

엔딩 크레딧이 올라가고 불이 켜짐과 동시에 소람은 자리에서 그대로 뛰쳐나가버렸다.

영화관 출구를 빠져나오자 태준은 강하게 소람의 손목을 잡아 채어 자신을 마주 보게 만들었다.

"이야기 좀 해요."

"무슨 이야기요? 당신과 나의 연애관이 다른 문제요?"

소람이 거의 소리 지르듯 쏘아붙이자 태준은 화를 참는 듯하더니 정중하게 물었다.

"아까 내가 여경들에게 내뱉었던 그 말이 그렇게 기분 나빴습니까?"

태준의 말에 소람은 입술을 꼭 깨물었다.

"네. 상당히 불쾌했어요.."

"그럼 나는 기분 좋았겠습니까? 요즘 만나고 있는 분이 다른 남자에게 안겨 있기까지 했는데?"

소람은 무언가를 그에게 잔뜩 쏟아내려다가 멈칫했다. 가만, 그러니까 이 사람이 화가 난 포인트가 어디라는 거야? 창수를 포용한 것, 아니면 요즘 만나고 있는 분이라고 말한 거?

소람은 빠르게 머리를 굴려 5시 10분 전 이후로 자신이 했던 행동들을 전부 되감아보다가 이내 무섭게 노려보는 그의 시선을 이기기 위해 턱을 들었다.

"어제도 당신이 말하지 않았어요? 그냥 난 김소람답게 있어 달라면서요."

"남자 후배와 열띤 포옹 한 번 안 한다고 김소람답지 않은 건 아닐 텐데."

"우리는 원래부터 인사가 그랬어요!"

소람의 말에 태준이 핏대를 세우며 으르렁거렸다.

"그건 학창시절 때 이야기지. 이제는 당신 곁에도 누가 있는데! 만약 그 친구 여자친구가 옆에 있었다고 생각해보십시오. 과연 그 사람도 쉽게 넘어갈 문제인가."

태준의 논리에 소람은 한숨을 쉬었다. 이 남자, 생각보다 굉장히 보수적이네. 내 주변 남자들을 모두 단속할 태세다. 이렇게 생각이 달라서 어떻게 연애를 하지?

하지만 섬세한 태준은 그런 소람의 생각을 이미 읽고 있었던 듯했다.

"난 당신에게 시간이 남아돌아서 연애하자고 말했던 게 아닙니다. 지금이 아니면 영영 기회가 오지 않을 것 같아 어렵사리 연애하자 말을 꺼냈던 겁니다. 그런데 그렇게 힘들게 얻어낸 여자와의 시간을 그렇게 가볍게 다른 사람과 공유할 거라면 내가 왜 이 연애에 내 시간과 노력을 퍼부어야 하는 겁니까?"

태준이 이 연애에 생각보다 깊은 마음을 갖고 있다는 것을 알게 되자 소람은 당황스러웠다. 무겁다. 이 남자의 마음은 결코 가볍지 않아.

"그래서 난 3개월 동안 당신의 전부를 원해. 영화 보고, 술 마시고, 시간만 때우는 게 아니라 당신이 무슨 생각을 하고, 당신이 무엇에 울고 무엇에 웃는지 모조리 알고 싶다고."

태준의 신랄한 그 말에 소람의 마음이 미친 듯이 떨려오기 시작했다. 이태준, 당신 뭐야? 도대체 무엇을 감추고 살길래 나한테 이런 말까지 할 수 있는 거냐고.

"그렇다면 당신은요? 나보고는 그렇게 재고 따진다고 뭐라고 하더니 당신이야말로 풍덩 못 뛰어들고 내 감정이나 재고 있는 건 알고 있어요? 다가가면 자신에 관해 묻지 말라 물러서고, 뒤로 물러나면 당신에게 집중하지 않는다 화를 내요. 그러면 난 어떻게 하냐고요. 정말 나 이상한 남자와 이상한 약속을 해버린 거예요?"

소람이 본격적으로 달려들자 조용한 복도에 태준의 한숨이 짙게 깔리기 시작했다.

"당신은 내게 불만이 가득한 것 같지만 난 아닌 줄 알아요? 당신은 사방이 벽 같아. 분명 당신에게도 당신만의 기준이 있고, 당신만의 세계가 있는데 난 지금 계속 당신을 겉돌고 있다는 생각이 떠나지 않아요. 이게 무슨 연애고 이게 무슨 제대로 된 만남이냐고요."

소람이 속상한 듯 한마디 하자 태준은 순간 그녀를 물끄러미 바라보았다. 아직은 믿음보다는 불안감이 더 크게 다가오는 시기.

아무리 우리의 만남에 미래가 없다고 수백 번은 되뇌어보아도 나는 당신에게 어디쯤일까, 라고 자꾸 묻고 싶은 이 노릇을 어쩌면 좋다는 말인가. 그래서 더더욱 확인하게 된다.

"그래서 그만두고 싶습니까?"

자신이 연애하자 해놓고도 아직 확신을 얻지 못한 태준에게 소람은 폭발하고 말았다.

"아니요. 이번에는 내가 물을게요. 당신이야말로 그만두고 싶어요? 왜 자꾸 그런 식으로 물어요? 혹시 충동적으로 사귀자 제안해 놓고 번복할 용기가 없으니까 자꾸 나한테 유도하는 거예요? 그렇다면 잡지 않을 테니까 그만 가요. 나도 당신 같은 사람 사귀지 않아도 그만이니까!"

울먹이며 쏟아낸 소람은 태준을 팽 하니 스쳐 지나가려고 했다. 그러자 태준이 재빨리 그녀를 끌어안았다. 속상한 마음에 소람이 그의 포옹을 풀어내려 갖은 애를 써봤지만 태준은 오히려 그녀를 더욱 꽉 껴안았다.

"김소람 씨."

"이거 놔요. 아닌 것 같다면 지금이라도 그만두는 게 맞아요. 태준 씨는 자신도 정작 뭘 하고 싶은지도 모른 채 내게 연애하자 말한 것 같아요. 그러니까 나에게 화를 내기 전에 당신 마음속부터 들여다보세요."

소람의 신랄한 말에 태준은 그녀가 더 이상 움직이지 못할 정도로 안은 팔에 힘을 주었다.

"미안합니다. 솔직히 말하면 나도 내 마음을 잘 모르겠습니다.

당신에게 계속 말했다시피 내 마음은 당신처럼 건강하지 못하니까. 당신을 만나고 싶은 건 사실이지만 그 만남이 가볍지도, 무겁지도 않았으면 좋겠어. 하지만 다른 남자와 함께 있는 당신을 보면 상당히 기분 나빠. 당신이라면 이런 내 상태를 어떻게 진단하겠습니까?"

태준의 솔직한 말에 소람의 한숨이 날아들었다.

한참 동안 그녀를 끌어안고 있자 불안했던 마음이 그녀의 향기를 타고 조금씩 안정되었다.

"당신에게 그런 말까지 털어놓을 생각은 아니었는데……."

겉으로 보는 것보다 훨씬 더 깊이 그녀를 생각하고 있다는 그의 말에 소람은 자신도 모르게 두 팔을 벌려 태준의 품을 파고 들었다.

"좋아요. 이번만은 용서해줄게요. 하지만 다음부터는 조심해주세요. 듣는 여자친구 상당히 기분 나쁘니까."

'여자친구'라고 스스로 호칭을 확정 짓는 소람을 보며 태준은 안도의 한숨을 내쉰 뒤 자신도 모르게 빙긋 웃었다.

"그럼 지금부터 뭘 하고 싶습니까? 당신이 어렵사리 예매한 영화도 보다 나왔는데."

품 안에 묻혀 있던 소람의 얼굴이 그제야 모습을 드러냈다.

그즈음 소람의 눈에 출구 끝에 있는 커피숍에 아까 태준을 아는 척한 아가씨들이 자리를 잡는 것이 보였다. 태준이 그들 중 한 명과 반갑다며 포옹하고 있는 장면이 상상되자 소람의 심기가 갑자기 뒤틀어졌다. 이태준의 말이 무리는 아니었구나. 하! 이 죽일 놈의 역지사지.

"그전에 일단 내 자존심부터 회복하고요."

소람이 복도 끝을 향해 턱을 까딱하자 태준은 그녀가 가리키는 방향으로 시선을 돌렸다.

소람이 가리킨 방향에서 커피를 주문하고 있는 여경들을 발견하자 태준은 자신도 모르게 히죽 미소를 지었다. 역시 김소람은 보통내기가 아니었어.

태준은 골치가 아픈 듯 한숨을 내쉬었다.

"저 아이들에게 가서 당신하고 정식으로 사귀고 있다고 말하면 되는 겁니까?"

태준의 말에 소람의 인상이 찌푸려졌다. 그렇다고 그렇게 직설적으로 이야기하면 내가 뭐가 되겠어! 이 눈치 없는 형사님 같으니라고. 내가 단언하는데 당신은 여자를 몰라도 너무 몰라.

소람은 태준을 째려보다가 이내 품에서 빠져나와 그의 팔에 당당하게 자신의 팔을 끼웠다.

"일단 가요. 원래 말보다 더 확실한 게 있죠. 그게 먹히면 좋겠지만."

태준은 잠시 생각하더니 팔을 빼서 소람의 어깨를 감쌌다.

"팔짱보단 이게 더 그림이 낫죠."

태준의 그 말에 소람은 이제야 말이 통한다는 듯 싱긋 미소를 지어 보였다. 한참 동안 소람을 바라보던 태준은 예뻐서 못 견디겠다는 듯 별안간 그녀의 입술에 자신의 입술을 눌러왔다.

한편, 서로를 꽉 끌어안은 채 뜨거운 키스까지 나누며 테이블을 스쳐 지나가는 태준과 소람을 바라보던 두 여경의 입이 하마처럼 크게 벌어졌다.

그리고 지나가는 그들 뒤로 이런 소리가 들려왔다.

"김 순경 너 어떡해! 이 형사님 진짜 연애하나 봐!"

5. 서로를 이해해보려는 마음

아버지가 입원하기 일주일 전 저녁, 소람은 집 앞 편의점에서 오랜만에 초등학교 동창인 승훈을 만나고 있었다.

"어이, 친구! 오랜만이다? 그 더운 여름날 나 맥주 한 잔만 사달라고 해도 그렇게 들은 척도 안 하더니. 무슨 바람이 불어서 여기까지 왕림하셨대?"

소람이 타박하자 승훈은 피식 웃더니 앉기나 하라는 듯 편의점 의자를 밀어주었다.

"아니, 근처에서 직장 동료랑 술 한잔했는데 딱 한 잔만 더 했으면 좋은 때 있잖아. 옛 생각도 나고, 너도 오랫동안 못 봤고."

승훈의 그 말에 소람이 입술을 삐죽였다.

그 모습을 한참 바라보던 승훈이 소람에게 물었다.

"뭐 마실래. 항상 마시던 거?"

"아니. 오늘은 비싼 거 사주라. 초록색 독일 맥주. 진하게 들이켜고 집에 가서 푹 자려고."

승훈은 고개를 끄덕이더니 이내 맥주 여남은 개를 사서 밖으로 나왔다.

"야! 너 진짜 직장인이 너무하다. 안주도 하나는 사와야지."

"그냥 마셔, 그냥. 오징어도 안 먹는 애가 갑자기 웬 안주 타령이야?"

승훈이 맥주 캔을 따서 벌컥벌컥 들이켜는 모습을 지켜보던 소람은 아쉬운 듯 중얼거렸다.

"그 사람은 내가 사달라고 조르면 마지못해 다 사주던데."

그 말에 승훈이 맥주를 마시다 말고 소람을 묘한 눈으로 바라보았다.

"무슨 말이야? 그 사람이라니……."

때마침 태준에게 전화가 왔다.

-어딥니까? 밖인 것 같은데?

태준의 말에 소람은 승훈이 내민 캔 맥주를 따며 고맙다는 손짓을 해 보였다.

"친구랑 편의점 앞에 있어요. 남자인지 여자인지 안 물어봐요?"

소람의 수상한 질문에 태준의 인상은 저절로 찌푸려졌다. 이 여자 주변에는 얼마나 많은 남자가 있는 거야?

소람의 그 말에 휴대폰 너머에서 한동안 침묵이 흐르는 것이 느껴졌다.

"승훈이라고 초등학교 친구예요. 내가 사고 치면 뒤에서 묵묵하게 수습해주던 친구요."

-동창회에서 당신 때문에 멱살잡이를 했다는 그 친구?

갑자기 소람의 입가에 잔잔한 미소가 번졌다.

"맞아요. 그 친구요. 이 형사님 기억력 좋은데? 하하하."

소람의 놀림에 태준의 말이 속사포처럼 흘러나왔다.

-김소람 씨. 내가 지금 함께 있어줄 수 없으니까 참고 넘어가긴 하는데 통금 시간은 지킵시다. 응? 10시까지 들어가 있기로.

태준의 채근에 소람은 빙긋 웃었다.

"네. 안 늦어요. 알았어요. 들어가면 문자라도 남겨 놓을게요."

소람의 차분한 표정 안에는 묘한 설렘이 섞여 있었다.

"너 또 누구 생겼냐? 왜 이렇게 백수한테 파리가 잘 꼬여. 이번에는 어떤 놈인데? 어떤 놈인지 이 오빠가 확인해봐야 하는 거 아니야?"

소람은 들켰네, 하는 표정을 짓고 있다가 이내 쑥스러운 듯 맥주를 한 모금 더 들이켰다. 승훈은 한숨을 푹 쉬고 이내 맥주를 벌컥벌컥 들이켜더니 와그작 맥주 캔을 구겼다.

"에이 씨. 또 늦었네."

소람은 눈을 들어 승훈을 바라보았다.

"최찬우 녀석 때도 그랬고 지금도 그렇고. 너는 왜 그렇게 나랑 타이밍이 안 맞냐? 소람아, 있지."

그러자 소람이 승훈을 부드럽게 불렀다.

"승훈아. 우리에겐 이미 지난 10년간 여러 번의 기회가 있었어.

하지만 어느 누구도 움직이지 않았다는 건 역시 우리는 이 더운 여름날, 편의점에 앉아 맥주 한 잔 나눌 수 있는 관계가 제일 잘 어울린다는 걸 알고 있었기 때문이야."

소람의 그 말에 승훈은 뭔가 좀 억울하다는 미소를 짓는가 싶더니 새로운 맥주를 따서 한 모금 들이켰다.

"도대체 널 잡은 그 남자의 매력은 뭐냐? 뭐라고 하면서 꼬셨기에 철벽 김소람 선생이 한 번에 넘어갔대?"

그러자 소람이 빙긋 웃었다.

"정확하게 나하고 사귀고 싶다고 말했거든."

"그게 무슨 말이야? 그건 당연한 거 아니야?"

"글쎄? 첫 연애를 시작했던 스물한 살 이후로 내게 그렇게 '사귀자'라고 정확하게 이야기했던 사람은 그 사람이 처음이었어. 내 연애는 이상하게도 항상 얼버무리듯 사귀게 되는 패턴이었거든. 유야무야 밥 먹고 차 마시는 횟수가 늘고, 사귀는 것도 안 사귀는 것도 아닌 애매한 관계로 시작해서 우리가 무슨 관계인가 싶어 상대방 눈치 보고. 그 사람의 감정에 비례해 내 감정을 너무 감정을 내보여서 문제였다가, 때로는 너무 감추려다 사랑을 놓쳤지. 그런데 이 남자는 '사귀자' 하고 정확히 청했고, 그리고 내가 우리는 어떤 관계냐고 말했을 때 당당하게 너와 난 '남자친구와 여자친구 사이다'라고 확실하게 말해주었어. 그러다보니 내가 이 사람한테 다가가는데 더 이상 망설일 이유도, 몸을 사릴 이유도 없었어."

그렇게 말하는 소람의 얼굴은 그가 보아 온 10년간의 세월 중에서 가장 편안해 보였다.

"결혼까지 생각해?"

승훈이 다시 한 번 묻자 소람은 말없이 웃었다.

"생각 잘해. 지금 너 그렇게 감정만 쫓을 나이는 지났잖아."

승훈의 의미심장한 말에 소람은 말없이 맥주 캔의 테두리를 손가락으로 만지작거렸다.

"나이가 있다 보니 예전에는 사람을 만나면 결혼은 언제 할까, 하는 생각에 사로잡혀 있었는데 일련의 사태를 겪다 보니 누군가와 교제할 때 가장 중요한 것은 뭇 사람들의 시선보다도 두 사람만의 든든한 감정 고리를 만드는 일이라는 걸 알았어. 일종의 두 사람만의 역사랄까?"

"역사는 무슨, 그러다 마음 맞고 여건 맞으면 하는 게 결혼이야."

승훈의 뾰족한 마음이 드러나자 소람은 그를 바라보았고 승훈은 맥주를 들이켰다.

"솔직히 이 사람과는 결혼까지는 못할지도 몰라."

소람의 말에 승훈의 눈이 휘둥그레졌다. 그럼 왜 만나? 하는 의문을 가득 담고서. 승훈을 바라보던 소람도 혼자서 빙긋 웃었다.

"내 사정을 봐라. 백수에, 아픈 부모에. 넌 나 같은 여자 하고 결혼하고 싶니?"

머뭇거리던 승훈이 입을 열려하자 소람은 입바른 소리는 되었다는 듯 손을 들어 막았다.

"그런데도 이 사람은 연애하자 말했어. 재고 따지지 말자며. 그래서 하는 거야. 이 연애. 간단하잖아?"

소람이 담담한 표정이었지만 그래도 여전히 감출 수 없는 무언가가 승훈의 눈에 포착되었다.

"말하는 거 하고는. 그런데 왜 그렇게 네 눈에 물기가 서려 있냐. 그런 눈을 하고 있을 것 같으면 연애한다고 하지나 말지."

소람은 대답 대신 웃으면서 승훈의 캔에 자신의 맥주를 부딪쳤다.

저녁 10시가 다 되어 퇴근한 태준이 아직도 편의점 의자를 점령하고 있는 소람을 찾아왔다.

"그래서 그 친구와 이 시간까지 계속 맥주를 마셨다?"

집에 잘 도착했다는 문자가 들어오지 않아 궁금하던 찰나 아직도 집 앞이라는 소람의 말에 그녀를 찾아온 참이었다. 태준은 테이블에 홀로 앉아서 약간은 취해 있는 그녀를 바라보았다.

"그래서 나보고 지금 술 취한 김소람 좀 데려가라고 부른 겁니까?"

소람은 눈을 가름하게 뜨더니 그를 향해 두 팔을 벌려 안아달라고 계속 투정을 부렸다.

"아니요……. 술 마시니까 갑자기 보고 싶잖아요. 내가 술이 단단히 취한 모양이에요."

소람의 그 말에 태준은 경고하듯 그녀의 턱을 꽉 쥐어 보였다. 술은 누구랑 마시고 어디서 어쭙잖은 애교를.

"그런데 왜 이렇게 기운이 없습니까?"

"아니, 그냥요. 그냥 좀……. 기분이 묘하네요."

"뭐가 미안합니까? 그 사람이 사랑 고백이라도 해왔습니까?"

선무당 같은 태준의 말에 소람은 순간 움찔했고 태준은 그녀의 모습을 뻔히 봤으면서도 아무 말도 하지 않았다.

"어? 왜 화 안 내요?"

"알고 있었으니까."

"뭐라고요? 당신이 뭘 알고 있는데요?"

"당신을 힘들게 했다고 여러 사람들 앞에서 화를 냈다는 건 이유가 딱 하나밖에 없거든. 더군다나 모임에도 잘 안 나오는 사람이라면서요."

태준의 그 말에 소람은 눈을 크게 떴다. 그가 뭔가를 생각하는 듯 테이블을 손가락으로 똑똑 두드렸다.

"그러니까 이제 다른 사람 좀 그만 괴롭혀요. 당신 때문에 벌써 전사자가 몇 명입니까?"

그러자 소람이 대번에 미간에 다시 주름을 잡았다.

"내가 누굴 괴롭혔다고 그래요?"

"그렇잖습니까. 아무리 단속해도 매력을 이렇게 온 사방에 뚝뚝 흘리고 다니는데 내가 안심이 되겠습니까?"

소람은 그렇게 말하는 태준과 자신을 돌아보았다.

그래. 지금 그녀는 그녀가 경험해본 중 꽤 괜찮은 연애를 하고 있었다. 그러나 이 연애는 점점 더 시간이 갈수록 신기루처럼 공허한 느낌이 든다.

더군다나 감정이 깊어갈수록 소람은 자꾸만 무언가가 부족하다는 느낌이 들었다. 아까 전 승훈도 그들을 간파했듯이 어쩜 우리는 서로를 속고 속이고 있을 뿐이다.

정작 마음 깊은 곳에 있는 아픔이나 치부는 나누지도 못하면서 즐겁고 좋은 것들만 나누려는 하는 것이 과연 제대로 된 연애 놀음인가, 라는 깨달음이 그 밤을 물들이고 있었다.

"태준 씨."

소람은 별안간 태준을 불렀다. 오늘은 마음먹고 그런 이야기들을 해볼까 한다.

태준이 그녀를 돌아보았을 때 갑자기 소람의 휴대폰에서 시끄러운 벨소리가 흘러나오기 시작했다. 타이밍도 참……. 지금 중요한 말을 하려고 하는데…….

소람은 끈질기게 울리는 벨소리를 무시하지 못하고 마지못해 전화를 받았다.

"어. 지환아."

이야기를 들은 소람은 의자가 뒤로 벌렁 넘어질 정도로 급하게 일어났다.

"뭐라고? 거기가 어딘데? 어."

얼굴이 하얗게 질린 소람은 전화를 끊고 태준에게 매달렸다.

"혹시 태준 씨 차 가져왔어요? 나 좀 병원에 좀 태워다줘요."

소람이 태준을 붙들자 그는 고개를 끄덕이고는 그녀의 손을 아프게 감싸 쥐었다.

-아버지랑 식사 마치고 식당에서 나오는데 가슴이 답답하시다면서 주저앉으시잖아. 아무래도 이상해서 119 불러서 응급실로 들어왔어. 응급의학과 의사가 문진하더니 심전도 찍자고 해서 찍었

는데 그것도 좀 이상하다고 지금 심장 초음파까지 봐야 한대.

소람의 두 손에 땀이 흐르기 시작했다. 제발 아무 일도 아니길. 제발 하느님, 제발 부탁드려요.

하얗게 질린 얼굴로 두 손을 꼭 모으고는 초조하게 앉아 있는 소람의 손 위로 태준의 손이 덮였다.

"아무 일 없을 겁니다. 너무 걱정하지 말아요. 그러다 당신이 쓰러지겠어."

태준은 웃으면서 그녀의 긴장을 풀어주려는 듯 그녀의 볼을 꼬집어 보였고 소람은 가까스로 웃으면서 그의 손을 맞잡았다.

"고마워요. 당신이 함께 있으니까 한결 든든한 것 같아요."

소람의 어색한 미소를 보며 태준은 안심하라는 듯 손을 더욱 힘주어 잡아주었다.

병원 응급실 입구에 도착하니 마침 온 가족이 아버지를 부축하고 밖으로 걸어 나오고 있었다.

"아버지! 괜찮으세요? 왜 나오시는 건데요?"

"어. 별다른 이상은 없단다."

아버지는 그렇게 대꾸했고 올케와 엄마는 그런 아버지를 보고는 가슴을 쓸어내리다가 소람의 뒤에 서 있는 태준을 보고는 눈을 동그랗게 떴다.

"어! 이 형사님 아니에요? 아니, 이 형사님이 왜?"

순간 아차 싶은 태준이 인사하려는데 소람이 재빨리 이야기했다.

"어. 집 앞을 지나가시기에 내가 염치불구하고 병원에 좀 태워

달라고 부탁드렸어."

태준은 잠시 그녀를 건너다보더니 정중하게 허리를 숙여 인사했다.

"건강은 좀 어떠세요? 말씀 듣고 깜짝 놀랐습니다."

"그 사기꾼 정 씨 담당 형사님이에요. 내가 저번에 이야기했잖아요. 별일도 아니면서 우리 애가 번거롭게 했네요."

엄마도 훤칠한 태준을 아버지에게 소개하기 시작했다. 그때였다. 지환이 소람을 향해 손을 까닥거리며 불렀다.

"희원아. 아버지 모시고 차에 가 있어."

지환이 차 열쇠를 넘겨주는 동시에 소람의 팔을 끌었다. 그런데 왠지 그 눈치가 너무 이상해서 소람은 자신도 모르게 심장에 손을 가져다 댔다.

구석으로 간 지환은 소람을 향해 이렇게 말했다.

"심전도가 조금 이상해서 심장 초음파를 봤는데 이상 징후가 발견된대. 초음파 기사가 심장내과 의사를 콜 하더라고. 이거 응급 상황이라고."

갑자기 하늘이 까맣게 변하면서 소람은 두 무릎이 꺾이기 시작했다. 그녀가 무너져 내리려는 순간 누군가 몸을 꽉 붙들어주는 것이 느껴졌다.

그리고 '진정해요. 차분해져야 뒷일을 수습할 수 있어요.'라고 속삭이더니 꼿꼿이 설 수 있도록 도와주었다.

"그래서……?"

"빨리 입원해서 정밀 검사하는 것이 좋겠대. 그런데 아버지가 다음 주에 재활 치료 때문에 입원이 예정되어 있다고 사양하셨어. 치료받아야 한다면 그쪽에서 치료받으시겠다고. 그러니까 의사가 '어르신, 지금 그 심장은 문 앞을 나가다가 발작이 나서 쓰러지셔도 하나도 이상하지 않을 심장입니다.' 하잖아."

아……. 소람은 후룸라이드를 타고 뚝 떨어지는 것 같은 기분이 들었다. 그녀가 휘청거리자, 태준의 손이 안심하라는 듯 그녀의 어깨를 꼭 쥐어왔다.

"그런데 왜 그냥 나왔어! 그렇게 위험한데!"

"순간 여러 가지 생각이 들잖아. 여기는 엉겁결에 119 따라온 병원이고. 더 좋은 병원을 찾아봐야 할까 하는 생각도 들고. 그리고 진짜 아버지 말씀대로 괜찮으시면 다음 주에 입원하니까 그 쪽에서 진료받는 것이 괜찮다 싶었고."

순간 소람의 머릿속에 환한 불이 켜졌다. 심장. 심장 전문의. 괜찮은 심장 전문의를 어디서 찾지?

엄마의 오랜 병원 생활로 깨달은 것이 있다. 응급 상황이 오면 최대한 빠르게 대처해야 한다. 그 와중에 좋은 병원, 실력 있는 의사를 찾아가야 하는데 수술은 실수 없이 깔끔하게 끝내야 하고 약을 쓰는 치료는 경험 많은 의사가 부작용을 덜 일으킨다.

"의사가 뭐라고 더 안 해?"

"어. 굉장히 사무적으로 대하기에 나도 조금 기분이 상했어. 그런데, 정말 급한 환자였다면 이렇게 내보내지도 않았겠지. 그러니까 누나, 우리 일단 오늘은 집으로 돌아가서……."

소람은 머리를 굴리고 굴리다가 이내 어디론가 전화를 걸기 시작했다.

"아. 이모님. 저 소람이에요. 저 죄송하지만 막내 동생분이 심장내과에서 간호사로 근무한다고 하시지 않으셨나요? 혹시나 그 선생님 연락처 좀 알 수 있을까요? 실은 저희 아버지가 지금 심장이 안 좋으셔서 응급실에 와 계시거든요."

"아! 누나 일단 집에 가서 상의해 보자니까?"

지환이 통화하느라 바쁜 소람을 말리자 태준은 참지 못하고 자신의 존재감을 드러냈다.

"누나는 지금 응급 상황이라고 판단한 것 같은데 그렇다면 동생분은 오늘 진료한 기록 사본부터 발급받는 것이 어떻겠습니까. 어차피 다시 방문할 게 아니라면 어디를 가든 이곳의 초진 차트는 필요할 겁니다."

지환이 고개를 돌리자 멀끔하게 생긴 사람이 그를 응시하고 있었다. 경황이 없어서 몰랐는데 아까부터 그는 묵묵히 소람을 챙기고 있었다. 무너지려는 누나를 부축하는 손길이 제법 다부졌다.

"누구신지……."

"인사가 늦었습니다. 이태준이라고 누나와 교제하고 있는 사람입니다."

날카로운 눈으로 인사를 청해오는 그를 보고는 지환의 입이 살짝 벌어졌다. 교제? 태준이 아직도 움직이지 않을 거냐고 눈치를 주자 지환은 누나와 그 사람만을 번갈아 보고 있었다.

"난 외동이라 잘 몰랐는데 역시 첫째의 무게는 다르네요. 특히나 김소람 같은 여자에게는."

태준의 그 말에 지환이 무슨 뜻이냐는 듯 그를 바라보았다. 그들의 눈빛이 챙 하고 부딪쳤다.

"부모 건강에 이상이 생기면 자식은 더 이상 부모에게 보호받던 어린아이가 아니라 부모님을 보호해야 할 보호자가 되는 겁니다. 그러니까 보호자로서 무엇을 해야 하는지 그것부터 생각해 봐요. 아버지 말만 믿고 집으로 돌아가도 될지, 아니면 당신들의 감대로 지금 입원하려 했던 병원 응급실로 바로 달려가야 할지. 이제부터 결정권은 갑자기 환자가 되어버린 아버님이 아니라 보호자가 된 당신들에게 있습니다."

생면부지의 남자에게 듣는 한마디 한마디가 귀에 꽂히기 시작하자 지환은 여기저기 전화를 걸며 애를 쓰고 있는 소람을 바라보았다. 순간 소람이 전화를 끊고 뒤돌아섰다.

"지환아. 응급실 들어가서 응급차 섭외해줄 수 있는지 물어봐. 심장내과 간호사 선생님과 통화했어. 일단 발작 있었으면 응급실로 바로 들어오는 게 맞대. 입원 지시 내려놓을 테니까 서린대 병원 응급실로 지금 바로 들어오래."

그날 저녁, 소람의 아버지는 응급차를 섭외해서 서린대 응급실로 이송되어 바로 입원 조치되었다.

"그 심장내과 간호사는 또 어떻게 알았어?"

지환의 물음에 소람은 빙긋 웃으며 엄마를 바라보았다.

"엄마 입원했을 때 엄마 옆자리에 할머니 한 분이 입원했는데 거기 자매들이 참 우애가 좋았어. 우리도 장기 입원이었고 그 할머니도 최 교수님 재활 때문에 입원하셔서 3주간 같이 있었거든. 그때 이모님들이 나와 아버지를 꽤 인상 깊게 봤나 봐. 엄마한테 지극정성이라고. 음식 있으면 항상 나누어 먹고 그러다가 나중에 아쉽다며 연락처를 교환했는데 그게 이렇게 쓰일 줄이야."

소람은 정말 다행이라는 듯 웃었다.

"누나가 입원 수속하는 동안 심장내과 레지던트가 다녀갔는데 꽤 실력 좋은 의사 선생님한테 배치되어서 내일 제일 먼저 수술실 들어갈 거라고 하더라. 누나가 연락한 그 선생님이 거기 전문 간호사 중에서 베테랑이라 꽤 입김이 센가 봐. 레지던트까지 쩔쩔매던데. 잘 해드리라고 신신당부했다면서."

"김수찬 환자 보호자님? 보호자님?"

지환이 자리에서 벌떡 일어나더니 간호사를 바라보았다.

"수술 동의서 쓰셔야 한다고 스태프 선생님께서 부르세요."

"아까 그 사람 말이 맞네. 졸지에 이제는 우리가 아버지의 보호자가 되어버렸네. 누나가 지금까지 애썼으니까 이제 여기서부터는 내가 할게."

지환은 소람이 뭐라고 말할 새도 없이 잘 들어가라는 말을 남기고는 성큼성큼 간호사가 안내하는 곳으로 걸음을 옮기기 시작했다.

한편, 태준은 소람을 병원에 보내놓고 아주 오랜만에 아버지가 있는 요양원에 방문했다. 아주 작고 아담해서 가족 같은 분위기지만 꺼지지도, 채 피지도 못하는 생명들이 간신히 삶을 유지하고 있었다.

우왕좌왕하는 소람에 반해 상황 파악을 못하는 그녀의 동생에게 욱한 마음에 입바른 소리를 해버렸지만, 그 또한 오랫동안 누군가의 보호자 생활에는 도가 튼 사람이었다. 이제는 병원이라면 아주 지긋지긋할 정도로.

태준은 아버지의 이름이 적힌 방을 한참 동안 바라보다가 이내 어둠이 가득한 문을 열고서는 병실로 들어갔다. 그곳에는 두 개의 침대가 외롭게 놓여 있었다.

"어. 누구세요? 면회 시간은 끝났는데."

복도 끝에서 누군가가 나타나 날카로운 목소리로 그를 불렀다. 태준이 뒤돌아서자 놀란 수녀가 환한 불빛 아래로 다가오더니 못마땅한 표정을 지었다.

"아니, 때아닌 밤손님처럼 이렇게 찾아오면 어떡해, 태준 씨. 정말 한 대 맞아!"

그녀는 태준의 등을 사정없이 후려쳤다.

"죄송합니다. 수녀님."

태준이 고개를 수그리자 수녀는 그제야 따뜻하게 등을 문질러 주었다.

"아버지 보러 왔어? 그동안 많이 바빴어요? 그렇게 연락해도 몇 달 동안 한 번을 찾아오지 않더니 아무래도 마음에 걸린 모양이지? 이 밤에 찾아온 걸 보니."

수녀의 다정한 말에 태준은 순간 죄책감이 들었다. 지난번 방문 이후 3개월이 흘렀다. 날이 가면 갈수록 아버지는 외로운 곳에서 홀로 방치되어 있었다.

"들어가 봐. 요즘따라 조금 우울하신 것 같아. 이제는 가끔 있던 반사 반응도 더뎌. 그래서 내가 전화까지 했었잖아. 아버지 좀 자주 찾아뵙자고. 아버지의 유일한 낙은 태준 씨 보는 것일 텐데."

태준은 고개를 끄덕이다가 이내 침대 위의 아버지에게 다가갔다.

이제는 근육이 많이 소실되어 뼈만 남은 아버지. 그래도 천만다행인 것은 아직 손발이 많이 뒤틀리지는 않았다는 점이다. 손발을 움직이지 못하는 사지마비 환자에게 침을 놓아 혈이 통하게 하는 치료를 오래 받아 온 보람이 있었다.

태준은 아버지 곁에 조심스레 앉다가 하얗게 굳어진 손을 살짝 잡아보았다.

"아버지. 저 왔어요."

아버지는 눈을 감고 있었고 태준은 한숨을 쉬었다.

"저 오랜만에 왔다고 화가 나셔서 눈 안 뜨시는 거예요?"

태준은 그렇게 이야기하며 혹시 잠을 깨울까 싶어 아버지의 손을 조심스럽게 주물러 보았다.

자신이 병원에 있겠다는 지환에게 떠밀려 소람과 엄마와 올케는 택시를 이용해 한강 다리를 건너고 있었다.

"어. 알았어. 알았다고. 그러니까 걱정하지 마. 나도 어머니 댁에서 잘게."

올케인 희원이 지환과 긴 통화를 이어가다 끊었다.

"이번 프로젝트에 참여하는 거 포기하고 아버님께서 입원해 계실 동안 휴가 내겠대요. 그래도 좀 아쉽긴 하네요. 지환 씨가 이번 프로젝트 너무 하고 싶어서 엄청 기다린 걸로 아는데……."

지환은 갑자기 무슨 생각이 들었는지 이번에는 자신이 아버지를 돌보겠다고 나섰다. 자신이 그토록 들어가고 싶어 하던 프로젝트까지 포기해가며 아버지 곁을 지키겠다는 그를 보며 소람은 자신도 이제 인정할 건 인정해야겠다는 생각을 했다.

소람은 지금이 아니면 못할 것 같다는 생각에 다시 휴대폰을 꺼내 들었다.

"지환아. 누나야."

-왜 또? 걱정돼서 그래? 걱정하지 마. 무슨 일 있으면 바로 전화할게.

"너 정말 이번 프로젝트 포기해도 후회 안 할 자신 있겠어?"

지환은 그제야 담담한 목소리로 소람을 달랬다.

-프로젝트야 또 만날 기회가 있겠지만 아버지의 생사는 이번 한 번으로 좌지우지될 수도 있으니까. 만약 그런 거라면 난 후회 없는 선택을 하고 싶어.

지환의 그 말에 순간 소람은 주먹을 꼭 쥐었다. 나도 더 이상 지체되기 전에 그 말을 해야 해.

"지환아. 그동안 너한테 네가 내 맘처럼 움직여주지 않는다고 갖은 화를 내긴 했어도 난 항상 부모님이 나한테 동생을 남겨주셔서 든든하고 좋았어."

-알아. 누나가 무슨 말을 하고 싶어 하는지. 그날, 나도 누나 이야기 들으면서 많이 미안했고 많이 반성했어. 아직까지는 누나의 깊은 속까지는 헤아릴 수는 없겠지만 앞으로는 누나가 지고 있는

무게를 함께 나눌 수 있도록 노력해볼게. 부모님의 보호자로서. 그러니까 누나도 혼자서 끙끙 앓지 말고 필요한 것이 있다면 언제든지 나한테 이야기해줘.”

소람이 눈물이 나올 것 같아 입을 꽉 손으로 움켜쥐자 옆에 앉은 올케가 팔을 꽉 쥐어왔다.

“오빠가 원래 언니 걱정 엄청 했었어요. 맨날 저한테도 우리 누나 같은 사람은 세상에 없어 하면서 항상 형님 기준으로 절 재단하려고 해서 싸우기까지 했다니까요? 지금 와서 생각하니 참 철없는 짓이지만. 그러니까 형님. 이번에는 저희가 힘을 보탤게요. 그러니까 형님도 저희에게 기회를 좀 주세요.”

올케의 말에 소람은 자신도 모르게 눈가에 고인 눈물이 흘러내렸다.

소람은 집으로 돌아와 긴장감에 그대로 앓아 누워버린 엄마와 올케의 잠자리를 돌봐주고는 이내 책상 앞에 앉아 한동안 멍하니 휴대폰을 바라보았다.

태준 씨, 이태준.

그는 서린 대학 병원으로 가는 응급차를 타려는 소람을 꽉 붙들더니 병원에 도착하면 상황이 어떻게 되는지 연락 달라면서 신신당부했었다. 소람이 고맙다고 중얼거리자 태준은 그녀를 꽉 안아주면서 별일 없을 거라며 그녀를 안심시켜주었다.

벌써 새벽 1시가 넘은 시각, 아직도 나를 걱정하고 있을까? 소람은 조용히 한숨을 쉬고 그에게 전화를 걸었다. 얼마간의 신호음이 가더니 태준이 나직한 음성으로 전화를 받았다.

"태준 씨."

-아버님은 좀 어떠십니까?

그는 총알보다도 더 빨리 물었다.

"병원에 바로 입원하셔서 모니터하고 있어요. 내일 아침에 수술 들어가요. 걱정했던 거보다는 일사천리로 해결이 되네요. 덕분에 아직까지는 모든 것이 좋아요. 내일이 되면 또 무슨 일이 일어날지 모르겠지만."

그러자 태준이 자신의 일처럼 안도의 한숨을 내쉬었다. 분명 내일이 있다고 했는데도.

-고생했어요. 그럼 좀 쉬어요.

"태준 씨."

이번에는 소람이 그를 잡았다.

"태준 씨, 오늘 정말 고마웠어요. 태준 씨가 곁에 있어줘서 내가 얼마나 든든했는지 몰라요."

태준은 집으로 들어가려고 차에서 내리려고 하다가 좌석에 머리를 기대고 소람의 말을 곱씹어보았다.

-서운하게 왜 그렇게까지 정색을 하면서 인사를 합니까?

태준 특유의 까칠함이 어김없이 발현되는 순간이었다. 소람은 혼자서 빙긋 웃었다. 고맙다는 말에도 저렇게 화를 내는 사람이라니.

"그러게요. 그래도 난 좀 미안하네요. 태준 씨는 자신에 관해 말도 잘 안 하는 타입인데 나는 때때마다 투정부리고 도움만 받아서. 내가 점점 염치가 없어져가요."

소람의 그 말에 태준은 한숨을 쉬더니 말했다.

-그러라고 나랑 사귀는 거 아닙니까? 남자친구 됐다 뭐 합니까? 그럴 때나 쓰지.

그제야 소람도 약간의 용기를 얻었다.

"그럼 나를 좀 안 미안하게 해줘 봐요."

-안 미안하게? 그건 또 어떻게 하면 그럴 수 있습니까?

걸려들었다. 이태준. 그래, 그렇다면 이제는 더 이상 피하지 말고 이 사람을 마주 보자.

"태준 씨도 태준 씨에 관해 말해주면 되잖아요. 지금 어디에 있는지. 무슨 생각을 하는지. 어떤 가족이 있고, 또 어떤 고민을 하는지."

그러자 태준이 머뭇거리는 것이 느껴졌다.

-그건 묻지마 연애가 아니잖습니까.

그래, 그렇게 분명히 말할 줄 알았어. 그래도…….

"그래요. 그랬는데 당신이 그 규칙을 깼잖아요. 그러니까 나도 당신의 일에 개입할 권리가 있다고 생각해요."

-내가 언제 규칙을 깼습니까?

"우리 아버지에 관해 계속 물었잖아요. 총알보다도 더 빨리, 엄청 걱정하면서. 그리고 오늘 응급실에서도 내 옆을 떠나지 않고 계속 나를 지켜줬잖아요."

태준은 자신이 소람이 놓은 덫에 걸렸음을 깨달았다. 이런. 이 영악한 여자 같으니라고. 김소람. 이러지 말자. 당신이 그럴수록 나는 점점 더 당신과 정상적인 연애가 하고 싶어져. 그러다가 영영 내가 당신을 안 놔주면 어쩌려고 그래.

태준은 머릿속에서 극렬한 전쟁을 벌이면서도 일부러 더 퉁명스러운 말을 내뱉었다.

-나하고는 그냥 차 마시고 밥 먹고 영화나 볼 거라더니.

태준의 그 말에 소람은 야무지게 반박했다.

"이미 그 이야기는 첫날 다 끝난 이야기 아니었어요? 태준 씨가 나의 전부를 원하듯 나도 태준 씨의 전부를 원해요. 이렇게 수박 겉핥기식 연애를 하다가는 나중에 이 연애가 끝났을 때 나만 억울하게 생겼어요."

태준이 어이없다는 듯 웃자 소람은 항의했다.

"그렇잖아요. 나는 문득문득 당신을 추억할 게 산더미처럼 쌓여가는데 당신이 날 추억할 건 밥 먹고, 차 마시고, 싸운 일밖에 없을 것 같아. 그 정도 여자는 이미 당신에게 넘쳐나지 않나요? 난 이 연애가 끝나도 날이 가면 갈수록 내가 떠올라서 엄청나게 후회하게 만들어주고 싶거든요."

그러자 태준이 어이없다는 듯 웃었다. 날이 가면 갈수록 나중에 엄청 후회하게 될 연애라. 그거야말로 내가 바라는 바인데?

-나에 관해 그렇게 알고 싶습니까?

소람이 그렇게 설득하니 태준도 그녀를 한번 시험해보고 싶어졌다.

"그래요. 알고 싶어요. 당신이 어떤 비밀을 감추고 있든 간에 잘 견디겠다, 스스로 다짐까지 했다고요. 왜 묻지마 연애인지. 왜 우리는 3개월만 연애를 해야 하는지 묻고 싶은 건 산더미인데 정말

장하게도 그동안 꾹 참고 있었다고요."

-정말 나에 관해 다 듣고도 안 도망갈 자신 있습니까?

"그게 뭐든 각오했다니까요?"

그래, 좋다. 어차피 3개월, 나도 감추는 것 없이 어디 한 번 마음 편한 연애 즐겨보자.

그렇게 다짐한 태준이 드디어 굳게 닫혔던 마음의 빗장을 열었다.

"우리 아버지는 지금 10년째 식물인간으로 누워 계십니다."

태준은 흑주술 같은 그 말을 하면서도 가슴 한쪽이 따끔따끔한 느낌이 들었다.

당신이 알고 싶다고 했으니까. 아버지가 병석에 계신 것이 일급 보안 사항도 아니고……. 그래도 이건 너무 충격적이었을까?

태준은 폭탄선언 이후 기척이 사라진 소람을 불렀다. 그녀의 반응이 궁금해서 미칠 것 같았다. 제길, 이런 이야기는 얼굴 보고 했어야 하는 건데.

-지금 내 말 듣고 있습니까.

소람은 한동안 말을 잇지 못했다. 아무리 강심장이라고 한들 그의 사정을 듣고 놀라지 않을 사람이 어디 있겠는가. 한참을 생각하던 소람은 다시 기척을 내었다.

"네. 듣고 있어요."

소람이 한마디를 얹는다. 그래서 이 사람이 이렇게 시니컬하고 까칠했던 걸까? 이렇게 아픈 사연을 숨기고 살다 보니 더욱더 완고해졌던가 보구나. 그렇다면 나는 앞으로 이 사람에게 어떤 태도를 취해야 할까?

-뭐라고 반응을 해야 내가 다음 이야기를 이어갈 거 아닙니까?

태준의 그 말에 소람은 살짝 안심했다. 태준이 이제 감추기보다 내려놓기로 마음을 먹은 듯해서. 소람은 태준의 퉁명스러운 그 말에 일부러 더 익살스럽게 대꾸했다.

"여기서 다음 이야기도 있었어요? 나는 태준 씨가 나 충격받으라고 일부러 자극적인 단어만 골라 사용한 줄 알았는데?"

태준은 의자에 기대면서도 기가 막혀서 웃었다. 김소람!

"아프고 싶어서 아픈 사람이 어디 있겠어요. 그런데 그런 사정 설명은 하나도 없고 자극적 문장 하나로 읽혀지는 모든 것이 조금 서글퍼질 뿐이에요."

태준은 피곤한 몸을 이끌고 차에서 내려 차 문을 잠갔다. 소람의 말에 태준은 아무 말도 없다가 하늘을 올려다보았다.

"태준 씨 아버님은 어떤 분이셨어요?"

갑자기 뜻밖의 것들을 물어오는 소람을 보며 태준은 그녀와 연애를 시작하길 잘했다는 생각이 새삼 밀려들기 시작했다.

태준은 건강했던 아버지를 떠올려 보았다. 아버지는 건장하고 잘생긴, 목소리까지 멋있는 남자였다. 더군다나 가족을 많이 사랑하는. 소람으로 인해 그의 기억 속에서 오래전 잊혔던 아버지가 떠올랐다.

"그 힘든 길을 걷느라 당신이 그동안 얼마나 속을 끓였겠어요. 정말 대단한데요? 내 남친?"

갑작스러운 그녀의 말에 태준은 목 안쪽에서 울컥하는 감정이 치밀어 올라왔다.

-내 말이 부담스럽지는 않았습니까?

부담스럽다, 아마도 이 단어가 태준의 마음을 대변해주는 말인지도 모르겠다. 자신 또한 거북스러운 이 상황을 그동안 어디에다 털어놓고 살았겠는가. 그렇다면 나는 이 남자의 부담부터 덜어줘야지.

소람은 잠시 뜸을 들이다가 입을 열었다.

"부담스럽죠. 아무래도 이태준 씨 성격 상 이런 이야기를 들은 사람이 몇 안 되어 보이는데 이태준 씨가 나를 그렇게까지 깊이 생각했나 싶어서 좀 우쭐해지긴 했어요."

분위기를 무겁게 만들지 않기 위해 노력하고 있는 듯 자꾸만 농담을 걸어오는 소람의 마음이 느껴져서 태준은 자신도 모르게 웃었다.

-누군가에 관해 자꾸 궁금해지기 시작하면 반한 거라면서요.

와, 이 상황을 놓치지 않고 자신에게 유리하게 돌리고 있는 이 남자 좀 봐.

어렵사리 자신에 관한 이야기를 해준 이 사람을 배려하려면 솔직하게 대해야 한다. 어쩌면 그 말 한마디 하는 것이 죽기보다 힘들었을 사람에게 소람은 무엇으로든 보상해주고 싶었다.

"그래요. 실은 이태준 씨에게 오래전부터 반해 있었어요. 그래서 자꾸자꾸 알고 싶었던 건데. 이제 원하는 대답이 좀 됐어요?"

소람이 부드러운 목소리로 이야기하자 태준은 흡족한 듯 웃었다.

"그럼 지금부터는 이태준 씨 사는 이야기도 간간이 들을 수 있는 건가요?"

태준은 영리하게도 이런 대답을 내놓았다.

"그건 당신하기에 달렸습니다. 바로 지금처럼."

태준의 달콤한 말에 소람 또한 능청스럽게 응수했다.

"그렇다면 매일 밤 특전사 이태준도 자신의 이야기를 술술 불지 않고는 못 배길 정도의 매력을 장전시켜 놔야겠네요."

소람의 너스레에 태준도 속삭이기 시작했다.

"나는 시각에 약한 남자라 직접 보고 느끼는 게 좋은데 그건 어떻습니까?"

태준의 은밀한 속삭임에 소람에게서 비명이 흩어져 나왔다.

"이 짐승!"

태준의 나직한 웃음에 소람도 웃음을 터트렸다.

그들은 그렇게 또 하나의 계단을 올라서고 있었다.

6. 이제야 그가 보인다

소람 아버지의 심장 스탠트 수술은 2시간 만에 끝이 났다.

"정말 천운이었어요. 소람 씨 아버님이랑 똑같은 경우가 있었는데 그분은 댁으로 돌아가셨다가 바로 발작이 일어나서 의식 없이 시술했는데 현재 상황이 꽤 안 좋아요. 죽고 사는 문제는 이렇듯 한 끗 차이랍니다."

간호사의 설명에 소람과 지환은 그대로 무너져 내리는 줄 알았다.

"그런데 소람 씨 아버님은 발 빠른 보호자들 때문에 새 생명을 얻으셨네요. 두고 보세요. 아버님은 튼튼해진 심장으로 아흔 살, 백 살까지 사실 테니."

간호사는 씩 웃더니 남매를 다독여준 후 다시 수술실로 들어갔다.

"지금 꿈꾸는 것 같다."

소람의 넋이 나간 듯한 그 말에 지환은 아무 말도 못한 채 고생했다는 듯 누나의 여린 어깨를 꼭 잡았다. 소람이 그를 바라보자 지환의 눈시울도 붉게 물들어 있었다. 남매는 그렇게 아버지의 수술실 앞에서 한동안 떠나지 못하고 그 자리에 서 있었다.

그로부터 며칠 후, 소람은 태준과 남산 주차장에 차를 세워두고 수많은 계단을 걸어 타워를 향해 올라가고 있었다.

이번 일주일은 서로의 사정에 관하여 허심탄회하게 나누었던 시기였기에 그들의 만남은 어느 때보다 더 특별했다. 깊은 감정의 교류 끝에 만난 터라 마주 잡은 손끝조차 어느 때보다 다정했다.

"정말 이렇게 나와도 있어도 괜찮은 겁니까?"

"네. 오늘은 주말이라 동생 내외가 와 있어요. 아침부터 시끄럽게 들이닥치더니 청소부터 시작하던걸요? 그러면서 저보고 한 살이라도 젊을 때 데이트도 좀 하라면서 용돈까지 챙겨주고 밖으로 쫓아냈어요."

소람은 10만 원을 꺼내 부채 모양으로 만들어 흔들어 보였다. 나 참. 만 원짜리 도넛 세트도 안 들고 다닌다고 타박할 때는 언제고 어떻게 저렇게 순진무구한 미소가 지어질까. 태준은 그런 소람을 보면서 스리슬쩍 미소를 지었다.

"마음이 예쁘잖아요. 뭐 이것도 결국 한때겠지만. 한때라도 못 즐길 이유는 없죠."

소람은 더 이상 그들에게 큰 기대는 하지 않는다는 듯 태준의 팔에 자신의 팔을 끼웠다.

"아버님은 좀 어떠십니까?"

"생각보다는 충격이 크셨어요. 심장이라는 부위가 생명과 연결되어 있다 보니 식구들이 다들 충격을 많이 받았죠. 수술 끝나고 지혈하려면 6시간은 절대 움직이면 안 된다고 해서 꼼짝없이 시체처럼 누워 계시는데 그 모습 보고 동생 내외가 충격을 많이 받았나 봐요. 항상 태산 같기만 하던 아버지가 그렇게 나약한 모습으로 누워 계시다니! 동생이 병실에서 한동안 없어져서 한참을 찾았더니 병원 뒤편에서 울고 있더라고요."

태준은 소람이 팔짱을 낀 팔에 더욱 힘을 주었다.

"그럴만하죠. 보통 아들들에게 아버지는 자신의 롤모델이기도 하니까."

그렇게 말하는 태준을 바라보며 소람은 빙긋 웃었다.

"태준 씨도 그랬어요?"

소람이 가볍게 묻자 태준은 대답 대신 조용히 웃었다. 소람이 더 이야기 안 해주냐는 듯 눈썹을 올리자 그제야 태준은 다시 입을 열었다.

"우리 아버지는 굉장히 자상한 아버지였습니다. 나를 홀로 키웠는데도, 난 자라면서 감성적으로 부족한 면을 못 느꼈으니까."

홀로……. 소람이 태준의 옆모습을 한참 동안 바라보자 시선을 견디지 못한 태준이 그제야 다시 설명해주었다.

"내가 열한 살 때 어머니가 폐렴으로 돌아가셨습니다. 그냥 처음에는 단순한 독감이었던 것 같은데, 아버지도 출장 중이고 그때는 할머니, 할아버지를 모시고 살던 시절이어서. 어머니가 병원 갈 시간도 빼지 못할 정도였던 모양입니다. 차일피일 병을 미루다가 일이 커져버렸어요. 아버지가 돌아오셔서 엄마를 병원으로 옮겼을 때에는 이미 너무 늦어버렸고, 굉장히 갑작스런 이별이어서 아버지도 나도 상당한 시간을 방황했었습니다."

소람은 자신도 모르게 그의 등에 손을 대고서는 미안하다고 말할 뻔했다. 하지만 그런 소람의 눈빛을 태준이 먼저 알아챘다.

"그나저나 저놈의 남산 타워는 언제 나타나는 겁니까? 우리도 그냥 케이블카 탈 걸 그랬나?"

일부러 화제를 돌리려는 태준을 보며 소람은 서운한 얼굴로 그를 바라보았다.

"이 남자는 진짜 하나만 알고 둘은 모르네요."

소람은 태준보다 한 계단 위에 서서는 그를 마주 보았다.

"여기는 말이죠. 풍경을 보러 온다기보다 밀회를 하러 오죠. 특히나 이렇게 하기 위해서."

소람은 태준의 목을 확 끌어당기더니 그의 입술에 수줍게 다가갔다. 그러자, 곧이어 태준의 손이 그녀의 뺨을 감싸 안더니 그의 입술도 그녀의 입술을 찾았다.

조용한 산길에 질척이는 혀가 오고 가는 소리가 들리고 그들의 숨결이 조금 거칠어지기 시작했다. 태준의 손이 스리슬쩍 소람의 허리춤의 맨살을 건드린다 싶을 때였다. 아래에서 산길을 올라오는 다른 방문객들의 재잘거림이 들려오자 두 연인의 입술은 빛의 속도로 떨어졌다. 산을 오르듯 아직도 가파른 호흡에 두 사람은 서로를 마주 보며 웃었다.

156

"우리, 앞으로 여기 자주 옵시다. 스릴 최곤데?"

태준이 농담을 걸자 소람은 빨개진 얼굴로 그의 팔을 탁 하고 때렸다.

"이상해! 늘 내가 먼저 시작하는데 끝나고 나면 당한 것 같은 이 느낌은 뭐죠?"

소람이 태준을 흘겨보자 그는 그녀의 손을 맞잡으며 씩 웃었다.

"모든 게 당신 복이지. 내가 워낙 한 스킬 하니까."

아래에서 올라오던 다른 등산객들이 다정해 보이는 그들을 향해 휙 하고 휘파람을 불며 지나가자 태준은 소람을 끌어당겨 그들이 지나갈 길을 만들어주었다.

"아무래도 우리는 등산보다 딴짓하러 왔다는 게 들통이 났나 보군."

태준의 말에 소람은 주책이라는 듯이 솜방망이 같은 주먹으로 어깨를 탁 하고 때렸다. 그러자 태준이 소람에게 제안했다.

"그럼 가위 바위 보 해서 내가 이기면 아까 못다 한 정염을 풀러 산을 내려가고 당신이 이기면 당신의 제안대로 건전하게 타워를 한 바퀴 돌아보고 옵시다."

태준의 미묘한 제안에 소람은 그를 올려다보았다.

"태준 씨!"

소람의 부름에 태준은 그녀의 입술을 뚫어지게 바라보았다.

"이렇게 갈증이 생길 줄 알았다면 맛보기라도 하지 말걸 그랬습니다."

태준의 그 말에 소람은 몰래 웃음을 삼켜야 했다. 이 남자는 이런 것에 있어서 도통 내숭을 떨 줄 모르는 남자였다.

"그렇게 대놓고 말하면 내가 너무 무서운데?"

"나는 항상 배가 고픈데 당신은 안 그렇습니까?"

태준의 진지한 말에 소람의 입가에 미소가 서렸다.

"조금만 고삐를 늦춰주면 안 되겠어요? 나는 너무 빨리 끓어서 쉽게 식어버리는 사랑 같은 건 하고 싶지 않거든요. 난 우리 관계가 은은한 불에서 따뜻한 온기를 머금고 조리되는 음식 같기를 바라거든요."

소람의 그 말에 갑자기 태준은 멈춘 숨을 한꺼번에 뱉어내기 시작했다.

"그렇다고 어떻게 항상 은은한 불에서 조리기만 합니까? 때론 강불로 세게 볶아낼 때도 있는 거지."

태준의 불만에 소람은 웃으면서 그의 목에 팔을 둘렀다.

"좋아요. 그렇다면 당신이 원하는 만큼 볶아봐요. 오늘은 특별히 허락해주죠, 뭘."

소람의 은밀한 말이 끝나기도 전에 태준의 입술이 그녀의 입술로 찾아들었다. 강불로 볶는 태준의 키스는 아까처럼 수줍지 않고 혀뿌리를 뽑아낼 듯 아주 강렬하고 거칠었다.

태준의 손이 소람의 가슴으로 올라오더니 속옷 레이스 속으로 자취를 감추었다. 과감한 터치에 소람이 몸을 움찔하자 씨익 웃은 태준이 다시 한 번 소람의 입술을 빼앗았다.

그의 입술이 소람의 얼굴로, 관자놀이와 정수리까지 타고 올라온다. 그렇게 소람을 탐하지 않고는 못 견디겠다는 듯 뜨거운 입술을 피부에 남겨놓은 태준이 아쉬운 듯 뒤로 물러섰다.

"앞으로도 잘 부탁합니다. 김소람 씨."

소람은 태준의 허리에 팔을 두르고 규칙적으로 울리는 그의 심장에 귀를 가져다 댔다.

"나도 잘 부탁해요. 이태준 씨."

소람의 나직한 그 말에 태준은 가슴이 벅차오르는 것 같아 다시 한 번 그녀의 정수리에 입을 맞추었다.

<그 사람이 자기 자신에 관해 마음을 열어 보였다고 해서 자만해서는 안 된다. 하지만, 내 속마음은 세상을 다 가진 것 같아!>

사람이 뱉은 말은 언령이 되어 그대로 돌아온다는 말이 있다. '오늘의 일기'를 블로그에 적어 내려가며 소람은 지난 시간을 떠올려보았다.

그와 연애를 시작하고 하루가 멀다고 갖은 사건과 사고가 일어났지만 그들은 그런 고비를 하나둘씩 뛰어넘었다. 이제야 그들도 그들만의 역사를 기록하게 된 것일까?

하지만 바람 잦은 그들의 연애가 그렇게 쉽게 흘러갈 리가 있는가. 그녀와 뜨거운 사랑을 약속했던 태준이 갑자기 사라져버렸다. 며칠째 태준과 연락이 두절된 것이다.

소람은 어떤 일이든 절대로 자만해서는 안 된다는 교훈을 뼈저리게 깨닫는 중이었다. 평상시 긴 시간은 아닐지라도 그녀가 전화를 하면 꼬박꼬박 응답해주던 태준이었기에 그의 증발은 왠지 석연치가 않았다. 뭔가 이상해. 아무래도 안 되겠어!

소람은 급하게 옷을 주워 입고는 집에서 뛰쳐나가 그가 근무하는 경찰서 수사과 문밖에서 한참을 기웃거렸다.

"여기는 무슨 일로 찾아오셨습니까?"

이상한 행색의 여자를 보고는 경계심을 늦추지 않는 형사들을 보며 소람은 그제야 굳어진 표정을 풀고 그들을 마주 보았다.

"저……."

아, 뭐라고 하지? 내가 감히 그 사람 여자친구라고 말해도 되는 걸까? 소람은 한동안 고민하다가 더욱더 이상한 시선으로 자신을 바라보는 그들을 보며 눈을 질끈 감고 신분을 밝혔다.

"저. 이태준 씨 여자친구거든요. 실은 계속 연락이 안 돼서요."

갑작스러운 그녀의 말에 한동안 멍한 표정을 짓던 형사들이 시선을 교환했다.

"태준이 오늘 출근 안 했는데."

뒤이어 들려 온 그들의 말에 소람은 고개를 번쩍 들었다.

"뭐라고요? 출근을 안 해요?"

"거기 무슨 일이야?"

그 순간 뒤에서 익숙한 음성이 들렸다.

"아. 서 형사님. 이 여자분이 태준이 여자친구라고 하시는데……."

그러고 보니 저 사람은? 전에 한영대 발바리 사건으로 안면을 텄던 그 형사였다.

"어라? 캔 맥주 아가씨가 여긴 어쩐 일로 오셨습니까? 또 사기당한 것은 아니겠지요?"

농담을 거는 그를 바라보며 소람이 수줍은 듯 서 있자 그녀와 대화를 나누던 형사들이 그제야 경계심을 풀고는 사무실로 들어갔다.

"그나저나 이태준 여자친구라니?"

소람의 얼굴에 수줍은 미소가 떠오르자 형사의 표정이 대번에 환해졌다.

"설마 둘이 그렇게 된 거예요? 진짜로?"

자기 일처럼 좋아하는 그를 보며 소람은 순간 얼굴이 빨개지고 말았다.

"그러나저러나 태준이 소식 모르나보네. 태준이 오늘 출근 안 했어요. 아버지가 또 응급실로 실려 가셨거든. 며칠 전부터 열이 높으셨던 모양인데 그제 급기야 열성 경련이 오셨던 모양이던데?"

갑자기 소람이 고개를 번쩍 들었다.

"어…… 언제요?"

"이틀 전에. 아무래도 오래 누워 계시다 보니 그럴 일이 많아지는 건 사실이지."

그는 문득 소람과 자연스럽게 태준의 아버지에 관해 이야기하고 있다는 사실을 깨달았다.

"태준이가 말해줬나? 아버지 일?"

소람이 고개를 끄덕이자 그는 자신을 잠깐 보자는 사인을 하며 걸음을 옮겼다.

"혹시나 해서 내가 노파심에 일러두는 거예요. 아가씨에게. 태준이 그놈이 연애를 걸었다는 것도 놀라운데 아버지 일까지 알고 있는 것 같으면 태준이 마음도 보통 마음은 아닌 것 같아서 말이야. 솔직히 내가 태준이한테 신세진 것도 많고 해서."

사족이 긴 서 형사를 보니 그도 소람에게 이런 이야기를 꺼내는 것이 못내 찜찜한 모양이었다.

"태준 씨한테 내색 안 할게요. 그러니까 저에게 일러주실 말들이 있으면 일러주세요. 사정을 몰라서 헤매는 일만큼 어리석은 일도 없으니까요."

소람이 또랑또랑한 눈으로 바라보자 그는 한숨을 쉬면서 말했다.

"아니, 별건 아니고. 그냥 내가 하고 싶은 말은 녀석이 좀 무뚝뚝하고 멋대가리 없어 보이긴 해도 마음만은 안 그런 녀석이니 아가씨가 많이 좀 이해해줬으면 해서. 이야기 들어보니 아버지가 태준이 스무 살 무렵부터 누워 계셨다지 아마? 우리 아버지가 뇌졸중 때문에 오래 투병하다 돌아가셔서 잘 아는데 그게 사람 할 짓이 아니야. 그런데 저 녀석은 그 일을 10년 넘는 세월 동안 하고 있다는 뜻이잖아. 더군다나 자신이 가고자 하는 길까지 꺾으면서 아버지를 돌봐야 했으니 제 속이 제 속이겠어."

그러자 소람이 그에게 물었다.

"가고자 하는 길이요?"

"응. 원래 저 녀석은 일반 순경이 아닌 경찰 특공대로 들어온 녀석이야. 특공대에서도 아주 이름 날리던 전설의 에이스였지. 테러범 잡으러 다닐 놈이 잡범이나 뒤지고 있으니 일이 자기 성에 차겠나? 맨날 보는 거라곤 사기, 횡령, 배임에…… 쯧쯧쯧. 처음에는

707부대 자원했었다고 하던데 아버지 때문에 그것도 못 가고, 다시 사회에 나와서 아쉬운 대로 경찰 특공대에 들어왔는데, 그것마저 아버지 모시기가 여의치 않으니까 아예 보직 변경 신청해서 나와 있는 거지. 그래야 응급 상황에 바로 뛰어갈 수 있으니까. 그러면서 저 녀석이 저런 성격이 되었어. 의지를 가지면 뭐 해. 성공하고 싶어서 뭐 하냐고 저렇게 외부적 요인 때문에 상황이 확확 바뀌어버리는데. 그러니 우리 선배들은 눈에 훤히 보이지. 저 녀석 속앓이가."

그 말을 듣는 소람의 마음에도 커다란 폭풍이 불어대기 시작했다. 이태준은 소람, 자신이 생각하는 것보다 아주 단단한 철옹성일지도 모르겠다는 생각이 들기 시작했다.

"그럼 지금은 어디 있을까요? 아버님 병원에 있을까요?"

소람이 물기 어린 눈으로 서 형사를 올려다보자 그는 이내 휴대폰을 뒤져서 주소를 보여주었다.

"태준이 집이야. 가 봐요. 아마 자고 있을 겁니다. 그렇잖아도 아까 출근 못한다고 전화받은 녀석이 태준이 몸살 난 것 같다고 걱정합니다. 가서 약이라도 좀 사 먹여요. 곰 같기 만한 녀석이라 우리는 이렇게 뒤에서 걱정만 해댑니다."

소람은 그의 주소를 받아 적으면서도 서 형사를 바라보았다.

"그런데 어떻게 태준 씨 주소를 알고 계시는지……."

"몇 해 전에 우리 서에서 독신으로 있던 녀석 하나가 자기 집에서 피살된 사건이 있었거든. 그래서 서장님 지시로 전 독신 직원 주소는 같은 부서 형사들끼리 공유하라는 지시가 떨어졌었지. 비밀번호는 1234야."

소람이 놀란 시선으로 눈을 깜박거리자 서 형사가 속삭였다.

"주소를 공유하는 직원은 헷갈리지 않게 똑같은 비밀번호를 쓰게 되어 있는데 이번 달은 그 번호야."

소람은 서 형사에게 몇 번이고 감사하다는 인사를 하고서는 자리에서 벌떡 일어났다. 그러고는 몇 발자국 안 가서 뒤를 돌았다.

"그런데 서 형사님. 혹시 형사님 연락처도 좀 알 수 있을까요? 혹시 모르니까요. 혹시."

그러자 서 형사는 이미 다 알고 있다는 표정으로 그녀에게 알아서 번호를 입력하라는 듯 자신의 휴대폰을 내밀었다.

텅 빈 창고 같은 곳이었다. 태준의 집은.

10평 남짓한 작은 원룸인데도 아무런 가구가 없으니 20평 아파트 같은 기분이 들었다. 소람은 조심스럽게 문을 열고서는 안으로 조심스럽게 들어갔다.

가구는 둘째 치고 TV조차 없는 그곳에 매트리스로 보이는 침구가 눈에 띄었다. 그리고 그 위에 늘어져 있는 한 사람도.

소람은 부엌을 둘러보다가 이내 밥 한 끼 해먹었을 것 같지 않은 풍경에 더욱 속이 상해서 입술을 깨물었다. 진짜 많이 아프긴 한 건가. 소람이 발뒤꿈치를 들고 살금살금 태준에게 다가갔다.

그의 팔을 조심스럽게 터치하는 순간, 소람의 몸이 허공으로 붕 떠오르더니 강하게 매트에 메다 꽂혔다.

"꺄아악! 태준 씨! 나예요. 나라고!"

소람이 있는 힘껏 소리를 지르자 태준은 깜짝 놀라 힘껏 비틀었던 그녀의 팔을 풀었다. 아아아. 신음소리가 무색하게 또다시 부침개 뒤집듯 몸이 확 뒤집어지더니 이내 태준과 눈이 마주쳤다.

"도대체 당신이 왜 여기에 있는 겁니까?"

아주 흉하게 말라비틀어진 입술로 성질을 내고 있는 태준을 보며 소람은 울상을 지었다. 이 남자 옆에 있다가 내가 제 명에 못 죽지.

소람은 그의 도움을 받으며 힘겹게 일어나 앉았다. 아! 갑자기 그가 꺾은 어깨에 엄청난 통증이 느껴져서 소람은 놀란 어깨 근육을 주물렀다. 그러면서도 물끄러미 반쪽이 된 태준의 얼굴을 바라보며 퉁명스럽게 웅얼거렸다.

"얼굴 보니 되게 속상하네요. 왜 이래요? 내 남자친구 얼굴?"

소람이 다시 중얼거리자 그제야 정신이 든 듯 태준은 긴장된 몸을 풀면서 얼굴을 쓸었다. 그러고는 여전히 어깨를 주무르고 있는 소람을 보더니 그녀의 어깨를 붙잡고 마사지를 해주기 시작했다.

"방금 동작으로 당신은 잘못하면 죽을 수도 있었습니다. 조금만 더 힘껏 비틀었어도 당신 어깨는 탈골됐을 겁니다."

태준은 근육의 생김새도 잘 알고 있는 듯 소람이 아파하는 부위를 정확히 짚어 매만지고 있었다. 갑자기 우두둑 우두둑 소리가 나면서 극심한 통증이 밀려오자 소람이 비명을 지르기 시작했다.

"조금 참아요. 지금 안 풀어놓으면 내일 아침엔 팔도 못 들 겁니다."

병 주고 약주고. 진짜 밉다. 그를 보고서는 속상해진 소람이 힘껏 몸부림을 쳐서 그의 손을 떼어냈다.

"환자는 당신이지 내가 아니거든요?"

버럭 하고 화를 내는 소람을 보고 있자니 갑자기 그녀가 자신의 방에 들어와 있다는 게 실감이 나기 시작했다.

"그나저나 여긴 어쩐 일입니까?"

태준이 지친 듯 묻자 소람은 매트리스에서 자리를 피해주며 다시 누우라는 듯 매트를 팡팡 쳤다.

"누워요. 이제 내가 당신을 위협하는 침입자가 아니라는 사실을 알았으면."

하지만 태준은 그녀를 멀거니 바라보기만 할 뿐 전혀 움직일 생각을 하지 않았다. 그런 태준을 확 잡아챈 소람이 강제로 눕혔다.

"당신은 환자, 나는 간병인. 오케이?"

간단한 말에 태준은 그녀를 말없이 바라보았고 소람은 발밑의 이불을 가져와 덮어주었다.

"이틀 동안 연락이 없어서 경찰서에 갔었어요. 거기서 서 형사님을 만났고."

그 말에 태준이 눈에 힘을 뺄 생각을 하지 않자 소람은 억울한 듯 그를 바라보았다.

"내가 졸랐어요. 바짓가랑이 잡고 늘어졌다고요. 제발 당신 주소 좀 알려달라고!"

그가 여전히 힘을 풀지 않자 소람은 한숨을 쉬었다.

"몇 해 전 당신 경찰서에서 독신 경찰관이 피살당한 적 있었다면서요. 그 말을 듣고는 내가 거의…… 돌아버렸다고요. 그래서 막 조르고 또 졸랐어요. 그런데 정신없는 와중에도 그대로 침입자를 메다꽂는 걸 보니 태준 씨는 피살되기도 쉽지 않겠네요. 그러니까 제발 딱 한 시간만 자요. 얼굴이 너무 상했어요."

소람이 속상한 표정으로 머리를 쓰다듬어주자 태준은 몸이 정말 많이 힘들었는지 눈을 감았다.

"미안합니다. 내가 요즘 진짜 정신이 없었어."

조용해진다 싶더니 그는 바로 깊은 잠 속으로 빠져들었다. 태준이 잠들자 소람은 부엌 한구석에 있는 냉장고 문을 열었다가 물과 간단한 김치 봉지만 남겨져 있는 모습을 발견하고 말았다. 찬장을 여니 그릇은커녕 햇반과 라면 여러 개가 가지런히 놓여 있을 뿐이었다.

순간 울컥 하고 눈물이 쏟아질 것 같아 소람은 자신도 모르게 신발을 신고 집을 나와버렸다.

뭐야? 맨날 잘난 척은 그렇게 해놓고서는 어쩌면 저렇게 넋을 놓고 살 수가 있느냔 말이야. 저게 사람 사는 집이야? 그냥 창고지! 아주 죽지 못해 사는 사람같이 왜 저렇게 살아?

소람은 그제야 흘러나오는 눈물을 닦고서는 신경질이 묻어나온 발걸음을 재촉했다.

한 시간 후, 소람은 싱크대 앞에서 맛있게 끓인 소고기 야채죽의 맛을 보고서는 꽤 흡족한 표정으로 가스 불을 껐다.

아쉬운 대로 반찬 가게에서 산 반찬도 냉장고에 넣어두고 역시나 아쉬운 대로 사 온 김치도 가지런히 썰어서 냉장고에 먹기 좋게 배치해두었다. 심지어는 죽 끓일 쌀도 없어 아쉬운 대로 햇반을 썼다. 이렇게 먹고도 저 체력이 유지가 되는지 걱정스러웠다.

설마 주는 것도 못 먹는 바보는 아니겠지? 그래도 정성스럽게 끓인 건데 부디 먹긴 해야 할 텐데.

소람은 여전히 잠에 빠져 있는 태준의 얼굴을 흘끔 넘겨다보았다. 그때였다. 어디선가 벨소리가 희미하게 들려오기 시작했다. 소람은 자신의 휴대폰을 바라보다가 방 안 구석구석을 뒤지기 시작했다. 곧 그가 잠든 매트에 깔린 휴대폰을 발견한 소람은 태준이 깨지 않게 조심하면서 휴대폰을 꺼내기 시작했다.

아마도 아까 그들이 몸싸움을 하는 와중에 매트 안으로 끼어들어간 모양이었다. 곤히 자는 그를 깨울까 싶어 전원을 끄려고 했는데 액정을 보니 '병원'이 떠 있어 소람은 얼른 전화를 받았다.

-아휴. 보호자님, 왜 이렇게 연락이 안 되세요. 벌써 세 번째로 전화하네요. 아버님은 다행히 열이 많이 떨어지셔서 지금 일반 병실로 내려가셨고요. 그런데 병실로 내려가면 소변 줄이라던가 가래 뽑는 카데터는 개인이 준비하셔야 하는 거 아시죠. 그래서…….

수다스러운 간호사의 말에 소람은 태준을 살짝 뒤돌아보다가 이내 휴대폰을 막고서는 밖으로 나왔다.

"여보세요?"

-여보세요?

태준에게 전화를 걸었는데 난데없이 여자의 목소리가 흘러나오자 간호사도 멈칫하는 느낌이 들었다.

"네. 계속 말씀하세요. 저 이태준 씨 지인이에요. 지금 태준 씨가 몸이 많이 안 좋아서요."

―아. 그래요? 그런데 이태준 씨가 아프다고요? 아휴. 그럴 만도 하죠. 응급 상황 올지 모른다고 대기하라고 해서 이틀 밤을 중환자실에서 꼬박 새웠거든요. 어쨌든 간에 물품 준비도 있으니까 한 번 나오셔야겠어요.

간호사의 그 말에 모래성이 무너지듯 가슴이 무너져버린 소람이었다. 이 바보 같은 사람이 나를 부르지! 중환자실 밖 그 피 말리는 기다림을 소람이 왜 모르겠는가.

"저기 죄송한데 거기 병원이 어디죠? 제가 지금 갈게요."

어차피 태준은 지금 자고 있고 그녀가 해줄 것은 아무것도 없었다. 그렇다면 오히려 아버님을 뵙는 것이 더 나을지도 몰랐다.

소람은 간호사가 알려주는 대로 1층에 있는 병원 의료 기상에서 물품을 준비하여 입원실로 올라갔다. 그곳은 보통 병실이 아닌 듯 소속 간병인들이 왔다 갔다 하면서 환자들을 돌보고 있었다.

"어. 누구 찾아오셨어요?"

"아. 그게……. 생각해보니 정작 환자 성함을 모르네요. 아드님 이름이 이태준인데."

소람이 태준의 이름을 언급하자 간병사가 반색하면서 소람을 바라보았다.

"어? 태준 씨? 이 강 님 아드님?"

간병사는 태준을 아는 듯 소람을 보며 웃었다. 그녀는 소람을 병실로 안내해주었다.

"이 강 아버님은 종종 오세요. 아무래도 이런 환자들은 회복하느냐 마느냐가 아니라 거의 내과적 문제와 싸움이거든요. 이 병원이 그렇게 좋은 병원은 아니라도 여기는 공동 간병실이 있어서 태준 씨 같은 보호자들에게는 그나마 수월하니까요."

간병사가 설명하는 사이에도 소람은 태준의 아버지에게서 눈을 떼지 못했다. 태준과 거의 흡사한, 아마 태준이 나이가 든다면 저런 모습일 거란 생각이 들만큼 비슷한 모습의 그는 꽤 마른 몸으로 침대에 누워 있었다.

그가 건강했다면 태준 못지않게 다부진 체격이었을 것 같은 느낌이 들었다. 그리고 신기하게도 오래 병석에 누워 있는 사람답지 않게 그의 손발은 뒤틀어지지 않았다.

"카데터가 없어서 옆 환자한테 하나 빌려서 썼어. 나 이제 갚을게요."

소람이 가져온 짐을 풀고 있던 간병사는 소람을 곁눈질하면서 그녀가 하는 양을 계속 지켜보았다. 소람은 드디어 그의 아버지 곁에 다가가 주사 줄이 주렁주렁 달린 그의 손을 만져보았다.

따뜻해. 아직은 따뜻한 그의 손을 본 소람은 이내 조용히 아버지에게 말을 걸어보았다.

"안녕하세요, 아버님. 처음 뵙겠습니다."

그렇지만 아버지는 미동도 없이 가만히 누워 있었다.

"가끔 기분 좋으실 때나 눈을 뜨세요. 보통은 눈을 감고 계시고.

그래도 계속 말해. 어느 환자나 귀는 열려 있거든."

옆에서 간병사가 부추기자 소람은 아버지의 손을 꼭 잡으며 계속 말했다.

"태준 씨가 잠시 일이 있어서 제가 대신 왔어요. 저는 김소람이라고 합니다. 다음부터는 그냥 소람아, 해주세요."

역시나 대답이 없는 아버지. 소람은 조금 더 용기를 내어 말했다.

"맨날 무뚝뚝한 아드님 목소리만 듣다가 꾀꼬리 같은 아가씨 목소리가 들려서 깜짝 놀라셨죠? 그동안 바이러스랑 싸우시느라 고생하셨으니까 당분간 낭랑한 목소리 자주 들려 드릴게요. 아버님, 저 계속 찾아봬도 될까요?"

소람이 그렇게 이야기하는데 갑자기 뒤에서 코웃음 치는 소리가 들려왔다.

"이 세상 꾀꼬리는 다 죽었지 싶습니다."

소람이 깜짝 놀라 뒤돌아보자 태준이 아주 피곤한 얼굴로 심술궂게 웃으며 그녀를 내려다보고 있었다.

갑작스럽게 병실로 들이닥친 태준은 별다른 말도 없이 소람을 확 잡아채더니 복도 끝에 있는 비상계단으로 그녀를 데리고 갔다. 문을 닫자마자 손목을 거칠게 놓아준 그는 이를 앙다문 목소리로 소람을 다그쳤다.

"당신이 왜 여기에 있습니까?"

"정말 어딘가에 말 예쁘게 하게 하는 교육기관이라도 있다면 한 달간 보내버리고 싶네요. 예전부터 생각한 건데 말이에요, 태준 씨 정말 마음은 비단결같이 쓰고 그걸 다 말로 깎아 먹는 건 알고 있어요?”

소람의 격앙된 그 말에 태준은 아무 말도 하지 않은 채 계단 난간을 힘주어 붙잡았다.

“그냥 왔어요. 태준 씨는 조금 더 휴식이 필요해 보였고, 상대적으로 한가한 내가 그냥 온 것뿐이라고요. 그런데 그게 그렇게 잘못됐어요?”

하지만 태준은 엄격한 얼굴로 소람을 뚫어지게 바라볼 뿐이었다.

“그러니까 당신이 왜! 여기까지 찾아옵니까? 이래서 내가 그동안 말을 안 한 겁니다. 내 아버지! 내 사정! 당신은 분명 세상을 다 구하기라도 할 것처럼 달려들 게 뻔하니까.”

태준의 그 말에 소람은 두 주먹을 불끈 쥐었다. 소람은 전혀 이해가 안 된다는 식으로 태준을 바라보았지만 태준은 전혀 양보할 생각이 없었다.

“그냥 연애하자니까? 머리 아픈 집안 환경, 우리들 나이, 조건이니 결혼이니 그런 거 따지지 말고 그냥! 연애하자니까. 그냥 좋은 거 보고, 좋은 거 먹고, 좋은 거……”

그러자 소람이 태준을 뚫어지게 바라보며 말했다.

“좋은 거 보고, 좋은 거 먹고, 좋은 거 하는 거 물론 좋죠. 하지만 지금 내 눈 앞에 내가 해야 할 일이 있고 그 일들로 문제가 생겨 이렇게 머리가 아프고 내 마음이 무너지는데, 그런 좋은 게 다 무슨 소용이에요? 그렇게 흐린 얼굴로, 그렇게 무너지는 표정을 한 당신과 내가 좋은 영화를 보고 좋은 음식을 먹은들 기쁘겠어요? 그럴 바에 나는 당신을 도와서 조금이라도 이 위기를 극복하는 방법을 찾아보겠어요. 나로서는 그게 내 연애를 지키는 방법이라고요."

태준이 단번에 무 자르듯 소람의 말을 잘랐다.

"극복되지 않아요. 당신이 도와준들, 극복될 문제가 아니란 말입니다. 우리 아버지가 돌아가시지 않는 한……."

순간 태준의 눈앞에서 불빛이 번쩍했다. 소람이 그의 뺨을 한 대 내리친 것이다.

"농담으로라도 그런 말 하지 말아요. 당신이 내뱉은 그 말이 씨가 된다면 가장 아플 사람은 바로 당신이잖아요. 발목이 잡혀 항상 허우적거리긴 해도 아버지가 계시기에 지금껏 버텨왔으면서, 왜 그런 말을 하는 거예요? 애초부터 당신 보고 아버지 책임지라고 한 사람은 아무도 없었어요. 그런데도 그 짐을 스스로 짊어진 사람은 바로 당신이라는 걸 몰라요?"

소람은 그가 끌고 들어온 비상계단 문을 확 열고는 실내로 걸어 들어가기 시작했다. 그때였다.

"아가씨! 아가씨!"

아까 병실에서 보았던 간병사가 소람에게 뛰어왔다.

"아까 아가씨랑 태준 씨가 다녀간 직후에 어르신이 눈을 떴어. 눈을 떴다고!"

소람이 멍한 눈으로 바라보자 간병사는 다시 설명해주었다.

"내가 그랬잖아요. 항상 눈을 감고 있는 양반이 기분이 아주 좋으실 때는 눈을 뜬다고. 의사는 그냥 신체적 반사 반응이라는데 우리 간병사들은 그렇게 생각 안 해. 아무리 의식 없으신 어르신들도 보면 우리 이야기를 듣고 계신 것 같을 때가 있다니까? 그러니까, 또 와요. 그러다가 진짜 기적이 생길지 어떻게 알아? 사람 일은 아무도 모른다니까?"

씩 웃는 간병사를 보며 소람은 그 말을 가슴 깊이 새겨놓았다.

7. 당신을 통해 보게 된 또 다른 세상

잠에서 깬 태준은 쥐죽은 듯 고요한 방 분위기에 벌떡 일어났다. 김소람! 잠들기 전까지 눈앞에서 알짱거리던 소람의 기척이 없자 태준은 현관을 살펴보았다.

소람의 신발이 없다. 그녀가 없어. 태준이 엄마를 잃은 아이처럼 어깨가 축 처진 모습으로 돌아서는데 싱크대 주변에서 낯선 향기가 솔솔 올라왔다. 오랜만에 맡는 음식 냄새에 배 속이 요동치자 태준은 가스레인지 위에 올려져 있는 냄비를 열어보았다.

거기에는 막 끓인 듯한 죽이 먹음직스럽게 담겨 있었다. 죽이 얼마나 뜨거운지도 모른 채 태준은 옆에 놓여 있는 국자를 들고 맛을 보았다.

소람이 남기고 간 마음에 며칠간 바짝 메말라 있던 마음에 온기가 차오른다. 그 여자가 끓인 이 죽 한 그릇에. 갑자기 그녀의 목소리가 듣고 싶어 휴대폰을 찾던 태준은 부재중 통화가 여러 통 걸려왔다는 사실을 알고 병원에 전화를 걸었다.

-어? 아까 태준 씨 지인이라면서 어떤 아가씨가 전화를 받던데? 태준 씨가 몸이 많이 안 좋다면서 아가씨가 대신 오겠다고 해서 주소 가르쳐줬어요.

간호사의 그 말에 태준은 번개처럼 옷을 갈아입고 차에 올라탔다. 오지랖 넓은 김소람. 어쩌자고 거기까지 간 거야!

신호까지 무시해가며 미친 듯이 달려간 병원에서 그녀를 만났다. 죽은 듯이 누워 있는 아버지 곁에서 꾀꼬리 같은 목소리로 재잘대고 있는 소람을 발견한 순간 태준은 가슴이 뜨거워지는 것을 느꼈다.

이러지 말자. 김소람. 이러다가 진짜 내가 영영 당신 안 보내주면 어쩌려고 그래. 자꾸 당신을 욕심나게 만들지 말자. 나는 하루하루 초인적인 힘을 다해 참고 있는데 이런 식으로 나를 흔들어대면 어쩌자는 거야.

태준은 마음속에서 치열하게 벌어지고 있는 전투를 애써 감춘 채 최대한 심술궂은 목소리로 그녀를 불렀다.

"이 세상 꾀꼬리는 다 죽었지 싶습니다."

한편, 소람은 버스와 지하철을 갈아타며 집으로 돌아오면서도 아픈 사람의 뺨을 내리쳤던 그 순간을 곱씹어보았다. 자신의 손바닥이 꽤 빨개졌으니 태준의 뺨도 빨갛게 부풀어 올랐을지도 모른다.

바보, 맨날 필살기 무도란 이런 거라며 거들먹거리더니 왜 그런 건 하나 피하질 못해서. 이내 소람은 깊은 한숨을 쉬었다. 아무래도 자신의 감정에 취해 태준의 영역에 무단으로 침입했던 모양이었다. 그런 생각이 머릿속을 뒤덮자마자 소람은 의기소침해지기 시작했다.

그래, 뭐. 나는 고작 3개월짜리 놀고먹기만 하면 되는 여자친구다. 내가 월권 좀 했기로서니 그렇게 화를 내냐. 이태준 당신, 진짜 엄청나게 실망이다. 그래도 내가 아픈 사람한테 찾아간 성의도 있는데 고맙다는 말 한마디도 없이. 당신이 끓인 죽도 맛있더란 말도 못 듣고.

소람은 서러움에 울컥해 목이 메어왔다.

아…… 이런 감정에 굴복하면 안 되는데 왜 이렇게 서글픈 거야. 그 사람에게 인정받지 못해서? 아니면 아직도 마음을 다 열지 못하는 그 사람 때문에?

그렇게 터덜터덜 집으로 돌아오는데 가로등이 어스름한 주택가 저편으로 뭔가 거뭇거뭇한 물체가 소람의 시야에 들어오기 시작했다. 마음이 너무 괴롭다 보니 신경 쓰지 않고 지나치고 싶었으나 아무래도 그냥 가버리면 안 될 것 같은 예감이 들었다.

소람은 발걸음을 되돌려 그 검은 물체를 향해 다가갔다. 그곳에는 양복을 입은 아저씨가 길바닥에 쓰러져 있었다. 술에 취하셨나? 살짝 살펴보는데 신음을 흘리는 소리가 들리는 것 같았다.

"아저씨. 아저씨? 괜찮으세요? 아저씨, 정신 좀 차려보세요!"

자세히 살펴보니 그는 이마에서 피를 흘리고 있었고 그 피는 이미 옷을 적실 정도였다. 어머! 어떡해!

소람은 재빨리 가방에서 휴지를 꺼내 지혈하면서 주변을 살펴보았다. 그때였다.

갑자기 그의 팔이 다가오더니 소람의 허리춤을 잡아당기는 것이 아닌가.

"꺄아아악! 아저씨. 뭐 하시는 거예요!"

"뭐야. 정 마담. 에이, 이러지 말라고!"

아직도 꿈속을 헤매는지 그는 더욱 세게 소람을 안으려고 했다. 그가 급기야 포옹까지 하려고 하자 순간 무슨 힘이 생겼는지 소람은 있는 힘껏 그를 밀쳐냈다. 그러자 그가 순간 뒤로 '쿵' 소리를 내며 벌렁 넘어지고 말았다.

"아저씨!"

"아이고! 나 죽네. 나 죽어……. 이년 좀 보게?"

순간 소람에게 밀쳐진 그는 갑자기 버럭 화를 냈다. 순간 뭔가 이상함을 느낀 그는 갑자기 자신의 주머니 여기저기를 뒤지다가 이내 소람을 보고는 눈빛이 달라졌다.

"이년 봐라? 어디 할 짓이 없어 도둑질이야? 내 지갑 내놔, 내지갑!"

달려든 그는 소람의 멱살을 쥐고 흔들었다.

"아저씨, 뭐 하시는 거예요! 아저씨! 켁켁. 아저씨가 쓰러져 계셔서 돌봐드린 것뿐이라고요. 아저씨!"

"이리 와! 경찰서로 가자, 이 도둑년. 내가 요즘 세상이 흉흉하다 어쩐다 말은 많이 들었어도 내가 당할 줄은 몰랐네. 어디 허우대

멀쩡해가지고 술 취한 사람 지갑을 털어가? 가자! 이년!"

술 취한 사람이 무슨 힘이 그렇게 남아 도는지 소람의 멱살을 틀어쥐고는 질질 끌고 가기 시작했다.

그로부터 30분 후, 소람과 그는 동네 어귀에 있는 파출소에 나란히 앉아 있었다.

"이년이 술에 취한 내 이마를 때리고 지갑을 훔쳐갔다고?"

험하게 이야기하는 취객을 상대하려니 소람은 순간 피곤이 확 밀려오는 것 같았다.

"알았어요, 아저씨. 피를 많이 흘리셨으니까 일단 지혈부터 하십시다. 그렇게 떠들다가 피가 더 많이 나온다니까요? 잠시만 기다리세요. 그 근처 CCTV 살펴보고 있으니까."

경찰관의 그 말에 소람은 인내심을 가지고 기다렸다.

"차 한 잔 드세요."

그 취객이 소동을 부리고 있는 와중에 갑자기 여경 한 명이 다가와 소람에게 종이컵에 든 커피를 내밀었다.

"도와주시다가 봉변 당하신거죠? 저희는 딱 보면 알아요. 그나저나 많이 놀라셨겠네요."

그때였다. 갑자기 잔뜩 굳은 표정의 태준이 지구대 문을 밀고 들어섰다. 순간 태준과 소람의 눈이 딱 마주쳤다.

"어. 이 형사. 웬일이야?"

여경이 허리를 펴면서 손을 살짝 들었다.

"제가 전화드렸어요. 아마도 누군가를 굉장히 걱정하고 계실 것 같아서."

여경은 자신이 태준에게 전화를 한 장본인이라고 소개하더니 자신을 빤히 바라보고 있는 소람을 향해 인사를 했다.

"저 기억 안 나시죠? 일전에 영화관에서 '피리 소리' 보러 갔다가 뵌 적 있었는데."

그렇다면 이 여경이 그때 그 여경들 중 하나? 갑자기 눈앞이 까마득해진 건 나만의 착각일까? 제발 이 지옥 같은 곳을 쫌 빠져나갔으면.

태준은 상당히 굳은 얼굴로 경찰관이 앉아 있는 컴퓨터 앞으로 가더니 이내 그들에게 USB를 내밀었다.

"혜영이가 말한 그 근처에 나가봤더니 마침 주민 하나가 요긴하게 쓰일지 몰라서 블랙박스 파일 열어 복사해두었다고 합니다. 이분이 얼마나 큰 소리로 떠들었으면 주민까지 나서서 도와주겠습니까?"

갑자기 다들 그 파일에 관심을 보이자 소람은 방금 전 이 취객이 자신을 안고 실랑이하던 장면이 생각나서 벌떡 일어나고 말았다.

"보긴 뭘 봐? 보나마나라니까? 내 지갑 내놓기 전에는 절대 못 가니까 그런 줄 알아!"

그는 피 묻은 휴지를 이마에 대고서도 고래고래 소리를 질러댔다. 그 와중에 자신을 뚫어져라 바라보는 태준의 시선에 소람은 책상 아래로 기어들어가고 싶은 심정이었다.

잠시 후, 그가 건넨 USB로 영상을 틀어보던 경찰관이 혀를 끌끌 차기 시작했다.

"아저씨. 술자시고 삑치기당하셨네. 아저씨도 보세요. 아저씨를 뒤따라오던 이 두 녀석이 아저씨 머리 내리치고 지갑 뺏어가는 장면. 10대 같은데, 아예 처음부터 따라왔구먼. 한 10분 지나서 이 아가씨가 나타나지 않습니까? 이 아가씨는 쓰러진 아저씨를 도와주려고 했나 보네. 봐요. 저만치 갔다가 다시 돌아오는 거."

다 함께 영상을 지켜보던 이들이 놀란 숨을 들이켜는 소리가 들렸다. 돌변한 그들의 분위기에 소람의 뒤에 버티고 서 있던 태준이 책상을 돌아가더니 마우스를 딸깍거리며 이전 영상을 돌려보는 소리가 들려왔다.

그 순간이었다. 영상을 보고 있던 태준의 얼굴이 단박에 굳어지더니 갑자기 책상 위를 뛰어넘어 대번에 취객의 멱살을 잡아 일으켰다.

"이 새끼. 술을 처먹었으면 곱게 처먹을 것이지 감히 그 더러운 손으로 어디다 손을 대!"

분노가 활활 타오르는 눈빛으로 죽일 듯이 그의 멱살을 쥐고 흔드는 태준 때문에 온 경찰관이 자리에서 벌떡 일어나 그를 말리기 시작했다.

"이 형사님!"

여경은 그의 허리를 잡았고 경찰관들은 태준의 손을 잡았다.

"이러지 마, 이 형사. 이러다가 또 경위서 쓸 거야? 파출소 CCTV, 징계위원회에 회부되면 골치 아파진다고. 그러니까 그러지 말자. 응? 제발!"

다른 경찰들의 말에 겁을 먹은 소람이 그를 향해 소리를 질렀다.

"태준 씨!"

찢어질 듯한 소람의 목소리가 그를 꿰뚫고 지나가자 취객의 목을 옥죄고 있던 손이 거짓말처럼 풀어졌다. 태준을 말리던 경찰관들의 몸이 추풍낙엽처럼 바닥으로 나동그라졌다.

"자자. 아저씨는 저 아가씨에게 사과하세요. 예? 아저씨 조금만 더 늦었어도 과다 출혈 왔을지도 모르는데 아가씨가 지나치지 않고 지혈도 해주고 얼마나 고맙습니까. 그런 사람한테 해코지하고 도둑으로 몰았으니 아저씨도 잘못하셨잖아요!"

그제야 그도 술에 절은 머리가 조금은 돌아가는지 소람을 게슴츠레한 눈으로 바라보았다.

"거. 아가씨, 미안하게 됐습니다. 내가 술이 너무 많이 취했나 보네."

그 말에 소람은 벌떡 일어났다.

"저…… 조사 끝나셨으면 가 봐도 될까요?"

그러자 다들 그녀를 바라보았다.

"아. 그래도 되긴 하는데, 이거 미안해서 어쩌나. 그래서 취객은 함부로 건드리는 거 아닙니다. 다음부터는 바로 112에 신고를 해요. 이만하길 다행이지 잘못하면 폭행당하기도 하거든요."

경찰이 어르듯 말하자 갑자기 소람은 너무 기가 막혀서 눈물까지 핑 돌았다.

아, 오늘 일진이 정말 왜 이러냐? 순간 소람의 눈과 태준의 눈이 부딪쳤다. 하지만 아까의 일도 있어서 그런지 갑자기 이 남자 앞에서만은 주눅 든 모습을 보여주고 싶지 않았다. 울더라도 내가 지구대는 나가서 운다.

"제대로 사과하십시오. 이 아가씨한테."

갑자기 태준의 묵직한 목소리가 들려왔다.

"어? 아까 했잖아."

"그렇게 껄렁한 사과 가지고 되겠습니까? 도와주려는 사람을 도둑으로 몰고 그 지저분한 손으로 지분거리기까지 했는데. 제대로 사과하세요! 안 그럼 이 아가씨 보고 성추행으로 고소하라고 할 테니까."

태준의 불호령이 떨어지자 다른 경찰들도 놀란 듯 그를 바라보았다. 태준의 퍼런 서슬에 겁을 집어먹은 취객은 비틀거리며 일어나더니 소람에게 몸을 굽혔다.

"죄송하게 됐수다, 아가씨. 아까는 내가 너무 심했던 모양인데, 내가 다시는 이런 일 없도록 조심하리다."

하지만 이미 상처받은 마음이 그런 간단한 사과 한마디로 치유될 리가 있겠는가. 소람은 눈물이 날 것 같은 얼굴로 천장을 바라보더니 도와준 경찰관들에게 고개 숙여 인사하고서는 그대로 지구대를 나와버렸다.

밖에서 서성이는 소람의 뒤로 착 가라앉은 태준의 목소리가 들려왔다.

"갑시다. 집에 바래다줄게요."

소람이 태준과 반대편으로 걸어가려고 하자 갑자기 그가 손목을 확 잡아챘다.

"그 방향이 아니야."

정신 차리라는 듯 한마디 하자 소람은 그의 손아귀에서 손을 빼내려고 안간힘을 썼다. 하지만 어디 그녀의 힘에 밀릴 그던가. 태준은 소람을 지구대 앞 아무렇게나 주차되어 있던 자신의 차에 밀어 넣고는 운전석으로 돌아왔다.

그때였다. 갑자기 태준의 휴대폰이 미친 듯이 울려댔다. 벨소리가 그칠 기미를 보이지 않자 소람은 그와 더 이상 대화하기 싫다는 듯 차 거치대에 장착되어 있던 그의 휴대폰의 통화 버튼을 밀어버렸다. 그러자 갑자기 스피커폰으로 쩌렁쩌렁한 목소리가 들려온다.

-아! 자식. 왜 이렇게 전화를 안 받아!

휴대폰 저편에서 심상치 않은 기운이 밀려들자 태준이 다시 기어를 'P'로 돌려버렸다.

"죄송합니다. 선배님. 일이 있었습니다. 그런데 무슨 일이십니까?"

-야. 전에 너한테 인터넷 중고 사이트 사기 사건으로 들어왔던 시의원 아들 말이다. 거 왜, 그 피해자 아가씨가 난리치는 바람에 사과까지 시켰는데, 애 엄마가 나중에 자기 아들을 과잉 수사했느니 뭐니 경찰청 홈페이지에 고발하는 바람에 너 경위서 쓰고 사과한 사건 말이다.

그 순간 너무 놀라 휘둥그레진 표정으로 자신을 바라보는 소람의 시선이 느껴졌다.

아. 이런 제길.

태준이 스피커폰을 끄려고 재빨리 휴대폰으로 손을 뻗었으나 소람이 손을 탁 쳤다.

-여하튼 너 그때 그 아이, 뭔가 불안정해 보이는 것 같다고 했었지. 에이 씨. 네 말 좀 귀 기울여 들을 걸. 그놈 자식이 자살을 시도했대. 학교 폭력 서클에서 지속적으로 학교 폭력을 당하고 있었던 모양이더라고. 돈 뜯겨, 이상한 심부름해. 결국 그 사기 사건도 애들 괴롭힘에 못 이겨서 벌인 일인가 보더라고. 그런데 경찰서 출입 기자들이 어디서 이 건을 알았는지 속사정도 모르고 실적 잡기 수사를 했니 마니 기사 내는 바람에 지금 수사과장님이 게거품 물고 난리치고 계신다.

갑자기 눈물이 핑 돌면서 더 이상 참지 못할 만큼 소람의 눈가 가득 눈물이 차오르기 시작했다.

오늘아! 너 도대체 나한테 왜 이래?

와락 소람의 눈에서 주체할 수 없는 눈물이 흘러내리기 시작했다. 태준이 안타까운 듯 소람의 뒤통수를 쓸어내리자 그녀는 자신의 손에 얼굴을 파묻고 엉엉 울어버렸다.

-어? 이게 무슨 소리야?

저편에 있는 형사가 묻자 태준은 그녀를 안타까운 눈으로 바라보면서 딱 잡아뗐다.

"아닙니다, 선배님. 그나저나 그 아이는 좀 어떻습니까?"

태준이 묻자 선배는 못마땅한 듯 아직 결과는 잘 모르겠다고 대답했다.

"그 아이 병원이 어디에 있습니까? 제가 한 번 가 봐도 되겠습니까?"

-뭐 하러 가! 네 잘못도 아닌데! 그러다가 기자들한테 붙잡히기라도 하면 어쩌려고 그래?

"그러면 그냥 방문객인 척하겠습니다."

그러자 뜸을 들이던 선배가 주소를 문자로 보내주겠다면서 전화를 끊었다. 통화하는 내내 착잡한 표정을 하고 있던 태준이 이제는 거의 통곡을 하고 있는 소람의 턱을 들어 자신을 보게 만들었다.

"김소람 씨."

눈물이 가득한 채 구슬프게 울고 있었지만 그녀는 그 어느 때보다 아주 예뻤다.

"당신이 왜 웁니까?"

태준이 기어코 그 한마디를 물었다. 그러자 눈물이 범벅된 얼굴로 소람은 그를 마주 보았다.

"내가 옳다고 하는 일마다…… 이런 결과를 낳고 있잖아요. 도대체 이제는 뭐가 맞는 건지 모르겠어요."

그러면서 더욱 서럽게 우는 그녀가 딱해서 태준은 자신도 모르게 소람을 자신의 품으로 강하게 끌어당겼다.

"김소람. 당신은 아주 옳은 일을 한 겁니다. 당신은 결코 틀리지 않았어."

강한 확신을 주는 그의 품에서 소람은 더욱더 서러운 눈물을 토해냈다.

"그럼 당신은 뭐예요? 결국은 내가 당신에게 피해만 안겨주는 꼴이 됐잖아요!"

소람의 눈물 섞인 항의에 태준은 어쩔 수 없다는 듯 한숨을 내쉬었다. 그 순간 소람이 그를 밀어내더니 눈물이 가득한 얼굴로 말했다.

"혹시 그때 나한테 마구 뭐라고 했던 게 이런 일이 생길 줄 알고 그랬던 거예요?"

소람이 눈치 빠르게 다그치자 태준도 어쩔 수 없다는 듯 그녀의 얼굴에 엉망으로 엉켜 있는 머리카락들을 정리해주었다.

"어쩌면……. 우리는 그 사람의 권력이 어느 정도냐에 따라 가해자와 피해자가 바뀌는 상황도 여러 번 목격했기 때문에 당신이 더 이상 힘 빼지 않기를 바랐습니다."

그의 말에 또다시 소람의 눈에서 굵은 눈물방울들이 떨어져 내렸다. 난 정말 우는 여자 달래는 방법을 모르는데…….

"그래도 그렇지, 그런 말을…… 어떻게 나한테…… 안 해요? 나 때문에, 그런 사람들 때문에 죄 없는 당신이 경위서까지 썼다면서 내색도 안 할 수가 있냐고요."

소람의 우는 소리가 더욱 깊어지자 태준은 또다시 한숨을 쉬었다.

"그런 게 아닙니다. 당신이 알고 나면 이렇게 속상해할 걸 뻔히 아는데 뭐 하러 긁어 부스럼을 만듭니까?"

그러자 소람은 그의 셔츠를 꼭 쥐고서는 대성통곡했고 태준은 그녀의 등을 쓸어내리며 연신 괜찮다고 토닥였다. 태준은 소람이 진정하고 난 후에도 한참 동안 그녀를 꼭 안고 있었다.

"울고 나니 이제 좀 괜찮습니까?"

"아니요."

소람의 그 말에 태준은 머리카락을 조심스럽게 매만지며 그녀를 달래주었다.

"그럼 어떻게 해야 마음이 좀 풀리겠습니까?"

"그러면 오늘은 나랑 같이 있어줘요. 우리 이틀이나 못 봤잖아요."

소람의 뜻밖의 말에 태준의 입가가 함지박만큼 벌어졌다. 갑자기 그가 큼, 하고 목청을 가다듬는 것이 느껴진다. 소람이 그의 어깨에서 머리를 떼고 그를 올려다보았다.

"그리고 나 울린 것도 좀 반성하고요."

태준은 소람의 투정이 마음에 든다는 듯 그녀의 뺨을 어루만졌다.

"두고두고 반성하겠습니다."

태준이 진지하게 바라보자 소람은 자신의 흉한 얼굴이 자세히 보일까 봐 얼굴을 가렸다.

"그렇다고 너무 그렇게 잡아먹을 듯 쳐다보진 말고요."

소람이 아우성치자 태준이 그녀의 머리를 끌어당겨 소리나게 키스를 해주고는 자세를 바로잡더니 기어를 넣었다.

"그럼 일단 갑시다."

"어딜 가요?"

소람이 놀란 눈으로 바라보자 태준이 물었다.

"당신은 그 학생이 괜찮은지 안 궁금합니까? 나는 궁금한데?"

태준의 그 말에 소람도 조용히 안전벨트를 맸다. 하지만 막상 병원에 도착하자 소람의 얼굴에는 긴장감이 어렸다.

"난 그 아이를 보러 갈 자격도 없는 것 같아요."

태준은 피곤한 표정으로 소람을 바라보며 말했다.

"내가 그 일에 관해 끝내 말하지 않았던 두 번째 이유가 바로 이 겁니다. 이렇게 허무하게 당신의 신념을 포기할까 봐. 당신이 미처 보지 못한 세상을 알았으니 이제 약한 자를 보면 그냥 지나치고 불의를 보면 꾹 참을 겁니까?"

태준의 극단적인 말에 어떻게 그런 말을 하느냐고 반박하려던 소람은 입가에 잔잔한 미소를 짓고 있는 태준을 바라보았다.

"그러니까! 이럴수록 더더욱 단단해지면 되잖습니까. 지금껏 사회의 밝은 면만 보고 살았다면 우리가 살고 있는 이 사회는 이렇게 이중적인 구석이 있다는 걸 알아두면 됩니다. 그러니 그들 못지 않게 당신도 당신의 신념을 지켜가면 되잖습니까?"

태준의 진심 어린 말에 소람의 눈시울이 또다시 붉어졌다.

"당신이 너무 실망해서 내가 보너스로 하나 더 일러주겠는데 솔직히 나에게 썩은 지팡이라고 타박하던 그날, 당신 굉장히 멋있었습니다. '다들 나만 아니면 돼' 하고 살고 있는 이 세상에서 아직도 그렇게 옳은 길을 가려는 당신을 보니 정신이 번쩍 들었습니다. 아무리 마지못해 하는 일이라 할지라도 그 업무를 책임지고 있는 사람으로서 도리를 잊고 산 나에게 당신은 제대로 경종을 울렸거든."

태준의 그 말에 소람의 마음에도 새로운 희망이 움트기 시작했다.

"그러니까 그때는 운이 나빴다 생각하고 잊어버려요. 벌은 당신에게 대충대충 살라고 했던 내가 다 받을 테니까."

태준은 그렇게 말을 끝마치더니 차에서 내리려고 문을 열었다. 소람은 그의 셔츠 자락을 움켜쥔 채 놓아주지 않았다.

"이왕 사과하는 김에 아까 아버지 병원에서의 일도 사과하세요."

소람이 생각보다 집요하게 굴자 태준은 차 문을 열어 다리를 땅바닥에 내려놓은 채 그녀를 바라보았다.

"사과하지 않을 겁니다. 아버지 병원은 안 돼."

태준이 단호하게 이야기하며 옷이 찢어지든 말든 내려버리자 소람도 그를 따라 차에서 내렸다.

"당신은 딴생각 말고 요 꼬맹이 일이나 집중해요. 이제 막 피어나는 인생이 피고 지냐 기로에 서 있단 말입니다."

"나에게는 지금 당신을 힘들게 하는 그 녀석보다 당신이 더 중요해."

소람의 그 말에 태준이 움찔한다.

"아버지 병원은 왜 안 되는데요? 아직도 내가 못 미더워서 그래요?"

소람이 재빠르게 물었지만 태준은 말없이 그녀의 손을 잡은 채 건물로 들어가 엘레베이터 버튼을 눌렀다.

"왜 내 질문에 대답 안 해주는 거예요?"

"당신이 고생하는 거 싫으니까. 당신은 당신 부모님 돌보느라 그렇게 고생하고도 내 아버지까지 챙기고 싶습니까? 이렇게 싸가지 없는 아들도 제대로 돌보지 못하는 불쌍한 내 아버지를!"

"간병사님 말이 아버님이 우리가 다녀간 직후 눈을 뜨셨대요."

"눈은 자주 뜨세요. 꼭 우리 때문이 아니라."

"그래도 계속 자극하면 뭔가 길이 열릴지도 몰라요. 그러니까……."

갑자기 태준이 소람에게 몸을 휙 돌렸다.

"그래도 안 됩니다. 남은 기간 동안 나만 만나요. 그게 딱 좋습니다, 우리 사이는. 당신 고생하라고 만나자는 게 아니라는 걸 당신은 왜 몰라줍니까?"

"도대체 그럴 거면서 나를 왜 만나요? 그놈의 3개월, 3개월! 이제 조금만 더 만나면 3개월인데 좀 일찍 끝내면 어때서!"

소람이 신경질적으로 쏘아붙이자 태준은 엘레베이터의 푸른 불빛을 바라보며 말했다.

"당신을 만나는 게 내가 누릴 수 있는 유일한 사치입니다. 나라고 놀고 싶지 않고 여자 만나고 싶지 않고 결혼하고 싶지 않은 건 아니니까."

그 말에 소람은 고개를 돌려 태준을 바라보았다. 그는 소람을 돌아보지 않은 채 잡고 있던 손에 힘만 주었다.

"그런데 왜 3개월이에요? 6개월도 있고 1년도 있는데."

"그래야 빨리 제자리를 찾아갈 수 있으니까. 너무 푹 빠져서 돌아가지 못하는 것보다 더 비참한 건 없으니까."

생각이 일목요연하게 정리되어 있는 태준의 대답에 갑자기 소람의 목이 콱 메어오기 시작했다.

"그럼 일탈해요, 그냥."

소람이 앞을 바라보며 한마디 던지자 태준은 살짝 웃으며 소람을 바라보았다.

"벌써 일탈 중입니다. 예전 같으면 그러거나 말거나 관심 없었을 전과자 하나를 찾아 손수 여기까지 방문한 걸 보면. 지금도 충분히 김소람이 나를 망쳐놓고 있어요."

태준의 그 말에 소람은 한동안 멍하니 있었다.

"이게 다 당신 때문이야. 그러니까 책임져."

태준이 여자처럼 한마디를 남기더니 갑자기 소람의 손을 끌고는 엘레베이터에서 내렸다.

그들이 엘레베이터에서 막 내리자 사람들이 웅성웅성 모여 있는 것이 보였다. 그때 귀를 찢을 듯한 고성이 복도에 울려 퍼졌다.

"아무도 다가오지 마. 저리 가! 난 죽을 거야. 다시 그 자식들한테 끌려가느니 여기서 죽어버리는 것이 낫다고!"

소람이 만났던 그 학생이 유리 조각으로 자신이 팔을 그으며 난동을 부리고 있었다. 소스라치게 놀란 소람이 그의 팔을 꽉 붙들자 태준은 그녀를 뒤로 숨기더니 더 멀리 피해 있으라고 경고했다.

"당신은 어쩌게요?"

"저 정도면 많이 참은 겁니다. 지금은 아마 아무도 제어할 수 없을 겁니다. 그러면 무력으로 제압하는 수밖에. 당신도 많이 당해봐서 알잖습니까. 내 실력."

태준은 소람에게 어떤 일이 벌어져도 함부로 나서지 말라고 단단히 이르더니 어디론가 급히 걸음을 옮겼다. 갑자기 유리 조각을 휘두르는 학생의 뒤로 태준이 나타나더니 팔목을 꺾어 그를 바닥으로 메다꽂았다. 하지만 학생은 유리 조각을 빼앗기지 않으려 안간힘을 썼고, 그 바람에 태준의 손에 길게 상처가 났다.

"태준 씨!"

소람이 너무 놀라 그들에게 뛰어들자 그녀를 발견한 학생이 놀라서 유리 조각을 떨어뜨리고야 말았다.

그로부터 한참 후, 학생은 병원 보안 요원에 인계되어 병실로 끌려 들어갔고 피를 흘리는 태준에게 의료진이 달려들었다.

"손이 많이 베였네요. 치료받으시는 것이 좋겠어요."

태준이 괜찮다고 이야기하려고 하니 걱정을 가득 담은 소람의 모습이 시야 가득 들어찼다. 더 이상 이 여자를 걱정시키는 일을 만들면 안 되겠다는 생각에 태준은 그들을 따라나섰다.

"학생이 계속 불안정했던 건 사실이에요. 글쎄, 그 아이를 학대하던 아이들이 얼마나 잔인했는지 병실로 찾아오는 피해망상까지 보였다고 하더라고요. 상처가 깊어서 한 4바늘 정도 꿰매야 할 것 같은데 괜찮으시겠어요?"

소람이 태준을 향해 고개를 끄덕이자 그는 의사를 향해 고개를 끄덕였다.

"치료받는 것도 허락받고 치료하세요?"

의사가 의외라는 듯 그들을 놀리자 태준이 중얼거렸다.

"실은 제가 잘못한 게 많아서 말을 좀 잘 들어야 하거든요."

젊은 여의사가 의외라는 듯 소람을 바라보았다.

"사귀신 지 얼마나 되셨어요? 오래되셨나 봐요?"

태준은 '적어도 서로 의중을 알 만큼'은 된다고 대답했다. 의사는 봉합을 마치고 붕대로 손을 감아주더니 이내 명함을 하나 내밀었다.

"당분간 외과로 드레싱하러 들르세요."

의사가 태준을 치료하는 내내 관심을 보였던 터라 명함을 주는 행위가 은근히 신경 쓰였던 소람의 귀에 이런 말이 들려왔다.

"간단한 소독은 동네에서 받겠습니다. 치료해주셔서 감사합니다."

심장을 꽉 막고 있던 덩어리가 떨어져 나간 것 같은 기분이 드는 건 왜지? 의사가 그러냐는 듯 어깨를 으쓱하더니 치료 도구를 들고 처치실을 나가버렸고 두 사람만이 남았다.

"나 오늘 김소람 뒤치다꺼리하느라 열일한 것 같은데 착한 일 했다고 상은 안 줍니까?"

소람이 터벅터벅 다가가자 태준은 그녀의 손을 잡더니 얼굴을 찡그렸다.

"어? 많이 아파요? 의사 불러올까요?"

그러자 태준은 소람에게 중얼거렸다.

"키스해줘요. 아주 뜨겁게."

태준이 낯뜨거운 요구를 해오자 소람의 미간이 찌푸려졌다. 태준은 껄껄 웃으면서 그녀를 자신의 품으로 끌어당겼다.

"아무것도 필요 없으니까 그냥 이대로 있읍시다. 그냥 딱 이거면 돼."

팔이 자유롭지 못한 태준을 대신해 소람이 팔을 둘러 그를 끌어
안자 태준의 얼굴에 말캉한 가슴이 와 닿았다. 태준이 그녀의 가슴
에 얼굴을 비비자 소람의 심장이 점점 더 박동을 빨리했다. 내 여
자는 여전하네.

"김소람. 나 좀 봐줘요. 내가 못된 짓을 해도 봐주고, 내가 모가
좀 나도 봐주고. 그냥 내가 못마땅하더라도……."

그 순간 태준의 뺨에 소람의 손가락이 와 닿았다.

"나도 당신을 힘들게 해서 미안했어요. 앞으로는 조심하도록 할
게요."

소람의 그 말에 태준은 그녀를 안은 팔에 더욱더 힘을 주었다.

"김소람 당신은, 내가 당신을 얼마나 좋아하고 있는지 알고 있
기는 합니까?"

태준의 그 말에 소람은 갑자기 눈물이 날 것만 같아 애꿎은 눈
을 깜박거렸다.

이태준 씨. 나에게는 당신의 말이 어떤 말보다 아프게만 들리니
어쩌면 좋아요.

그들이 병실로 찾아갔을 때 학생은 너무나 괴로운 표정으로 침
대에 묶여 있었다.

"형사님. 정말 감사드려요."

아이 엄마가 달려오더니 갑자기 태준의 손을 잡아 올렸다. 태준
은 아이 어머니에게 잠시 자리를 좀 비워줄 수 있겠느냐며 청했고
그녀는 한참을 머뭇거리더니 이내 병실 문을 열고 나갔다.

"지금부터 내가 너 포박한 끈을 풀 건데 다시 소동 안 부린다고 약속할 수 있어?"

태준이 엄격한 눈으로 바라보자 학생은 눈물을 줄줄 흘리면서 고개를 가로저었다. 그러자 태준이 여린 한숨을 쉬었다.

"죄…… 죄송해요. 아저씨……. 지, 진짜……. 아저씨까지 다치게 할 줄은 몰랐어요."

학생이 서럽게 흐느끼자 소람도 조금 더 침대 쪽으로 다가가 아이의 등을 쓰다듬었다.

"경찰서에 네가 처음 온 날, 문제가 있으면 연락하라고 했는데 왜 연락 안 했어?"

태준이 그렇게 묻자 소람은 놀라서 태준을 올려다보았다.

"도움이 필요하거든 언제라도 연락하라고 했잖아."

그러자 학생은 변성기가 막 지난 갈라진 목소리로 웅얼거렸다.

"그 자식들이 경찰한테 알리면 죽여버리겠다고 했거든요. 그래서 더 아무 짓도 못했어요."

아! 이 노릇을 어쩌면 좋단 말인가! 소람이 입술을 깨물자 태준은 갑자기 소람에게 자신의 바지 주머니를 뒤져달라고 했다.

"나 손이 안 들어가서 그러는데 내 지갑 좀 꺼내줘요."

소람이 바지 주머니를 뒤지자 태준이 별안간 속삭였다.

"좀 덜 자극적이게 만집시다."

소람이 태준을 째려보자 그들이 시선이 챙 하고 부딪쳤다.

그의 엉덩이에서 지갑을 꺼내자 태준은 소람 보고 '특공 무술'이라고 적힌 명함을 찾아보라고 했다. 소람은 명함을 찾아 그의 지갑 여기저기를 뒤지기 시작했다.

현금 10만 원, 각종 영수증, 단출한 카드, 그가 어색한 표정으로 정면을 응시하고 있는 경찰 신분증, 그리고 그가 어린 시절 자신의 아버지와 찍은 사진 하나가 발견되었다.

아버지는 꽤 멋진 모습으로 검은 양복을 입고 있었는데 그들 뒤로는 청와대를 상징하는 봉황새 마크가 크게 그려져 있었다. 소람이 거기서 눈을 떼지 못하자 태준이 물었다.

"찾았습니까?"

소람이 화들짝 놀라 사진을 집어넣고 체육관 명함을 건네주자 태준은 학생에게 그 명함을 주었다.

"나한테 미안하긴 미안해?"

학생은 그렇다는 듯 열심히 고개를 끄덕였고 태준은 학생을 지그시 바라보면서 한마디 했다.

"내가 보기에 네가 살 길은 스스로 단단해지는 수밖에 없어. 그 자식들에게 굴복하지 말고 더 당당해져야 그 자식들이 널 깔보지 않아. 할 수 있겠어?"

태준이 그렇게 묻자 학생의 눈은 자신 없다고 절규하고 있었다.

"그 아이들 손에 놀아나서 절도 사기나 치고, 자해를 하고, 이렇게 뒤에서 울 것이 아니라 너도 실력을 키워보면 어떨까? 어린 시절의 나처럼."

그러자 학생도, 소람도 태준을 바라보며 눈을 크게 떴다.

"아까 봤겠지만 내가 처음부터 무술을 잘했을까? 실은 나도 고등학교 때 날 괴롭히는 녀석들을 혼내주려고 아버지를 졸라서 합기도를 배우기 시작했어. 그래서 나중에 어떻게 된 줄 알아? 6개월 후에 날 쥐고 흔들어대던 녀석들의 옥수수를 죄다 털어서 한동안 학교를 떠들썩하게 만들었지. 어때? 너도 한번 도전해보지 않을래?"

그러자 학생은 태준이 건넨 명함을 유심히 바라보았다.

"선택은 자유야. 하지만 네가 이 지옥에서 스스로 빠져나가려는 의지를 보이지 않는 한 지옥은 사라지지 않을 거다. 그러니까 부디 스스로 알을 깨고 나오길 바란다."

태준은 그렇게 이야기하더니 아이의 머리를 거칠게 흔들어 주었다. 그러자 학생은 결심한 것처럼 그럼 자신도 해보겠다고 순순히 대답했다.

"거기 가면 더 무시무시한 고수들이 포진해 있을 거야. 죽기 살기로 버텨. 버티다 보면 어느새 네가 고수가 되어 있을 테니."

그는 학생을 향해 매력적인 웃음을 지어주고는 병실을 나섰다. 그러고는 어디론가 전화 한 통을 걸었다.

"어, 나다. 거기에 조만간 고등학생 꼬마가 하나 갈 건데. 서영범이라고. 18세 꼬맹이. 어. 사고 쳤어. 걔 사람 한번 만들어 봐. 만약 말로 안 되면 죽어라 패. 그래야 사람 되지."

태준이 하는 말에 소람의 눈이 휘둥그레졌다.

"그래. 알았다. 그래. 조만간 한 번 들를게."

태준이 전화를 끊자 소람은 그를 의심스러운 눈초리로 바라보았다.

"뭐예요?"

"저번에 그건 소람 씨 방식. 이건 내 방식입니다. 어떤 방식으로 저 녀석이 감화가 될지 당신은 시험해보고 싶지 않습니까?"

태준은 그렇게 말하면서 빙긋 웃었다.

8. 점점 더 깊어지는 연심

-빨리 불어!

소람은 지금 20년 지기 친구와 오랜만에 통화를 하고 있던 중이었다.

-흐응? 이것이 어디서 언니한테 보고도 않고 연애질이야?

유란의 그 말에 소람은 뜨끔했다.

-어? 너 진짜 뭐 있구나? 세광 씨가 미나랑 마트 갔는데 바로 앞에서 어디선가 많이 보던 아가씨가 어떤 남자랑 다정하게 팔짱 끼고 장을 보더라 그러더라고! 누구냐. 하나도 숨기지 말고 낱낱이 고해 바치지 못할까!

소람의 비밀이 즐거운 듯 유란은 소람을 다그쳤고 소람은 마지못해 태준에 관한 이야기를 털어놨다.

이상한 첫 만남과 그들이 사사건건 부딪친 사고, 그리고 자신의 부모님과 태준의 아버지 이야기까지. 하지만 문제는 그다음이었다. 그녀의 이야기를 다 듣고 난 유란의 말수가 눈에 띄게 줄어든 것이다.

"왜 이래? 정유란. 다 토해내라고 할 때는 언제고 불안하게 왜 말을 안 해?"

-아니, 최대한 너를 말리고 싶지 않은데 뭐라고 할 말이 없어서.

소람은 그녀의 마음이 이해가 간다는 듯 한숨을 쉬었다.

"네가 보기에도 끝이 보이는 것 같아?"

-아니? 끝이 아니라 고생길이 훤하다. 하필 어디서 꼭 지 같은 남자를 골라가지고. 어휴. 그냥, 어? 돈 많고, 시댁 빵빵하고, 가정적이고 그런 남자 만나면 안 돼? 너는 왜 항상 그 모양이야?

속상한 유란이 타박하자 소람도 입을 삐죽인 채 책상을 어루만 졌다.

"그냥 평범한 남자에게는 매력을 못 느끼니까 그렇지. 더군다나 태준 씨 같은 유형은 생각도 많고 모가 많이 나서 연애를 하게 되면 굉장히 치명적이야."

소람이 속삭이자 유란이 난리를 쳤다.

-야. 너 이제 곧 결혼하면 바로 아이 낳고 질척이는 생활 속으로 풍덩이야. 무슨 서른 중반에 치명적 매력을 따져. 남자는 자고로 자상하고 가정적이고 말 함부로 하지 않는 남자가 제일이야.

갑자기 소람의 입에서 한숨이 쏟아지기 시작했다.

-왜!

"아니…… 이태준 3대 특징이 무뚝뚝하고 자기 사는 걸 보면 가정 따윈 관심 없는 것 같고 무엇보다 말을 함부로 해."

-당장! 헤어져!

유란이 고래고래 소리를 지르다가 뜬금없이 물었다.

-그런데 치명적인 매력이 있다는 그 남자, 밤일은 잘해?

유란의 그 말에 소람은 짜릿했던 그날 밤이 생각났다.

사람의 인영조차 구분할 수 없는 어두운 저녁, 그들은 자동차 극장에 차를 세워두고 30분째 키스 중이었다.

글쎄. 다른 건 몰라도 이 남자, 키스 하나는 죽여주게 잘한다.

"우리 이제는 영화에 좀 집중해야 하지 않을까요?"

소람이 거칠게 괴롭히는 태준을 견디다 못해 한마디 하자 그는 은근한 말투로 속삭였다.

"영화가 그렇게 보고 싶었다면 미쳤다고 내가 이 자동차 극장까지 옵니까?"

태준은 소람에게 키스하며 그녀의 등을 쓰다듬었다.

"난 당신이 이렇게 야한 사람인 줄 몰랐는데?"

소람이 숨을 헐떡이며 나무라자 태준은 소람의 이곳저곳을 쓰다듬더니 급기야 목에 얼굴을 박고는 입술을 비볐다.

"남자는 누구나 다 야합니다. 당신은 책도 못 읽어봤습니까? 남자들은 매일 그 생각을 하느라 뇌의 팔구십 퍼센트를 쓰곤 한다고."

그러자 소람이 태준의 가슴을 탁 하고 때렸다.

"당신도 그래요?"

태준이 피식 웃으며 대꾸했다.

"매일 상상으로 당신을 벗기기는 하니까. 불행히도 그게 항상 상상으로만 끝나서 아쉽지."

그가 제법 야한 농담을 걸자 소람이 얼굴을 찡그렸다.

"어휴. 이 짐승. 저리 비켜요"

소람이 태준에게서 떨어지려고 발버둥을 치자, 태준은 소람이 더 이상 도망가지 못하게 그녀의 허리를 안은 팔을 옥죄었다.

"그렇게 자꾸 자극하면 나 진짜 당신이 감당 못할 수도 있는데?"

짓궂은 농담에 소람이 잔뜩 인상을 쓰자 태준은 빙그레 웃으면서 그녀의 입술을 잡아챘다.

태준은 골반을 매만지던 손으로 그녀의 바지 버클을 매만졌다. 당황한 소람이 그의 손을 잡아보았지만 태준은 소람을 좌석에 밀어붙이듯 눕혔다.

"잠깐만요! 태준 씨! 나는 아직 마음의 준비를 못했단 말이에요."

소람이 울상을 지으면서 항의하자 태준이 소람을 빤히 내려다보았다.

"당신 지금 무슨 생각을 하는 겁니까?"

놀리는 듯한 태준의 말에 소람의 얼굴이 빨개졌다. 영화 스크린의 불빛이 아스라이 당황한 소람의 얼굴에서 춤을 추고 있었다.

"당신도 내가 궁금합니까?"

태준의 은밀한 속삭임에 소람의 목구멍에서는 억울한 비명이 흩어져 나왔다.

"그렇다면 뭐 할 수 없지! 당신이 그렇게 원한다는데!"

능글맞은 태준이 그대로 다가가는 순간 소람에게서 이를 악문 소리가 들렸다.

"거기서 더 이상 움직이지 말아요!"

태준이 움찔하는가 싶더니 퉁명스러운 목소리로 물었다.

"그러면 뭘 해줄 겁니까?"

소람이 다급하게 외쳤다.

"해주긴 뭘 해줘요? 이렇게 막무가내인 사람한테."

그러자 태준의 눈빛이 번쩍거렸다.

"흥. 그러면 협상 결렬!"

태준의 팔이 소람의 양옆 공간을 짚자 그의 공격을 막느라 안간 힘을 쓰던 소람의 목소리가 끈적끈적한 공기를 갈랐다.

"자꾸 그렇게 약 올리면 재미없을 거예요. 이태준 씨!"

"이유는?"

"나는 함께 나누고 싶지 이렇게 일방적으로 당하고 싶지 않다고 요."

소람의 말에 태준이 매력적인 미소를 품고는 은밀하게 물어왔다.

"그렇다면 우리는 곧 무언가를 함께 나눌 수 있다는 겁니까?"

노골적인 말에 당황한 소람은 태준을 밀어냈다.

태준이 호락호락하지 않자 소람은 울며 겨자 먹기로 약속했다.

"알겠어요. 생각해볼게요."

태준이 아쉬운 듯 자신의 자리로 돌아가자 소람은 겨우 팔을 딛고 일어나 앉았다. 이런 불한당 같으니라고! 이런 식으로 나를 농락해?

소람은 분한 마음에 씩씩대다가 무슨 생각이 들었는지 몸을 틀어 그에게 가까이 다가왔다.

"영화 시간이 한 30분 정도 남은 것 같은데 그렇다면 나머지는 내가 좀 쓸까요?"

소람이 천천히 다가오자 태준은 갑자기 굳어진 얼굴로 화장실에 다녀오겠다며 차 문을 열고 밖으로 튀어 나갔다.

당신도 그럴 거면서 나를 왜 그렇게 괴롭히는 건데?

"이태준! 이 나쁜 놈아!"

-흠. 그래서 우리 순진한 34세 노처녀님께서 화가 나셨다?

"날 유린해도 유분수지 어떻게 그럴 수가 있니?"

격앙된 소람의 말에 유란은 뭔가를 한참 생각하더니 소람에게 다시 물었다.

-그게 끝이야? 그는 항상 그렇게 널 물고 빨고 휘저어놓기는 해도 자신의 욕구는 절대 풀지 않는 경계선이 있고.

"그래. 그것도 한두 번이지 계속 겪다 보면 기분 나빠. 그래서 이제 그런 분위기 안 만들어. 일부러."

소람의 그 말에 유란은 다시 물었다.

-그런데 넌 어때? 같이 나누자고 네 스스로 말한 거보면 너도

생각이 전혀 없는 건 아니네?

"아니, 딱히 하고 싶다기보다 안 할 이유도 없지 않니? 연애하자며. 그러면 신체적 친밀감은 왜 안 되는데? 그런데 말은 저렇게 하더라도 막상 그럴만한 분위기가 되면 자기가 알아서 피할걸? 난 솔직히 이 문제가 단순한 육체적 관계에서 끝난다고 생각하지 않아. 태준 씨 마음이 딱 거기까지인가 싶어서 서운할 때가 있어. 보통 신체가 건강한 남자들 보면 막 끓는다고 하잖아. 나중에는 내가 그렇게까지는 매력이 없나? 싶은 때도 있어서 의기소침해져."

-혹시 신체적 문제가 있는 건 아닐까?

"아니. 절대. 나한테 그럴 때 보면 그 사람 아주 부풀어서 터질 것 같아. 그래도 그 남자는 끝까지 참아. 나는 그게 더 얄미워서 미치겠는 거 있지!"

소람이 벌컥 하고 화를 내자 유람이 끌끌끌 하며 웃었다.

이것들 봐라? 3개월 연애하면서 별거 다 하려고 하네?

유란은 갑자기 태준이라는 남자가 지극히 궁금해지기 시작했다.

-나랑 한번 만나게 해주라. 그 남자.

유란의 뜬금없는 말에 소람은 반색했다.

"어? 두 아이의 어머니께서 20년 지기 친구도 잘 못 만나면서 내 남자친구는 어떻게 만나시려고?"

-그러니까 한 번은 세광 씨한테 맡겨놓고 염탐하러 가려고 그러지. 아니다. 아니야. 그러지 말고, 나 이번 주에 시댁 가거든? 애들 거기서 재우고 우리가 한영대 앞으로 나갈게.

소람은 유란의 그 말에 태준과 시간을 맞춰보겠다면서 고개를 끄덕였다.

그렇게 그들이 만났다.

"분명히 밝혀두지만 소람이가 싫다고 하는 걸 내가 만나자고 졸랐어요."

유란이 태준을 보며 '오! 생각보다 꽤 신선한데?' 하는 표정을 지으며 악수를 청하자 오히려 태준은 소람을 돌아보며 무뚝뚝하게 물었다.

"왜 싫다고 했습니까?"

"태준 씨가 불편할까봐서요."

소람이 그렇게 대답하자 태준은 유란을 바라보았고 유란은 반갑다는 표정으로 자신의 남편을 끌어당겼다.

"제 남편이에요. 인사해, 세광 씨."

그들은 그렇게 서로 악수를 나누고는 시원한 생맥주를 시켰다.

"소람이한테 그렇게 잘해주신다고요."

유란이 말문을 열자 소람은 사레가 들렸다. 태준은 소람의 등을 두드려주면서 대답했다.

"소람이는 아니라는데요?"

갑자기 말투가 바뀐 것을 알아챈 소람은 그를 올려다보았고 태준은 씩 웃으며 '왜'라고 반문했다. 소람이 자신의 등을 쓰다듬던 그의 손을 잡아서 허벅지에 내려놓자 태준은 한동안 그곳에서 손을 치우지 않았다.

두 사람이 꽤 친밀하네? 오래 사귄 사람처럼. 유란이 그런 생각을 할 즈음 세광이 소람에게 물었다.

"아버님은 어떠세요?"

"확실히 고장 난 곳은 고쳐가면서 살아야 하나 봐요. 이제 허벅지 수술 자국에 있는 멍도 다 사라졌고요. 요즘 컨디션 꽤 좋으세요. 손도 저리다고 계속 호소하셨는데 심장 때문에 그랬었는지 그 증세도 싹 사라졌고요. 컨디션이 좋으니 재활의학과 약물 농도도 낮아졌고요. 저희한테는 뛸 듯이 기쁜 소식이에요. 어제는 한강변 산책을 한 시간이나 다녀오셨더라고요."

"천만다행입니다. 그래도 이제 관리 철저하게 하셔야 해요. 저희 아버지도 10여 년 전 스탠트 끼우셨는데 요즘 가슴이 답답하다 하셔서 병원에 갔더니 재수술하셔야 한다고 해서 재수술받으셨어요. 별거 아닌 것 같아도 그런 게 좀 까다롭더라고요."

세광의 말에 소람의 눈이 번쩍하며 귀담아 듣는 것이 보였다. 역시나 어쩔 수 없는 파파걸이다.

"요즘에는 두 분이 옥상에 정원 만들어서 그거 가꾸는 재미로 사세요. 그래서 요즘 원룸 학생들이 옥상 정원에 많이 앉아 있죠. 옥상에 있던 토마토랑 블루베리들이 익자마자 사라지는 걸 보니 거기가 꽤 괜찮긴 한가 봐요."

소람이 그렇게 말하며 배시시 웃었다.

"어머니는요?"

"걸음이 불편하시긴 한데 그래도 아버지랑 열심히 운동하세요. 이제 손힘도 많이 돌아오셔서 제가 하는 반찬보다는 엄마가 하는 반찬이 조금씩 더 늘어나고 있고 예전에는 너무 피곤해서 간섭도 못하시더니 이젠 집 안 어디가 지저분하다 하면서 그렇게 잔소리예요. 조만간 제 살림 솜씨를 못 미더워하신 나머지 본인이 다시 하신다고 하시지 않을까, 그래서 요즘에는 그냥 중요한 것만 도와드리고 제가 나와 있죠. 저도 이제 간간이 일도 해야 하니까."

소람의 말에 다들 고개를 끄덕였다.

"너 일하고 있었어?"

유란이 눈을 동그랗게 뜨자 소람이 고개를 흔들었다.

"간단한 캐릭터 디자인 같은 거. 블로그 보고 내 캐릭터를 몇몇 회사에서 프로그램 이모티콘 용으로 제작해줄 수 있겠냐고 의뢰가 들어와서 그 작업하고…… 그리고 용돈벌이는 해야 하니까 그 지겨운 편집 일도 좀 도와주고."

"어머! 진짜? 뭔데. 나도 살게!"

유란이 휴대폰을 들어 올리자 소람은 재빨리 유란을 막았다.

"아. 아니야. 아직 출시도 안 됐어. 그냥 지금 조율하는 정도."

그러자 태준이 물었다.

"왜 나한테는 블로그 있다는 소리 안 했습니까?"

소람은 머뭇거리더니 이내 유란의 눈치를 봤다.

"혹시 내 욕도 거기다 잔뜩 써놨나?"

"아! 아니에요!"

소람이 펄쩍 뛰자 태준은 더욱더 의심의 눈초리를 거두지 못했고 급기야는 이렇게 이야기했다.

"뭐. 괜찮습니다. 지식 정보계에 이야기해서 알아보면 당신의 인터넷 라이프는 그냥 털리니까!"

"무슨 소리예요. 개인정보호법에 의거하여 그런 비밀은 누설하지 않기로 되어 있는데?"

소람이 반박하자 태준은 씩 웃었다.

"그럼 수사 영장 내면 되잖습니까."

소람이 말도 안 된다는 듯 뚱한 표정을 지어 보이자 태준이 귀엽다는 듯 그녀의 볼을 꼬집었다.

한참 후, 소람이 화장실에 가기 위해 자리를 뜨자 유란이 태준에게 물었다.

"이제 어떻게 하실 거예요?"

태준도 그녀를 향해 눈을 들었다.

"무슨 말씀이십니까?"

"정말 3개월로 끝이에요?"

유란의 그 말에 태준은 살짝 한숨을 쉬더니 이내 문제 될 것이 없다는 듯 빙긋 웃었다.

"두 사람, 이대로는 절대 못 헤어질 것 같아요."

유란이 오늘 그들을 본 결과를 한마디로 축약하여 이야기했다. 그러자 태준이 한마디를 덧붙였다.

"그래주면 좋고요."

그 말에 유란은 놀란 듯 태준을 바라보았다.

"처음부터 이 연애의 주도권은 소람이한테 있었습니다. 내가 먼저 연애를 걸긴 했지만 소람이가 나와 만나보겠다고 결정했으니까 우리는 만날 수 있었고 그리고…… 그 마지막 결론도 소람이가 낼 겁니다."

소람 씨도 아니고 소람이. 이름 하나 불렀을 뿐인데 왠지 그 이름이 그냥 부르는 호칭처럼 들리질 않았다. 태준이 소람을 향해 품고 있는 소유욕이 조금쯤은 묻어난다고 할까.

유란이 날카롭게 바라보자 태준은 부드러운 미소로 그녀의 시선을 받았다.

"난 저 여자 엄청 아끼거든요. 아마 당신들이 상상도 못할 만큼. 하지만 가지고 싶다고 잡아채고 집착할수록 그녀는 망가질 겁니다. 특히나 난 지금 그럴만한 상황에 빠져 있고 그런 유혹도 매순간 느끼니까. 그래서 기다리는 겁니다. 그녀가 결정해주기를. 만약 그렇다면 난 적어도 그녀의 의지에 기대어 내 양심이라도 감추고 살 수 있을지도 모르니까요."

유란이 얼굴을 찌푸렸다.

"무슨 남자가 그렇게 패기가 없어요? 소람이한테 그냥 계속 사귀자. 이렇게 말하면 되잖아요."

태준은 꽤 진지한 표정으로 유란을 뚫어지게 바라보았다.

"아마 그건 순간일 겁니다. 당신과 못 헤어지니까 이대로 나와 함께 있어달라고 말하는 달콤한 시간은 불과 1분? 하지만 그 뒤로 그녀가 나와 함께해야 하는 시간은 길고 긴 가시밭길입니다. 그렇다면 당신은 친구 보고 그 단순한 한마디에 기대어 평생 고생하며 살라고 하고 싶습니까?"

그런 태준의 말에 유란도 더 이상 맥을 못 추고 눈을 깜박거렸다. 이상하게 설득력 있는 말이다. 그 순간 갑자기 소람이 턱 하니 자신의 자리에 앉는 것이 보였다.

"어휴. 화장실에 사람이 굉장히 많아. 여기 술에 혹시 뭐 탔나?

왜 이렇게 다들 줄지어 서 있는 거야?"

혹시나 그들의 대화를 들었나 싶어 유란과 태준이 소람을 바라보았지만 소람은 아무것도 모른다는 듯 자신의 소주잔에 술을 따르고 건배를 제의했다.

그렇게 그들과 헤어지고 걸어가는 길.

소람은 아까 태준이 유란에게 하던 말이 귓가에 남아 마음이 어지러웠다.

"김소람. 아까부터 왜 아무 말도 하지 않습니까?"

태준이 길을 걸으면서 자꾸만 소람의 눈치를 보자 소람은 이내 손을 뻗어 태준의 손을 잡아 깍지를 꼈다.

"나랑 진짜 3개월만 연애하고 말 거예요?"

태준은 소람을 흘끗 내려다보았다. 역시 들었나?

"당신은 어쩌고 싶습니까? 나랑 더 만나보게요?"

태준이 말을 흘리자 소람은 웃었다.

"대답하기 꺼려지네요. 그렇게 묻는 당신 말에 뼈가 있어 보여서."

"이제 눈치까지 빨라졌네."

태준이 아무 말도 안 하자 소람은 그를 올려다보았다.

"왜 더 이야기 안 해줘요? 나한테도 충분히 어필을 해야 내가 이런저런 결정을 내릴 거 아니에요."

태준이 피식 웃었다.

"어어? 진짜 실없이 말이야. 맨날 이야기도 안 해주고 자기만 알아. 자기만 생각하고 자기만 정리하고. 나는 뭐냐고, 나는."

구시렁대는 소람을 바라보며 태준은 갑자기 불쑥 이야기했다.

"당신이 나에게 만약 더 만나보자고 한다면 난 지금과는 완전히 다른 걸 요구할 텐데도?"

도대체 그게 무슨 소리예요? 하는 표정으로 소람이 바라보자 태준은 다시 입을 열었다.

"그럼 난 이제 연애는 됐으니까 결혼하자고 할 겁니다."

갑자기 찌릿찌릿하니 엄청난 전류가 태준의 손을 통해 소람에게로 흘러들어왔다. 아마도 뭔가 엄청난 고백을 들은 것 같은 기분이 드는데?

"나 감당할 수 있겠어요? 만약 그때가 되면 당신이 헤어지고 싶다고 울고불고 해도 안 놔줘. 엄청나게 질투하고, 집착하고 엄청나게 끈끈하게 달라붙을 거거든."

태준이 그렇게 어마어마한 말을 아무렇지도 않게 토해내자 소람은 충격을 받아 멍한 얼굴로 그를 따라가기 시작했다. 그러자 갑자기 그들의 깍지 낀 손이 '꽁' 하고는 그녀의 이마에 다가와 박치기를 하고 돌아갔다.

"바보. 자기가 실컷 듣고 싶다고 해놓고서는. 이래서 애들한테는 말을 않는 겁니다. 쉽게 충격받으니까."

태준은 유쾌하다는 듯 곧바로 기분 좋은 웃음소리를 흘렸고 소람은 이해가 안 간다는 표정을 지으면서 그에게 이끌려 길거리를 걸었다.

"보석이 보석을 만났다."

태준의 아버지가 있는 병실 입구에 앉아 있는 마른 할머니에게서 별안간 이상한 말이 흘러나오자 소람은 그녀를 돌아보았다. 할머니는 다시 소람을 가리키며 뭐라 뭐라 중얼거리기 시작했다.

"저 할머니가 저에게 뭐라고 말씀하셨는데⋯⋯."

"어어. 신경 쓰지 말아요. 교통사고 환자신데 하필 전두엽을 다치시는 바람에 온종일 말도 안 되는 말을 중얼거려."

소람은 다시 고개를 돌려 태준의 아버지 손을 꽉 잡았다.

"아버님. 죄송해요. 태준 씨가 아버님한테 한 번 더 찾아오면 알아서 하라고 화를 내는 바람에 제가 눈치 보느라 그동안 못 왔어요. 그러다가 어제 정말 오랜만에 별거 아닌 일로 대판 싸웠거든요? 그래서 오늘은 아버님께 태준 씨 흉이나 보자, 하고 찾아왔어요. 아버님, 저 다시 보니 반가우세요?"

소람은 한숨을 쉬면서 그의 손등을 매만졌다. 그러고 보니 아버지의 손톱이 많이 자라 있는 것이 보인다.

"저⋯⋯. 간병사님. 혹시 손톱깎이 있으세요?"

간병사는 소람을 내려다보았다.

"보고만 간다며. 또 뭐 하게?"

"손톱만 깎아드릴게요. 아. 그것도 안 돼요?"

"손톱 깎다가 상처라도 나면 책임이 다 우리한테 돌아와서⋯⋯."

간병사가 망설이는 게 보이자 소람이 나서서 이야기했다.

"우리 엄마가 교통사고 크게 나서 재활병원에서 엄마 보호자로 1년을 살았어요. 그래서 이런 건 잘해요, 간병사님."

소람의 말에 간병사의 눈이 휘둥그레졌다.

"어쩐지 환자들한테 스스럼이 없더라니. 그래서 그랬구나. 어머니는 지금 어떠신데?"

"이젠 걸어 다니세요."

그 말을 들은 간병사가 소람의 등을 다정하게 다독이기 시작했다.

"어이구. 어이구, 장해라. 요즘 세상에 이런 처자가 어디 있어? 여기도 봐라. 부모 모셔놓고 코빼기도 안 보이는 것들 천지야. 내가 이 일을 하면서도 배알이 꼴릴 때가 좀 많지."

간병사는 흔쾌히 손톱깎이를 건네주고는 이내 멀찍한 곳에서 소람이 하는 양을 지켜보았다.

"느그 아버지가 엄청 좋아하신다. 지금 자기 몸에 갇혀서 당신은 얼마나 힘들겠노."

또다시 할머니가 중얼거리자 간병사가 자리에서 일어났다.

"순이 할매 뭐라고 또 지껄이는 거여. 아가씨가 놀라잖아."

간병사가 할머니에게 다가가자 할머니는 그녀를 바라보며 또 무언가를 중얼거렸다. 그 할머니의 말이 마음에 남은 소람이 상체를 숙여 태준의 아버지를 바라보았다. 하지만 숨만 쉬고 있을 뿐 그는 미동조차 하지 않았다.

"할머니 말처럼 아버지가 진짜 좋아하셨으면 좋겠는데."

소람은 손톱깎이로 길고 긴 그의 손톱을 깨끗하기 정리하기 시작했고 그러는 새에 시간은 잘도 흘러갔다.

그 조용한 병실에서 갑자기 벨소리가 들리고 이내 소람이 전화를 받았다.

"네."

-오늘 시간이 어떻게 돼요?

아무렇지도 않은 태준의 태도에 갑자기 화가 치밀어 오른 소람은 입술을 꼭 깨물었다.

"와! 우린 싸운 사람들이에요!"

-그래서요.

태준이 뭐가 문제냐는 듯이 묻자 소람의 얼굴이 빨개졌다.

"나 지금 되게 화났어요?"

갑자기 그의 주변이 시끄러워지면서 누군가가 고래고래 소리를 지르더니 옆에서 경찰 조서를 읊는 소리가 들려왔다.

-6시에 종각역에서 봅시다.

"뭐라고요? 이태준 씨!"

-김소람 씨. 우리 혹시나 싸우더라도 쉽게 풉시다. 남은 시간도 별로 없는데 지금은 사랑하기에도 모자란 시간이에요.

그가 사람 많은 경찰서에서 그렇게 이야기하자 소람은 눈을 깜박거리기 시작했다. 이 사람 정말 머리가 어떻게 된 거 아니야?

-6시. 잊지 말아요!

그렇게 전화가 허무하게 끊어졌다.

"누구야? 태준 씨야?"

"네. 하! 정말."

"싸웠나 보네?"

간병사의 그 말에 갑자기 소람의 얼굴이 새빨개졌다.

"어이구! 이 강 어르신. 아들 내외가 사이가 참 좋은가 보네요.

싸웠어도 신랑이 먼저 사과 전화를 다 하고."

간병사의 그 말에 소람이 몸을 비틀며 곤란한 듯 말을 이었다.

"사과 전화는 무슨! 간병사님, 그리고 저희 아직 그런 사이 아니에요."

갑자기 간병사가 실수라도 한 듯 순이 할매 쪽을 흘끔 바라보았다.

"아이고! 미안해, 미안해. 순이 할매가 하도 저 양반네 아들 내외, 아들 내외 하시는 통에."

"아들 내외요?"

소람이 이상한 눈으로 바라보자 간병사가 씩 웃었다.

"어, 그런 게 있어. 할머니가 이 강 어르신을 보면서 아들 내외 잘 둬서 좋겠다는 소리를 몇 번이나 하시잖아. 그래서 내 입에도 붙었나 봐."

간병사의 그 말에 소람은 이상한 말을 한다는 그 할머니를 바라보았다. 그렇다면 그와 내가 진짜 결혼을? 갑자기 소람의 양 볼이 달아올랐다. 아이 참. 내가 지금 무슨 생각을 하는 거야.

6시, 종각역.

소람은 그렇게 끌려왔다. 태준의 후배들이 가득한 이 볼링장에.

싸웠으니까 서로 자연스럽게 화해할 방법을 찾아봐야 한다더니 그 일이 바로 볼링장에 오는 일일 줄이야.

"항상 나에 관해 알려달라고 입버릇처럼 말해왔잖아요. 그러니 실컷 봐요."

태준은 그렇게 이야기하더니 소람을 끌고 4층 볼링장으로 올라갔다. 그들이 볼링장에 들어가자 사람들이 손을 흔드는 것이 보였다.

'어머! 어서 오세요. 저희는 태준 오빠 후배들이에요!' 하면서 여남은 사람들이 인사를 해오기 시작했다.

"화해하자더니 시누이들이 엄청 많네요. 혼자서 적진에 떨어진 기분이 들어요."

소람이 속삭이자 태준은 그녀의 귀에 대고 이렇게 말했다.

"건투를 빕니다. 이제 와서 고백하자면 난 지난 10년간 저 아이들 수다를 한 번도 이겨본 적이 없어."

태준은 이내 자신을 붙잡는 소람의 손을 떼어내고 무리에 휩쓸려 볼링공을 잡았다.

와! 진짜 이 사기꾼!

소람의 곁으로 사람들이 삼삼오오 몰려들기 시작했다.

"원래 이런 모임도 잘 안 나오는 사람이 나온다고 해서 얼마나 놀랐는데요. 그런데 일행까지 데려온다잖아요. 저 무뚝뚝 이태준 선생이. 태준 오빠랑 오래 만나셨어요?"

태준의 후배들이 눈을 반짝이며 달려들기 시작하자 소람은 갑자기 웃음이 튀어나왔다. 이태준. 이 꾀쟁이. 자기로는 감당 안 될 것 같으니까 이제 후배까지 동원해?

"난 오빠가 영영 사람 만나는 건 못할 줄 알았는데."

누군가가 그런 말을 하자 소람의 고개가 얼른 그쪽으로 돌아갔다.

"네? 혹시 마음 아픈 첫사랑이라도……."

"아니요. 아버님 때문에요. 아버님 그 사고 이후 병원에 계시잖아요."

이것들 봐라. 가만 보니 아무래도 내 심리를 쥐고 흔들어볼 속셈 같은데…….

소람이 돌아보니 태준은 빙글거리면서 남자 후배들과 볼링을 치고 있었다. 그런데 그 실력이 거의 수준급. 치는 대로 스트라이크였다. 대박!

흥! 나를 전진에 배치하고 자기는 후방에 빠져 계시겠다? 두고 보자 이태준. 내가 오늘, 당신에 대해 다 까발려주마!

"태준 씨가 아버지를 굉장히 끔찍하게 여겨요. 자신에게 전부라고 할 정도니."

이번에는 소람이 그를 캐기 위해 그녀들에게 돌을 하나 놓았다.

"네. 그러게요. 어머님도 일찍이 돌아가셨다잖아요. 아버지와 둘만 살았으니 얼마나 애틋하겠어요."

아? 어머니 이야기도 아신다? 생각보다 이 남자, 사생활이 꽤 개방되어 있네? 흥!

"아 참. 그런데 아버님이 왜 병석에 계시는 거죠? 제가 듣고도 까먹어서……."

소람은 이참에 그에 대한 궁금증은 모조리 다 풀고 가리라 마음먹었다. 그러자 한 사람이 입을 열었다.

"왜 10여 년 전에 여의도 국회 의사당에서 대통령 연설 중에 폭탄 테러 일어났잖아요. 그때 뒤늦게 폭탄 위치 발견한 경호관의 기지로 그 폭탄이 최소한으로 터져서 많은 생명을 구했다고 떠들썩했었잖아요. 그때 그 경호관이 태준 오빠 아버님이세요. 본인은 다쳐서 10년째 누워 계시지만."

볼링공을 잡으려던 소람의 손이 떨렸다. 그것을 바라보던 후배가 화들짝 놀라 소람을 돌아보았다.

"혹시 그것까지는 모르셨어요? 제가 실수한 거예요?"

그녀가 말을 멈추고는 '어떡해' 하는 표정으로 소람을 바라보았다. 하지만 소람은 가까스로 표정 관리를 하며 빙긋 웃었다.

"아니, 폭탄 이야기는 몰라서. 전 단순 사고인 줄 알았거든요."

그 폭탄 사고는 워낙 유명한 사건이라 소람도 또렷하게 기억하고 있었다. 그때 생중계로 폭탄이 터지는 장면이 여과 없이 방영되었기 때문에 언론에서 꽤 오랫동안 떠들어댔던 걸로 기억한다.

그런데 태준의 아버지가 바로 그 주인공이었다니. 정말 태준의 아버지는 사지에서 돌아온 사람이나 마찬가지였다.

"처음에 돌아가신 줄 알고 빈소까지 차렸었다고 들었어요. 피가 범벅이 되어서 사람도 못 알아볼 만큼 끔찍했고. 그러다가 아버지가 숨을 여리게 숨 쉬는 걸 보고 태준 오빠가 냉동실 들어가는 거 막았다고 하더라고요. 오빠가 대학교 1학년 때 사고가 일어나서 계속 병원하고 학교 오가며 간병하다가 오빠는 2학년 되어서 군대 갔어요. 보상금이 나오긴 해도 공무원재해보상이 약해서 이래저래 생활하기가 힘들었다 하더라고요. 그래서 직업 군인을 선택했었나 봐요. 그때, 오빠 고생 많이 했어요. 툭하면 병원에서 전화 와서 오빠가 뛰어가고 그랬거든요."

그녀들이 뭐라고 더 재잘거리는 것도 같았으나 소람은 시야 가득 태준만을 담은 채 움직일 줄을 몰랐다. 그녀들은 촉촉한 소람의 눈빛을 보고 태준을 무척 사랑하는가 보다고 생각했다.

"아! 오빠가 오라는데요? 이제 팀으로 나눠서 저녁 내기할 건가 봐요."

그 후, 박진감 넘치는 볼링 경기는 소람과 태준이 속한 팀이 이기게 되어 저녁 식사비를 벌었다.

소람과 태준은 후배들과 함께 감자탕에 소주 한 잔을 얼큰하게 걸치고서는 이내 그들과 헤어져 종로 거리를 걷기 시작했다.

"여기 참 오랜만에 오네요. 대학 시절에 뻔질나게 드나들던 곳인데."

"그러게요. 나도 변두리에 틀어박혀 있다 보니 시내엔 오랜만에 나와 봅니다."

태준이 무뚜뚝하게 이야기하자 소람은 태준을 돌아보았다.

"태준 씨, 우리 피맛골에 가서 한잔 더 할까요?"

소람이 그렇게 묻자 태준은 마음대로 하라는 듯이 고개를 끄덕였다.

30분 후, 소람은 두부 김치와 짜디짠 김치찌개를 앞에 두고 태준의 잔에 소주를 가득 따라주었다.

"왜 나를 후배들한테 데려갔어요? 요즘은 바빠서 모임도 잘 안 나온다고 하던데."

소람이 그렇게 묻자 태준은 찌개를 한 숟갈 뜨고는 인상을 푹 썼다. 그러더니 이내 찌개를 테이블 저편으로 밀고는 두부 김치를 소람의 앞으로 밀었다.

이상한 곳에서 섬세한 남잘세.

"그냥 내 사람들에게 한 번쯤 소개해도 될 것 같아서. 자주 못나가도 내가 그 모임 창시자입니다. 고등학교 친구들은 현재 한국에 없는 녀석도 있고 제 일정도 바쁘니 얼굴 보기도 힘들고. 그냥 한번쯤은 내 친구들 기억에 당신을 심어두고 싶기도 해서요."

태준의 그 말에 소람은 잠시 멈칫했다.

"날 보여주고 난 기분은 어때요? 아까 나랑 계속 이야기하던 후배랑도 한참 이야기하던데. 혹시 후배한테 뭔가 모종의 지령 내렸던 거 아니었어요?"

소람이 정곡을 찌르자 태준은 물을 마시다가 갑자기 심하게 콜록거렸다.

"오늘 술은 김소람이 삽니다. 실은 오늘 볼링 비 내가 다 냈습니다."

"이태준답지 않네요. 이성적이고 현실적인 이태준은 더치페이하자고 했을 것 같은데."

"그래도 어쩝니까. 내 여자 데리고 놀아줬는데 고마움은……."

내 여자.

속사포로 이야기하던 태준도 뭔가 이상하다 싶었는지 미친 듯이 라이터를 찾다가 소람이 스리슬쩍 성냥을 밀어주자 못 이기는 척 집어 들었다. 그러더니 소람이 자신의 이야기를 들었는지 가늠해보는 눈치였다. 아무래도 그는 자신의 속마음을 들키고 싶지 않았던 모양이다.

"그거 한 대만이에요. 난 재떨이에 키스하고 싶지 않아요."

소람이 짐짓 경고하듯 이야기하자 태준은 빙긋 웃더니 그녀가 없는 방향으로 담배 연기를 뿜었다.

"그러나저러나 아버님이 대통령 경호실에 계셨다면서요?"

태준은 뭔가 생각하는 표정을 짓더니 고개를 끄덕였다.

"저번에 태준 씨 지갑 뒤지다가 사진 보니까 아버님께서 꽤 멋지시더라고요. 역시나 그런 사연이 숨겨져 있어서 그랬나?"

소람이 그렇게 묻자 태준은 미소를 지었다.

"은퇴를 며칠 앞두고 마지막 행사에 나가셨다가 당한 사고였습니다. 경호실은 불시에 전화가 오거든요. 몇 월 며칠까지 책상을 비우라고. 그날 이상하게도 아침에 저한테 전화를 하셔서는 이제 이 책상도 비워야 할 때가 온 것 같다고 하시며 굉장히 착잡해하셨습니다. 직업에 굉장한 자부심이 있는 분이셨거든요."

아직도 그때가 생생하게 떠오르는지 태준의 목이 푹 잠겨왔다. 소람은 무언가를 더 물으려고 하다가 이내 입을 꾹 다물었다.

그래, 좋아. 오늘은 여기까지. 앞으로도 당신에 관해 알게 될 날은 새털같이 남아 있을 테니까. 소람은 이내 화제를 바꾸었다.

"아아. 그건 그렇고 태준 씨 동정, 대학교 1학년 때 뗐다면서요? 아까 승호 씨가 그러대요?"

폭탄 같은 소람의 말에 태준의 눈이 휘둥그레졌다.

"아! 이 썩을 놈의 자식들!"

갑자기 머리가 아파오는 듯 태준은 끙 하면서 머리를 짚었고 소람은 쿡쿡 웃었다.

"만약 좀 시원찮으면 다시 돌려보내라는데요? 아주 성능을 좋게 만들어서 보내주겠다고요."

그러자 태준의 얼굴이 아주 흉하게 구겨지기 시작했다.

"그 성능은 어떻게 하면 좋게 만들 수 있는 거예요? 말 나온 김에 오늘 그 성능 좀 시험해볼 수 있을까요?"

소람의 눈이 아주 애교스럽고 예쁘게 접혔다.

현관문이 벽에 쾅 하고 부딪히면서 두 사람의 그림자는 공간이 하나도 없을 정도로 뒤엉켰다. 거칠게 입술을 나누는 소리가 들리더니 갑자기 쿵 하면서 남자가 여자를 안아들더니 다시 풀썩 하며 매트리스 위로 두 사람의 형상이 무너져 내렸다.

뭔가 급하게 걷어내는 소리가 들리다 못해 부욱 찢어지는 소리가 들리자 소람이 말했다.

"이러다가 나중에 넝마 입게 생겼어요. 내가 할게요, 내가."

하지만 소람이 목 위로 옷을 벗어내자마자 그녀의 입술은 태준의 숨결에 묻혀 어디론가 자취를 감췄다. 그 와중에도 뭔가가 꾸준하게 휘리릭 휘리릭하며 날아다니더니 어느새 두 사람은 태곳적 모습으로 서로를 바라보고 있었다.

"정말 후회 안 할 자신 있습니까?"

"후회할 것 같다고 하면 여기서 그만두게요?"

"아니. 최대한 설득해야지."

"뭐라고 설득한 건데?"

태준은 소람의 손을 조심스럽게 마주 잡으며 말했다.

"들어올 때는 쉽게 들어왔을지 몰라도 나갈 때는 쉽게 나가지 못할 거라고. 더군다나 난 당신이 상상할 수 없을 정도로 최고의 성능을 갖춘 남자거든."

곧이어 단단한 그의 입술이 세게 부딪쳐 왔다. 혀가 감겨 들고, 예민한 목 주변에 키스 자국이 흩뿌려졌다.

얼마 지나지 않아 태준의 몸이 소람의 깊은 곳에 잠겨 들어갔다. 그 따뜻함에 감격한 태준이 소람을 다시 한 번 깊숙이 안자, 소람에게서는 울먹임 섞인 하소연이 터져 나왔다.

"이태준 씨, 첫날부터 너무한 거 아니에요?"

소람의 말에 태준은 그녀를 끌어안으며 속삭였다.

"뭐가 너무합니까? 내가 분명히 그랬잖습니까. 성능 하나는 끝내준다고. 그러니까 배터리가 방전될 때까지 당신이 책임져야 합니다."

태준은 그렇게 경고하더니 소람을 곧 무아지경의 세계로 이끌었다.

그들이 그렇게 바라던 첫 밤을 맞이한 직후, 태준의 품에 안겨 있던 소람은 뜻밖의 풍경을 목격하고는 물었다.

"태준 씨는 꿈이 뭐예요?"

"꿈?"

태준이 잠시 망설이는 듯하자 소람은 손을 들어 매트리스 옆에 쌓여 있는 책들을 가리켰다. 일반 책들을 비롯하여 토익 책과 각종 상식 책 및 심지어는 수험서도 있었다. 많이 낡은 것을 보니 그냥 사놓기만 한 것이 아니라 분명 무언가를 공부한 듯했다.

"당신 집에 처음 왔을 때는 잘 몰랐는데 두 번째 방문해 보니 특징이 보이네요. 가구도 없고 주방 기구도 없지만 책들만은 한쪽 벽면을 가득 채우고 있어요. 이래도 당신에게 꿈이 없어요? 아니면, 목표라고 해야 하나?"

소람의 눈썰미에 태준은 뭔가를 생각하는가 싶더니 그대로 매트 위에 대자로 누워버렸다.

"그건 꿈이라기보다는 습관 같은 겁니다. 현실은 따라주지 않아도 나는 거기에 굴복하지 않겠다, 하는 최소한의 의지랄까. 또 한편으로는 기회가 올 때를 기다리겠다는 괜한 고집이랄까. 서른이 넘으니 다른 건 모르겠는데 이건 하나 알겠더라고요. 세상 모든 사람에게 기회는 균등하게 주어지지만 미리 준비되어 있는 사람만이 그것이 기회인지 알아본다는 것. 그래서 나도 준비해놓는 겁니다. 언제 또 내게 어떤 기회가 돌아올지 모르니까."

소람도 그의 말을 곱씹어보더니 중얼거렸다.

"준비된 사람만이 그것이 기회인지 알아본다……. 멋진 말이네요."

소람의 어조에 태준이 그녀를 물끄러미 내려다보았다.

"그러는 당신은 꿈이 뭡니까?"

소람은 어색한 표정으로 웃었다.

"내 꿈은 이런 거라고 당당하게 말하고 싶은데 실은 내가 요즘 길을 잃어서요."

소람이 한숨을 내뱉자 태준은 몸을 돌려 그녀를 바라보았다.

"그럼, 꿈이라는 거창한 말 말고 파랑새라고 칭한다면?"

소람은 생각하는 듯 태준의 눈을 뚫어지게 바라보았다.

"난 일에는 여러 가지 성격이 있다고 생각합니다. 내가 잘하는 일, 내가 원하는 일, 나에게 필요한 일 등등? 그런데 당신은 그 모든 것을 다 충족하는 일을 찾으려고 하니까 그렇게 어려운 게 아닐까 싶은데?"

태준의 그 말에 소람의 표정이 약간 누그러졌다.

"아닌 밤중에 꿈 이야기라. 그 이야기를 나한테 하는 이유가 있을 텐데?"

한밤중에 격렬하게 사랑을 나누어 놓고는 뜬금없이 꿈에 관해 이야기하는 저의가 궁금해서 태준은 묻지 않을 수가 없었다.

"내가 생각했던 것보다 이태준 씨는 자기 자신에 관해 상당히 정리가 잘 되어 있는 사람인 것 같아서요. 나에게 들려주는 말들도 그렇고, 보여주는 행동도 그렇고 미래를 준비하는 자세도 참 체계적인 사람 같은데 그에 비해 나는 혈기만 왕성했지 실질적으로는 아무것도 행동하지 않은 천방지축인 것만 같아서 반성할 때가 많아요."

그녀의 자조 섞인 말에 태준의 얼굴이 찌푸려졌다.

"뭡니까? 우리가 역사적 합일을 이뤄낸 이 밤에 할 만한 생각은 아닌 것 같은데?"

"당신은 그런 말도 몰라요? 사랑이 짙어지면 슬픔이 되는 걸 아느냐고!"

오늘 밤 당신과 또 하나의 단계를 넘으면서 내가 당신에게 어울리는 여자인가, 다시 한 번 고민하기 시작했단 말이에요.

그 순간, 소람은 등줄기를 타고 내려오는 손가락을 느꼈다.

"하지만 넌 모를 거야. 뜻 모를 그 슬픔이 때론 살아가는 힘이 되어주는 걸. 그런 불안함조차 함께 있다는 반증이라는 걸 당신이 진짜 모른다는 겁니까? 우리 관계에 관해 아직도 불안하면 지금처럼 물어봐요. 그러면 나는 항상 당신이 바라는 답을 줄 테니까."

태준이 그런 말을 하는 순간 소람의 가슴에 잔잔한 바람이 불기 시작했다.

이 남자, 생각보다 엉뚱한 구석에서 사람을 설레게 만든단 말이야. 이 남자는 이렇게까지 내 마음을 쥐고 흔들어서는 안 되는 남자라고!

"아까는 너무하다 어쩐다 자꾸 투정하더니 우리의 하룻밤이 뭐가 그렇게 대단했다고 생각이 거기까지 발전합니까? 아예 내 모든 것을 통째로 가져갈 태세인데?"

어딘지 모르게 침울해 보이는 소람에게 태준이 장난을 걸자 소람은 입가에 잔잔한 미소를 띠었다.

"대단하긴 하던데요. 성능도 생각했던 것보다 제법 괜찮았고. 내가 당신을 제대로 따라가지 못하는 게 흠이라서 그렇지."

소람이 그를 칭찬하고 있지만 왠지 자신에게서 뒷걸음질 칠 준비를 하려는 것 같아 태준은 그녀의 허리를 감싸 안고는 다시 매트에 뉘였다. 그녀의 머릿속에 불순한 생각이 자라나기 전에 마음부터 잡아채야 한다.

"그건 아직 익숙하지 않아서 그런 겁니다. 지금은 실력 차이가 많이 나니까 한 1000번쯤 연습하면 좀 괜찮아지지 않을까? 그러니까 김소람 씨! 우리 딱 5번만 더 하고 잡시다."

소람이 바동거리면서 이젠 집에 가야 한다고 항의했지만 그의 공격에 어느 샌가 애꿎은 신음소리만 그 밤을 수놓았다.

9. 골리앗을 깨우다

"아가, 믿어라. 사람이든 현상이든 모든 것은 그것을 믿어야만
제대로 보인단다."

아버지 병원에 들른 태준에게 순이 할머니가 인사 대신 묘한 한
마디를 꺼내놓는다. 태준이 들어가려다 말고 돌아서니 할머니는
언제 그랬냐 싶게 다른 말을 중얼거리고 있었다.

"할머니, 저요. 혹시 제가 진짜 잘 살 수 있을까요?"

태준이 할머니를 향해 불쑥 물었다. 그러자 묘하게도 지금껏 다
른 곳을 보며 중얼거리던 할머니가 태준을 응시하며 말했다.

"사람은 믿는 만큼 이뤄지는 거여. 그러니까 너도 네 자신을 믿
어야 혀."

"그 여자는요. 그 여자도 절……."

"아가, 넘어지는 것도 때론 좋은 것이여. 그렇게 수없이 넘어지고 다시 일어서야 스스로 깨우치는 것이다. 알겠냐. 네가 굳이 잡지 않아도 마음이 단단하다면 언제고 부메랑이 되어 너에게 돌아올 것이다. 그러니까 그 아이가 굳이 궂은 길을 가겠다고 해도 말리지 말거라."

할머니는 눈을 빛내며 그렇게 이야기하더니 어느 순간 다시 원래 모습으로 돌아가 있었다.

"어? 태준 씨 왔어?"

"네, 이모님. 아버지는 좀 어떠세요?"

"뭐. 맨날 똑같지. 그래도 바이탈은 안정적이야. 아직 욕창 기미도 없으시고."

태준은 문득 아버지의 손을 잡아보다가 손톱이 깔끔하게 다듬어진 것을 발견했다. 요양원에서는 항상 길게 길어 있었는데.

"감사합니다, 이모님. 손톱까지 다듬어주시고."

"아이고. 그거 내가 한 거 아녀. 소람이 아가씨가……."

순간 간병사가 아차 싶었는지 확 고개를 돌렸다. 어쩌지? 소람 씨가 여기 다녀가는 거 비밀이라고 했는데? 그러자 태준이 빙긋 웃더니 이내 고개를 끄덕였다.

"말려도 듣지 않았을 거라고 생각하고 있었어요. 안 그러면 김소람이 아니니까."

그러자 간병사의 얼굴이 환해지며 소람의 칭찬을 늘어놓기 시작했다.

"그렇지? 어이고. 아가씨 손이 어쩜 그렇게 야물어? 아버지만 보는 게 아녀. 나 일하고 있으면 다른 환자들까지 봐준다니까? 그 아가씨 말이 엄마랑 병원에 있으면서 본 게 많아서 이제 병원을 나가면 사람들을 돕고 살아야겠다고 생각했다잖아."

간병사가 그렇게 말하자 태준도 고개를 끄덕였다.

"소람 씨가 다녀가면 아버지 숨결이 훨씬 부드러워지는 거 알아?"

태준은 미소를 지으면서 아버지의 손을 어루만졌다. 아버지의 체온은 여전히 따뜻해서 그를 위로하는 듯했다.

한참 동안 아버지의 얼굴을 바라보며 앉아 있던 태준은 순간 울컥해져서 자리에서 일어났다.

"저 가보겠습니다. 봐서 저녁에 또 들르던지 할게요."

그러자 간병사가 그에게 다가왔다.

"자주 와. 아버지가 많이 기다리신대."

태준이 바라보자 간병사는 순이 할매를 가리켰다.

"사고당하기 전에 신기 때문에 누름굿을 6번이나 받았다는 저 양반이 하는 말, 가끔은 소름끼치게 잘 맞잖아."

"예. 퇴근하면서 다시 들를게요."

태준은 그렇게 대답했다.

"어머나. 이건 뭣이대?"

소람이 아버지의 손과 발에 작은 스티커를 붙이는 것을 보며 간병사가 불쑥 물었다.

"아. 티침이에요. 저 재활병원에 있을 때 어떤 보호자가 취미로

혈 자리 공부하시던 분이셨거든요. 그래서 그분에게 배우다 보니 어느새 제가 놓게 되었어요."

소람이 빙긋 미소 짓자 간병사의 표정이 묘하게 변했다.

"참 별난 처자일세. 어쩜 저렇게 열심히 살아?"

"가만히 있는 것보다는 나은 것 같아서요. 아버님도 이렇게 조금씩 자극받으시다 보면 간병사님 말처럼 좋은 일이 생길지도 모르니까요."

그러자 간병사가 태준 아버지의 발을 흔들었다.

"이 강 어르신. 이 복덩이가 어디서 굴러 들어왔대요? 일어나시면 이 아가씨 꽉 붙들어서 진짜 며느리 삼아요."

간병사가 신신당부하자 소람은 얼굴이 빨개졌다. 마지막 남은 침이 잘 들어가지 않아서 이상하다 하면서 힘주어 침을 붙였을 때였다. 갑자기 태준의 아버지 손이 살짝 움직이는 게 보였다.

어?

별안간 소람의 표정이 뻣뻣하게 굳어졌다.

"간병사님. 아버님 있잖아요. 혹시나 반사 반응이 있는 분이던가요?"

"자극에 의한 반사 반응은 없는 걸로 알고 있는데?"

소람은 두근대는 심장을 부여잡고 다시 한 번 그 부분을 눌러보았다. 여전히 반응이 없는 아버지.

아니야. 난 분명히 봤어. 반사 반응이 있다는 건 여전히 신경이 살아 있다는 증거야.

소람은 이제 지압 도구를 들고 그의 손과 발 여기저기를 눌러보기 시작했다.

"아버님. 혹시 제 말 들리세요? 혹시요. 만약 표시하실 수 있으시면 저에게 어떻게든 사인을 좀 주세요. 제가 지금부터 여러 곳을 눌러볼 거예요. 소리든 움직임이든 뭐든 괜찮아요. 뭔가 힘이 들어가시면 기척이라도 좀 주세요."

소람은 그의 몸 여기저기를 눌렀다. 자신의 힘이 소진될 만큼 눌러보았지만 그는 아무 반응을 보이지 않았고, 소람은 괜스레 실망해 그를 멍하니 바라보고 있었다.

"아가. 10년이나 갇혀 있었는데 겨우 그 한 번 가지고 몸이 풀리겠누? 모든 일에는 정성이 필요한 법이다."

순이 할매의 그 말에 소람의 고개가 획 돌아갔다.

"하…… 할머니. 할머니도 혹시 아버님 움직이는 거 보셨어요?"

소람이 묻자 할매는 그녀를 바라보더니 피식 웃었다.

"몸 관리 잘햐. 둥이 어매 되려면 뭐든 잘 먹고 튼튼해져야겠어."

또 딴소리를 하는 할머니를 보며 소람의 얼굴이 흐려졌다.

"그래도 할머니, 아직 포기하기는 이르다는 말씀이시죠?"

소람이 아버지를 보며 중얼거리자 할머니는 멀리서 소람의 머리를 쓰다듬는 시늉을 하며 말했다.

"아가, 항상 그렇게 살거라. 네가 하나를 주면 세상은 너에게 셋을 내놓으라 하겠지만, 네가 밝히는 그 불빛만으로 네 주변이 이만큼 아름다워졌으니 이보다 더 좋은 일이 어디 있단가."

할머니는 빛이 꺼진 사람처럼 또다시 말도 안 되는 말들을 중얼거리기 시작했다.

그래서 그날 이후로 소람은 이틀 걸러 한 번씩 병원에 방문할 때마다 태준의 아버지에게 온갖 자극을 주기 위해 애를 썼다.

"올 때마다 부산하네?"

"순이 할매도 포기하지 말라고 하셔서요. 아버님이 이 병원 계신 만큼은 노력해보려고요. 어차피 다음 주에 전원하시면 경기도로 가셔서 자주 뵙지 못할지도 모르잖아요."

소람이 아쉬운 듯 그렇게 이야기하자 간병사가 고개를 끄덕였다.

"소람이가 그러고 가면 이상하게 눈을 오랫동안 뜨고 계신다니까. 초점이야 잘 안 맞겠지만. 그래도 그게 어디여. 난 소람 씨가 하는 일이 맞다고 생각해."

이제는 제법 친목을 다진 간병사가 말했다.

"그러게요. 오늘도 이상하게 눈을 뜨고 계시긴 하네요."

소람이 침을 붙이기 위해 다시 그의 발끝으로 갔을 때였다. 이상하게도 그의 눈동자가 자신을 따라온다는 생각이 들어 소람은 다시 그의 머리맡으로 자리를 옮겼다.

"아버님. 왜요? 혹시 제가 발끝 자극하는 거 싫으세요? 통각이야말로 환자들이 제일 잘 느끼는 감각이라고 해서요. 저에게 대체의학 가르쳐주시는 선생님도 아플수록 회복이 빨리 되는 거라고 해서 제가 저희 엄마도 얼마나 눌러댔는지 몰라요."

소람이 그의 팔을 붙잡자 그의 시선이 팔 쪽으로 떨어지는 것이 보였다.

"간병사님. 간병사님!"

소람이 부르자 간병사가 그들의 침대로 재빨리 다가왔다.

"아버지 눈동자 보세요."

간병사가 침대 난간을 잡고 그를 건너다보자 소람이 휴대폰 라이트를 켜고 그의 눈동자에 비추었다. 갑자기 동공이 확 하고 줄어드는 것이 보였다.

"헉!"

간병사가 놀란 표정을 지어 보였다.

"맞죠. 간병사님. 그죠?"

"의사 선생님 불러올까?"

소람은 뭔가를 생각하는 듯하더니 갑자기 어디론가 전화를 걸었다.

"아, 안녕하세요. 김 간호사님. 온미정 씨 보호자 김소람이에요. 저기 혹시 김수정 펠로우 선생님하고 통화 좀 할 수 있을까요? 저 다른 환자 때문에 조언 구할 것이 있어서 그래요. 죄송하지만 저한테 전화 좀 부탁드린다고. 굉장히 급한 일이거든요. 네. 감사합니다."

소람은 전화를 끊자 갑자기 머리가 복잡해지기 시작했다.

"태준 씨한테 전화 안 해?"

소람은 간병사를 바라보았다.

"괜한 설레발일수도 있잖아요. 일단 더 살펴보고 확실해지면 이야기해야죠."

소람이 그렇게 이야기하자 간병사가 그녀의 등을 두드렸다.

한편, 태준은 퇴근길에 경찰서 주차장 자신의 차 앞에 서 있는 소람을 발견하고 화들짝 놀랐다.

"뭡니까? 이렇게 늦은 시간에? 아직까지 집에 안 들어갔어요?"

태준이 멍해 보이는 소람을 보며 한마디 하자 소람은 태준의 손목을 잡았다.

"어디 조용한 곳 없을까요? 나 태준 씨랑 좀 진지한 이야기를 나누고 싶거든요."

갑자기 태준의 머릿속이 복잡해졌다. 순간 머리를 스쳐 지나가는 생각! 그날 내가 콘돔은 제대로 썼나? 혹시 임신했다고 하는 건 아니겠지? 그는 여러 가지 복잡한 생각에 휩싸여 있다가 웃음을 터트리고 말았다. 불과 일주일 만에? 나, 지금 뭐 하는 거야.

태준은 별의별 생각을 다 하면서 옆 좌석에 올라탄 소람의 손을 빼 들고는 입을 맞추었다.

"왜 그렇게 초조해 보이는데요. 또 무슨 사고를 쳤기에?"

"사고긴 사고죠. 난 좋은 일이라고 생각하고 시작한 건데 막상 그게 현실로 닥치니까 과연 이것이 당신을 위해 한 일이 맞나, 라는 확신이 안 서서요."

김소람답지 않은 약한 소리에 태준이 갸우뚱했다.

"안 어울립니다. 김소람 씨."

소람이 그를 마주 보았다.

"뭐가요?"

"뒷일 생각하는 거 당신 스타일 아니지 않습니까. 만약 시작했다면 특별한 이유가 있어 시작했을 텐데 그렇게 헤매지 말고 허심

탄회하게 털어놔 봐요."

"역시 내 자신이 겁이 나나 보네요."

"뭐가?"

"태준 씨 당신을 잃을까 봐."

태준의 얼굴이 대번에 찡그려졌다. 무슨 사고길래 이렇게 거창할까. 엉뚱한 대답만 늘어놓는 소람을 참지 못하고 드디어 그는 볼멘소리를 냈다.

"뭡니까. 판단은 내가 할 테니까 이야기나 들어봅시다."

"내가 골리앗을 깨운 것 같아요."

"뭐요?"

갑자기 태준의 목소리가 날카로워졌다.

김소람! 대체!

"내가 아버님을 깨운 것 같다고요!"

"아버님께서 사고를 당하셨던 10년 전에 비해 우리 의학 기술은 아주 많이 발달이 된 상태죠."

소람의 권유에 의해 아버지에 관련한 각종 자료를 가지고 찾아온 태준에게 최 교수는 찬찬히 설명을 해주었다.

"폭발로 인해 먼 거리를 날아가 땅에 부딪치면서 출혈이 일어났기 때문에 당시로 봤을 때에는 회생 가능성이 없다고 봤을 겁니다. 그런데 그때도 신경외과 의사가 이야기하길 인간의 기억을 관장하는 해마는 살아 있다고 평가했습니다."

태준은 갑자기 땀이 차오르면서 구역질이 나는 것이 느껴졌다.

얼굴이 하얗게 변한 태준은 쓰러지지 않기 위해 의사의 책상 모서리를 붙잡고는 겨우 정신을 차리고 물었다.

"그래서 선생님께서 지금 저에게 하고 싶으신 말이 뭡니까. 아버지가, 그러니까…… 의식이 있다는 말씀이십니까?"

"사고를 당했을 당시 뇌부종 등의 여러 상황 탓에 의식 소실을 보였으나 시간이 지나 뇌가 다시 회복하기 시작하면서 아버님께서 의식을 찾으셨을 가능성을 전혀 배제할 수 없어요. 특히나, 소람 양이 찍어 온 동영상을 보면 환자는…… 확실히 동공 반사가 있습니다."

태준이 해쓱해진 얼굴로 올려다보자 소람은 가까스로 미소를 지어 보였다.

"역시나 그냥 해프닝이라면……."

태준의 자조적인 그 말에 최 교수는 한마디 했다.

"나는 원래 안 되는 환자는 안 된다고 이야기합니다. 하지만 이상하게도 내가 포기한 환자들은 걸어 다니고 내가 확신한 환자들은 내가 예상한 만큼 회복하지 못하는 케이스도 많았죠. 왜 그런지 압니까? 그때 내가 간과했던 건 플러스 보호자의 의지. 보호자분이 내게 환자를 맡긴다 해도 내가 장담할 수 있는 것에는 한계가 있습니다. 하지만, 그것을 떠나 나이를 좀 더 먹은 내가 아드님께 하고 싶은 말은 희망을 가져본다는 건 언제나 멋진 일이라는 겁니다."

최 교수의 진료실을 나온 뒤 태준은 한동안 그 앞에서 떠날 줄을 몰랐다. 자꾸만 무너지려는 그를 대기 의자에 앉힌 소람은 등을 다독였다.

"내가 또 당신을 혼란스럽게 만들었어요?"

소람이 그에게 조심스럽게 묻자 태준은 아직도 뻣뻣하게 굳은 얼굴로 고개를 가로저었다.

"아직 실감이 안 나서요."

태준의 그 말에 소람은 고개를 끄덕였다.

"여기 대학 병원이라 병원비 많이 들어요. 3주에 5백만 원이야. 아버님 같은 경우에는 좀 더 계실 가능성도 높아서 생각보다 더 돈이 많이 들지도 몰라요. 그리고 재활을 하게 되면 간병인도 써야 할 테고. 미안하지만 저 방에 들어갈 때만 해도 나 미련하게 그런 생각이 하나도 안 들었어요. 그런데……."

태준이 시뻘개진 눈으로 소람을 바라보았다.

"지금 내 주머니 사정 걱정하는 겁니까?"

소람이 고개를 끄덕이며 담담한 얼굴로 그를 바라보았다.

"네. 현실은 현실이니까요. 아버님께서 마냥 누워 계실 때와 매 순간 시간에 맞춰 재활을 하게 되실 때의 상황은 정말 천지 차이 거든요. 태준 씨 정신 하나도 없을 거예요. 어쩌면 나를 원망하게 될지도 몰라. 그런데 최 교수님이 해보자시잖아요. 만약 내가 돕기로 결정했다면 더욱 현실적인 면에서 당신을 도와야 하는데 내가 이번에도 또 그런 대안도 없이 사고만 친 것 같아서 저기 서 있으면서도 앞이 까마득했어요. 하지만 그래도 사람 일은 모르는 거니까 당신이 부디 현명한 판단을 내렸으면 좋겠어요."

태준은 하얗게 질린 자신의 손을 꽉 움켜쥐면서 소람에게 물었다.

"당신이라면 이럴 때 어떡하겠습니까."

"난 당연히 해보죠. 희망이 없는 삶보다 뭔가 희망이 있는 삶을 살아가는 게 더 쉬우니까."

그러자 갑자기 태준이 피식 웃었다.

"김소람, 진짜."

"내가 뭐요."

소람이 퉁명스러운 목소리로 입술을 쭉 내밀자 갑자기 태준이 그녀를 와락 끌어안았다.

"이번에야말로 사고, 제대로 쳤어!"

태준은 으스러질 정도로 소람을 세게 안았다.

태준 아버지의 입원이 결정된 후에도 폭풍 같은 상황은 여전히 계속되었다.

"동공 반사 반응은 확실했고요. 약하게나마 바빈스키 반사 반응도 보이고 계세요. 근력을 수기로 체크했을 때 굉장히 미약하게나마 저항이 있었다고 해요? 절대 코마에서는 볼 수 없는 현상이죠? 그래서 근전도 검사는 시행해볼 생각이고 당연히 뇌 MRI, 뇌파 검사도 실시할 예정이에요."

멍하니 앉아 있는 태준이 소람은 안쓰러워서 그의 등을 어루만졌다. 그 순간 펠로우가 다시 입을 열었다.

"검사를 정밀하게 다시 해봐야겠지만요. 저희는 아버님께서 의식이 전혀 없으신 코마 상태가 아닌, 의식이 혼미한 스투퍼 상태가 아닐까 예측하고 있어요. 그것도 정확하진 않지만. 그러니까 너무 큰 기대는 하지 마시되 그래도 혹시 모르니까 희망은 가지셨으면 좋겠어요. 이왕 입원을 결정하신 이상?"

의사가 일어나며 찡긋하자 소람이 고맙다는 듯 미소를 지어 보였다.

"다시 말해두지만 돈만 버리고 다시 계셨던 곳으로 가실 수도 있어요. 정말 그래도 괜찮겠어요?"

"일단 기본 검사를 위한 입원이라고 이야기를 해두긴 했습니다. 나도 희망 없는 일에 더 이상 내 시간과 돈을 낭비할 이유가 없으니까."

태준의 냉정한 말에 소람은 고개를 끄덕였다.

밤 12시, 소람이 조심스럽게 현관에 도착하자 갑자기 불이 확 켜지면서 엄마가 활활 타오르는 형상을 하고는 그녀 앞에 버티고 섰다.

"어…… 엄마."

소람이 화들짝 놀라서 뒤로 물러서자 엄마는 버티고 서서 그녀의 머리끝부터 발끝까지 샅샅이 훑기 시작했다.

"너. 지금까지 어디서 뭐 하고 돌아다니는 거야? 일은 아닌 것 같은데."

엄마가 따끔한 한마디를 던지자 소람이 아차 싶은 듯 어색한 표정을 지었다.

"아. 그게……."

"이놈의 계집애. 그동안 엄마 아빠 수발드느라 고생해서 내가 말 안 하고 좋게 넘어가려고 했는데 왜 이렇게 천지 분간을 못하고 정신을 못 차리는 거야. 도대체 이 시간까지 어디서 뭘 하고 왔 기에!"

새벽 시간, 쩌렁쩌렁한 엄마의 목소리에 아버지가 깰까 싶어 소 람은 엄마의 입을 막고는 자신의 방으로 끌고 갔다.

"엄마, 왜 그래? 아버지 들으시면 어쩌려고?"

"어쩌긴 어째? 서른 넘은 딸년이라도 안 되는 건 안 된다고 다 리몽둥이를 분질러놔야지!"

엄마의 퍼런 서슬에 소람의 한숨이 깊어졌다.

"그냥 요즘 좀 이래저래 일이 많았어."

"그러니까 무슨 일! 그 이야기를 하라고! 엊그제 병원 갔더니 김 간호사가 네가 코마 환자를 데려왔다는데 그 사람은 누구야?"

소람의 얼굴에 아차 하는 표정이 퍼져 나가는 것을 보며 그녀의 엄마는 가슴이 무너지는 느낌이 들었다.

"누구냐니까?"

소람도 이제는 어쩔 수 없다는 표정으로 실토했다.

"태준 씨 아버님."

"태준 씨?"

엄마가 그녀를 아무 말도 없이 노려보자 소람이 그 압박을 못 이기고 이야기했다.

"저번에 아버지 심장 때문에 응급실 갔을 때 계속 옆에서 도와 주는 태준 씨 보면서 엄마도 저런 아이가 사윗감이라면 얼마나 든 든하겠냐고 했었잖아."

소람의 그 말에 엄마가 갑자기 침대 위로 무너지듯 내려앉았다.

아직 몸도 다 회복이 안 됐는데 쓰러지면 어떡해.

"넌 왜 항상 그런 애들이냐. 어떤 놈은 사기꾼에, 어떤 놈은 빚이 많고, 또 어떤 놈은……."

"엄마!"

"그 입 다물어. 엄마도 생각이라는 걸 좀 해봐야 하니까. 내가 너 그딴 집에 시집보내려고 여태 끼고 산 줄 알아? 엄마 성질 알지?"

엄마가 그렇게 말하자 소람도 고집스럽게 이야기했다.

"누가 지금 결혼한대? 우린 아직 할 일이 태산 같아."

"무슨 소리야. 결혼 안 할 건데 왜 만나. 네가 나이가 적기라도 해? 그렇게 유야무야 만나다가 또다시 신세 망치고 네 평판까지 망치고 싶어?"

소람은 벽창호와 이야기하는 느낌이 들어 갑자기 가슴이 답답해졌다.

"엄마. 이제 나 부모님이 원하는 결혼 같은 거 안 해. 이제 정말 남을 위한 결혼 같은 건 안 하고 싶어. 내 스스로는 깜냥도 안 되면서 부자 사위, 멋들어진 사위가 웬 말이야. 나를 봐. 백수에 이제 벌어놓은 돈도 다 썼지, 엄마 아빠 몸도 편찮으셔. 그런 날 누가 데려간다고!"

그러자 엄마가 별안간 소리를 쳤다.

"그러게! 왜! 네 인생을 스스로 이렇게 만들었어! 대학교 4학년 때 아버지가 공무원 시험 보라고 할 때 봤으면 지금 아니? 그렇게 메뚜기 널뛰듯 회사 안 옮겨 다니고 떵떵거리며 안정되게 잘 살고 있을지? 그리고 스물여섯 살 때 할머니가 소개해주신 그 대기업 다니는 남자한테 시집갔으면 벌써 애가 열 살에 가깝다. 그리고!"

"하지만 아니잖아."

"뭐?"

"결국 다 지나갔어. 결국 그건 내 몫이 아니었기에 내 손에 잡히지 않았어. 어, 그래. 사람들이 숱하게 날 무시하고 내가 가진 지위로 나를 깔볼 땐 나도 그런 생각해보기도 해. 하지만 산다는 게 그게 전부는 아니잖아? 뭐 남들은 실수 안 해? 수많은 기회 놓치고 안 살아? 남들보다 실패를 많이 했다고, 아직 자리 잡지 못했다고 사람 자체를 아무것도 못하는 병신, 칠푼이 팔푼이로 만들어 깔아뭉갤 이유가 뭐가 있어? 그것도 엄마 딸을. 엄마는 내가 이렇게 평생 살았으면 좋겠어?"

그러자 엄마가 고개를 설레설레 흔들었다.

"너만 보면 내가 머리가 아파 죽겠다. 네 동생은 일찍이 좋은 학교 가서 좋은 직장 잡고 잘 사는데 너는 아직까지 왜 그 모양이니? 이제 더 나이 들어 봐, 나이 들고 무능한 널 누가 데려가겠냐고!"

엄마의 그 말에 그나마 무너지지 않으려고 했던 마지노선까지 태풍에 싹 하고 휩쓸려가기 시작했다. 하. 그러네. 알고는 있었지만 역시나 현실은 언제나 이렇게 잔인하다. 내가 그동안 어떤 희생을 했든 역시나 돌아온 자리는 내가 출발했던 바로 그 자리일 뿐이다.

그렇게 폭풍 같은 시간들이 이어지던 어느 날, 태준은 낯선 여자로부터 소람이 술에 취해 있으니 데리러올 수 있겠느냐는 전화를 받았다.

지난 주 내내 할 일이 생겼다며 코빼기도 안 보여주더니 갑작스럽게 이런 전화라니. 태준이 충무로의 어느 허름한 막걸리 집에 당도했을 때 그는 술에 취해 늘어진 소람과 그녀의 선배로 보이는 듯한 여자와 만날 수 있었다.

"안녕하십니까. 처음 뵙겠습니다. 이태준입니다."

"아. 안녕하세요. 말로만 인사드렸죠. 전 송수화라고 해요."

수화가 어색한 듯 손을 내밀자 태준도 어색한 듯 그녀의 손끝을 살짝 잡았다.

"그런데 어쩌다가 이렇게 인사불성이⋯⋯."

"요즘 안팎으로 힘든 일이 좀 많았던 모양이에요. 그런데 오늘 일어난 일들이 거기에 기름을 부었죠."

"오늘 클라이언트 만나서 끝을 본다고 하던데요."

"그렇게 진상 떨고 달달 볶이면서 3일 밤새고 완성했는데 인쇄 들어가기 직전에 클라이언트가 일방적으로 계약 파기했어요. 역시나 기대했던 퀄리티가 아니라네요."

태준은 힘든 표정으로 늘어져 있는 소람의 얼굴을 바라보았다.

"그렇게 코피 쏟아가며 심혈을 기울여 만들고 있었는데 두 회사를 놓고 견주고 있었던 모양인지 막판에 우리 걸 틀었어요. 자세한 내막을 알 수는 없지만 이럴 땐 이상한 의심이 가는 것도 사실이죠."

태준의 얼굴이 살짝 일그러졌다.

"싫다고 하는 걸 억지로 맡겨서 한 일이었어요. 정말 기간이 딱 4일? 그런데 이렇게 허무하게 일을 틀다니⋯⋯. 이젠 너무 미안해서 아무래도 소람이한테 일 못 맡길 것 같네요."

수화는 소주를 잔에 따라 쓰디쓰게 들이켰다. 그러면서 그녀는 애석한 표정으로 태준에게 개인적인 것을 물어왔다.

"우리 소람이랑 어디까지 생각하세요?"

갑작스러운 수화의 말에 태준이 그녀를 바라보자 그녀도 뚫어져라 태준을 마주 보았다.

"데려가시려면 빨리 데려가세요⋯⋯. 이 아이 성격은 제가 보증합니다. 회사 다닐 때는 이 친구가 회사를 먹여 살리는 2퍼센트에 해당하는 녀석이었어요. 비상하지 않을지 몰라도 무섭도록 성실한 아이예요. 그래서 항상 같이 일해 본 클라이언트들이 욕심냈어요. 저 아이 데려가고 싶다고. 바보. 지는 끝내 그런 것도 모르고 회사를 그만뒀지만. 이제는 귀찮게 안 하고 진짜 하고 싶은 거 하게 놔둘까 봐요. 처음부터 그랬어야 하는데 솔직히 일시키는 입장에서는 답답한 우리 애들보다 열 사람 몫을 해내는 김소람 하나가 더 편할 때가 있거든요."

수화는 자리에서 일어났다.

"소람이 잘 부탁드려도 되죠? 쉽게 필름 끊기는 아이가 아닌데 오늘은 잘 모르겠네요. 너무 기분 나쁘게 마셨어요. 그럼."

수화가 자리를 떠나고도 한참 동안 태준은 소람을 바라보며 그 자리에 서 있었다. 수화가 짧은 시간 남기고 간 말들이 머릿속을 맴돌았기 때문이다.

"김소람 씨. 김소람? 이제 정신 차려요!"

태준이 흔들어대자 소람이 가까스로 눈을 뜨고는 그를 올려다보았다.

"집에 갑시다. 무슨 술을 이렇게 마셨습니까?"

"어? 태준 씨다."

혀가 꼬이다 못해 목구멍으로 기어들어갈 것 같은 목소리.

"태준 씨. 있잖아요……."

"우리 아가씨가 이상하게 오늘따라 무겁네? 정신 차려 봐요. 차까지 걸어가야 합니다."

태준이 실없는 농담을 하고 있는데 갑자기 소람이 불쑥 한마디를 했다.

"나요. 이태준 씨랑은 결혼 안 할 거예요. 아니다. 안 하는 게 아니고…… 못하는 거예요. 나는…… 진짜 엉망이거든요."

태준은 그녀를 안아 올리려다가 자신이 화를 내고 있다는 걸 깨달았다. 감히 어디서 나한테 스리슬쩍 퇴짜를 놓으려고 이 여자가. 그는 복잡한 마음을 다잡으며 소람을 다시 추슬렀다.

"정신 차려, 김소람. 안 그러면 진짜 버리고 가고 싶어지니까."

"나 그때, 그날 밤부터 느낀 건데요……. 파랑인 당신하고 빨강인 내가 만나 우리가 과연 보랏빛이 될 수 있을까? 생각했었거든요. 그런데 다행히 보랏빛은 보랏빛이 되긴 했는데, 예쁜 보라가 아니라 남색이 아주 많이 섞인 보라일 것 같아. 왜냐면? 나는 빛을 잃은 빨강이거든. 그러니까 당신은 예쁜 보라색을 만들어줄 여자를 찾아요. 내가 계속 당신 곁에 있으면 나는 결국 당신까지 망치고 말거야."

그제야 태준이 무섭게 소람을 내려다보았다. 일반적인 술주정보다 이건 좀 과한 것 같다. 언젠가부터 소람에게 느꼈던 불안감이 스멀스멀 등을 타고 올라오는 것 같았다.

"4일 밤을 꼬박 새웠거든요? 이번 일은 내 나름대로 앞으로 내 인생을 어떻게 설계할지 가늠해보는 시험대였거든요. 그런데⋯⋯."

소람이 서글픈 듯 웃었다.

"그런데 나더러 나이 먹더니 감각이 많이 떨어졌대요. 나이 먹고 실력이 없으면 나긋나긋하기라도 해야 하는데 난 그런 맛도 없다나? 그 자식의 주둥아리를 한 번 밟아주고 싶었는데 그러질 못했어. 왜? 내가 거기서 사고 치면 이제 선배네 회사는 그 회사랑은 거래를 못하니까."

소람은 자신의 얼굴을 두 손으로 가렸다.

"이제는 마음이 너무나 바스라져서 더 이상은 주워 담을 수가 없을 것 같아요. 이제는 다시 이곳으로도 돌아오지 못할 것 같아."

혹시나 지나가는 차에 다칠까 태준이 소람을 잡아당기자 그녀는 그대로 그의 가슴으로 고꾸라졌다.

다음 날 아침, 소람은 햇빛이 따사롭게 비추는 자신의 침대 위에서 눈을 떴다. 화상도 지우지 않은 채 외출한 복장 그대로 잠이 든 걸 보니 어제 어지간히 취해 들어온 모양이었다.

소람은 산발한 모습으로 일어나 앉아 거울을 바라보았다. 산발

이된 머리와 눈물자국이 그대로 있는 화장. 그 모습이 너무 흉해서 거울을 외면하게 된다.

가방 속에서 휴대폰을 꺼내 뒤적거리는데 때마침 벨소리가 울렸다.

이태준. 소람은 손 안의 휴대폰을 시무룩하게 내려다보다가 이내 한숨을 쉬고서는 가만히 바라만 보았다. 수없는 진동 끝에 휴대폰이 잠잠해지자 소람은 휴대폰을 꽉 쥐어보았다.

이런 기분으로 당신을 만나고 싶지가 않아. 이렇게 한순간에 바닥에 패대기쳐져 처절하고 초라한 기분일 때는.

소람이 한숨을 쉬다가 이내 수화의 연락처를 찾아 전화를 걸었다.

"선배."

-너 목소리 왜 그래? 괴물이야?

수화가 닦달하자 소람은 목소리를 가다듬었다.

-어제 몇 시에 들어갔어. 이태준 씨랑 더 마셨어?

소람은 갑자기 온몸이 얼어붙은 듯 몸을 움직일 수가 없었다.

"선배가 태준 씨를 어떻게 알아?"

-그럼 어떡하니! 나는 아줌만데. 너는 완전 인사불성이지, 집에서는 계속 전화 들어오지. 그래서 네 전화 뒤지다가 최근 목록 중에서 구십 퍼센트를 차지하고 계신 그분께 과감하게 전화를 걸었다. 왜! 근사하던데? 왜 말 안 했어?

갑자기 소람의 입에서 앓는 듯한 신음소리가 흘러나왔다.

"내가 혹시 어제 선배한테 갑이니 을이니 하고 떠들어댄 적 있어?"

-아니?

"그럼 보랏빛 사랑이니 빨강이 빛을 잃었네, 그런 말은?"

-그건 또 무슨 말이래?

소람의 입에서 알 수 없는 외계어 욕설이 계속해서 튀어나왔다.

"선배! 그 사람을 왜 불러! 왜!"

소람이 계속해서 괴로워하자 수화는 한마디 거들었다.

-너 사고 쳤구나.

"어! 그 사람 앞에서 진상, 진상, 개진상을 떨었다고 나! 그런 진상은 그 십장생 같은 자식한테나 떨었어야지!"

-그 사람에게 도대체 무슨 말을 했는데?

"나야 모르지. 하지만 내 생각에 가벼운 이야기는 결코 아니었을 것 같아."

소람은 그렇게 이야기하면서 답답한 가슴을 쳤다. 소람의 씁쓸한 어조에 수화의 한숨도 깊어졌다.

한편, 태준은 여전히 전화를 받지 않는 소람을 보고서는 불안한 마음에 휴대폰을 꼭 쥐었다.

'나는 빛을 잃은 빨강이거든요. 그러니까 당신은 함께 예쁜 보라색을 만들어줄 여자를 찾아요. 내가 계속 당신 곁에 있으면 나는 결국 당신까지 망쳐버리고 말거야.'

소람의 술주정이 태준의 머릿속에 콕 박혀서는 떠나지 않았다. 다른 여자를 찾으라니. 김소람, 하다하다 그런 농담을. 태준의 얼굴이 흉하게 일그러졌다.

고주망태인 소람을 집에 데려다주려고 하자 그녀는 그의 배웅을 한사코 거부했다.

'싫어요. 싫다구요. 나 때문에 태준 씨까지 평가 절하되는 거 너무 싫어. 미안해요. 이런 나 때문에 열심히 살아온 당신까지 그런 취급을 받게 해서……'

평가 절하라. 그렇다면 그녀의 부모님도 그들의 교제 사실을 알고 계신다는 말인가? 그 생각에 태준의 머릿속이 안개 낀 듯 뿌옇게 흐려지기 시작했다. 그렇다면 난 앞으로 뭘 더 할 수가 있지?

그 순간, 손바닥을 온통 흔들어놓는 휴대폰 진동이 느껴졌다.

[나 지금 목소리가 너무 안 예뻐서 도저히 통화할 수가 없음. 오늘 아버님 뵈러 병원 갈 거예요.]

갑자기 소람에게서 문자가 날아들기 시작한다. 그러자 태준의 손도 활기를 띠며 그녀의 문자를 읽어 내려가기 시작했다.

[몸은?]

[지금 사람의 형상이 아니므니다.]

지금까지 열심히 고민해왔던 것도 잠시, 소람의 애교 섞인 문자에 태준의 입가가 잠시 평온해졌다.

[속은?]

[엄청 쓰려요. 나 이따가 병원에 가면 그 근처에서 해장국 좀 사줘요. 거기 죽이게 맛있게 하는 집 있어.]

소람의 그 말에 태준의 마음도 조금씩 녹아들기 시작했다.

김소람, 어제는 술에 취해 기억을 잃었다 치부하고 언제 그런 일이 있었냐는 듯 내 곁에 있어줘.

[몇 시에 옵니까?]

[오! 꼭! 어린왕자 같다. 만약 네가 4시에 온다면 난 3시부터 행복해질 거야.]

[우리 아버지는 당신을 일주일째 기다리고 계실지도 모르지.]

[그래서 오늘 가면 핸드 마사지 해드리려고요. 아버님이 제일 좋아하신 게 마사지야. 하하. 마지막으로 마사지 해드린 날에는 눈동자도 움직였어요.]

문자 상으로는 변함이 없어 보이는 소람의 따뜻함에 태준의 마음도 조금씩 제 색깔을 찾아가기 시작했다.

[빨리 와요.]

[그럼 오전에 때 빼고 광내서 혈중 알코올 농도 좀 조절하고 갈게요. 술주정뱅이 왔다고 아버님 경기하실라.]

태준은 소람이 보낸 문자를 여러 번 읽어보며 그녀가 바로 앞에 있는 듯 문자들을 손가락으로 쓸어보았다.

근래 소람의 이상 기류에 꽤 예민하게 반응해왔던 그였다. 그런데, 어제 그 불안감의 실체를 보았다. 이제 곧 종료되는 그녀와의 시간. 벌써부터 그녀와의 이별이 손에 잡히는 것 같아 태준은 마음을 놓을 수가 없었다.

갑자기 태준의 휴대폰이 다시 한 번 울어댔다. 그녀인가? 하고 내려다보았는데 어디서 많이 본 전화번호가 떴다. 이건 또 누구지? 태준이 인상을 찡그리며 휴대폰을 들었다.

"여보세요?"

-여보세요? 안녕하세요. 이 형사님. 기억하는지 모르겠는데, 나

소람이 엄마예요.

"아! 예! 어머님."

갑자기 태준의 온몸이 긴장감으로 뻣뻣하게 굳어졌다.

-저! 내가 긴히 할 이야기가 있는데, 오늘 나 좀 만나줄 수 있을까요?

태준은 자신도 모르게 휴대폰을 귀에 바싹 대면서 약속 장소를 정하고 있었다.

"아이참, 내가 이 형사님 있는 곳으로 간다니까."

소람의 엄마는 뭐가 그리 불편한지 연신 땀을 훔치면서 자신의 앞에 놓인 커피를 초조한 듯 들이켰다.

"아닙니다. 제가 진즉 찾아뵀어야 했는데 오히려 인사가 늦었습니다."

태준의 정중한 말에 소람 엄마의 눈길도 서글픈 듯 묘하게 변했다.

"그러게. 우리 소람이랑 만난다죠?"

두 사람은 따뜻하게 김이 올라오는 커피를 두고 한동안 말없이 앉아 있었다.

"아버님은 어쩌다가 병석에 계신 거예요?"

태준이 놀란 표정으로 바라보자 소람 엄마는 왜 태준을 만나려고 했었는지 표정으로 이야기하고 있었다.

"우리 댁 양반이랑 소람이가 그 병원에서는 유명 인사라 소람이랑 관련된 일들이 내 귀에 다 들려와요. 그런데 최 교수님 담당 간호사가 소람이가 이번에는 코마 상태 환자를 데려왔다고 해서 내가 얼마나 놀랐는지……."

아! 갑자기 태준의 마음이 엉망진창으로 헝클어지고 있었다. 이제 마음대로 안 된다면 정면 돌파하는 수밖에.

"폭발 사고를 당하셨습니다."

"아이고. 오래 누워 계셨나요?"

소람 엄마의 질문에 태준의 말도 점점 느려지기 시작했다.

"올해로 10년 되셨습니다."

태준의 말에 소람 엄마는 진정이 안 되는지 옆에 있는 물 컵을 쥐고는 벌컥벌컥 들이켜기 시작했다. 그러더니 빈 잔을 아직도 김이 모락모락 나는 커피 잔 옆에 탁 하고 내려놓았다.

"이 형사님. 아니, 이태준 씨."

소람 엄마가 그를 나직하게 불렀다.

"제발 우리 소람이 좀 놔줘요. 내가 이렇게 빌게."

갑자기 소람 엄마가 의자에서 내려앉더니 불편한 몸으로 무릎을 꿇었다. 아직도 그녀의 어머니는 사고 후유증으로 걸음도 불편한 것으로 아는데……. 태준이 소스라치게 놀라며 벌떡 일어나 소람 엄마를 부축했다.

"어머니. 이러지 마십시오. 제발."

"아니야. 아니. 내가 염치가 있는 어미라면 이 정도는 해야지. 아니, 하고도 남아야. 생때같은 딸년을 내 온갖 똥오줌 손에 묻혀 가며 그렇게 고생시켰는데 그 아비까지 아파서 수발들게 해놓고도 또 개가 그 일을 하겠대. 아이고. 내가…… 내가 지금 속이 내

속이 아니에요. 내가……."

소람 엄마는 철퍽 엎드려서 울기 시작했다.

"내가 어미가 돼서 어떻게 그럴 수가 있겠어요. 그러니까 이 형사님이 나 좀 한 번만 봐줘요. 내가 그 애를 키울 때 사는 게 힘들어서, 시댁 뒤치다꺼리하느라 허리가 휘어서 해준 게 아무것도 없어요. 지 동생 학원비는 안 아끼며 키웠어도 그 애는 시집보내면 그만이지 싶어 줬던 학원비까지 뺏어서 생활비 썼던 년이야, 내가……. 그런데 그런 애를 그 생고생시키고도 모자라서 이제 스스로 불구덩이 속으로 기어들어가겠다는데 내가 이것도 못 말리면 한스러워서 난 어떻게 살아가냐구요."

커피숍이 떠나가라 그의 바짓가랑이를 붙잡고 통곡하는 소람 엄마를 달래며 태준의 눈시울도 붉게 물들어가기 시작했다.

소람은 오일 묻은 손과 발을 솜씨 좋게 문지르더니 따뜻한 수건으로 남은 오일을 깨끗하게 닦아주었다.

"아버님 시원하세요?"

소람이 싱긋 하고 웃어 보이자 태준 아버지의 눈이 그녀를 따라왔다. 감동한 소람은 머리맡으로 다가가 그의 눈을 마주 보았다. 그러자 그녀의 눈을 똑바로 응시하는 그. 갑자기 가슴을 휘젓는 것 같은 전율이 일었다.

"아버님. 언제 이렇게 회복하셨어요?"

소람의 눈가에 눈물이 그렁그렁 맺혔다. 그러자 그가 울지 말라는 듯 눈을 한 번 깜박여 보였다.

"아. 저보고 울지 말라고요?"

그러자 그가 눈을 두 번 깜박였다.

"아. 어떡해. 어떻게 이 상황에서 눈물이 안 나요, 아버님. 이제는 태준 씨가 더 이상 외롭지 않을 것 같아요."

그러자 이번에는 손가락이 소람을 향해 까닥거렸다. 소람이 그의 손을 잡자 그가 그녀의 손가락을 감아쥐며 힘을 주었다.

"감사해요. 아버님."

두 사람이 그러고 있는데 갑자기 인기척이 들렸다. 병실 문에 기댄 태준이 두 사람을 멍하니 바라보고 있는 것이 보였다.

"어? 언제부터 거기 있었어요?"

소람이 싱긋 웃어 보이자 태준은 아버지 침대 곁으로 천천히 다가왔다. 소람이 그의 곁으로 가자 태준은 갑자기 그녀의 뒷덜미를 잡아채더니 뒤로 보냈다.

"술 냄새나."

그렇게 기다리겠다 신신당부해놓고 늦게 와놓고는 괜한 심술만 부린다. 소람은 그런 그의 등이 얄미워 아버지 눈치를 보더니 태준의 등을 팍 하고 때렸다.

"아버님. 이 사람 좀 봐요. 3시부터 기다린다면서! 4시가 훌쩍 넘은 시간까지 어디서 뭘 하고 왔을까요?"

소람이 뭐라 뭐라 해도 태준은 아무 말도 없이 아버지만 바라보고 있었다.

그때였다. 갑자기 병실로 각종 장비들과 함께 의료진들이 물밀듯이 밀려들어오기 시작했다.

"어? 소람 씨도 있었네?"

소람이 최 교수에게 고개를 숙여 인사하자 최 교수는 기분이 좋은지 소람의 어깨를 두드렸다.

"지난 일주일 동안 MRI 분석 자료를 통해 아버님의 뇌를 특수 초음파로 자극시켰고 그 결과 눈동자 움직임이 아주 활발하게 움직이기 시작했다는 걸 알아냈어요. 그래서 그동안 아이마우스를 이용한 훈련을 통해서 아버님께 의사를 표현하는 방법을 알렸고 드디어 오늘 그 결과가 드러나게 됩니다."

최 교수가 손을 맞잡고 방 안에 있는 모든 사람을 둘러보더니 이런 말을 했다.

"내가 이런 말하면 안 되는데 이거 참 흥분되는 순간이 아닐 수 없네. 자, 그럼 시작해볼까?"

일사불란하게 기기들이 설치되는 것이 보였다. 소람이 태준의 손을 잡아오자 이미 축축해진 태준의 손이 그녀의 손을 꽉 하고 힘주어 잡아챘다. 소람이 안쓰러운 듯 그를 바라보자 태준은 무섭도록 무표정한 얼굴로 그것들을 바라보고 있었다.

"교수님. 설치 끝났습니다."

레지던트들이 뒤로 물러나자 최 교수가 앞으로 나섰다.

"아버님. 이 모니터 보이시죠? 이제 아버님께서 눈을 움직여서 글자판을 클릭하시면 하시는 말씀이 이 모니터에 나타날 겁니다. 한번 해보시겠어요?"

아버지의 시선이 태준에게 향하자 소람은 긴장으로 온몸이 뻣뻣하게 굳은 그를 침대맡으로 밀었다. 커서가 깜박이더니 모니터에 글자가 나타나면서 로봇 음성이 울려 퍼지기 시작했다.

-준아! 우리 아들!

방 안에 있는 모든 사람의 마음이 덜컹하고 내려앉았다. 그것을 바라보는 태준의 몸이 뻣뻣하게 굳는 것이 느껴졌다.

-그동안…… 혼자서 고생이 많았지!

덩치가 산 만한 태준이 참기 괴로운 듯 얼굴을 있는 대로 일그러뜨리더니 침대 위로 무너져 내리기 시작했다.

"아버지!"

아버지 위로 쓰러지는 태준의 머리 위로 따뜻한 아버지의 손이 올라오고 그것을 알아차린 태준에게서는 포효하는 울음소리가 터져 나오기 시작했다.

"아버지! 아버지! 아버지……!"

항상 냉정한 모습만 보여주었던 그의 구슬픈 울음소리는 남녀 가릴 것 없이 그 방 안에 있던 모든 사람의 눈물을 뽑아내는 진풍경을 이루었다.

그로부터 며칠 후, 태준은 소람에게 그들이 처음 연애를 해보자 약속했던 작은 일식집에서 만날 수 있겠느냐는 연락을 해왔다.

전화를 받으면서도 왠지 모를 스산함이 느껴진 것은 착각이었을까. 소람은 하얗게 질린 채 거울 속 자신의 모습을 바라보며 중얼거렸다.

"더 이상 이렇게 작은 손바닥으로는 당신을 가릴 수가 없겠네."

소람은 옷장에서 가장 예쁜 옷을 꺼내 입고 자신을 정성껏 치장하기 시작했다.

저녁 6시, 일본식 선술집의 문을 바라보며 소람은 벌써 6번째 심호흡을 반복하며 출입문을 뚫어지게 바라보았다. 그때 갑자기 그녀의 뒤에서 손이 하나 다가오더니 그 문을 열었다.

"바보. 이 문은 지옥으로 가는 문이 아니라 희망으로 가는 문입니다. 그러니까 과감하게 열어요!"

태준이 그렇게 중얼거리더니 소람의 손목을 잡고서는 안으로 들어갔다.

3개월 전과 똑같은 자리, 똑같은 메뉴. 심지어는 가게에 흐르는 배경 음악까지 똑같은 그 가게에서 소람과 태준은 열심히 조리를 하는 마스터를 보며 멍하니 앉아 있었다.

"왜 그렇게 말이 없어요? 할 말 있어서 부른 거 아니었어요?"

소람의 그 말에 태준은 짙은 한숨을 내쉬면서 오늘따라 섬세하게 치장한 소람을 눈여겨보았다.

"얄밉네."

소람은 태준의 말에 발끈하며 그를 휙 돌아보았다.

"뭐라고요?"

"내가 무슨 말할 줄 뻔히 알면서도 이렇게 예쁘게 치장하고 나타납니까? 뭐야. 어디 가서든 당신 마지막 모습만 기억해라 이건가?"

태준의 그 말에 소람의 입술이 바르르 떨려왔다.

정말 기가 막혀. 진짜 이 남자한테 언어 치료사를 붙이던지 해야지. 어떻게 끝까지 이런 말을 할 수가 있어?

소람은 앞에 놓은 사케를 연거푸 들이켰다. 하지만 세 잔이 넘어가자 따뜻한 태준의 손이 그녀의 손목을 붙잡았다.

"그만 마셔요. 오늘부터는 남자친구도 아니니까 당신을 데려다주지도 못해."

자연스럽게 이별을 이야기하는 태준 때문에 소람의 표정이 확 구겨지기 시작했다. 이태준, 끝까지! 소람이 눈물이 글썽이는 얼굴로 그를 쏘아보았다.

"정말 끝까지 이럴 거예요? 그동안 우리가…… 우리가 나눈 건 다 뭐예요?"

태준은 아무 말도 없이 사케를 들이켜더니 몸을 틀어 소람을 바라보았다.

"당신은 빛을 잃은 빨강이라며. 그래서 우리는 예쁜 보라가 될 수 없다며. 그런 사람에게 내가 어떻게 그렇게 힘든 길을 함께 가자고 합니까?"

태준의 마지막 말에 결국의 소람의 눈물샘이 주책없이 터져버렸다. 예쁘게 화장했던 그녀의 눈은 마스카라와 아이섀도 범벅이 되어 팬더가 되어버렸고 립스틱은 그녀의 입 주변을 붉게 물들였다.

차라리 잘됐다. 처음부터 김소람의 맨 얼굴을 사랑했지, 화려한 겉모습을 사랑한 건 아니었으니까.

소람은 그렇게 한참을 울더니 화장실로 달려가 그녀를 가린 모든 것을 깔끔하게 씻은 채 나타났다. 그제야 그가 첫눈에 반해 사랑에 빠진 그 여자가 나타났다. 소람의 얼굴을 보는 순간 태준에게서도 짙은 한숨이 흘러나왔다.

"그게 진짜 당신의 마음이에요? 정말 후회하지 않겠어요? 나를 잡지 않아도?"

소람의 그 말에 태준은 얼굴을 보이지 않은 채 씁쓸하게 웃기만 했다.

"난 지금부터 엄청 예쁜 빨강이 되기 위해 노력할 건데요?"

"그게 내가 진심으로 바라는 거야. 그러니까 제발 그렇게 해요."

그제야 태준의 씁쓸한 말이 소람에게 돌아온다.

"그럼 예약이라도 미리 걸어놓는 건 어때요? 그때 가서 후회하지 말고. 내가 발전기 한 번 돌리면 무지 눈부시거든요."

소람의 뜻밖의 말에 태준이 고개를 돌려 소람을 뚫어지게 바라보았다.

"그 말 진심입니까?"

소람은 고개를 끄덕이며 그제야 진지한 얼굴로 태준을 바라보았다.

"그래요. 이태준 씨, 난 당신이 좋아요. 하지만 우리가 함께하기엔 아직 해결해야 할 일들이 많이 남아 있는 것 같아요. 당신에게 아버님의 회복을 도와드릴 시간이 필요한 것처럼 내게도 내가 해야 할 일들이 있어요. 그렇다면 함께 있어 괴롭기보다는 조금은 힘들더라도 떨어져서 각자의 일을 하는 것이 맞는 것 같아요."

"앞으로 뭘 할 생각입니까?"

태준의 말에 소람은 의미심장한 미소를 지었다.

"파랑새가 살기 편한 새장을 만들 생각이에요."

태준은 잠시 숨이 멈춘 듯 아무 말을 하지 못했다.

"당신의 파랑새는 어디 있는데?"

태준은 가볍게 물어왔지만 그 안에 담긴 의미가 얼마나 큰지 잘 알기에 소람은 진지하게 대답했다.

"바로 내 앞에 있잖아요. 그러니까 제대로 된 새장에 들어갈 때까지 한눈팔지 말고 얌전하게 기다리고 있어요."

태준의 시선이 멍하니 자신의 술잔으로 돌아갔다. 태준의 얼굴이 순간적으로 일그러지더니 단번에 귀가 빨개졌다.

"나 참, 졸지에 팔자에도 없는 감옥살이하게 생겼네."

태준은 투덜대기는 했지만 싫지 않은 눈치였다.

태준의 반응에 소람이 잠시 숨을 돌리고 있는데 그가 술잔을 들더니 소람을 조용히 바라보았다.

"그럼 건배나 합시다. 일보 전진을 위한 발전적 해체를 위하여!"

태준이 먼저 외치자 소람도 잔을 들어 태준을 마주 보며 속삭였다.

"우리들의 나은 내일을 위하여!"

10. 당신은 모르는 이야기

1년 6개월 후, 강남구청 관광진흥과.

"아니, 왜 와도 하필 주말이야? 평일에 좀 방문하시면 좀 좋아?"

선임의 그 말에 소람은 컴퓨터로 한류 페스티벌 관련 보도 자료를 작성하다 말고 시큰한 눈을 비볐다.

"김소람 씨! 경호실에 보낼 우리 부서 명단 취합 다 끝났나요?"

"예. 계장님. 다 끝났습니다. 말씀하신대로 기획실로 올리라고 하셔서 일단 올리긴 했는데요. 한번 보여드릴까요?"

"아니. 볼 서류가 산더미인데 뭘. 어련히 잘 알아서 했으려고. 그냥 보내. 항상 몇 배수는 더 요청하는 놈들이니 설사 보낸다 해도 우리 부서와는 상관없을 가능성도 크고 일단 VIP가 뜨면 의례껏 해야 하는 관례야."

"어휴, 기왕 이번 주말이 그렇게 허무하게 담보 잡힌다면 그 꽃돌이들이나 좀 실컷 보면 좋겠는데."

"꽃돌이들이요?"

스물네 살의 파릇파릇한 시보가 사수 선배에게 묻는 소리가 들린다.

"응. 대통령 경호실 사람들. 한 번씩 뜨면 눈이 진짜 확확 돌아간다니까?"

"어머, 그렇겠네요. 진짜. 그렇게 멋있어요?"

"어, 내가 본 집단 중에서 가장 준수한 그룹이지."

선배가 피식거리며 하는 말에 맞장구치는 그녀를 보던 소람은 보고서를 작성하다 말고 갑자기 주먹을 세게 움켜쥐었다.

야야. 스물네 살 시보. 그렇게 남자 이야기에 열 올리지 말고 이제 제발 일 좀 하자. 응? 헤매는 척하면서 자꾸 나한테 일 몰지 말고. 소람이 빠드득 이를 갈기 시작했다.

생각해보니 이 세상에 편한 직업이 어디 있으랴. 다들 말 못할 고민과 고만고만한 고민들을 다 안고들 산다. 이렇게 열심히 살다 보면 이런 공들이 모여 어딘가 있을 나만의 파라다이스로 데려다 줄 거라고 믿었던 내 청춘을 탓해야지 누구를 탓하겠어.

소람은 자신도 모르게 쯧 하고 혀를 찼다. 순간 누군가가 파티션 너머로 나타나더니 소람을 바라보았다.

"아니 김소람 씨, 우리가 지금 남자 이야기 좀 했기로서니 지금

혀 차는 거예요?"

아닌 밤중에 홍두깨라고 왜 또 나를 못 잡아먹어서 난리래? 아! 진짜! 소람은 아차 싶어 재빨리 그녀를 올려다보면서 입 안에서 혀를 크게 굴려 이빨을 쫙 쓸었다.

"네?"

"방금 혀 찼잖아요. 아니에요?"

그녀의 닦달에 갑자기 소람은 가방을 뒤지더니 과장된 몸짓으로 거울을 꺼내 이빨을 비춰 보였다.

"어머, 제가요? 쩝, 쩝. 아까 식사할 때 고기가 끼었나. 왜 이렇게 이게 안 빠져? 쩝쩝."

소람이 과장되게 이를 비추어보자 한참 소람을 닦달하던 그 여자가 쳇 하며 다시 파티션 아래로 고개를 떨궜다. 그러자 소람의 인상이 팍 하고 찡그려졌다.

그래. 언니가 좀 모양 빠져가며 네 장단에 맞춰주니 마음이 좀 후련하니?

여자는 소람이 시보 발령을 받고 이 부서에 배치되면서 지속적으로 그녀를 견제해 오고 있었다. 이 부서의 막내로 있었던 모양인데, 페스티벌이 예정되어 있는 요즘, 계장이 일은 해 본 사람이 한다고 소람에게 업무 몇 개를 더 넘기고 나서는 더욱더 사소한 일까지 시비를 걸며 딴죽을 건다.

자기 자리에 위협을 느꼈나. 나이가 서른넷이나 됐다면서. 쯧쯧. 나는 겨우 시작한 사람이라고! 그런 사람한테까지 왜 경쟁 각을 세우고들 난리야? 진짜!

소람은 마음에 들지 않는 듯 컴퓨터 자판을 더욱 세게 두드려댔다.

소람은 퇴근 후 근처 슈퍼에 들러 맥주를 바구니에 담으면서 문득 1년 반 전 한영대 앞 편의점에서 태준에게 주정을 부리던 자신이 생각났다. 까칠한 듯하지만 결국 자신의 모든 것을 다 받아주던 사람.

갑자기 외로운 생각이 밀려 든 소람은 자신의 휴대폰을 흘끗 바라보았다. 항상 그럴 리 없다 생각하면서도 전화가 올까 정기적으로 확인하게 되는 것이 습관이 되어버렸다.

하! 오늘따라 너 왜 그러니? 소람은 제법 무거워진 장바구니를 계산대 위에 올려놓고는 이내 차곡차곡 물건을 비닐봉지에 담기 시작했다. 그런데 그럴 때 꼭 눈치 없이 전화가 온다. 소람이 휴대폰을 바라보다가 계산원에게 카드를 내밀고는 수신 버튼을 눌렀다.

"어이. 친구, 오랜만이네?"

-야. 너 이제 직장 다닌다고 굉장히 바쁜 척한다?

"웃기시네. 애 아빠 되셔서 꽁지 빠지게 집으로 들어가는 녀석은 누구더라?"

얼마 전까지만 해도 '나도 너에게 감정이 있었다'라는 어필을 해왔던 승훈은 그 이후 소개팅으로 만난 참한 아가씨와 3개월 열애 끝에 결혼식을 올렸고 속도위반으로 아이까지 낳았다.

정말 남자들의 '사랑해'는 확실히 조금 더 분석할 필요가 있다고 생각한다. 소람은 문득 그런 생각이 들자 빙그레 웃으면서 무거운 비닐봉지를 들고는 집으로 향했다.

"네 아들은 얼마나 되었어?"

-어…… 한 50일쯤?

"어휴. 야, 돌잔치 하려면 한참 남았네? 그나저나 유부남님께서 어쩐 일로 전화를 다 하셨는데?"

승훈은 그녀에게 물었다.

-너희 원룸 건물 말이야. 그거 아예 청산한 거야?

"응."

-진짜? 그 알짜배기를?

"알짜배기면 뭐 하니, 다리 아픈 두 양반이 오르내리는 게 그렇게 벅차시다는데. 그래서 그거 팔고 공기가 좋다는 동생네 옆으로 이사 가셨어. 여기저기 다녀보시고 좋은 곳을 골라 정착하시겠대. 그런데 웬 원룸이야?"

-아니. 내 사촌 동생이 이번에 한영대 추가 합격해서 뒤늦게 연락받은 모양인데 이제야 방을 찾으려니 있어야지. 그래서.

"아. 저런 어쩌니? 도움이 못 돼서?"

그러자 승훈의 한숨이 저편에서 흘러나오기 시작했다.

-그러게. 친구가 한영대를 지켜줄 때만 해도 든든했는데 다들 이제 나이 먹고 뿔뿔이 흩어지니까 마음이 좀 그렇다.

소람은 문득 밤하늘을 바라보았다.

"승훈아. 결혼하니까 좋아?"

소람이 뜬금없이 묻자 승훈은 별걸 다 물어본다는 듯 굴더니 말했다.

-어. 생각보다는 좋네. 솔직히 우리는 너무 빨리 아이가 찾아와서 두 사람이 함께 있을 시간을 너무 못 만들었나, 라는 후회도 했었는데 살수록 더 좋은 것 같아. 그나저나 넌 어때?

"응?"

-그 사람에게는 연락 안 해봤어?

승훈의 그 말에 소람의 걸음이 느려졌다.

"음, 아직."

-그 후로 그 사람에게서도 연락 없고?

소람은 아무 말도 하지 않았다.

-그럼 네가 연락해 봐도 되는 거 아니야? 너 이제 부모 허락받을 나이는 지났잖아.

승훈의 그 말에 소람은 긴 속눈썹을 늘어뜨리며 자신의 발밑을 바라보았다.

"응. 그런데……. 나만 그 사람을 기다리는 거면 어쩌나 겁이 나서 섣불리 연락을 못하겠어."

소람의 뜻밖의 말에 승훈이 소리를 내며 웃었다.

-와. 천하의 김소람에게서 별소릴 다 듣네? 그동안 수많은 역경에도 눈 깜짝 하지를 않더니 왜 결정적인 순간에 여자 짓이야!

승훈의 야속한 말에 소람도 소리를 버럭 질렀다.

"이게 진짜! 야! 나도 여자는 여자거든?"

나도 우리가 이렇게 오랫동안 떨어져 있을 줄은 꿈에도 몰랐단 말이야. 이런 내 속도 모르고 그 사람은 어쩜 그렇게 천하태평이니? 가끔 잘 사는지 전화 한 통도 못해주니? 그 사람이 너무 조용하니까 어떻게 해야 하는지 더 모르겠단 말이야.

승훈과 통화 후, 소람은 집으로 돌아와서도 옷도 갈아입지 않은 채 한참 동안 썰렁한 거실 바닥에 누워 있었다. 지친 몸을 끌고 돌아와 봤자 아무도 반겨주지 않는 집. 오늘따라 적막함이 소람을 더 무겁게 짓누르는 것 같았다.

소람은 컴퓨터를 켜고 자신의 블로그에 접속해 보았다. 요즘따라 자신의 블로그만큼 소람을 위로해주는 것도 없었다. 옷을 갈아입고 돌아온 소람은 맥주 한 캔을 친구 삼아 컴퓨터 앞에 앉았다.

소람은 무릎 나온 트레이닝복에 두꺼운 안경을 끼고 앉아 맥주를 마시고 있는 자신을 그려 넣고 포스팅 등록하기 버튼을 눌렀다. 글이 올라가고 몇 분 후 갑자기 '띵동' 하면서 그녀의 블로그에 댓글이 달렸다.

[not over yet: 오늘도 처량하게 혼자서 술을 마시고 있네요.]

not over yet. 그는 언젠가부터 소람의 블로그에 찾아와 소람의 포스팅에 댓글을 달아주던 사이버 친구다. 이 사람은 소람이 휘청일 때마다 나타나 적절한 조언을 남겨주곤 했는데, 요즘 들어서는 그의 방문 횟수가 눈에 띄게 늘어난 상태였다.

[역전언니: 혼술이 어때서요. 남들에게 민폐 안 끼치고 적당량만 마시면 돼서 얼마나 편리한 방법인데?]

[not over yet: 짠해서 그러죠. 그런데 요즘은 화실까지 다니나 봅니다?]

[역전언니: 네. 이제는 일도 안정된 것 같으니 다시 시작해보려고요.]

[not over yet: 정말 동화 작가가 꿈이었습니까?]

[역전언니: 네. 중간에 장애물이 생겨 가는 길이 자꾸 지연되긴 하지만요. 그래도 포기하기보다 노력하는 게 낫잖아요.]

[not over yet: 그럼 왜 애초부터 동화 작가가 될 생각은 하지 않은 겁니까?]

[역전언니: 음, 아직 밥 벌어 먹을 만큼의 실력은 아니라서?]

[not over yet: 그럼 열심히 해서 실력을 키우면 되잖습니까?]

[역전언니: 20대의 저라면 그럴 수 있었겠지만 지금의 전 제 일보다 챙겨야 할 일들이 많거든요.]

[not over yet: 도대체 그게 뭔데요?]

[역전언니: 제 파랑새가 좀 다사다난해서요.]

갑자기 댓글이 한참 동안 들어오지 않았다.

[not over yet: 파랑새라니? 그게 무슨 말입니까?]

[역전언니: 나의 가족들이요.]

또 한참 동안 말이 없었다.

[not over yet: 나는 그 파랑새가 남자인 줄 착각했네?]

엉뚱한 대답에 소람은 쿡 하고 웃었다.

[역전언니: 물론 남자도 있어요.]

태준 씨와 태준 씨 아버님도 포함이니까.

[not over yet: 그나저나 연애는 언제 할 겁니까?]

[역전언니: 때가 되면 하겠죠.]

[not over yet: 혹시 기다리는 사람이 있는 건 아니고?]

소람은 그 댓글을 멍하니 바라보았다.

[역전언니: 그러게요. 안 그러려고 하는데도 마음이 멈춰 서서 움직일 생각을 안 하네요.]

마지막 맥주 한 모금을 꿀꺽하는 소람의 입에서는 짙은 한숨이 흘러나오고 있었다.

-소람아. 너 밥은 잘 챙겨 먹고 있는 거야? 네가 못 내려오면 엄마랑 아빠가 이번 주는 서울에 갈까?

엄마의 전화에 소람은 어깨에 휴대폰을 끼고서는 들고 있는 서류철을 계속 넘겼다.

"어. 그런데 엄마, 나 이번 주 토요일, 일요일 양일 다 출근이야. 이번에는 대통령까지 방문한다 하셔서 여기가 지금 비상이야. 그래서 오셔봤자 딸내미 얼굴도 보기 힘들어. 그러니까 이 페스티벌 끝나면 오셔. 번잡하게 주말에 이동하느라 고생하시지 말고."

소람의 부모님은 소람이 공무원에 합격한 이후 원룸 건물을 정리하고 이제는 너도 너만의 삶을 살아볼 때가 되었다며 작은 아파트 한 채만 남겨두고 동생이 사는 소도시로 이사했다.

몇 년간의 실업자 생활을 정리하고 독립을 이루었건만 지난 몇 년을 부모님의 밀착 수발을 들었던 소람으로서는 이 환경이 잘 적응되지 않았다.

퇴근하면 TV 소리로 떠들썩하며 음식 냄새가 가득했던 집이 아니라 검은 어둠이 짙게 깔린 삭막한 아파트로 들어가는 기분이 과히 좋지가 않았다.

하지만 자신이 외롭다고 큰 마음먹고 지방에 내려간 부모님을 불러올리는 것도 이치에 맞지 않는 생각 같아 계속 고민하는 중이다.

이번에 시보 생활 청산하면 업무 교류 신청해서 바쁘디바쁜 이 서울이 아니라 부모님이 계신 곳으로 전출 신청할까.

"김소람 씨!"

갑자기 그녀를 부르는 여자 선임의 호출에 소람은 전화를 서둘러 끊고는 빠르게 걸어갔다.

"지금 일 많아요?"

소람이 그녀의 말에 큰 소리로 네, 하고 대답했지만 그녀는 책상 위에 있는 서류 한 무더기를 소람의 앞에 내려놓았다.

"지금 경호실에서 주말 행사 전에 사전 답사 나온다고 연락이 왔는데 갑자기 동행 하나를 붙여 달래. 보통 이런 의전은 기획실이나 부시장실에서 처리하는데 이상하게 이번에는 우리 과에서 맡으라고 연락이 들어왔더라? 축제를 기획한 팀이야말로 동선 파악에 제일 적격이라나? 이건 지적도랑 그 구간 상하수도 지도랑 그쪽에서 부탁한 자료들. 우리가 동행한다고 하니 시설과에서 좋다 하면서 자기들 일까지 죄다 맡기고 가버린 거 있지!"

순간 서류의 양에 질린 소람의 얼굴에 균열이 일었다. No Way!

"이따가 그 사람들 들이닥치면 부탁할게요. 계장님은 나보고 알아서 하라고 하시는데 알다시피 내가 그것까지 감당할 정신 상태가 아니야. 어차피 소람 씨는 현장에 숱하게 나가봤으니까 이보다 더 적격이 어디 있어요."

소람은 그녀에게서 한아름 서류를 받아들고 멍하니 서 있었다. 가만 가만, 지금 겨우 시보 수준인 나한테 니들 왜 이래? 계장님은 중요한 업무 계획을 짜라고 하셨고, 당신은 직접 작성해야 할 홍보 자료까지 나한테 다 맡겨놨잖아. 이런데 이제는 다른 기관 업무 협조까지 하라고?

선배는 소람의 머리에서 김이 폴폴 솟아나는 것이 보였는지 힘 없이 자기 자리로 걸음을 옮기는 그녀의 뒤로 한마디를 더 읊었다.

"경호실에서 연락이 오길, 오늘 한 번에 끝내려면 되도록 업무 파악이 잘 되어 있는 사람을 붙여줬으면 좋겠다고 연락이 왔어. 그런데 저기 자기 외모에만 관심 많은 저 친구에게 이런 일 맡길 수 있겠어요? 우리 과 이미지도 있는데? 소람 씨야말로 계장님이 인정한 사람이잖아요."

소람은 이를 꽉 깨물었다. 그래. 아주 잘했다. 지금 병 주고 약 주냐? 소람이 그렇게 서류를 들고 자기 자리로 걸어가려던 그때, 검은 양복을 입은 한 무리의 사람이 그들의 과로 물밀듯이 들이닥쳤다.

"어?"

그 풍경에 눈이 휘둥그레진 사람들이 파티션 위로 고개를 번쩍 들었다. 꽃돌이들의 습격이라더니 갑자기 눈앞이 상당히 시원해지는 현상이 벌어졌다.

아이고, 이런 꽃돌이들은 또 어디서 날아왔다니? 공무원 발령받고 이렇게 화사한 풍경은 또 처음 보네. 오늘 일이 생각보다 꽤 괜찮을지도?

그렇게 생각한 소람이 막 회심의 미소를 지으려던 찰나였다.

그들 중 가장 마지막으로 사무실로 걸어 들어온 남자 하나가 어마어마한 포스를 풍기며 다가오더니 소람 앞에 우뚝 멈춰 섰다.

"이제 독수리 대신 봉황새 타기로 혔냐. 잘혔다. 그래야 그 아버지에 그 아들이제."

소람을 그렇게 보내고 아버지의 간병사 문제를 상의하러 이전 병원의 간병사를 찾아갔을 때 여전히 남아 있던 순이 할매 입에서는 그런 말이 흘러나왔다.

태준이 이 양반 정말 못 말리겠다는 표정으로 그녀를 바라보고 있을 때 간병사가 다가오더니 전화번호 하나를 내밀었다.

"아버지 깨어나시면서 경찰서에 간병 휴직까지 신청했다면서. 그런데도 간병사가 필요해?"

태준이 쓸쓸하게 웃었다.

"제 간병을 거부하셔서요. 제가 붙어 있는다고 누워 있는 사람이 순식간에 일어나지는 않는다며 대신 다른 길을 가길 원하셔서요."

간병사는 고개를 끄덕이더니 전화번호가 적힌 쪽지 하나를 가방에서 꺼내왔다.

"내가 아는 언니 부부야. 언니는 나랑 비슷한 시기에 간병사 일을 시작했는데 이번에 아저씨도 간병사에 도전해보겠다고 하시더라고. 서울 인근에서 돼지 농장을 했었는데 구제역에 자식 같은 돼지들 다 묻고 허전해하더니 뭔가 정성 쏟을 곳이 필요했나 봐."

간병사가 눈을 찡긋했다.

"언니가 왔다 갔다 하며 들여다본다 했어. 아버지도 머리가 깨어 있는 양반이라 자신의 몸을 낯선 사람에게 맡기는 것도 반기지 않으실 거야. 특히나 여자에게는. 그러니까 솔직히 말해 태준 씨가 시간되면 일주일에 한 번씩은 그 양반 도와서 목욕도 시켜드리고 그래. 그래야 부자간의 정도 새록새록 붙는 거야. 그나저나 어때? 10년 만에 아버지 뵈니까? 감회가 새롭지?"

"그동안 제가 해드린 게 있어야지요. 저는 죄스럽고 아버지는 연신 미안하다고만 하시고……."

"소람 씨는 어떻게 지내? 잘 지내고 있지?"

간병사의 말에 태준은 고개를 끄덕였다.

"같이 오지. 나도 보고 싶은데."

"잠깐 휴가가 필요하다고 해서 어딜 좀 보냈어요."

"휴가?"

"네. 그동안 여러 사람들 돌보느라 고생만 실컷 했으니 당분간은 자기 자신을 위한 시간을 좀 쓰고 싶다고 해서 그렇게 하라고 했어요. 순이 할매가 말씀하신 것처럼, 마음이 단단하다면 언제고 돌아오겠죠."

태준의 그 말에 간병사는 '멋있네. 태준 씨도.' 하며 중얼거렸다. 태준은 순이 할매에게 다가가 눈을 마주쳤다.

"할머니, 저 진짜 할머니가 시키시는 대로 다 했어요. 그런데 만약 할머니 말씀대로 안 되면 어떡하죠? 그러면 그때는 제가 정말 못살 것 같은데."

그러자 할매는 대뜸 그를 나무랐다.

"인석아, 아직도 하나만 알고 둘은 모르누? 좋은 것을 얻으려면 그만큼 인내하며 정성을 들여야 하는 법이지! 봐라. 네 눈에도 빛 나면 남의 눈에도 빛나는 법이니 그렇게 넋 놓고 있다간 큰 곤란 을 당하고 말게야."

할머니는 또다시 그렇게 묘한 말을 남기더니 다른 말을 중얼거 리기 시작했다.

소람과 헤어진 지 4개월 후.

태준은 검찰이나 경찰 측 사람들이 잘 다니곤 하는 프라이빗한 바에 홀로 앉아 누군가를 기다리고 있었다. 멀리서 키 큰 남자 한 명이 입가에 여유로운 미소를 띤 채 긴 코트를 휘날리며 태준을 향해 똑바로 걸어왔다.

"이태준이! 와! 네가 나를 다 찾고 어쩐 일이냐? 너 드디어 경호 실 입성했다며. 축하한다?"

수사 관련 분야에서는 타의 추종을 불허하던 선배는 검찰과 굵 직굵직한 사건을 수사하다가 강력한 증거를 몇 번 물어다 주어 재 판을 승소로 이끈 이후 그 반대편 로펌에 정보원으로 스카우트 되 어 승승장구하는 중이었다.

"감사합니다, 선배. 요즘은 어떠십니까?"

"뭐 나야 항상 그렇지. 그래도 일단 범위가 넓어지고 위에서 압 박하는 놈들은 없다 보니 편해지긴 했지. 처음에는 이 경찰 마크가 없어지면 어떻게 수사를 할까 했었는데 다 하는 법이 있더군. 그래서 지금은 꽤 만족하며 살고 있는 중이야. 너는 어때?"

"저야. 솔직히 경호실 들어가는 게 어릴 적부터 꿈이었으니까요."

"아버지 때문에?"

"예, 아버지 같은 사람이 되고 싶다고 입버릇처럼 말해왔었는데, 막상 아버지 지지 아래 막차까지 탄 걸 보면 솔직히 저도 아직 얼떨떨합니다."

선배는 태준을 바라보며 진지한 얼굴로 이야기했다.

"그나저나 아버님 일, 다른 녀석들에게 들었다. 정말 축하해. 요즘은 상태가 어떠셔?"

"몸 움직이시는 건 쉽지 않으시지만 인지 능력은 빠르게 돌아오고 계십니다. 아직 말씀하시는 게 어눌하긴 해도 꾸준하게 언어 치료받고 계시고요. 생각보다 성과가 좋아서 담당하는 교수님이 꽤 흡족해 하십니다. 아버지답게 꽤 의욕에 불타올라 계시기도 하고요."

"첫마디가 태준이 우리 아들, 그동안 혼자서 고생 많았다, 였다지? 자식 키우는 애비로서 모든 감정이 압축되어 있는 것 같아서 그 말 듣고 한참 동안 뭉클했었다."

선배의 그 말에 갑자기 그 벅찬 순간이 떠올라 가슴이 뜨거워지는 태준이었다.

"그나저나 날 보자고 한 이유는? 혹시 경호실에서도 나한테 일거리 주게?"

"저희 부장님 입에서 선배 이름이 거론되었으니 아마 조만간 연락이 갈 겁니다."

"네게 날 물으셨다?"

정보원답게 선배는 눈치가 빨랐다.

"그럼 너는?"

"개인적으로 사람 하나를 부탁드리고 싶어서요."

생각이 많은 듯 얼음이 들어 있는 양주잔을 휘휘 돌리는 태준을 보며 선배는 고개를 갸웃거렸다.

"누군데?"

"저와 결혼할 사람입니다."

소람과 헤어진 지 1년 2개월 후.

"합격자 명단은 이미 확인해서 결과는 알고 있을 테고, 이건 소람 씨네 부모님이 지방에 새로 계약한 아파트 주소. 동생 부부와 같은 아파트 단지인데 오래 계실 생각은 아니신지 전세야."

갑자기 태준의 인상이 묘하게 변했다.

"서울시에 합격한 소람 씨는 그러면 독립하나 싶어서 있을 곳은 어디인가 계속 뒤져봤거든. 아버지와 어머니 명의로 계속 뒤져봐도 뭔가가 안 나와서 소람 씨 명의로 뒤져보니 알짜배기 단지에 소람 씨 명의로 된 전세가 한 채 있더라고."

선배의 그 말에 태준의 눈썹이 살짝 올라갔다. 선배는 슬쩍 미소 지었다.

"왜 웃으십니까?"

"아니, 이 댁 부모님 마음이 좀 보이는 것 같아서. 이건 뭐겠냐.

강제로 독립시키셨잖아. 이제 그만 데려가라 이거지. 안 그래?"

태준이 웃자 선배는 혀를 끌끌 찼다.

"이놈아. 네가 그렇게 여유롭게 웃을 때가 아니야. 지금부터 정신 바짝 차려야지. 나이도 꽉 찼지, 직업 그만하면 안정됐지, 이제 여기저기서 선보라고 난리일 텐데 빨리 나타나서 해결 봐. 그 집 부모님도 찾아뵙고. 그렇잖아도 불편한 아버지 모시고 장가들겠다는 놈을 뭐가 예쁘다고 반기시겠냐."

선배의 너스레에 태준이 빙긋 웃었다.

"아니요, 선배. 전 피가 되고 살이 되는 말이라 더 좋습니다. 그런 말이야말로 그녀에 대한 정보보다 제게 더 필요한 거죠."

선배는 익살스럽게 웃으면서 메모 하나를 더 건넸다.

"그리고 이건 우리 직원이 보너스로 준 건데 카페에 갔다가 그녀가 잠시 자리를 비운 새에 열심히 들여다보던 사이트를 살펴봤더니 소람 씨 본인이 운영하는 블로그였다고 하더라. 제법 솜씨가 좋은지 조회수나 댓글도 상당했다는 것 같아."

선배가 건네준 사이트 주소를 보며 태준은 테이블을 손가락으로 톡톡 두드렸다.

소람과 헤어진 지 1년 5개월 후.

태준의 아버지는 오늘따라 몹시 초조해 보였다. 밥도 평소보다 적게 먹었고 운동하는 것을 그렇게 중요하게 생각하는 양반이 오늘따라 운동에도 시큰둥했다.

최 교수의 훌륭한 치료법 덕분에 태준 아버지는 하루가 다르게 회복하고 있었지만 역시나 드라마틱한 기적은 일어나지 않았다. 태준 아버지는 10년간 누워 있었던 값을 톡톡히 치르고 있었다.

정밀 검사 결과 폭발 당시 충격으로 척추에 손상을 입었다는 사실까지 드러나는 바람에 중간에 살짝 고비가 오기도 했지만 불굴의 의지로 이겨내는 중이었다. 그 뒤에는 그동안 소실된 근육을 키우고 마비된 신경을 깨우는 끔찍한 재활치료가 기다리고 있었지만.

그 결과, 태준 아버지는 목 아래의 전신 마비를 간신히 면했고 대신 휠체어를 타며 워커를 잡고 걷는 연습에 몰두하고 있었다. 하지만 여전히 섬세한 손 근육을 이용한 동작은 더뎠고 걸음은 어색했으며, 주변에는 태준 아버지를 돌봐줄 누군가가 항상 필요했다.

다만 한 가지 위안이 되는 것은 그동안 얼마나 많은 말을 마음속에 품고 있었던지 태준 아버지는 불과 6개월 만에 아이 마우스를 벗고 말로 의사를 전달할 수 있게 되었다. 몸이 피곤해지면 여전히 발음이 뭉개지지만 태준으로서는 아버지와 이렇게 대화를 나눌 수 있다는 사실만으로도 큰 위안을 얻었다.

"너도 가거라."

"예? 아버지? 저 오늘 일부러 근무까지 바꿔서 온 건데요. 더군다나 이번 주말에는 김 씨 아서씨마저 휴가 가셔서 제가 있어야 해요."

태준 아버지는 갑자기 휠체어를 창가로 끌고 가 창밖을 하염없이 바라보더니 무언가를 발견한 듯 거기서 눈을 떼지 못했다. 그러더니 보지도 않은 채 손을 뻗어 그에게 화장실로 들어가라고 손짓했다.

"람이가 와."

"예?"

"람이가 온다고. 그러니까 얼른!"

마비되어 불편한 팔과 다리로 아버지는 힘겹게 침대로 올라가더니 쥐죽은 듯 누웠다.

"아버지."

"이렇게라도 안 하면 소람이가 나를 계속 찾아올 것 같으냐? 그러니까 너도 우리 데이트 방해하지 말고 화장실에 들어가 있어. 나는 오늘 꼭 소람이를 만나야겠으니까."

그 와중에 갑자기 노크 소리가 들리자 태준은 엉겁결에 화장실로 들어갔다.

"가만? 그런데 내가 왜 숨어야 하지?"

태준이 그런 생각을 하며 문을 열고 나가려는데 소람의 목소리가 들렸다.

"아버님. 저 왔어요. 그동안 안녕하셨어요? 김 씨 아저씨는 어디 가셨어요? 전화드릴 때만 해도 기다리고 있으니 빨리 오라고 하셨는데?"

그 말에 태준은 아뿔싸 하며 이마를 짚었다. 오늘은 아저씨의 휴일이라 태준이 와 있다는 걸 뻔히 아시면서……. 아무래도 김 씨는 두 사람을 자연스럽게 만나게 해주고 싶었나 보다.

소람은 가방에서 무언가를 끊임없이 꺼내놓더니 태준 아버지를 향해 빙긋 웃었다.

"김 씨 아저씨는 커피 안 좋아하시니 생강청으로 사왔고요. 아버님은 홍삼 엑기스 사 왔어요. 이거 드시고 기운 내서 운동 더 열심히 하세요. 이제는 저도 당당히 돈 버는 직장인이니까 이런 건 얼마든지 사드릴 수 있어요. 아직도 거동하기는 많이 불편하시다면서요? 최 교수님이 움직임이 많이 보이지는 않아도 자꾸 말 걸어보라고 하시더라고요?"

아버지에 이어 최 교수님까지 한통속인가? 이건 또 무슨 일이지? 소람은 태준 아버지가 워커를 잡고 걸을 수 있을 정도로 많이 회복됐다는 사실을 모르는 눈치였다.

"그래도 여기도 재활을 잘 시키나 봐요. 아버지 팔다리에 근육이 꽤 많이 늘었어요."

아버지의 팔다리에 근육이 조금 붙었다는 사실만으로도 기뻐하는 소람을 보며 태준은 화장실 안에서 곤란하다는 듯 머리를 쓸었다. 아버지와 소람이 함께 있는 모습을 지켜보고 싶은 욕심에 나갈 타이밍을 완전히 놓쳐버린 것이다.

소람은 태준이 신경 쓰지 못하는 것까지 세세하게 챙겨 준 후 한 시간 정도를 머무르다 돌아갔다. 이번에도 역시나 아버지의 손, 발톱 정리는 소람의 몫이었고 좋은 오디오북을 발견하여 MP3에 담아왔다며 그것을 머리맡에 틀어놓고 갔다.

오늘은 날이 차가우니 다음에 방문할 때는 따사로운 날 들러 함께 산책하자면서 태준 아버지의 손을 한참 동안 붙잡고 있다가 돌아갔다.

그녀가 돌아가고 한참 후, 태준이 화장실에서 모습을 드러냈을 때, 태준 아버지는 침대에 앉아 소람이 손보고 간 손톱을 내려다보고 있었다.

"꼭 젊은 시절의 네 엄마를 보는 것 같지 않니?"

아버지의 깊이 있는 목소리에 태준의 심장이 뜨끔해졌다.

"녀석, 사람을 길들여놔도 유분수지, 어떻게 이렇게까지 사람을 홀려 놓냐."

아버지의 그 말에 태준이 머리를 긁적였다.

"언제부터입니까?"

태준 아버지는 아들을 향해 눈동자를 들어 올렸다.

"두세 달에 한 번씩 김 씨에게 연락하고 찾아온단다. 소람이가 몰래 다녀갔다는 말에 내가 무척 서운해하니 김 씨가 말을 전했단다. 오게 되면 얼굴이라도 제대로 보고 가라고 말이야. 가까이서 자극을 받아야 회복도 빠르다고 했더니 이제는 병실로 날 만나러 오더구나."

아버지의 입가에 잔잔한 미소가 떠올랐다.

"마음에 드세요?"

태준 아버지는 아들을 묘한 눈으로 바라보았다.

"넌 어떠냐?"

"저야……."

갑자기 태준은 말문이 막혔다. 김소람을 표현하고자 하는 단어는 그게 무엇이든 항상 부족했다.

"내가 분명히 말하는데 저 애 최단 시간 내에 우리 집에 들여놔

라. 점점 꽃 피어가는 저 아이를 볼 때마다 다른 놈이 채갈까 싶어 내가 가슴이 조마조마해 죽겠어."

"아버지."

"안 되면 지금 당장에라도 본부장님 쫓아가서 그 앞에 무릎이라도 꿇을 테야."

"본부장님이요?"

"그래. 소람이 아버지, 김수찬 본부장 말이다."

"아버지가 아시는 분이셨습니까?"

태준의 눈에 뜻하지 않은 기대감이 서렸다.

"내가 서린대 병원에 있다는 사실을 알고 재활실로 찾아오셨더라. 중앙공무원연수원에 계실 때 함께 일 많이 했었지. 사람 인연이라는 게 참."

"……"

"그렇지 않아도 내가 그분께 그랬다. 아들이 변변치 못해서 죄송하다고. 그랬더니 그분은 오히려 태준이 네게 상처줘서 미안하다고 하시던데. 그거야 딸 가진 부모로서는 당연히 하실 만한 말씀을 하신 거고."

"……"

"어쨌든 그렇다고 해도, 저런 아이를 어디 가서 만나겠다고 쿨하게 보내! 너희들이 나이나 적어?"

아버지의 그 말에 태준의 입꼬리가 살짝 올라갔다.

"웃지 마라, 이놈아. 아껴주고 싶다면 목숨 걸고 지켜야지. 여자를 그렇게 내쳐둬서 되겠어! 이건 뭐 부자 사기단도 아니고 ……."

"그런데 최 교수님은 어떻게 된 겁니까? 소람이는 아버지가 걷는다는 사실을 모르고 있는 겁니까?"

"내가 교수님께 내 사정에 관해 이야기하지 말아달라고 부탁드렸다. 최대한 궁금증을 유발해야 그 아이가 날 계속 찾을 것 아니야! 아들놈이 변변찮으니 나라도 붙잡아놔야지 별수 있어? 그러니 이제 시간 더 끌지 말고 행동해. 때로는 공격만이 최선의 방어책일 때가 있어."

"소람이가 그렇게 좋으세요?"

태준의 그 말에 아버지는 오래전에 돌아가신 어머니가 그리운지 창문을 바라보며 중얼거렸다.

"이럴 때는 내가 차라리 아픈 것에 감사하곤 하지. 요즘 세상에 어떤 아가씨가 제 부모도 아닌 사람 손을 붙들고 손톱을 깎아준다던? 자기 부모 손톱도 한 번도 안 깎아본 사람이 수두룩한 이 마당에. 너와 만나지 않는다면 나도 뒤돌아보지 않아야 하는데 저렇게 꾸준하게 찾아오니 얼마나 감사한 일이냐. 그게 벌써 햇수로 2년째야. 그렇게 한결같은 애를 어찌 예뻐하지 않을 수 있겠어."

그로부터 일주일 후.

"태준이는 다음 주 주말 행사 빠지고 바로 해외 출장 팀에 합류해서 그 일 봐."

과장의 그 말에 다음 주에 들어갈 행사 서류를 훑고 있던 후배들의 시선이 태준에게 와서 박혔다. 그들의 시선에는 경외심이 잔뜩 묻어 있었다.

"이번에는 축제 행사인 만큼 관계자들 더 샅샅이 살펴보고 구멍 만들지 말고."

누군가의 호령에 다시 서류철로 고개를 돌리는 그들 사이로 익살스러운 선배 하나가 지나가면서 후배들이 추린 서류를 훑어보았다.

"야. 요즘 공무원들도 외모가 참 출중해? 특히 여기 강남구청 말이야."

자연스럽게 태준의 시선이 그들이 붙잡고 있는 서류철에 날아들었다. 설마. 설마하니. 태준은 급기야 유혹을 못 이기고 벌떡 일어나 선배가 들고 있던 신원 조회 서류철을 빼앗아 들고 열심히 뒤지기 시작했다.

하지만 아무리 뒤져봐도 소람의 모습은 보이지 않았고, 역시 그러면 그렇지, 라는 생각이 차오를 무렵, 끝에서 두 번째 서류에서 약간 긴장된 표정으로 카메라를 응시하고 있는 그녀의 사진을 발견할 수 있었다.

"저, 과장님. 혹시 이 한류 페스티벌 행사 하나만 더 진행하고 해외 팀으로 빠져도 되겠습니까."

태준이 그녀의 증명사진을 매만지며 청원하자 후배들의 얼굴에 화색이 돌기 시작했다. 업무를 보던 과장은 고개를 들고 태준을 바라보았다.

"너 그 다음 날 바로 출국인데 그 행사까지 나갈 수 있겠어? 보고서 작성까지 하려면 꽤 힘들 텐데."

"예. 할 수 있습니다. 과장님. 꼭 보내주십시오."

그러자 과장은 하나라도 더 합류하면 나야 좋지, 라는 표정을 지어 보였다.

"감사합니다. 과장님! 너는 여기에 전화 넣어. 특히나 이번 답사 갈 때는 관광진흥과 보고 직접 안내하라고 해. 그래야 동선 파악하기 더 편하다고."

태준이 속사포로 후배에게 업무를 지시하자 한 후배가 지시 사항을 받아 적다가 뭔가 이상함을 느꼈는지 그에게 물었다.

"그런데 선배님, 보통은 이런 행사할 때 협조 담당은 기획실이나 다른 부서에서……."

그러자 태준은 그에게 손가락으로 반드시 내 말대로 하라는 듯 서류를 지적하더니 사무실을 빠져나가며 다시 한 번 강조했다.

"관광진흥과야!"

"안녕하십니까. 저는 대통령 경호실에서 나온 이태준이라고 합니다. 담당자가 어떤 분이시죠?"

드디어 태준이 소람의 앞에 모습을 드러냈다. 장장 1년 6개월 만의 일이었다. 귀신을 본 것처럼 두 눈이 휘둥그레지는 소람을 본 순간 태준에게서는 안도의 한숨이 흘러나왔다.

소람은 그가 상상했던 모습 그대로 그 자리에 서 있었다.

조금 야위었나? 아니면 항상 캐주얼한 모습만 보다가 정장을 입은 그녀의 모습을 보니 어색해서 그런 건가. 다만 분위기만 조금 변했을 뿐이다. 안녕! 내 사랑. 그동안 잘 지냈어?

눈으로 그렇게 묻고 있는데 소람의 뒤편에서 누군가가 일어났다.

"안녕하세요. 전 관광진흥과 민지영이라고 합니다. 그동안 저하고 통화하셨고요. 오늘 동행은 이 친구가 나갈 거예요. 소람 씨? 뭐 해? 인사드리지 않고."

그제야 소람이 눈을 깜박이며 고개를 끄덕였다.

"안녕하세요. 저는……."

"혹시 회의실이 없을까요? 저희가 자료를 검토해볼 시간이 필요합니다."

이런 제기랄. 갑자기 태준은 자신의 입을 한 대 치고 싶었다. 그녀를 너무 오랜만에 만난 탓에 긴장감으로 뻣뻣하게 굳어 그만 그녀의 말을 무시하는 꼴이 되어버렸다.

소람은 그제야 하려던 말을 멈추고 고개를 끄덕이더니 비어 있는 회의실로 안내했다. 쭉 뻗은 각선미가 돋보이는 옷차림이었다. 구두 굽이 낮은데도 걸음이 비틀비틀한 것을 보니 그녀는 아직도 충격에서 벗어나지 못한 것 같았다.

"차 한 잔 하시겠어요?"

소람이 예의상 물었는데 갑자기 너댓 명의 남자들이 예, 하면서 시원하게 대답했다. 소람은 그들에게 제공할 커피를 타러 회의실을 빠져나갔다. 그와 동시에 태준은 팔짱을 끼고서는 옆에 앉은 후배를 툭 쳤다.

"예?"

"내가 너희 그렇게 가르쳤냐? 연약한 여자 분에게 자꾸 커피 타게 시킬 거야? 의전하는 사람의 기본이 뭐야."

태준이 그들을 인정사정없이 노려보자 마지못해 후배 녀석이 머리를 긁적이며 일어났다.

"내가 누누이 너희들에게 권력을 배우기 이전에 인격부터 배우라고 했다."

그러고 나서 한참 만에 들어온 녀석에게는 커피 네 잔이 들려 있었고 그 뒤로 상기된 소람의 얼굴이 나타났다.

얼마 후, 서류를 검토하는 그들 뒤로 시설과장과 기획실장이 모습을 드러냈다.

"아니. 항상 저희들에게 연락을 주시다가 갑자기 웬 관광진흥과에 오셔서……."

기획실장의 그 말에 태준은 소람 앞에서 무슨 말이라도 더 튀어나갈까 싶어 검토했던 서류를 들어 간부들 뒤에서 엉거주춤 서 있는 그녀에게 내밀었다.

"일단 이 서류들은 강남 경찰서에도 함께 공유해주시겠습니까?"

소람이 다가와 서류를 받아 가는데 그 순간 손끝이 스쳤다. 찌르르하고 통하는 전기. 갑자기 팍 하고 손까지 떼며 놀라는 그녀를 보며 태준은 속으로 웃었다. 아직은 안 늦었네. 김소람.

얼마간의 시간이 지났을까.

함께 차를 타고 가자는 기획실장의 말에 태준은 자신들에게도 길을 안내할 사람이 필요하다며 소람이 그들의 차에 탈 것을 요구했다. 태준은 소람과 주차장으로 내려가는 엘리베이터에 올라탔다.

2월. 아직은 추운 바람이 몸 이곳저곳을 괴롭힐 무렵이지만 이상하게 오늘은 코트를 차에 벗어두고 왔음에도 하나도 춥지 않은 것 같은 기분이 들었다.

그의 앞에 서서 몸을 웅크리고 있는 소람의 목덜미에 머리카락 몇 가닥이 내려와 있는 것이 보인다. 태준은 손을 뻗어 그것을 치워주고 싶은 충동이 일었다.

그때였다. 갑자기 소람의 벨소리가 울리고 그녀는 휴대폰을 바라보다가 얼굴을 찌푸린 채 전화를 받았다.

"어. 선배. 어? 끊겨? 여기 엘리베이터 안이야."

밀폐된 공간이라서 그런지 상대방의 목소리가 제법 크게 울려 퍼진다.

-야. 소람아. 오늘도 그 사람한테 또 전화 왔어. 너하고 제발 만나게 해달라고. 너 그러지 말고 한 번만 더 만나라. 그때 점심식사 같이 했을 때 너한테 완전히 반했나 봐. 직업까지 공무원이라고 하니까 더 구미가 당겼나.

오랜만에 평온함이 찾아들었던 태준의 마음에 거친 풍랑이 불어닥치기 시작했다. 태준도 자신이 내쉬는 숨이 조금씩 거칠어진다는 것을 스스로 느끼고 있었다.

-어차피 헤어진 그 자식도 감감무소식이라면서. 아닌 말로 너희가 무슨 약속이라도 했니? 이제 나이들도 여물대로 여물었고. 그러니까 너도 이제 과거는 잊고 새 사람 만나! 너도 겪어봐서 알겠지만 물들어올 때 노 젓는 거다.

태준의 머릿속에서 간신히 붙잡고 있던 신경줄 하나가 끊어진 듯한 기분이 들었다. 안 되는데, 이번에는 절대 소람에게 모진 말을 해서 점수 깎이면 안 되는데. 기필코 제어해야 한다. 그녀를 잡으려면 이미지 관리를 해 둬야 한다. 참자, 참아.

-그리고 소람아! 그 남자 집안이 할아버지 대부터 어마어마한 부자란다. 시어른 점잖으시고 형제들 다 외국 나가 살지. 그 사람 인품도 괜찮지 않았니? 결혼한 선배가 봤을 때에는 예전에 그 남자보다 외모는 좀 떨어져도 이런 남자가 결혼해서 데리고 살기는 딱이야.

별안간 태준의 언어 감각 기관이 제어 범주를 넘어선 채 폭주하기 시작했다. 쓰리, 투, 원, 제로. 그와 동시에 정신없이 튀어나간 한마디.

"원래 업무 중에 그렇게 개인 통화를 길게 합니까? 죄송하지만, 그쪽 통화하는 소리가 우리한테까지 다 들리거든요?"

소람이 싸늘해진 그의 목소리에 놀라 고개를 돌리자 태준은 저 승사자처럼 음산한 얼굴을 하고서는 그녀를 있는 힘껏 쏘아보고 있었다.

11. 그대에게 가는 길

태준이 상상도 못한 모습으로 소람의 앞에 나타나자 그녀는 너무나 놀라 석상이 된 것처럼 온몸이 굳어버렸다.

대통령 경호실이라니! 그에게서 명함을 받는 손이 바르르 떨려서 주먹을 꼭 쥐는 것을 그가 알아채지 못했을 리가 없다.

어떻게 이런 식으로 그를 만날 수 있지?

소람이 두근거리는 가슴을 누른 채 태준을 응시하는 사이, 선임이 일어나 그에게 뭐라고 하는 소리가 들린다. 태준이 자신에게도 뭐라고 한 것 같은데 멍해서 아무런 소리도 들리지 않았다. 단 하나, '회의실'이라는 그 말에 기계적으로 비틀거리며 회의실로 걸어갔다.

그들이 자리에 앉자 소람은 기계적으로 차를 권했고 다행히 그들이 열렬히 호응해주는 바람에 탕비실로 도망칠 수 있었다.

말도 안 돼. 태준 씨가 어떻게 이곳에……. 아직도 바르르 떨리는 손을 붙잡고 있는데 갑자기 탕비실로 그의 후배인 듯한 사람이 나타났다.

"똑똑, 잠시 실례 좀 하겠습니다. 선배님께서 저희가 마실 것은 저희가 직접 준비하라고 하셔서요."

소람은 미친 듯이 날뛰는 심장을 억누르며 종이컵을 늘어놓고는 어색한 몸짓으로 커피를 부었다.

"혹시 저희 선배님하고 아는 사이세요?"

갑작스레 질문이 들어오자 소람은 깜짝 놀란 듯 그를 바라보았다. 그는 소람을 뚫어져라 바라보며 대답을 기다리고 있었다. 갑자기 침이 꿀꺽하고 넘어간다.

어, 이럴 때는 뭐라고 설명해야 하지?

소람에게서 원하는 대답이 쉽사리 들려오지 않자 그는 그녀의 손에서 컵을 빼앗아 뜨거운 물을 부으며 스푼으로 커피를 젓기 시작했다.

"저희 선배님 별명이 무서운 그림자거든요. 실력자임에도 나서지 않고 워낙 물밑에서 움직이는 타입이라. 그런데 이번 행사는 좀 달라 보이셔서요."

소람이 그의 말을 곱씹고 있는데 그는 먼저 들어가겠다는 듯 고개를 끄덕이더니 커피를 들고 탕비실을 나갔다.

이태준 씨! 내가 마음의 준비라도 할 시간은 주고 쳐들어오든가요. 오늘 스케줄에 따르면 오후 시간은 그와 함께 보내야 하는데 이렇게 떨리는 마음으로 일이나 제대로 할 수 있을지 모르겠다.

소람이 후들거리는 걸음으로 회의실로 들어가자 서류를 훑던 태준이 그녀를 응시하는 것이 느껴졌다. 당신은 지금 무슨 생각을 하고 있을까? 당신도 날 보고 놀라긴 했을까?

머릿속이 뒤죽박죽이 되어 미칠 것 같은 때, 기획실장과 시설과장이 회의실로 모습을 드러냈다. 갑자기 왜 관광진흥과에 와서 안내를 하라고 하냐는 그 말에 갑자기 소람도 의구심이 들었다.

이게 정상적인 루트가 아니야?

태준이 멍하니 서 있는 소람에게 경찰서에 전해 달라며 서류를 내밀었고 그와 손이 닿는 동시에 강력한 스파크가 일어났다. 화들짝 뒤로 물러서는 순간, 그와 눈이 마주쳤다.

그러자 그는 여전하네, 라는 듯 미소를 짓고 있었고 소람의 마음에서도 간질간질 아지랑이가 피어오르기 시작했다.

소람이 두근거리는 마음을 진정시켜보려 심장에 손을 가져다 대는데 갑자기 그들이 자리에서 일어났다.

"김소람 씨는 우리랑 같이 타고 가자. 나 사무실에 지시할 것만 알려주고 올 테니까."

기획실장이 소람에게 남아 있으라는 말과 함께 걸음을 돌리자 태준이 입을 열었다.

"이분은 저희랑 같이 가시는 게 좋겠습니다. 저희도 이동하면서 여쭐 것도 있고요."

태준이 기획실장의 말을 제지하자 갑자기 그도 할 말이 있다는 듯 소람을 바라보았다.

"지금 강남 경찰서에서도 출발했다니까 일단 현장으로 가십시다."

시설과장의 말에 검은 양복의 남자들이 우르르 일어나더니 회의실을 나섰다. 그와 동시에 그들을 즐거운 표정으로 몰래 구경하고 있는 여직원들이 눈에 띈다. 이렇게 보는 눈이 많아서는 그에게 말을 걸기도 힘들 거 같은데…….

엘리베이터가 서자 소람은 조용히 자리에서 비켜섰고 어쩌다 보니 그들이 먼저 들어가고 소람은 어색하게 그들의 앞에 서게 되었다. 태준의 시선을 한 몸에 받게 된 소람은 긴장으로 어깨가 아플 정도였다.

그때였다.

"선배님 이번에 해외 나가시면 얼마나 있다 오시는 겁니까?"

"어. 2주 정도 있을 것 같다."

"어. 그러면 선발로 가셨다가 VIP와 함께 들어오시는 스케줄입니까?"

후배들의 말에 태준이 아무 말이 없이 고개만 끄덕인 듯했다.

"그나저나 선배님, 그 선배님에게 들어온…….'

그때였다. 소람의 휴대폰이 눈치도 없이 울려댄 것은.

며칠 전부터 그녀를 곤란함에 빠뜨린 학교 선배의 전화였다. 받고 싶지는 않으나 이 어색한 분위기를 좀 누그러뜨릴 수 있을까 해서 받았는데, 그 안에서 흘러나온 이야기가 온 엘리베이터를 울릴 줄 누가 상상할 수 있었겠는가!

소람이 조심스럽게 대화하려고 입가를 막았는데 갑자기 엘리베이터 구석에서 태준이 내지르는 독설이 들려왔다.

"원래 업무 중에 그렇게 개인 통화를 길게 합니까? 죄송하지만, 그쪽 통화하는 소리가 우리들한테까지 다 들리거든요?"

그 순간 그를 그리워하며 보냈던 지난 1년 6개월의 모든 시간이 주마등처럼 스쳐 지나가기 시작했다. 그렇다면 지난 1년 6개월 동안 그렇게 마음 졸이고 아파해왔던 건 나 혼자뿐이었다는 건가?

엘리베이터가 1층에 도착하자마자 태준이 벽에서 몸을 떼더니 싸늘한 모습으로 소람을 툭 치고 앞으로 걸어 나가기 시작했다.

갑작스러운 태준의 독설에 어쩔 줄 몰라 하던 후배들이 그녀를 흘끔 바라보다가 태준을 따라 엘리베이터에서 내리기 시작했다.

"아! 저 사람 나한테 지금 뭐라고……."

갑자기 머리가 깨질 듯이 아파오는 것을 느끼면서 소람은 망연자실하게 아직도 전화 속에서 떠들고 있는 선배를 내버려둔 채 머리를 짚었다.

소람이 얼굴을 잔뜩 굳힌 채 그들이 기다리고 있는 차에 가까이 가니 그의 후배는 정중하게 그녀를 뒷자리로 안내했다.

"어디부터 둘러보실 건가요?"

태준은 소람을 무시한 채 운전석에 있는 직원에게 명령을 내렸다.

"영동대로부터 가자."

소람은 자신의 앞자리에 앉아 있는 태준의 뒤통수를 뚫어져라 바라보았다.

경찰서에 있을 때도 머리가 길지 않았지만 경호실에 들어가더니 머리가 더욱 정갈하게 다듬어져 있었다. 방금 전까지 그의 독설을 듣지 않았다면 너무 멋있어져서 가슴이 두근거린다는 말이 튀어나올 뻔했지만 지금은 뒤통수만 봐도 야속한 마음만 들었다.

그때 갑자기 시설과장에게 전화가 들어왔다. 아까의 실수가 생각나서 수화음을 줄이자 태준의 후배들이 피식 웃는 것이 보인다.

-어디야, 소람 씨. 아니 금방 쫓아간다 그랬는데 먼저 출발하면 어떡해? 하! 자식들. 올 때마다 고자세야. 어린놈의 시키들이!

과장의 거친 말투에 소람은 자신도 모르게 쿡쿡 웃었다.

"영동대로에 무대 설치할 곳으로 갈 것 같습니다."

소람이 대답하자 갑자기 다른 사람들의 시선이 와 닿았다. 소람이 휴대폰을 손으로 막고 조심스럽게 태준의 어깨를 쳤다.

그를 만지는 것만으로도 이렇게 마음이 아려오는데…….

"저기……. 거기만 돌아보실 건가요?"

소람의 그 말에 태준이 갑자기 몸을 휙 돌리더니 딱딱한 얼굴로 읊조렸다.

"글쎄요."

와! 진짜! 이태준! 자신도 모르게 주먹이 올라가는 걸 그의 후배들이 보고 웃는 것이 보였다.

전화를 끊은 소람에게 그의 후배들이 말을 걸었다.

"그나저나 아직 미혼이세요? 저희 사무실에도 잘생긴 총각들이 수두룩한데."

갑자기 태준이 헛기침을 하기 시작했다.

"조용히 가자!"

태준의 말이 얄미웠던 소람은 그의 뒤통수를 노려보다가 이내 한마디를 더 던졌다.

"저희 구청에도 시집 안 간 아가씨들 많은데, 괜찮으시면 제가 미팅 한번 주선할까요?"

소람의 그 말에 태준이 한 번 더 입을 열었다.

"너희들 다 여자친구 있잖아."

태준의 그 말에 소람은 입술을 깨물었고 그의 후배들은 숨죽여 두 사람의 2차전을 아슬아슬한 마음으로 지켜보았다.

소람의 말이 그의 심기를 건드렸던 탓일까? 그의 까칠함은 행사장에 와서 최고조에 이르렀다.

장소를 살펴보던 태준과 후배는 도면을 들고 체크를 시작했다. 태준은 자신은 아랑곳하지 않고 뒤늦게 도착한 기획실장을 기다리는 소람을 노려보았다. 더군다나 기획실장이 이야기를 하면서 소람의 팔을 툭툭 치며 스킨십까지 하자 그쪽으로 불똥이 튀고 말았다.

"거기 그쪽은 안 적습니까? 우리가 지금 여기 왜 온 건지 아직도 파악이 안 됩니까?"

태준이 성난 표정으로 쏘아보자 소람은 기획실장에게 난감한 표정을 지어 보이더니 어색하게 수첩을 펴 들고는 태준의 옆으로 다가갔다.

소람이 자신의 옆으로 다가오자 비로소 만족스러운 표정을 짓던 태준은 소람이 딴생각을 할 수 없도록 속사포처럼 그녀에게 지시 사항을 전달하기 시작했다.

이 남자 원래 일할 때 이렇게 무자비하고 인정사정없는 남자던가. 방금 전, 구청에서 간부들과 관계자들을 쥐락펴락하며 상황을 리드하던 그가 참 멋져 보인다고 생각한 건 다 취소다.

축제 준비로도 바빠 죽겠는데 VIP의 방문을 위해 그들이 취해야 할 조치와 사항은 가져간 수첩의 한 페이지를 빼곡하게 넘길 만큼 어마어마했다.

말투라도 나긋나긋한가? 소람이 알아듣든 알아듣지 못하든 속사포처럼 미친 듯이 읊조리는 태준의 이야기를 받아 적던 소람은 갑자기 서글픔이 밀려들기 시작했다.

내가 그동안 얼마나 많은 상상을 했는지 알아요?

당신과 다시 만난다면 적어도 우린 서로 웃으면서 반갑게 인사부터 건넬 줄 알았어. 그런데 이게 뭐야? 당신은 지금 내 옆에서 잔뜩 굳은 표정으로 해야 할 일들만 기계적으로 나열하고 있잖아. 꼭 화가 난 사람처럼. 아무리 일이 중요해도 그렇지, 당신 후배들 앞에서 나한테 면박이나 주고! 그런 당신 옆에서 나는 말 잘 듣는 셰퍼드처럼 이렇게 계속 당신 말을 주워 적고 있어야 하는 거야?

참다못한 소람의 볼펜이 뚝 하고 부러지고 말았다. 그 어마어마한 소리에 그녀 주변을 걷던 남자들의 시선이 와 닿았다.

"죄송해요. 말이 너무 빠르셔서 도저히 따라갈 수가 없어서요. 전 관광진흥과 직원이지 속기사가 아니거든요."

소람의 비아냥거림에 갑자기 태준의 날카로운 시선이 그녀를 훑었다. 곧이어 태준의 입에서 엄청난 독설이 쏟아져 나올거란 예상을 하고 있는데 갑자기 부아아앙! 하는 오토바이 굉음과 함께 '도둑 잡아라!' 하는 소리가 들려오기 시작했다.

그때, 오토바이를 발견한 태준이 소람의 팔을 강하게 잡아당겼고 소람은 순식간에 태준의 품 안으로 감겨들어갔다. 그 순간, 미친 듯이 두근거리는 소람의 심장소리!

잠시 후 갑자기 그의 몸이 유연하게 틀어지더니 엄청난 발차기와 함께 순식간에 퍽 하고 무언가가 도로에 둔탁하게 부딪치는 소리가 들려왔고 겁에 질린 그녀의 정수리로 따뜻한 태준의 손과 입술이 다가왔다.

"파랑새를 지켜준다 어쩐다 하며 사라지더니 이런 식으로 계속 사람 약 올릴 겁니까?"

귀에 태준이 속삭이는 소리가 들려왔다.

은행 앞 오토바이 날치기 때문에 인도 양쪽으로 갈라져 피한 사람들이 하나둘씩 먼지를 툭툭 털면서 동향을 살피기 시작했다.

그러다 그들은 태준이 소람을 아주 귀한 사람인 것처럼 끌어안고 있는 모습을 보고 두 눈을 휘둥그레 떴다. 불과 1분 전까지만 해도 아슬아슬한 신경전을 벌이던 그들이라서 다들 의아한 눈치였다.

"선배님, 괜찮으십니까? 여자분도요?"

"어. 괜찮다. 대신 저 자식 잡아서 경찰에 넘겨줘라. 헬멧 쓰고 있는 걸 보면 머리는 안 다쳤을 거야."

태준은 소람의 머리와 등을 꽉 껴안으며 괜찮다는 듯 고개를 끄덕여 보였다.

경호관들은 태준이 순간적으로 발차기를 해서 오토바이에서 떨어뜨린 남자에게 다가더니 그가 은행 앞에서 낚아챈 가방을 집어들었다.

"그동안 잘 지냈습니까? 우리에게는 지금이 가장 인사 나누기 좋은 타이밍 같은데……."

꿀이 떨어질 듯한 목소리로 안부를 묻는 태준. 그제야 물밀듯이 밀려드는 복잡한 감정에 소람은 태준의 품에서 그만 울음을 터트리고 말았다.

"소람 씨, 괜찮아? 세상에! 많이 놀랐나 보네. 아니, 경호관님 아니었으면 우리 소람 씨 어쩔 뻔했습니까?"

기획실장과 시설과장이 그녀의 어깨를 두드리며 진정하라고 했지만 아무도 소람이 태준 때문에 울었다는 사실은 알아채지 못했다.

행사장 답사를 마치고 돌아가는 길. 그들은 또 다른 일정이 있다면서 차에 올라탔다.

"모셔다드리겠습니다."

태준 후배의 말에 소람은 고개를 고개를 저었다.

"분당으로 넘어가신다면서요. 여기서 빠져서 직진하시면 바로 분당 진입인데 뭐 하러 돌아가세요. 전 실장님 차 타고 돌아가겠습니다."

소람의 말에 그들은 태준의 눈치를 보는 듯했다. 태준도 뭔가 마음에 들지 않은 표정이었지만 소람이 먼저 선수를 쳤다.

"이럴 때 농땡이도 쳐야죠. 들어가면 써야 할 보고서만 해도 산더미니까요. 잠시 답사 핑계대고 외유 좀 하죠. 뭘."

소람이 속삭이듯 한마디 하자 그들은 이해한다는 듯 태준을 바라보았고 태준은 마지못한 표정으로 고개를 끄덕여보였다. 소람과 태준의 눈길이 한참 동안 얽혔다가 후배들의 재촉에 겨우 풀어졌다.

그 후, 사무실로 복귀한 소람은 선임에게 VIP 행사 참여에 따른 지침과 관련된 보고서를 내밀었다가 황당한 소리를 들었다.

"어. 이걸 왜 소람 씨가 작성했어? 강남 경찰서 경비과에서 사람 안 왔어?"

"오셨는데요."

갑자기 선임은 묘한 미소를 지었다.

"그런데 그걸 죄다 소람 씨한테 받아 적으라 했다고? 우리는 장소 안내만 하면 되는 건데? 신입 직원이라고 이 사람들 막 굴려 먹었구만."

선배가 웃을까 말까 한 표정으로 바라보자 소람의 표정이 울 듯 말 듯 변해갔다.

"가만 보니 대장격인 그 사람, 김소람 씨에게 관심 있는 거 아니야? 아까부터 김소람 씨만 뚫어지게 바라보던데."

선배의 말에 소람의 얼굴이 붉게 물들어갔다.

태준은 차에 소람의 모습을 사이드 미러로 계속 지켜보았다. 갑자기 옆에서 헛기침을 하는 소리가 들려왔다.

"어흠. 저 선배님⋯⋯. 뭐 하나 여쭤봐도 되겠습니까?"

후배의 조심스러운 말에 태준은 사이드 미러에 고정했던 시선을 거두고는 정면을 바라보았다.

"어. 그래."

"아까 그분 말입니다."

은근한 후배의 말에 태준이 도둑이 제 발 저린다는 듯 목 뒤를 쓰다듬었다.

"티가 너무 많이 났나?"

그러자 갑자기 뒷좌석에 있는 후배들까지 태준의 좌석 가까이 얼굴을 밀어붙였다.

"티 나는 정도가 아니었다니까요. 와! 저는 선배님께서 강남대로 한복판에서 그런 멜로 영화 찍을 줄은 상상도 못했습니다."

후배들의 그 말에 갑자기 태준이 너털웃음을 터트렸다.

"뭐? 멜로 영화?"

"네. 두 분이 서로를 꼭 껴안고 계시길래 저희 모두 잘못 본 줄 알고 두 눈을 비볐었다는 거 아닙니까. 그분, 선배님과 뭔가 있는 분이신거죠? 결국, 오늘 두 분이 계속 신경전 벌이시더니 사랑 싸움하신 겁니까?"

태준은 빙그레 미소만 지었다.

"내가 안 그랬다면 그 사람이 온몸을 다 바쳐서 오토바이를 막아섰을지도 모르니까."

갑자기 그들의 머리 위로 커다란 물음표가 떠오르자 태준은 헛기침을 하며 자세를 바로 했다.

"그러나저러나, 오늘 일은 함구하자. 사무실에 보고되면 괜한 일에 나댔다고 뭐라 하실 테니."

"뭐라 하시긴요? 범인을 검거하시지 않았습니까! 우리 뒤에서 계속 투덜투덜하던 강남구청 분들이 선배님의 기가 막힌 액션 이후로 저희에게 굉장히 친절해진 거 못 느끼셨습니까?"

후배의 그 말에 태준도 피식 웃었다.

"그래서 그동안 계속 선 자리 거절하셨던 겁니까? 지난번에 부장님께서 점심시간에 강제로 누구 소개시켜주셨다는 이야기가 사무실에 파다했었습니다. 그때 그 자리에서 딱 부러지게 말씀하셨다면서요? 결혼할 사람이 있다고. 그래서 부장님께서 저희들 주리를 틀며 아는 거 있냐고 자꾸 물으셔서 얼마나 곤란했는지 모릅니다."

"그럼 이제 아는 게 생겼으니 그대로만 이야기하면 되겠네. 보는 눈이 6쌍이나 있었잖아."

태준의 그 말에 다들 서로를 바라보았다.

"정말 그분이랑 결혼하시는 겁니까? 하지만, 아까 보니 그분은 아직 정착하신 게 아니신 모양이던데……."

후배들의 조심스러운 말에 태준은 한숨을 쉬었다.

"그러게나 말이다. 지아비 속이 이렇게 타들어가는지도 모르고 도대체 밖에서 무슨 짓을 하고 다니는 건지. 이번에야말로 확실하게 눌러 앉혀야지 싶다."

거침없는 태준의 말에 다들 그를 멍하니 바라보았다.

"어? 뭐야. 그림 왜 이래 이거?"

일러스트 선생은 갑자기 소람의 그림을 확 가져가더니 다시 한 번 찬찬히 살펴보았다. 그러더니 묘한 시선으로 소람을 돌아보았다.

"요 며칠 새 뭔 일이 있었기에?"

"왜요? 그림이 너무 들떠 있나요?"

소람이 어떡하지, 하면서 입술을 꽉 다물자 그녀는 갑자기 어디론가 가더니 서류철에서 소람이 처음 화실에 왔을 때의 그림을 뽑아들고 왔다. 아마도 훗날 다시 펜을 잡게 되면 피가 되고 살이 되는 그림이 될 거라며 선생은 그때, 그 그림을 찢지 않고 가져가버렸다. 선생은 테이블 위에 그 그림과 오늘 그린 그림을 동시에 내려놓았다.

"소람 씨도 자기 그림을 봐요."

소람은 그림을 보면서도 인상을 찡그렸다.

"자. 소람 씨가 불과 몇 달 전에 그린 그림과 오늘 그린 그림이에요. 차이점 못 느끼겠어요?"

처음 왔을 때는 선의 터치도 뻣뻣하고 거친 데다가 캐릭터들도 멍한 표정이었다면 오늘 그림은 터치가 훨씬 과감해지고 움직임도 활발해 보이는 것이 그림 전반에 생기가 넘쳤다.

"뭔지 모르겠지만. 이제야 소람 씨를 피 말리게 했던 그분이 완벽하게 내려오신 것 같지 않아요?"

선생이 뚫어지게 바라보자 소람의 얼굴은 홍시처럼 달아올랐다. 이태준. 이런 곳에서조차 자신의 존재감을 드러내면 어떡해. 한편으로는 가슴이 먹먹해지는 것 같았다.

"이제 시작이네요. 눈가에 생기를 불어넣었으니, 그 파워가 제대로 가동되면 어떤 시너지를 낼지 전 좀 기대가 되는데요?"

소람이 웃으면서 고개를 끄덕였다.

"솔직히 제가 뒤늦게 공무원이 되겠다고 결심했던 건 사랑하는 사람들을 지키고 싶어서였거든요. 적어도 밥은 안 굶는 직업을 가지고 있어야 비바람이 잦은 가족들을 보살필 수 있을 것 같아서요. 그런데 어느 정도 목표를 이루고 나니 허전해지는 거예요. 그래도 나에겐 꿈이 있었는데 하고요."

"소람 씨가 어릴 적부터 꿈꿔왔던 그 일이 뭔데요?"

"좋은 기운을 전달하는 이야기를 만드는 거요. 비록 그림이 서툴고 스토리가 엉성하더라도. 블로그에 그림일기를 남기면서 점점 더 확신하게 된 일인데, 보잘 것 없는 이야기일지라도 그 글을 읽고 누군가가 위로받을 수 있다면 그릴 가치가 있는 거잖아요."

소람이 야무지게 자신의 꿈을 이야기하자 선생은 아주 밝은 얼굴로 웃었다.

"열심히 해봐요. 나폴레옹이 그런 말을 했다잖아. 승리는 가장

끈기 있게 노력하는 사람에게 간다."

선생의 그 말에 소람은 그제야 밝은 미소를 지어 보였다.

기분 좋은 평가를 듣고 화실에서 나와 거리를 걷고 있는데 문자음이 들려와 휴대폰을 살펴보니 발신번호 표시 제한으로 여러 통의 전화와 문자가 들어와 있었다.

누구지? 소람이 갸우뚱거리며 문자를 열자 거기엔 이렇게 적혀 있었다.

[내 가슴에 얼굴을 파묻고 그렇게 대성통곡을 해놓고 왜 여태까지 소식이 없는 겁니까?]

소람의 코가 순간 귀엽게 실룩 움직이기 시작했다. 이태준이다! 갑자기 소람의 얼굴에 발그레한 기운이 퍼지기 시작했다.

[벌써부터 튕겨서 좋을 일이 없을 텐데? 전화 좀 받으십시다?]

태준의 문자에 소람은 쿡쿡 웃어댔다. 화실에 있을 때에는 휴대폰을 무음으로 돌려놓기 때문에 전화를 못 받았는데 이 뒤가 더 가관이었다.

[나중에 뼈저리게 후회하지 말고 빨리 자수해서 광명 찾자. 지금 어디에 있습니까. 전화 기다릴게요.]

처음에는 정중하게 문자를 보내다가 그녀가 대답이 없자 점점 조급해지는 그의 문자에 소람은 배시시 미소를 터트리고 말았다.

혹시나 싶어 소람이 전화를 걸어보았지만 수신할 수 없는 번호라는 안내만 계속 뜰 뿐 연결이 되지 않았다.

그렇다면······. 이 사람도 전화번호가 그대로일까.

그의 전화번호를 얼마나 외웠던지 시간이 흐른 지금도 자신의 부모님 전화번호보다 또렷하게 머릿속에 입력되어 있었다.

소람은 두근거리는 마음으로 번호를 눌렀다. 드디어 신호음이 간다. 딸깍 하고 신호음이 끊어지는 소리가 나더니 저편에서 나직한 태준의 목소리가 흘러나오기 시작했다.

-여보세요?

소람은 미친 듯이 두근거리는 왼쪽 가슴을 쓸어내리다가 목소리를 내어보았다.

"나예요. 태준 씨."

소람의 목소리가 전화기 저편에서 흘러나오자 태준도 잠시 멈칫하는 듯했다.

-어딥니까? 거기?

태준의 그 말에 소람은 주변을 둘러보았다.

"여기 홍대예요."

혹시 걱정했었나?

-거기서 지금 이 시간까지 뭘 하고 있는 겁니까?

날이 서 있는 태준의 목소리에 소람의 어깨가 움츠러들었다. 이 사람 화났나 봐!

"아. 내가 월요일, 목요일에는 홍대에 있는 화실로 그림을 배우러 다녀요. 화실에 있을 때는 전화를 무음으로 돌려놓기 때문에 전화를 잘 못 받거든요. 전화 많이 했었어요?"

그러자 한숨 쉬는 소리가 들리더니 이내 나직한 목소리로 태준이 중얼거리기 시작했다.

-할 일 끝났으면 빨리빨리 복귀하지 않고 왜 이렇게 방황하고

있는 겁니까?

태준의 따뜻한 목소리에 거리를 걷던 소람이 어색한 미소를 지었다.

"지금 막 끝나서 전철 타려고 걸어가는 중이예요."

-아니 내 말은. 나한테 돌아온다며. 당신 할 일 끝났으면 빨리 빨리 이태준 옆으로 복귀해야지 어디에서 지금껏 헤메고 있냐고 말하고 있는 겁니다.

조곤조곤 이어지는 태준의 말에 소람은 다시 눈물이 날 것 같아 자신의 눈을 꾹꾹 눌러보았다. 소람은 목소리를 내보려고 했지만 감정이 북받친 나머지 입을 다물었다.

-지금 웁니까?

태준의 물음에 소람은 주먹을 꼭 쥔 채 목소리를 내었다.

"자꾸 놀리지 말아요? 오늘 당신 때문에 내 머릿속은 폭탄 맞은 듯 뒤죽박죽이라고요……. 사람이 어쩌면 그렇게 극적으로 등장을 해요?"

소람의 본격적인 항의에 휴대폰 저편에서 나지막한 웃음소리가 들려왔다. 태준의 목소리를 듣고 있자니 그제야 지난날이 떠올라 소람의 눈가가 촉촉해졌다.

-말해봐요. 김소람 씨. 그동안 어떻게 지냈습니까? 내가 보고 싶어 울진 않았고?

태준의 은근한 압박에 소람은 소리없는 웃음이 터져 나왔다.

"어떻게 알았어요. 태준 씨가 보고 싶어서 매일 밤 울면서 잠들었는데……."

휴대폰 너머로 흘러들어오는 소람의 목소리에 태준은 답답하게 시야를 가리고 있던 커튼을 걷었다. 은은한 가로등이 사무실 마당을 비추고 있었다.

-그런 사람이 그동안 연락 한 번을 안 합니까?

태준이 투정하듯 한마디 하자 소람이 나직한 소리를 내며 웃었다. 하지만 곧 그녀의 얼굴이 흐려졌다.

"그건 어쩔 수 없었어요. 예쁜 사람이 되겠다 큰소리 치고 나왔는데 당신 목소리를 듣고 나면 한 번에 무너질 것 같았거든요. 그런데 역시 연락 안 하길 잘한 것 같아. 안 그랬으면 당신과 내가 이렇게까지 애틋해질 줄 몰랐을 테니까요."

세월이 흘러도 여전한 소람의 말솜씨에 태준은 자신도 모르게 웃고 말았다.

-아직은 나 죽지 않았나 봅니다?

"그러게요. 돌아오니 사무실 여직원들이 어찌나 후일담을 궁금해하던지."

태준은 소람의 새침함에 혼자서 빙그레 웃었다.

-흠. 당신은 하나도 안 궁금했는데 여직원들은 궁금해하더라?

태준이 조용히 묻자 소람이 머뭇거리는 듯 대답이 늦었다.

"궁금해해도 되는 상황이에요?"

이 여자 보게? 그동안 내가 너무 풀어줬나? 이제 안 되겠네.

-일단 만납시다. 그런데 오늘은 당직이라 자리를 비울수가 없고…….

난 지금 당장에라도 당신에게 달려가고 싶어. 일분일초라도 낭비하기 싫다고!

그 순간, 소람이 태준을 진지하게 불렀다.

"태준 씨! 태준 씨 마음은, 여전해요?"

그들이 다시 만난 후 잔뜩 부풀었던 마음이 소람의 질문 하나로 금세 바람이 빠진 듯 가라앉았다.

김소람. 이젠 더 이상 안 돼.

-이러지 맙시다. 김소람 씨. 나는 당신처럼 여유 부릴 기분이 아니거든?

지금까지와는 사뭇 다른 태준의 태도에 소람의 어깨가 덩달아 움찔했다. 세월이 흐른 사이 야생마처럼 휘몰아치고 있는 태준 때문에 소람은 숨을 죽인 채 수화기에 바짝 귀를 가져다 대고 있었다.

-일단 만나서 이야기합시다. 돌아오는 주말에 시간 비워놔요. 내가 미리 말해두지만 난 더 이상 젠틀하지 못할 겁니다.

"뭐라구요? 그게 무슨 뜻이에요?"

-그건 만나보면 압니다.

태준은 미묘한 말을 남긴 채 전화를 끊었다. 소람과의 통화를 마치고 한숨을 짓고 있는데 누군가 사무실로 들어오더니 태준의 어깨를 툭 쳤다.

"이태준이, 오늘 상황실 당직이냐?"

"예. 선배님. 이제 퇴근하시는 겁니까?"

"너 어제 강남역에서 액션 영화 한 편 찍었다더라?"

선배의 그 말에 태준의 입술이 굳게 닫혔다.

'이놈의 자식들. 다들 입 다물라 했더니만!'

태준이 속으로 투덜거리고 있는데 선배가 다시 입을 열었다.

"강남 서에서 과장님께 감사 전화했었다는데? 피해자 분이 아파트 잔금 치르는 날이었나 보던데 그 돈 없어졌으면 어쩔 뻔했냐면서 경찰서까지 찾아와서 머리가 땅에 닿도록 감사 인사를 드리고 갔다더라. 그 말에 과장님이 입이 찢어져가지고 동네방네 자랑하느라 난리도 아니었지. 자식. 하여간 무서운 그림자라는 별명이 괜히 있는 건 아닌가 보다?"

열중쉬어를 하고 선배의 말을 경청하는 동안 선배는 태준을 바라보았다.

"하여간 대단하다. 후배지만 나는 너 볼 때마다 감탄하곤 한다. 오랜 기간 동안 아버지 극진히 모셔, 그 와중에도 희망 잃지 않고 자기 공부해. 참. 그런 거 보면 난 아직 멀었어?"

갑자기 태준은 자신도 모르게 입술을 깨물며 웃었다. 내가 언제 이런 캐릭터가 되었지? 난 지독한 염세적인 성격에 희망을 잃은 채 주변만 겉돌던 가엾은 영혼이 아니었던가? 그런데 그녀를 만나고부터 상당히 다른 평가가 이어지고 있었다.

내 생활 전반에 이런 식으로 훅훅 치고 들어오는 당신을 내가 어떻게 감히 잊을 수가 있겠어. 그런데 정작 당신은 나를 이렇게 내버려둬도 괜찮은 모양이지?

그들이 학수고대하던 주말이 돌아왔다.

태준은 떨리는 마음으로 거울 앞에 섰다. 뭐야. 이거. 소개팅 처음 하러 나가는 사람처럼 긴장되는 이 마음은.

태준은 자꾸만 심호흡을 하며 새로 꺼내 입은 상의를 매만져보았다. 그렇게 기다려왔던 순간인데 마음은 이렇게 두근 반 세근 반 흔들리고 있다. 그는 마음을 진정시켜보려고 집 안을 왔다 갔다 하다가 소람의 블로그에 접속해 보았다.

그녀의 블로그에 가면 그녀가 지금 어떤 상태인지 가장 잘 알 수 있으므로 습관적으로 그곳을 방문하곤 했다. 마음이 통했는지 그녀의 공간에는 새 글이 올라와 있었다.

<그 사람을 만나기 100m 전, 떨린다. 그 사람의 마음도 나와 같을까.>

태준의 입가가 자신도 모르게 호자를 그렸다. 그리고 저절로 손이 움직이기 시작했다. 두고 봐. 김소람. 이제 자유로운 시간도 끝이야.

그가 집을 나서려고 자리에서 일어서는데 갑자기 아버지를 돌보는 김 씨 아저씨로부터 전화가 왔다.

-어. 태준 군. 다름이 아니고 아버님이 전화 한 통 넣으라고 하셔서.

갑자기 태준의 등에 갑자기 긴장감이 서리기 시작했다.

"아버지는 괜찮으신 겁니까?"

-그럼. 아버지는 괜찮으셔. 어제 저녁에 소람 씨가 다녀갔어.

갑자기 태준의 얼굴에 커다란 의문이 떠올랐다.

"다 늦은 저녁에요?"

-그래. 주말에 자네를 만나기로 했는데 긴장이 되어서 견딜 수

가 없다는 거야. 아버지 얼굴을 보면 조금 더 용기 낼 수 있을 것 같다면서 찾아왔더군.

태준의 입가에 잔잔한 미소가 떠올랐다.

-그동안 아버님과 자네에게 내가 여러 번 말을 해주려다가 꾹 참았는데 소람 씨는 자네 아버지의 재활을 처음부터 줄곧 지켜봐왔다네. 그래서 아버님이 어느 정도 상태에 있는지 잘 알고 있었어.

그 순간, 태준의 두 다리에 힘이 풀리기 시작했다.

"어떻게 된 겁니까?"

-자기가 찾아오는 걸 알면 태준 군이나 어르신이 부담스러워 할지도 모른다며 한사코 몰래 훔쳐보고만 가잖아. 그런 것도 모르고 어르신은 어르신대로 소람 씨를 눈 빠져라 기다리고 소람 씨는 소람 씨대로 올 때마다 안쓰러우니 어떡해. 내가 중재를 했지. 결과적으로는 양쪽 다 모양이 좀 우습게 되긴 했지만.

김 씨 아저씨의 그 말에 갑자기 태준이 손으로 머리를 짚었다. 뭐야. 그렇다면 그녀도 줄곧 나를 지켜봐왔다는 뜻인가?

태준은 갑자기 허탈한 웃음을 지었다.

"아버지가 많이 놀라셨겠는데요."

-당연히 많이 놀라셨지. 그동안 모른 척하느라 죄송했다고 하면서 오늘 밤부터는 다리 뻗고 자겠다고 너스레를 떠는데 어느 어르신이 예뻐하지 않을 수 있겠어.

"아버지는 어떻게 하고 계세요."

-뭘 어떻게 하고 있어! 처음에는 너무 놀라시는 것 같아서 걱정

스럽더니만 소람 씨가 가고 나니 기분이 너무 좋으셔서 함지박만 한 웃음만 짓고 계시지 뭐. 잠깐만 기다려. 아버지 바꿔드릴게.

갑자기 뒤에서 뭐라는 소리가 들리더니 아버지의 음성이 들려 오기 시작했다.

-나다.

"예. 아버지."

-이제는 더 이상 말이 필요가 없어. 태준아. 무조건 직진이다. 직진!

아버지의 그 말에 태준은 죄송스럽다는 듯 목덜미를 쓰다듬었다.

-이렇게 다 차려놓은 밥상도 못 먹는 놈은 사내자식도 아니지. 알겠냐?

"예, 아버지. 그렇잖아도 오늘은 제대로 된 결론을 볼까 합니다."

태준은 그렇게 말하면서 거울 속으로 비치는 자신의 모습을 바라보며 씩 하고 미소를 지었다.

하지만 문제는 약속 장소에 와서 일어났다. 만나기로 한 시간이 20분이 지났는데도 그녀가 모습을 드러내지 않았던 것이다.

답답한 듯 시계를 바라보던 태준이 더 이상 참지 못하고 휴대폰을 집어드는데 소람에게서 전화가 걸려오기 시작했다.

-태준 씨. 미안해요. 저기요. 나!

그녀는 뛰어오느라 숨이 가쁜지 제대로 말을 잇지 못하고 있었다.

"어디서 오고 있는데 이렇게 숨이 턱 끝까지 차올랐습니까? 천천히 걸으면서 말해 봐요. 도망가지 않을 테니까."

태준의 다정한 말에 소람이 숨을 몰아쉬는 것이 느껴졌다.

-미안해요. 태준 씨한테 달려오는데 갑자기 일이 생겨서요.

갑자기 벽에 기대서 있던 태준의 몸이 벌떡 일어났다.

"무슨 일? 지금 당신은 어디에 있는데?"

태준의 날카로워지는 목소리에 소람이 긴장하는 듯 보였다.

-아니 그게 아니라…….

이제는 소람의 눈에도 심각한 표정으로 전화를 하고 있는 태준의 모습이 들어오기 시작한다. 수많은 사람 속에서 어쩌면 저 사람만 저렇게 빛나 보이는 걸까? 이것이 바로 사랑의 콩깍지인가? 소람은 한껏 웃으면서 걸음을 빨리 해서 그에게 달려갔다.

"어딘데요. 말해 봐요. 중간에서 만납시다!"

-지금 다 왔어. 그런데 당신이 기다릴까 봐…….

"지금 어디냐니까?"

태준이 버럭 소리를 지르고 있는데 갑자기 그의 앞으로 뽀르르 누군가가 모습을 나타냈다.

머리는 한껏 흐트러져 있고 볼은 발그레했으며, 숨을 몰아쉬고 있는 이는 분명 김소람이었다. 그녀가 가쁜 숨을 다시 몰아쉬자 하얀 입김이 거리에 내려앉기 시작했다. 한눈에도 그녀가 미친 듯이 달려왔다는 증거가 보인다.

"무슨 일입니까? 어디 다쳤어? 도대체 또 무슨 일인데?"

태준은 더 이상 그녀의 일에 관해서는 인내심을 발휘할 수가 없었다. 태준이 성마르게 다그치자 소람은 그런 그가 신기하기만 한지 그를 말똥말똥 바라보다가 굼뜬 입을 열었다.

"창피해서 말 안 하려고 했는데, 실은 내가 너무 흥분해서 전철을 잘못 탔어요. 당신을 빨리 만나고 싶은 마음에 들어오는 전철에 올라탔는데 반대로 가잖아요. 시간은 다가오지, 당신은 여전히 기다릴 테지. 중간에 내려서 택시를 탔는데 도로가 꽉 막혀서 차들이 다녀야 말이지!"

태준의 손이 갑자기 소람의 뒤통수를 확 하고 자신의 품으로 끌어당겼다.

"태준 씨."

"이 사고뭉치. 집 안에 꽁꽁 가둬둘 수도 없고. 어떻게 하면 당신 때문에 하루에도 열두 번씩 롤러코스트를 타는 내 심장을 보호할 수 있을까."

태준의 절절한 마음이 느껴지는 듯해서 소람은 그를 꼭 껴안아 보았다. 여전히 강하고 따뜻한 사람. 드디어 꿈에서도 그리던 내 사랑을 만났다.

"나 많이 기다렸어요?"

"당신, 이제부터 나한테 정말 잘해야 할 겁니다. 당신 때문에 내 애간장은 진즉에 녹아 없어져버린 것 같으니까."

태준답지 않은 하소연에 소람은 그제야 쿡쿡 웃었다. 그러면서 꽉 껴안은 그의 포옹을 낑낑대며 풀려고 안간힘을 썼다.

"어디 얼굴 좀 봐요. 저번에는 너무 놀라서 당신 얼굴도 제대로 못 봤지 뭐예요?"

소람의 그 말에 태준이 서서히 포옹을 풀고 그녀를 내려다보았다. 소람이 그를 올려다보자 여전히 잘생긴 얼굴이 그녀의 시야를 가득 메웠다.

"여전합니까?"

"아니요? 생각보다 많이 늙었네요?"

그러자 태준이 발끈했다.

"와. 진짜 너무하네. 당신은 뭐 세월이 그냥 놔둔답니까?"

그때서야 소람이 자신의 외모를 매만지기 시작했다.

"그래서 밀리지 않으려고 정말 공들여서 치장했는데 오늘 정말 도와주지를 않네요."

소람이 새침하게 이야기하자 태준은 피식 웃으면서 그녀의 얼굴선을 매만져보았다.

"시간이 지났어도 여전히 예쁘네."

태준의 강렬한 눈빛이 그녀를 찬찬히 뜯어보자 소람은 두근거리는 마음을 주체하지 못하고 다시 한 번 그의 품으로 뛰어들었다. 태준은 소리내어 웃으면서 소람을 다시 한 번 강하게 껴안아주었다. 태준의 웃는 눈매도 하나도 변하지 않은 것 같아 소람은 마음이 뭉클해졌다.

"너무 늦기 전에 일단 밥이나 먹으러 갑시다. 당신 덕에 너무 놀라서 몇 시간 전에 먹은 것까지 전부 소화된 것 같으니까."

태준은 소람의 손을 잡아 자신의 코트 주머니에 쏙 넣더니 길을 재촉했다. 그러더니 소람을 꽤 괜찮아 보이는 이탈리안 레스토랑으로 데리고 가는 것이 아닌가. 레스토랑의 화려함에 놀란 소람이 갑자기 태준의 손을 잡아당겼다.

"태준 씨 이런 거 싫어하는 거 아니었어요? 우리 이탈리안 레스토랑은 처음 와 본 것 같아요."

소람의 그 말에 태준은 그녀의 이마에 살짝 꿀밤을 놓더니 그녀를 입구로 데려갔다.

"이제 군소리 말고 지아비가 하는 대로 좀 따릅시다?"

지아비래. 소람은 웃음이 나와서 태준을 올려다보았고 태준은 진지한 표정으로 이렇게 말했다.

"솔직히 2년 전 연애 때는 그만큼 여유가 없었으니 아무데나 데려갔지만 이젠 그러고 싶지가 않습니다. 당신은 충분히 귀한 대접을 받을 이유가 있는 사람이니까."

갑작스런 분위기 변화에 소람의 얼굴에 살짝 긴장감이 서렸다.

"뭡니까? 그 얼굴은? 잘해줘도 싫은 눈치인데?"

"어. 나는 태준 씨가 날 스스럼없이 대해주는 게 더 좋은데."

"당신을 고급스런 레스토랑에 데려왔다고 내가 당신을 대하는 게 어색해 보입니까?"

소람은 입술을 앙다물고 태준을 응시했다. 지난 2년간의 시간이 그도, 그녀도 변하게 만든 시간 같아서 소람은 지난 세월에 대한 아쉬움이 느껴졌다.

이름도 모를 음식들을 잔뜩 시킨 태준은 손을 좀 씻고 돌아오겠다며 자리를 비웠다. 한동안 그를 기다리던 소람은 무료함에 휴대폰을 꺼내들고 이것저것을 살펴보기 시작했다.

그리고 자신의 블로그에 not over yet의 새 댓글이 달려 있는 것을 보고 그녀는 답글을 달기 시작했다.

<그 사람을 만나기 100m 전, 어쩌면 그 사람의 마음도 나와 같을까.>

[not over yet: 드디어 오늘이 새로운 날의 시작입니까?]

이 사람까지 왜이래? 정말. 나를 몇 달간 지켜봐왔으면서.

[역전언니: 글쎄요. 상자를 열어보기 전까지는 아무것도 장담할 수가 없죠.]

소람이 저장 버튼을 누르는 순간 갑자기 태준의 휴대폰 화면이 반짝이며 메시지가 뜨기 시작했다. 어. 그런데 이건 메시지 알림음이 아니라 댓글 알림음인데?

소람은 자신도 모르게 테이블 위에 놓인 태준의 휴대폰을 슬쩍 보았다가 자신이 막 적어놓은 글이 그의 휴대폰 위에 버젓이 떠 있는 것을 발견하고 얼굴이 하얗게 질리기 시작했다.

바르르 떨리는 손이 휴대폰을 집어 들었다. 그리고 메시지를 클릭하자 그녀의 블로그가 화면 위에 떠올랐다. 다시 한 번 클릭하자 그의 별명란에 not over yet이란 문구가 떠올랐다.

소람의 머리 위로 사람의 그림자가 나타나자 소람이 그제야 고개를 들고 그를 바라보았다. 태준이 손수건으로 손을 닦으면서 내려다보고 있자 소람은 얼른 테이블 위로 시선을 떨어뜨렸다.

"당신이었어요? not over yet이?"

소람의 지적에 태준은 살짝 껄끄러운 표정을 짓더니 어쩔 수 없다는 듯 자리에 털썩 앉아 고개를 수그리고 있는 그녀의 손목을 움켜쥐었다.

"김소람."

그가 나직하게 부르자 소람은 거의 울 듯한 표정으로 그를 바라보았다.

"그때도 그랬지만, 난 솔직히 당신과 한순간도 떨어져 있기 싫었어."

태준의 때늦은 고백에 소람의 눈가가 붉어지기 시작했다.

"하지만 그때는 당신이 너무 힘들어 하기에 잠시 휴가 보내기로 한 거야. 만약 그때 당신을 움켜쥐려고만 했었다면 당신은 숨이 막혀 도망갔을지도 모르니까."

다시 소람의 눈가에 눈물이 고였다. 아! 어떡하면 좋아. 그럼 난 그동안 이 사람을……

소람의 눈물에 태준은 어색하게 웃으면서 그녀의 눈가를 조심스럽게 닦아주었다.

"그래도 마음이 놓이지 않아서 줄곧 굉장히 유능한 전직 정보계 선배에게 당신을 지켜봐달라고 부탁했고."

"그런데 왜 한 번도 찾아오지 않았어요?"

소람이 그에게 조심스럽게 묻자 태준은 피식 웃었다.

"당신과 헤어지던 해, 나이 연한 1년을 앞두고 경호실에 극적으로 합격했다는 소식을 자랑하고 싶었지만 당신은 이미 길고 긴 수험 생활에 돌입해 있었고. 1년 후, 이제는 나타나서 당신의 합격을 당당히 축하해줘야지 하는 순간 당신은 바로 수습 실무에 불려가더군."

그동안 몰랐던 태준의 사정에 소람의 입술이 바르르 떨려왔다.

"그래서 울며 겨자 먹기로 온라인으로나마 당신과의 접촉을 시도했고 그 결과 not over yet이란 놈이 태어난 거야. 그거라도 하지 않으면 난 미칠 것 같았거든. 하지만 그게 얼마나 날 감질나게 했는지 당신은 죽어도 모를걸? 어떻게 하면 자연스럽게 만날 수 있을까 궁리하고 있는데, 뜻하지 않는 기회가 찾아왔고, 그렇게 당신을 어렵사리 찾아갔는데 당신은 긴 기다림의 끝을 제대로 보여줬지."

그러자 소람이 얼굴을 찌푸렸다.

"긴 기다림의 끝?"

소람이 중얼거리자 갑자기 분위기를 바꾼 태준이 그녀를 다그치기 시작했다.

"솔직히 말해 봐. 당신을 만나게 해달라고 졸랐다는 그 자식은 도대체 언제 만났던 거야? 지속적으로 당신을 지켜보는 눈이 있었는데 그날은 그 사람이 쉬는 날이었던가 봐?"

그러자 소람은 억울하다는 듯 울상을 지었다.

"그런 거 아니야. 우연히 선배네 회사에 갔다가 그 사람이랑 합석해서 점심을 먹었던 거뿐예요. 남자, 여자 개념이 아니라 그냥 지인이 같아서 합석한 것뿐이었다니까?"

소람의 항의에도 그가 좀처럼 호응하지 않자, 소람은 속이 타는 듯 물을 벌컥벌컥 마시기 시작했다. 그 순간 그들의 신경전을 말리기라도 하듯 주문한 음식들이 테이블에 세팅되기 시작했다.

그사이 태준이 휴대폰을 확인하더니 소람이 남긴 댓글을 읽었는지 투덜거리는 소리가 들렸다.

"뭐야? 이 말은. 상자를 열기 전까지는 장담할 수 없다니. 아니, 그러면 그렇게 나를 목 빠지게 기다리게 해놓고 아직도 날 책임질 준비가 안 되어 있다는 거야?"

태준의 투정에 소람은 자신도 모르게 피식 웃어버리고 말았다. 이 장소에 나오기까지 겪었던 설렘과 두려움, 며칠간 지속되어왔던 긴장감이 한순간에 날아가버리는 기분이 들었다.

태준은 소람의 손에 억지로 포크를 집어주었다.

"왜요?"

"일단 먹어요. 먹고 나서 봅시다. 오늘은 우리의 관계 설정부터 제대로 해야 할 것 같으니까."

태준의 말에 갑자기 음식을 건들이던 소람의 손이 멈칫했다.

"정말 이렇게 무섭게 굴 거예요?"

"당신이 내 마음속을 투시하고 있다면 그런 말이 조금도 안 나올 거야. 나는 지금 아주 죽겠으니까."

태준은 의미심장한 눈빛으로 소람을 뚫어지게 바라보며 기어코 한마디를 보탰다.

"김소람. 분명히 말하는데 당신의 전부가 아니면 싫어. 그러니까 지금부터는 각오해."

태준의 그 말에 소람은 앞에 놓인 스파게티를 푹푹 찌르다가 그를 조심스럽게 바라보았다.

"그동안 혼자서 많이 힘들었어요?"

소람의 말뜻에 얼마나 많은 의미가 내포되어 있는지 잘 알기에 태준은 물을 마시다 말고 그녀를 바라보았다.

"그렇게 못 견딜 정도는 아니었어."

소람의 표정이 순간 어두워지자 태준이 손을 뻗어 그녀의 턱을 들게 했다. 갑자기 그가 자리에서 벌떡 일어나더니 테이블 위로 몸을 기울여 그녀의 입술을 빼앗았다.

놀란 소람이 뒤로 물러서려 했지만 그의 손은 그녀의 뒤통수를 꽉 붙들었고 그의 입술은 그녀의 입술을 다부지게 훔치고 돌아갔다.

소람의 얼굴이 빨개졌지만 태준은 그제야 좀 살 것 같은 표정으로 포크를 들었다.

"그러니까 이제부터는 나와의 관계가 앞으로 어떻게 될지 잘 모르겠다 그런 말 하지 마. 난 이제 더 이상 당신 못 기다려."

태준의 그 말에 소람의 얼굴이 더 화끈하게 달아오르기 시작했다.

"그러나저러나 아까부터 왜 반말이에요?"

방금 전까지도 눈시울을 붉히던 여자는 어디가고 갑자기 위아래를 따지기 시작하는 그녀를 보며 그는 코웃음을 쳤다.

"당신도 03학번이라며. 나도 03학번인데 내가 꼬박꼬박 당신에게 존댓말을 써야 할 의무가 있을까?"

갑자기 소람의 눈이 커다래지더니 어디 또 해보시든가, 하는 태준의 태도에 그를 노려보았다.

"이럴 수가! 도대체 내가 모르고 있는 또 뭐가 있어요? 당신은 정말 클레뮬린 같아!"

소람이 귀여운 한탄을 하자 태준은 소람을 보며 싱긋 웃었다.

"그러니까 잘하라니까? 또 모르잖아. 내가 지금 이 순간도 당신에 대한 정보를 수집하고 있는지?"

그러자 소람은 두려운 눈으로 주변을 살펴보기 시작했다. 그 모습에 태준은 웃음을 터트리더니 소람의 손을 다시 한 번 힘주어 잡았다.

12. 또다시 새로운 꿈을 꾸다

"들어와요."

태준이 불 꺼진 실내로 들어오며 이야기를 던졌지만 소람은 머뭇거린 채 현관문 앞에 서 있었다. 그들은 함께 식사를 하고 밤거리를 걷다가 소람이 약간 추워하는 것 같자 태준은 따뜻한 차를 마시러 가자고 권했다. 그런데 카페가 아닌 아파트 단지로 접어들자 소람의 고개가 갸우뚱해지던 참이었다.

그런데, 자신의 집으로 데리고 올 줄이야.

태준은 집 안의 불을 다 켜더니 소람을 돌아보았다. 꽤 놀란 표정의 그녀를 보자 태준은 자신도 모르게 싱긋 웃었다.

과거 태준이 살던 집과 비교해볼 때 이 집은 꽤 알차게 꾸며져 있었다. 가구도 있고 주방 기구도 있고, 소파와 TV도 있고, 이제야 사람이 사는 집 같아!

태준의 말없는 종용에 소람은 마지못해 신발을 벗고는 거실로 내려섰다.

"언제 이사했어요?"

"작년 말에."

어! 나도 작년 말에 이사했는데, 내가 사는 공간은 부모님이 떠나셔서 삭막해졌는데 반대로 태준의 공간은 아늑하고 따뜻해졌다. 갑자기 소람은 이게 두 사람의 마음을 대변하는 게 아닐까라는 생각이 들어 피식하고 웃음을 터트렸다.

태준은 부엌으로 걸어가 커피 포트에 물을 채우면서 그녀를 돌아보았다.

"당신도 한 번쯤은 봐야 할 것 같아서 데리고 온 거야."

태준의 그 말에 소람은 베란다로 걸어가서 그곳을 차지하고 있는 식물들을 멍하니 바라보았다.

"화초가 있네요? 초록빛 화초가 있으니 이 집이 더 생기 있어 보여요."

그러자 태준이 씩 웃었다.

"마음에 들어?"

그러자 소람이 웃으면서 고개를 끄덕였다.

"다행이네."

소람이 태준을 돌아보았다. 그게 무슨 뜻이죠? 하는 표정이었다.

"저 화초들은 아버지가 보내주신 거야. 내가 출장을 간 사이 김

씨 아저씨랑 외출 나오셔서 내가 묵는 원룸에 다녀가셨던 모양이
더라고."

태준의 말에 소람아 고개를 들었다. 아무것도 남길 것이 없다는
듯 삭막하게 사는 그의 모습을 보고 아버지 마음이 얼마나 찢어졌
을까 하는 생각을 하니 갑자기 소람의 마음이 아파왔다.

"그 이후, 한동안 무슨 생각이 드신 건지 병실에 화초를 하나씩
사 놓으셨다가 면회를 가면 하나씩 안기시더니 아버지가 돌아오
실 때까지 죽이지 말고 잘 키워보라는 숙제를 내주셨지."

소람은 그의 아버지의 숙제에 새삼 감탄하고 말았다. 개중 동양
란에는 꽃까지 피었다.

소람이 화초를 보며 감탄하고 있는 사이 태준이 물을 붓더니 따
뜻한 잔을 소람에게 쥐여주었다. 알싸하게 퍼지는 향이 생강차 같
다.

소람이 태준의 눈을 올려다보자 태준도 그녀를 마주 보았다.

"그리고 숙제 하나를 더 내주셨는데, 그건 이 집에 온기를 불어
넣을 사람도 데려다 놓으라고 하셨지. 밖에서 일을 잘하면 뭘 하느
냐며 남자의 힘은 가정에서부터 나오는 거라고도 하시면서."

태준의 그 말에 갑자기 소람의 얼굴이 빨개지기 시작했다.

"어때요. 김소람 씨. 잘할 수 있겠지?"

"뭐, 뭐가요?"

새침한 소람의 물음에 태준은 그녀 손에 쥐어진 머그잔을 빼앗
아가더니 이내 그녀의 입술에 자신의 입술을 부딪쳐왔다. 알싸한
생강차 맛과 달달한 입술이 조화를 이루어 가슴을 두근거리게 만

들고 있었다.

"인제 와서 시치미 떼면 안 되지. 내가 이렇게나 마음을 열어보여줬는데 그것도 모른 척하면 당신은 진짜 나쁜 사람이야."

태준의 그 말에 소람이 너무하다는 듯 그의 가슴을 주먹으로 팡 내리쳤다.

"그러니까 빨리 말해요. 책임지고 잘해보겠다고."

"다른 대답은 절대 안 되는 거예요?"

소람이 그를 물끄러미 올려다보자 태준은 씩 웃었다.

"그렇게 해보시던지. 아마 그렇게 된다면 오늘 밤 이 집을 나가기 힘들어질걸?"

태준은 그러면서 다시 한 번 소람의 입술을 뜨겁게 눌러왔다.

-소람아. 이제 곧 구정인데 언제 내려올 거야?

아차차, 그러고 보니 요 근래 태준 때문에 혼이 나가서 일본으로 온천 여행을 다녀온 부모님께 전화해볼 새가 없었다. 내리사랑이라더니 한동안 부모님만 걱정하던 소람도 이렇게 마음이 느슨해지곤 한다.

"엄마! 온천 여행은 잘 다녀오셨수? 몸은 괜찮았어?"

-애. 겨울철이라 몸이 수축되니까 여기저기가 그렇게 아프던데 글쎄 그 따뜻한 물에 몸을 담그니까 아픈 게 씻은 듯이 사라지는 거 있지.

"아들이 모시고 간 여행이라 더 감격스러워서 그렇게 느꼈겠지."

-애, 사실이지 뭐! 좋긴 좋더라.

"또 눈치 없게 거기서 너무 좋은 티 낸 건 아니야?"

-그럼 티 좀 내야지. 사돈어르신 앞에서도 내가 좀 으쓱댔다. 뭐, 우리 아들 훌륭하게 키워서 이런 대접도 받아보는데 자랑할 수 있으면 100번이라도 해야지!

그런 엄마의 말에 소람은 고개를 가로저었다. 아들에 대한 엄마의 짝사랑은 여전히 끝날 기미가 보이지 않는다. 하긴 그게 쉽게 끝나기야 하겠어. 엄마만 모르는 영원한 짝사랑이겠지.

"올케가 고생이 많았겠네. 양쪽 어르신 다 모시고 동분서주하느라."

-그래도 그렇게 티는 많이 안 내더라. 그 애도 이제 며느리가 되어가나 보더라. 이번 구정 때도 먼저 물어보더라. 어머니 이번 명절은 제가 어떻게 도울까요? 하고. 처음이었어. 그런 말.

잘 됐다. 이제야 엄마도, 아빠도, 지환이네도 조금씩 더 서로를 이해하는 가족이 되어가고 있는지도. 그렇다면 나도 슬슬 이 집을 떠날 때가 된 것 아닐까?

-그러나저러나 얘. 여행을 갔는데 사돈 어르신이 그러신다? 사돈어르신 직장 동료 자제분 중에 너하고 두 살 터울이 나는 노총각이 있단다. 직장은 어느 중소기업에 다닌다는데 사돈어르신이 그러는데 그 집 부모가 그렇게 탄탄하대. 남자 앞으로 집도 한 채 있고.

엄마는 소람이 취업을 하고 난 이후 두 얼굴이 되었다. 하루는 이왕 늦은 거 평생 시집가지 말고 혼자서 편히 살라고 했다가 저렇게 누군가 선 자리를 권하면 귀가 얇아져 돌변하고 만다. 쯧쯧, 그런데 엄마 이미 너무 늦었구먼. 요즘 나에겐 결혼하자고 아침저녁으로 엄청 조르고 있는 남자가 있거든.

그 남자에게도 예쁘게 꾸며놓고 사는 집이 있고 멋진 아버님도 계시고 탄탄한 직장도 있어. 성품도 그만하면 괜찮고 그리고 심지어는 외모까지 근사해. 진짜 그러고 보니 그녀가 그와 결혼하지 않을 이유가 하나도 없었다. 이제는 나도 고집 그만 부리고 항복해줄까?

"그래서 하는 말인데 엄마, 나 이제 결혼할까 해."

그녀는 분명 '그 사람 한번 만나볼게'가 아니라 '결혼할게'라고 통보하고 있었다. 갑자기 엄마의 숨결이 어디론가 빨려 들어간 듯 저편에서 사라진 것 같은 착각이 일었다.

-역시…… 이태준, 그 사람이니?

엄마도 오래전부터 그를 생각해왔다는 듯 묻고 있었다. 소람은 그제야 담담한 목소리로 그렇다고 말했다.

-어떻게 지내고 있다니? 많이 힘들지는 않았다니?

"힘들었지! 그런 당연한 말을 뭘 하러 물어. 엄마도 그 힘든 시간을 견뎌봤으면서. 그 사람 그 와중에 대견하게도 자기 꿈을 이뤘더라."

-어떻게?

"이제 이 형사가 아니라 대통령 경호관이야."

갑자기 엄마의 숨결이 다시 사라져버렸다.

"왜 그래? 좋아서 그래? 아니면 미안해서 그래?"

소람이 오히려 엄마의 마음을 후비자 저편에서 벼락같은 엄마의 고성이 쏟아져 나왔다.

-이눔의 계집애. 넌 꼭 엄마 마음을 헤집어 놔야겠어!

소람은 그제야 배시시 웃으며 얼마를 달랬다.

"이제 나 백수 딸년도 아니니까 엄마가 시집보내도 안 부끄럽겠지. 적어도 이 사회에서 한몫은 하고 있으니까."

-꼭 그런 것 때문에 네가 공무원 됐어?

엄마의 타박에 소람은 씁쓸하게 웃었다.

"아니라고는 할 수 없잖아. 엄마도 봐봐. 2년 전에 내가 그 사람과 함께하고 싶다고 했을 때는 철딱서니 없는 것이 쓸데없는 소리 한다고 해놓고 2년 후 내가 자리 잡고 결혼하고 싶다고 하니 아무 말도 못하잖아. 2년 전이나 2년 후나 나는 이미 오래전부터 다 큰 성인이었는데 사람 마음이 이런다?"

그래서 그때, 그렇게 자립하려고 발버둥쳤던 거야. 내가 올곧게 서 있어야만 내가 지키고 싶은 사람들도 지켜낼 수 있다는 걸 깨달았거든. 그 순간, 양반은 못되는 듯 태준에게서 전화가 걸려왔다.

"엄마, 조금 이따가 전화드릴게. 태준 씨한테 전화 왔어."

-그래. 알았다. 나중에 통화하자.

서둘러 끊으려는 엄마를 보며 소람은 마음이 뭉클해져서 다시 한 번 엄마를 불렀다.

"엄마."

-왜. 그 사람한테 전화 온다면서!

소람은 말없는 엄마의 허락에 울컥하는 감정이 올라왔다.

"정말, 태준 씨랑 결혼해도 괜찮은 거지?"

소람이 되묻자 엄마는 한숨을 쉬며 이렇게 말했다.

-다 큰 딸년이랑 실랑이해서 뭐 하니. 솔직히 사람 됨됨이 그 정도면 차고 넘치지. 네가 뭐가 볼 게 있다고 그때부터 지금까지 이 정성이야. 엄마인 나로선 이보다 더 고마울 수는 없지.

엄마의 무뚝뚝한 한마디에 소람은 수화기에 대고 감사 인사를 전했다.

"이해해줘서 고마워요. 엄마."

소람의 말에 엄마는 한숨을 쉬며 당부했다.

-언제 한번 집에 들르라고 해. 내가 따뜻한 밥 한 끼 해먹이고 싶다고. 그 사람한테 그런 소리 해놓고도 항상 명치끝에 뭐가 걸린 듯 나도 마음 편치가 않았어.

엄마의 그 말에 소람도 조용히 미소 지었다.

태준이 2주간의 긴긴 해외 출장을 마치고 돌아왔다. 퇴근하기가 무섭게 태준의 집으로 돌아와 그를 맞을 준비를 하느라 정신이 없던 소람은 이내 시계를 바라보다가 다시 거울 앞에 서서 자신의 모습을 점검해 보았다.

그를 만날 때마다 항상 헝클어져 버리는 부드럽게 컬이 져 있었고 예쁜 눈은 마스카라로 한껏 강조되어 있었으며 입술을 립글로즈를 더해 키스를 부르는 것처럼 오동통하게 부풀어 있었다. 음식을 하느라 송글송글 맺힌 땀자국을 정리하니 자신이 보기에도 완벽한 모습이다.

아차차, 오늘을 위해 또 하나 준비했지. 사무실 여직원들이 칭찬해 마지않았던 향수를 목 뒤와 손목 주변에 칙칙 뿌려두었다. 오늘이 날을 위해 내가 몰래 향수까지 구입했다는 거 아닙니까. 이태준 씨. 그런데 이 선물이 마음에 들려나 모르겠네?

그 순간, 현관문에서 번호 키를 누르는 소리가 들리더니 갑자기 태준이 드디어 모습을 드러냈다.

"왔어요?"

소람은 방금 전 그를 위해 꽃단장을 했다는 사실을 시치미 뗀 채 하고 있던 앞치마에 손을 닦으면서 얼굴을 쏙 내밀었다. 현관문에 멍하니 서서 소람의 구두를 뚫어지게 내려다보고 있던 태준이 소람의 목소리를 듣고 움찔하는 듯했다.

"당신 집 맞아요. 이태준 씨. 지난 몇 주간 통화하면서 그때마다 당신이 하려고 했던 말 내가 못 알아들었는지 알아요? 내가 긴긴 출장에서 돌아왔을 때는 우리 집에서 날 기다려주었으면 좋겠어. 아니었어요?"

신발을 벗고 올라서는 태준에게 소람이 그렇게 물었다.

태준은 대답 대신 소람에게 성큼성큼 다가오더니 와락 하고 그녀의 몸을 끌어안았다.

"언제 왔어?"

어리광이 잔뜩 묻어 있는 그의 목소리.

"음. 퇴근하고 바로?"

태준이 소람의 향기를 들이마시자 묘하게 남자를 자극하는 향기가 풍겨 나왔다. 소람은 아무래도 오늘의 만남을 위해 자신을 공들여서 치장한 모양이었다. 아주 좋아! 태준은 흡족한 미소를 지으며 그녀의 가녀린 어깨에 자신의 얼굴을 묻었다.

"배 안 고파요? 저녁 해놨는데?"

소람이 그의 등을 문지르며 속삭였지만 정작 태준은 자신을 위해 어여쁘게 단장한 선물에 더 큰 관심이 있는 것 같았다. 태준의 손이 소람의 등을 훑는가 싶었다. 갑자기 소람의 원피스 지퍼가 태준에 의해 내려가면서 서서히 맨살을 드러내 보였다. 겨울인데도 그녀가 걸친 옷은 아주 간단했다.

"지금 뭐 하는 걸까요?"

소람이 그의 품에 안겨 조용히 묻자 태준은 그녀에게 속삭였다.

"선물이 너무 마음에 들어서 지금 풀어보고 있는 중이야."

태준이 은밀하게 속삭이자 소람의 귀 끝이 빨개졌다.

"그래도 너무 노골적인 거 아니에요? 오랜만에 만나는데 얼굴이라도 좀 보여주던가요."

"원래 선물은 얌전하게 푸는 게 아니라잖아."

태준은 소람의 등을 가로지르는 브래지어 끈을 가볍게 풀었다. 태준이 급기야 소람을 가볍게 안아 올리자, 소람은 그의 목에 팔을 두르며 허리에 다리를 감았다.

"분명히 오랜 비행으로 힘이 많이 빠졌을 텐데……."

"그런 줄 알았는데 갑자기 예쁜 선물에서 나는 오묘한 향기를 맡고나니 이상하게 힘이 불끈 솟네."

천연덕스럽게 대꾸하는 태준의 말에 소람이 웃음을 터트렸다. 소람이 고개를 숙여 그의 입술에 키스를 하자 태준은 조급하게 안

방 문을 발로 차며 들어갔다.

그녀를 침대 위로 내려놓자 반라의 그녀가 태준의 넥타이를 붙잡았다.

"이런 식이라면 나 점잖을 자신이 없는데?"

"한 번도 점잖기를 기대했던 적도 없었는데?"

태준의 귀에 소람이 조용히 속삭이자 그가 부르르 떠는 것이 느껴진다. 태준이 일부러 보라는 듯 그녀의 원피스를 쓱 하고 잡아당기자 그녀의 한쪽 가슴이 수줍게 모습을 드러냈다.

소람이 그의 양복을 벗겨내자 태준은 무릎을 굽혀 침대로 올라오며 그녀의 입술을 잡아챘다. 소람의 손이 분주하게 태준의 와이셔츠를 벗겨낼 동안 태준은 그녀의 원피스를 순식간에 벗겨내어 방 저편으로 던져버렸다. 소람이 그의 바지 버클을 풀자 그는 기록적인 속도로 바지를 벗어던진 뒤 그녀에게 다가왔다.

"오늘 너무 섹시한데?"

밤바람에 차가워진 태준의 손이 그녀의 맨가슴을 뒤덮자 소람이 몸을 떨기 시작했다.

"추워?"

"아니. 그것보다 떨려."

"그럼 지금부터 재회의 시간을 본격적으로 가져보도록 할까?"

태준은 의미심장한 미소를 짓더니 소람의 몸 위로 자신의 몸을 겹쳐왔다.

소람은 엎드려 자고 있는 태준의 어깨에 키스를 해주고는 침대에서 내려와 대충 옷을 꿰어 입었다. 실로 몇 년 만에 맞은 격렬한 밤이었다.

어제는 그와 그녀, 그 누구도 몸을 사리는 사람이 없었기 때문에 그들의 뜨거웠던 재회는 밤이 새도록 그칠 줄 몰랐다. 아무래도 저 남자와 살려면 새삼 필라테스라도 배워서 몸을 좀 더 유연하게 만들어야 하지 않을까, 라는 고민까지 들었다.

하지만, 몸이 이렇게 지치기는 해도 몇 년 동안 응어리졌던 감정들을 남김없이 풀어버렸다 생각하니 마음이 한결 가벼워지는 것 같았다.

오늘 아침의 자신은 어제와 다른 사람이 된 것 같은 기분이랄까.

소람은 커다란 머그컵에 물을 따라 조심스럽게 마시다가 베란다 한편에 있는 초록 식물들에게 물을 주면서 조용히 속삭였다.

"아이들아, 무럭무럭 크렴. 그래야 아버님이 너희들을 보고 안심하시지 않겠니?"

소람이 조용히 식물들과 대화를 나누고 있는데 갑자기 안방 문이 딸깍 열리더니 태준이 눈을 비비며 나타났다.

"언제 일어났어요?"

벗은 상체에 대충 트레이닝 바지만 꿰어 입은 모습의 그는 운동을 많이 하는 사람답게 근육질로 무장되어 있었다.

"방금 전에. 일어났는데 당신이 안 보이잖아."

엄마를 찾는 아이처럼 태준은 소람 옆에 걸터앉아 그녀가 마시고 있던 물을 빼앗아 벌컥벌컥 들이켰다.

"이번 주에 아버님이랑 김 씨 아저씨 모시고 집에서 밥 먹어요. 내가 아버님께 차려드리는 첫 밥상이 되겠다."

소람의 그 말에 태준은 빙긋 웃더니 그녀의 머리를 끌어당겨 그녀의 입술에 소리 나게 뽀뽀를 했다.

"고마워."

"뭐가 고마워? 당연한 거지. 잘은 모르겠지만 당신이 꾸민 이 집 왠지 모르게 무언의 메시지가 숨겨져 있는 것 같아."

그러자 태준은 빙긋 웃었다.

"내가 어렸을 때 엄마와 살던 그 시절이 그리우신 모양이야. 그래서 내가 결혼을 한다면 어릴 적 우리가 살았던 그 풍경대로 살아줬으면 하시는 거지. 조금은 안락하고 이렇게 풍성한 화초가 있으면서 따듯한 음식 냄새가 나는 집."

푸른 화초를 바라보는 태준의 눈에도 아련한 아지랑이가 피어오르는가 싶더니 금세 사라졌다.

"그런데, 어제 오랜만에 지친 몸을 끌고 집에 돌아왔더니 내가 바랐던 그 모습 그대로 당신이 내 집과 하나가 된 채 나를 맞아주고 있잖아. 그 순간 알게 되었지. 아버지가 왜 이런 숙제를 내주셨는지."

태준의 말에 소람은 그의 목에 팔을 둘러왔다.

"그런 환영이라면 100번이라도 더 해줄 수 있어."

소람이 속삭이자 태준이 웃으면서 그녀의 허리를 자신의 품으로 잡아당겼다.

"그럼 그 환영 한 번으로 압축해서 지금 해줘. 그것도 아주 진하게!"

태준의 그 말에 소람이 배시시 웃으면서 엉덩이를 뒤로 뺐지만 그는 벌써 그녀를 마루에 눕히고 있었다. 소람이 분위기에 끌려들어가지 않기 위해 몸부림을 쳤지만 태준은 소람을 가볍게 차지했다.

"그래도 아침부터 너무 밝히는 거 아니에요?"

그렇게 농염한 키스 소리가 한참 동안 이어지더니 순간, 태준의 몸이 그녀를 손쉽게 점령해 들어오기 시작했다.

"이봐. 맞춤한 것처럼 이놈이 제 자리를 찾아서 들어가잖아."

태준이 속삭이자 소람이 엉큼하다는 듯 그의 가슴을 때렸다. 소람이 조심스럽게 반항을 해보았지만 영리한 그는 퇴로를 모두 차단한 채 그녀를 사랑하는 행위에 몰두하기 시작했다.

아침부터 머리부터 발끝까지 온몸의 신경이 곤두서기 시작하자 소람은 태준의 몸을 더욱더 꽉 끌어안았고 그녀의 포옹에 기분이 좋아진 태준은 더욱더 강하게 그녀를 안아왔다.

소람이 괴로움을 토로하자 태준은 그녀에게 다시 속삭였다.

"이 상황에서 당신 정신이 말짱하다면 내가 자존심 상하지."

동시에 그의 몸짓이 더욱더 격렬해졌고 소람은 자신도 모르게 마구 소리를 질러댔다.

"그래도 나하고 있는 동안은 조금 더 미쳐도 상관없어."

그는 그렇게 속삭이더니 더욱더 격하게 움직이기 시작했다.

소람이 내민 결재 서류에 사인을 하려던 계장이 잠시 그녀가 내민 휴가원을 뚫어지게 바라보더니 화들짝 놀란 표정으로 그녀를 응시했다. 거기에는 5일의 기간과 사유에 '결혼'이라고 적혀 있었기 때문이다.

"이거 결재받기 전에 나한테 뭘 줘야 하는 거 아니야?"

계장이 그렇게 이야기하자 소람은 부끄러운 듯 웃으면서 한마디 했다.

"그날은 저희 가족끼리 조촐하게 밥 먹고 끝내기로 했습니다. 회사 직원들이나 친구들은 집들이에 모시기로 했고요. 이 휴가도 쓸 게 아니었는데 제가 아픈 바람에 쓸 수 있는 휴가를 모조리 다 써가지고요."

소람의 묘한 답변에 계장은 인상을 찌푸리더니 결재난에 멋지게 사인을 했다. 그러더니 조곤조곤 말했다.

"무슨 소리야. 이제 앞으로 그렇게 돈 팍팍 써 가면서 여유롭게 여행 갈 기회가 또 있는 줄 알아? 특히나 두 사람 인생에 관해 진지하게 대화할 수 있는 시간도 그때가 유일해. 그러니까 놓치지 말고 이 시간들을 꼭 의미 있게 보내도록 해."

계장이 그녀에게 결재 파일을 넘겨주려고 할 때였다.

"감사합니다. 계장님."

"아. 이번에 한류 페스티벌 마치고 서울시에 교육 들어갔는데 말이야. 홍보기획관실에서 이번에 홍보 자료 만든 직원이 누구인지 물어보더라?"

소람이 눈을 깜박거리며 과장을 바라보자 과장은 웃으면서 소람에게 물었다.

"혹시 소람 씨 사회에 있을 때 서울시 녀석들이랑 일한 적 있었나?"

"네. 사기업에 있을 때 제가 전담했었습니다. 그래서 몇 년간은 홍보기획관실을 뻔질나게 드나들었죠."

"그럼 김수연 씨도 알고?"

소람의 입술이 씰룩거렸다. 소람이 홍보기획관실에 출입할 시절 주무관이었던 그녀. 세상 참 좁다더니 또 이런 식으로 연이 닿는구나.

"네. 잘 알고 있습니다."

갑자기 과장이 오호? 하는 입모양을 해보이면서 소람을 칭찬했다.

"그럼 맞네. 소람 씨가 진짜 공무원이 된 것이 맞느냐고 몇 번이나 묻더니 자기가 아는 그 김소람이 맞다면 나보고 횡재한 거라고 하더라고. 거기 과장이랑 계장이 제일 좋아하던 직원이었다면서."

갑자기 소람의 얼굴이 살짝 일그러지자, 계장이 웃음을 터트렸다. 소람에게는 전쟁 같았던 시간들이 그들에게 그런 기억이었나?

"알아. 알아. 서울시청이 모든 일이 까다로워. 작은 일 하나도 그냥 넘어가는 법이 없지. 그래도 바꿔서 생각해봐. 아직까지 소람 씨 일솜씨가 회자되고 있다는 건 그만큼 자네가 열심히 살았다는 뜻이니까 나쁠 건 하나 없는 거잖아."

"도저히 안 되니까 그 까다로운 입맛에 맞추려고 제가 발버둥을 친 거였겠죠."

정말 미친 듯이 일했던 그 몇 년의 시간. 살다 보니 과거는 어떤 식으로든 평가받게 되어 있는 모양이다.

"그래도 내 부하 직원의 칭찬이 들려오니 나도 우쭐하더라니까. 그러니까 앞으로도 잘 부탁할게. 이 부서에서도 전설로 남아보라고."

계장의 그 말에 소람도 씩씩하게 맞받아쳤다.

"솔직히 제가 하는 게 있나요. 계장님과 주무관님께서 하시는 일을 열심히 돕는 건데요."

소람이 살짝 너스레를 떨자 그는 넘겨주려던 결재 파일로 그녀의 머리를 툭하고 내리치더니 자리로 가라는 듯 고갯짓을 했다. 그리고 조심스럽게 태준의 휴대폰으로 한 통의 문자를 남겼다.

[드디어 휴가원을 제출했음. 이제야 유부녀가 된다는 실감이 나네요.]

소람이 미묘한 감정으로 문자를 남김과 동시에 태준에게 문자가 들어왔다.

[축하! 이태준 월드 입성을 환영함.]

헉! 세상에 여자들의 이 미묘한 감정을 무시한 채 이 무식한 단답형 문자는 뭐야? 차라리 하지를 말지! 이태준 그렇게 안 봤는데 이제 잡은 고기 다 됐다 이거야?

그렇게 하나둘씩 두 사람이 하나가 되기 위한 계획이 진행되는 가운데 명절인 설이 다가왔다.

"아휴. 서울에 계실 때보다야 거리는 좀 멀어져도 성묘하기도 편하고 여기가 지리적으로는 딱이네요."

작은 엄마의 그 말에 식구들은 구정에 오랜만에 옹기종기 모여 앉아 함께하는 즐거움을 토로하고 있었다.

"아이고. 이제야 사람 사는 집 같다."

할머니의 그 말에 다들 고개를 끄덕였다. 그러자 아버지가 장남으로서 오랜만에 운을 뗐다.

"그간 우리 부부가 몸이 많이 불편해서 조상님께 제사도 제대로 지내지도 못하고 송구스러웠습니다. 그런데 올해부터는 각자 집에서 음식도 해 오셨고 하나밖에 없는 우리 며느리도 몸 불편한 시어머니를 도와서 큰 역할을 해주었기에 이렇게 또 한자리에 모이게 되었습니다. 그래서 이야기하는데, 우리 집 며느리들 이번 명절도 고생하셨다는 격려와 감사의 박수 한 번 크게 쳐 줍시다. 박수!"

갑자기 다들 즐겁게 박수를 치기 시작했다.

"형님, 이렇게 간편하게 지내니 좋네요. 다음에도 이렇게 지내요. 전은 누가, 송편은 누가 그렇게 지정만 하세요. 그리고 제사 지내고 밥 한 끼 먹고 각자 흩어지면 되죠."

십수 년을 3박 4일간 식구들이 동고동락하여 같이 전 부치고 송편 만들던 집이 이제 변모하기 시작한다.

"그래도 이렇게 모인 모습을 보니까 내 속이 후련하다. 다만 딱하나 걱정스러운 것이 저 소람이야."

갑자기 할머니의 결혼 타령 레퍼토리가 시작하려고 하자 갑자기 작은 엄마들이 나서서 할머니의 사고를 혼미하게 만들었다.

몇 년 전 할머니가 소람이에게 재취 자리를 권유하며 결혼을 압박했다는 사실을 알고 작은 엄마들은 자신들의 일처럼 분개했었다. 그 이후로는 할머니의 억지가 시작되면 놀라운 협공으로 분위기를 진정시켰다.

"아이고. 어머니 좀 봐. 이제 지 능력 확실하고 외모도 30대 초반 아가씨 같은데 뭘 걱정이세요. 남자들이 수도 없이 달라붙겠구면."

"진짜, 어머니도 참 걱정할 게 없어서 소람이를 걱정하시네. 차라리 우리나라 경제를 걱정하세요."

그 순간 가만히 있던 아버지가 입을 열었다.

"소람아, 이제 그거 돌려라."

갑자기 아버지의 말에 소람이 자리에서 일어나자 열댓 명의 사람들이 모두 소람이를 바라보았다.

"시간 되시면 3월 20일 날 식사하러 오세요."

작은 엄마는 소람이 내민 작은 카드를 한 장 집어 들었다.

거기엔 이렇게 적혀 있었다.

<불완전한 두 사람이 만나 드디어 하나의 완성체가 됩니다!>

"까악. 소람이 너 결혼하니? 언제?"

"어머, 어머, 나 미쳐. 3월 20일? 어? 겨우 20일 남았다고?"

"어머, 형님. 언제 이런 깜짝 발표를 준비하셨대요?"

갑작스럽게 조용했던 집안이 벌컥 하고 뒤집어졌다.

한편, 태준 아버지를 모시고 식사를 하게 된 자리에서도 그들의 결혼은 제일 큰 이야깃거리였다.

"이제 준비는 어느 정도 된 것 같으냐?"

아버지의 그 말씀에 태준은 예, 하고 고개를 끄덕였다.

"소람이 댁 어르신은 찾아뵀었고?"

"출장 때문에 힘들 것 같다더니 구정 마지막 날 들렀더라고요. 아버님. 그런데 알고 보니 그사이 출장 왔다고 하면서 저희 집을 몇 번 다녀갔던 모양이에요. 저한테는 말도 안 하고요. 저희 아버지 말씀이 경호실 사정 뻔히 아는데 번번이 도중에 들렀다는 그 변명이 너무 예뻐서 그동안 꾹 참고 계셨대요."

소람이 식탁 위에 보글보글 끓는 된장찌개를 올려놓더니 이내 그의 앞으로 음식들을 밀어놓기 시작했다.

"왜 다 내 앞에 내려놔. 너희도 먹어야지."

"맛이 없어서 안 드실까 봐요. 아버님 저 이래봬도 엄마 아프시고 삼사년간 집에서 매일 반찬하고 살림 살았던 여자예요."

소람이 눈을 접으면서 살포시 웃자 태준의 아버지도 못 말리겠다는 듯 된장찌개에 수저를 담그더니 한 입 베어 물었다.

"조심하세요. 뜨거워요."

아버지의 평가가 자못 궁금했는지 소람은 숨도 못 쉰 채 그의 대답을 기다렸고 태준은 그런 두 사람을 보면서 빙그레 미소를 지었다. 하지만 정작 아버지는 푹 하니 고개를 수그린 채 어깨를 들썩이셨다.

"아!"

"왜요? 아버님? 짜요?"

소람이 벌떡 일어나 컵에 물을 따랐다. 그러자 아버지는 손으로 괜찮다고 하시면서 눈물이 글썽이는 눈을 들어 올렸다.

"아니. 몇 년 만에 누리는 호사인가 싶어서 말이다."

아버지의 그 말씀에 갑자기 태준과 소람의 얼굴도 애잔한 기운이 떠올랐다. 하지만 자신의 감상으로 이 뜻 깊은 저녁식사 자리를 망칠 수는 없는 노릇이었다.

"먹자. 우리 마누라 솜씨 따라가려면 한참은 멀었지만 뭐 먹을 만은 하구나."

태준과 묘하게 닮은 그의 말투에 소람은 태준을 바라보았고, 태준은 그녀를 향해 어깨를 으쓱하면서 된장찌개에 수저를 넣기 시작했다.

겨우 먹어줄만 하다더니 부자는 그릇을 싹싹 비워냈고 후식까지 배부르게 먹은 후에야 식탁에서 일어났다.

"아버님. 죄송해요. 안방을 아버님 방으로 꾸몄어야 하는데 침대 사이즈 때문에 저희가."

소람의 그 말에 태준의 아버지는 그녀를 바라보았다.

"그게 무슨 말이냐?"

"이제 슬슬 집으로 돌아오셔야죠. 김 씨 아저씨도 슬슬 다시 농장을 하실 계획이신가 보던데요."

그러자 아버지가 당황한 듯 확 하고 몸을 돌렸다. 휘청하고 아버지가 쓰러질 뻔하자 태준이 얼른 가서 그를 황급히 잡았다.

"괜찮으세요? 아버지?"

"무슨 소리냐. 내가 이 집에 온다니."

그러자 소람은 그에게 가까이 다가왔다.

"아버님. 이제 집으로 돌아오셔야죠. 사람이 살고 싶은 집으로 꾸며놓으라고 하시고선 가장 중요한 어르신이 빠지시면 이 집이 완성이 되겠어요?"

소람의 그 말에 아버지는 태준을 바라보았다.

"너희들 이미 이야기가 된 일이냐?"

그러자 태준은 아버지를 소파에 조심스럽게 앉혔다.

"네. 아버지를 이제는 집에서 모시고 싶어요. 그건 소람이도 이미 동의했고요. 김 씨 아저씨가 안 되면 이제 집으로 요양보호사를 부르면 되니까요."

태준의 그 말에 아버지는 말을 잇지 못한 채 아들의 머리에 손을 가져다 대었다.

"아직 이 집 아버지 명의로 되어 있어요. 저희가 지금 아버지 집에 얹혀 살고 있다는 말입니다."

태준의 그 말에 아버지가 비로소 미소를 지었다.

"아무것도 안 하고 식구들끼리 모여 식당 예약하고 밥만 먹을 건데 뭐가 이렇게 바쁜지 모르겠어요."

한숨을 내쉬는 소람의 이야기를 들으며 태준은 고생했다는 듯 그녀의 머리를 끌어안고는 정수리에 키스를 해주었다.

"그런데 지금 우리 어디 가요?"

"오늘은 우리가 뿌린 씨들이 얼마나 잘 자랐는지 보러 가는 날이야."

그러더니 어느 체육관 주차장에 차를 주차시켰다. 그가 차에서 내리자 갑자기 어디선가 나타난 사람들이 태준에게 아는 척을 해왔다.

"어? 이태준이? 오늘 참석할 수 있을지 모르겠다더니 왔네?"

"어. 오랜만이다. 잘 지냈어? 도장은 잘 되냐?"

"덕분에 겨우 명맥은 유지한다. 이태준 키즈들이 출격한다더니 오늘 그거 보러왔냐?"

이태준 키즈?

상대편 남자가 태준의 옆에 서 있는 소람을 뚫어지게 바라보자 태준은 그제야 그에게 그녀를 소개했다.

"인사해. 여기는 대구 특공 무술 관장 이호세. 여기는 내 안사람 될 김소람."

"아이고. 안녕하십니까. 저는 이호세라고 합니다. 제수씨."

그의 호방한 인사에 소람도 고개를 숙이며 인사했다.

"이노마가 갑자기 결혼을 한다고 해서 우리 동기들이 다 깜짝 놀랐다 아닙니까. 아버님도 깨어나셨지, 우리들의 꿈인 경호실에 입사했지, 거기다 결혼까지 한다 하지. 오랜 기간 부모에게 그래 정성을 들이더니 그 복을 다 받는구나, 라고 생각했습니다. 다시 한 번 결혼 축하드립니다."

소람도 기쁜 듯이 그를 바라보았다.

"오늘은 대회 날이라 정신이 좀 없지만 언제 한번 대구에 오시면 연락주세요. 제가 진짜 맛있는 음식 한번 대접하겠습니다."

그는 그렇게 인사를 하더니 아이들을 챙겨야겠다고 하면서 체육관 쪽으로 뛰어갔다.

"동기예요?"

"어. 특전사 동기였어."

소람은 고개를 끄덕였다.

"생각보다 태준 씨 인맥들 도처에 퍼져 있네요. 특전사에 경찰에. 잘한 것도 없는데 다들 먼저 다가와서 인사해주고."

그러자 태준은 소람의 볼을 꼬집었다.

"그럼 이 하늘같은 남편이 사회생활을 그렇게 엉망으로 하고 있는 줄 알았어?"

대회가 시작되었다.

태준이 어디론가 가더니 누군가와 심각하게 이야기하기 시작했고 그가 고갯짓을 하자 갑자기 누군가가 태준의 앞으로 뛰어 들어왔다. 하나같이 앳되어 보이는 아이들 사이에 어디서 많이 본 아이가 끼어 있었다. '서영범'이라고 그녀와 인터넷 사기 사건으로 얽혔던 그 아이가 말이다.

어머! 소람이 두 손으로 입을 모은 채 그를 바라보고 있자 태준이 소람의 놀란 얼굴을 발견하고서는 미소를 지었다.

"찾아낸 모양이네?"

태준이 다가가자 소람이 눈을 반짝이며 그에게 물어왔다.

"이태준 키즈가 바로 그 아이들이었어요?"

"그 이후로도 둘을 더 구제했고. 그리고 그 결과가 저기 있고."

갑자기 시범단 공연이라는 활자가 크게 전광판에 나타나더니 아까 보였던 그 아이들이 뛰어나가는 것이 보였다. 절제된 동작으로 하나하나 동작을 하는 아이들을 보면서 소람은 갑자기 가슴이 벅차오르기 시작했다.

"처음에는 쭈뼛쭈뼛하더니 날이 가면 갈수록 열심히 다니더래. 그때가 고등학교 2학년 때였고 지금 졸업해서 어엿한 대학생이 되었지. 얼마 전에는 골목길에서 폭력 집단에게 고통받는 어린 학생들을 구해서 학교에서 표창까지 받았다더라. 영범이가 그 학생들에게 뭐라고 했는지 알아?"

그러자 소람과 태준이 동시에 말했다.

"네가 이 지옥에서 스스로 빠져나가려는 의지를 보이지 않는 이상 이 지옥은 사라지지 않을 것이다."

소람이 신기한 듯 그를 바라보고 서 있자 태준은 그제야 뿌듯한 듯 그녀의 손을 마주 잡아왔다.

갑자기 그 무더웠던 여름날 그의 손을 마주 잡고 걸었던 번잡한 유흥가가 생각이 났다. 그즈음 서로에게 맞닿아 있던 면적은 작은 손가락 하나에 불과했지만 점점 영역을 늘려 이제는 마음까지 맞닿아버렸다. 소람이 그렇게 감회에 젖어 있는데 태준은 양복상의 안주머니에서 무언가를 꺼내들었다.

거기에는 이렇게 적혀 있었다.

<저소득층 생리대 지원 사업 기부에 동참해주셔서 감사합니다. ₩10,000,000 3월 20일. 이태준 님과 김소람 님의 결혼을 축하드립니다.>

갑자기 가슴이 뭉클거리면서 소람의 눈이 자신도 모르게 깜박거리기 시작했다.

"VIP 행사 나갔다가 기부를 할 수 있다는 걸 알게 되어서 그 어떤 물건보다 뜻 깊은 결혼 선물이 될 수 있겠다고 생각했어. 김소람, 당신은 무엇보다도 희망을 보고 싶어 하는 사람이니까."

소람의 눈가가 촉촉하게 젖어들었다. 소람이 고인 눈물을 찍어낼 즈음, 태준은 바지 주머니에서 심플한 반지를 꺼내더니 그녀의 네 번째 손가락에 끼워주었다.

"드디어 끼웠네. 이태준 족쇄!"

무드도 하나 없는 투박한 말이지만 이렇게 하기까지 그들에게 힘든 나날들이 있었다는 걸 알기에 소람은 그 자체만으로도 감격스러웠다. 지난 세월이 스쳐 지나가는 듯 소람이 자신의 손에 끼워진 반지를 바라보고 있자 태준은 손을 맞잡고 그녀를 마주 보았다.

"멋진 말 많고 좋은 말 많겠지만 이번에는 그냥 간단하고 임팩트 있게 딱 한 마디만 할게. 사랑해. 김소람. 나는 당신이 없으면 안 될 것 같은데, 이런 나를 봐서 평생 책임져주지 않을래?"

태준의 진심 어린 말에 눈물이 그렁그렁한 소람이 고개를 끄덕였고 갑자기 체육관에 와! 하면서 함성이 일어났다. 소람이 너무 놀라서 주변을 살펴보자 갑자기 거기 있는 모든 사람이 그들을 바라보며 박수를 치고 있었다.

전광판에 '축 결혼!'이라는 문구가 뜨면서 손을 맞잡은 두 사람이 손을 흔들어 보이는 장면이 계속 비춰지고 있었다.

"이게 뭐예요? 태준 씨?"

"뭐긴 뭐야. 수많은 관중 앞에서 '이태준은 내 거'라고 선포한 거지."

태준은 그녀를 향해 활짝 웃어 보이더니 이내 그녀와 맞잡은 손을 관중들에게 흔들어 보였다.

대망의 3월 20일.

그들은 예쁜 드레스와 턱시도로 갈아입고 태준이 아는 수녀가 알려준 조그마한 성당에서 조촐한 결혼식을 올렸다. 아무것도 진행하지 않기에는 너무 서운하다는 태준 아버지의 강압에 의해 어쩔 수 없이 진행한 순서였다.

머리에는 작은 꽃화관을 쓰고 성혼선언문을 낭독하는 태준과 소람은 한 떨기 꽃처럼 어여뻤다.

신부가 두 사람에게 부부가 되었음을 선포하고 행진을 하기 위해 뒤돌아섰을 때 그들은 또 다른 기적과 마주했다.

분명 신부 앞에 서 있었을 때에는 양쪽 가족만 앉아 있었던 빈자리에 두 사람의 친구들이 와서 그 자리를 빛내고 있었기 때문이었다.

"유란아! 너 어떻게!"

유란이 물기가 가득한 눈동자를 하고서는 소람을 째려보았다.

"그럼 하나밖에 없는 친구가 결혼하는데 안 오냐? 너무 궁금하잖아. 평생에 한 번뿐인데."

유란의 뒤에서 승훈과 그의 처가 아이를 안고 나타났다.

"유란이가 전화해서. 진심으로 축하해줄 마음이 있으면 나오라고 하길래."

승훈의 그 말에 소람의 목소리가 떨려왔다.

"아. 나 이런 거 생각도 못했는데?"

그러자 다른 편에서는 볼링장에서 만난 태준의 후배들이 그들에게 다가와 축하 인사를 건네기 시작했다.

"일생에 단 한 번 볼까 말까 한 이 구경을 어떻게 놓칠 수가 있어요. 태준 선배가 결혼하는 걸 보다니. 세상에, 내일은 해가 서쪽에서 뜨겠어요."

그들은 너스레를 떨며 이제 막 새로 탄생한 부부를 놀려대고 있었다.

"인생이 이렇게까지는 아름답지 않다는 걸 잘 알고 있지만 말이에요. 그래도 오늘의 이 여운은 당분간 좀 즐기고 싶네요."

태준과 소람은 침대 위에 나란히 엎드려서 오늘의 동영상을 돌려보면서 아름다웠던 그들의 결혼식을 회상했다.

"그동안 우리 정말 파란만장했네요."

소람은 아직도 여운이 짙게 남는다는 표정으로 그를 바라보았고 태준도 그녀를 바라보며 빙그레 미소를 지었다.

"그러니 이제는 좀 사람답게 제대로 살아봅시다. 부인."

태준이 소람의 턱을 잡아당기며 입술에 키스하자 소람도 그의 입술을 기꺼이 받아들였다.

"그나저나 유럽 여행 계획은 잘 짜고 있어요? 당신이 대통령 행사 다녀오면서 인상 깊었던 곳에 다시 가보기로 했잖아요."

"글쎄. 어디서건 돌발 상황에 부딪치는 게 우리 스타일 아닌가?"

갑자기 소람이 눈을 번쩍 뜨더니 그를 돌아보았다.

"무슨 소리야 이게? 그러면 아무 계획이 없다는 뜻이에요?"

"당연하지. 일단 첫 도시를 영국 런던으로 정하기만 했어."

소람은 갑자기 발버둥을 치면서 벌떡 일어났다.

"와. 이런 사기꾼. 신혼여행은 자기가 준비할 테니 결혼식은 나보고 준비하라면서요. 그런 날 고생길로 끌고 가겠다고요? 우리에게는 단 5일밖에 시간이 없는데도?"

"그러니까 시간 봐서 되는대로 움직이면 되는 거지 부인. 우리가 꼭 풍경 보러 가나? 함께 있으려고 가지."

태준의 은근한 그 말에 소람이 억울하다는 듯 침대에서 내려서려 하자 태준은 소람의 허리를 잡아당겨 강제로 눕혔다.

"특히나 며칠 전에 아버지가 하신 말씀이 마음에 걸리기도 해서"

소람이 눈을 깜박이며 무슨 말이냐고 물어오자 태준은 그녀의 머리카락을 조심스럽게 쓸어주며 뺨을 손등으로 매만지기 시작했다.

"실은 며칠 전 아버지 꿈에……."

점점 야릇해지는 태준의 어조에 위기의식을 느낀 소람은 슬금슬금 자리를 옮기기 시작했고 그런 태준은 소람을 놓치지 않기 위해 그녀를 따라가기 시작했다.

"어머니가 나타나셔서는."

태준이 갑자기 탁 하고 침대 끝에 걸려 있는 소람을 잡자, 소람은 그에게서 벗어나기 위해 안간힘을 썼다.

"백호 두 마리를."

태준이 으르렁거리더니 소람의 가슴을 옷 위로 콱 하고 물었다. 소람이 몸부림을 쳐 그의 머리를 밀어내려 하자 태준의 얼굴이 가슴을 타고 올라오더니 그녀의 목덜미를 물었다.

"자꾸 이런 식으로 사람 놀릴 거예요? 몸은 산란하게, 머릿속은 복잡하게. 도대체 원하는 게 뭐예요?"

태준은 소람의 몸 위에서 고개를 들더니 쿡쿡 웃으면서 한마디 했다.

"벌써 눈치챘어?"

태준의 손이 틈새를 엿보는 것 같자 소람은 그에게 경고했다.

"끝까지 말하기 전까지 더 이상 진행시키지 말아요!"

그제야 태준의 귓속말이 그녀의 귀에 흘러들어왔다.

"얼마 전 아버지 꿈에 엄마가 나타나셨는데. 엄마가 아버지에게 아주 귀엽게 생긴 백호 2마리를 안겨주고 가셨대."

태준의 말에 갑자기 소람의 눈이 커졌다. 동시에 온몸을 바동거리자 태준은 소람이 더 이상 반항하지 못하도록 그녀의 몸을 꽉 옥죄기 시작했다.

"이런 법이 어디 있어. 그 말을 왜 지금에서야 하는 거예요?"

"정신없는 순간에 중요한 이야기 좀 하지 말라며?"

태준의 입술이 다시 소람의 목덜미에 와 닿았나 싶었을 때였다. 갑자기 소람이 그의 몸을 꽉 안고는 돌려서 메치더니 태준의 손목을 등 뒤로 꽉 꺾기 시작했다.

"아! 아! 김소람. 진짜 이러기야? 이거 안 놔?"

태준의 비명에 소람은 그의 등을 깔고 앉아 회심의 미소를 짓기 시작했다.

"이런 걸 두고 자업자득이라고 하는 거예요. 그동안 날보고 몸치라고 그렇게 놀려대더니 꼴좋네요. 이태준 씨."

소람은 뻐기듯 태준에게 쏘아붙이더니 그를 놓아주고는 침대에서 내려가기 시작했다. 태준은 자신을 이겼다는 승리감에 도취되어 엉덩이를 흔드는 소람을 보면서 피식 웃으며 중얼거렸다.

"글쎄요. 마누라님. 부부 생활의 첫 번째 철칙은 질 때 져 주고 이길 때 이기는 거랍니다. 이따 밤에 봅시다. 우리들 나이도 있는데 일타 쌍피! 오늘 밤에는 반드시 끝장을 보고야 말겠어."

결혼하면 애부터 만들자고 할 남자라고 했더니 그 말이 이렇게 씨가 될 줄이야. 정말 이태준과 결혼하는 일이 잘한 일이었을까?

그것을 알아보려면 앞으로 50년은 더 살아봐야 하겠지만 말이다. 순간 순이 할머니가 태준에게 했다던 그 말이 불현듯 생각났다.

"아가, 믿거라. 사람이든 현상이든 모든 것은 믿는 만큼 이루어지나니!"

에필로그 I. 태준의 사정

"좋아해요. 이 형사님."

가끔 풋내 나는 여직원들의 고백에 내가 항상 대꾸하는 말이 있었다.

"우리 아버지 10년째 식물인간이신데 병 수발할 자신 있어?"

처음에 그 말은 귀찮은 고백에 대한 우회적인 거절 방식이었지만, 해를 거듭할수록 아픈 상처가 되어버리고 말았다. 그래서 나에게 여자란 사치이자 귀찮은 존재 그 이상, 그 이하도 아니었다.

나의 세계는 밝은 미래를 꿈꿀 수 없는 암흑 그 자체였다. 난 희망을 꿈꾸며 살기보단 그냥 버텨내기 위해 사는 거나 다름없었다.

그즈음 그녀가 나타났다.

처음 만났을 때 그녀는 하얀 티셔츠를 붉게 물들인 채 칼을 들고 서 있었다.

기이한 모습의 그녀를 제압하며 나는 무언가 크게 잘못됐다는 생각을 했다. 그녀에게선 비릿한 피 냄새 대신 달콤한 케첩 냄새가 났고, 그녀의 몸은 단단한 남자 녀석들과 달리 말랑말랑하고 굴곡이 있었다. 제기랄, 심장이 이상하게 두근거린다. 요 근래 이런 적이 없었는데 그동안 남성적 욕구를 너무 억압하기만 했었나.

그녀의 공격은 거기서 멈추지 않았다.

그녀가 달콤한 케첩을 싹 지우고 욕실 문을 나오는 순간, 난 심장이 쿵 떨어지는 것 같았다.

하얀 얼굴에 오밀조밀한 이목구비, 그리고 살짝 물기를 머금은 듯 떨어지는 얼굴선과 한 번쯤 꼭 깨물고 싶어지는 목덜미, 그리고 호피무늬 레이스가 적나라하게 드러나 보이는 봉긋한 가슴까지. 선녀가 강림한 것 같은 그 모습에 난 한눈에 반해버리고 말았다.

하지만, 그때까지만 해도 내가 그녀에게 반한 줄 알아채진 못했다. 다시 또 그녀를 만나기 전까지는.

그녀는 엉뚱한 곳에 나타나서 내 간담을 서늘하게 했다. 내가 쫓던 성폭행 및 절도 용의자 앞을 막고 있었던 것이다. 그 순간 내가 얼마나 놀랐는지.

그 녀석 앞에서 맥주 캔 봉지를 붕붕 휘두르는 그녀를 보는 순간 나는 미친 듯이 올라오는 두려움을 다스리느라 실수하지 않기 위해 애를 먹어야 했다. 형사에게 두려움이란 바로 끝을 의미하니까.

다행히 너무 늦지 않게 도착하여 그 녀석을 메다꽂았는데 그 순간 너무 감정이입을 했나, 나의 무지막지한 제압에 녀석은 어깨가 탈골됐다고 한다.

여하튼 중간에서 막아선 그녀 덕분에 범죄자는 쉽게 검거했을지 모르나 수컷으로서 나는 그녀에 대한 걱정으로 반 미친 상태였다. 그래서 벼락 같은 고함으로 그녀를 다그쳤다.

하지만 당신이 그렇게 애를 쓰는데 어떻게 돕지 않을 수가 있겠냐는 말에 또다시 녹다운당하고 말았다. 나는 초인적인 인내심을 발휘하여 그녀를 멀리하고 싶었으나 내 자발스러운 입은 이성을 따르지 못했다. 그 자리에서 호신술을 가르쳐주겠다는 제안을 하고 말았으니까.

시간이 얼마 지나지 않아 내가 얼마나 큰 실수를 저질렀는지 깨달았다. 그녀에게 닿을 때마다 움찔움찔하던 나의 감각들, 나를 자극하던 그녀의 호흡, 머리가 살랑일 때마다 풍기는 향기.

나는 장시간 신체접촉을 가지며 그녀에게 취해 도통 헤어나올 수 없는 상태에 이르렀고 그런 아슬아슬한 순간이 여러 번 이어졌을 때, 갑자기 '빡' 하면서 그녀가 이마로 나의 머리를 아프게 박아왔다.

정신 차려! 이 자식아!

정신 차리자. 이태준! 너와는 절대 어울리지 않는 여자야. 그때까지만 해도 나는 그녀를 고이 보내주려 애를 썼다. 그러나 이 여자는 절대 내 사정을 봐주지 않았다. 이제는 경찰서까지 쫓아온 것이다.

중고 물품 사기 사건에 휘말려 신고하러 왔다고 하는데 나는 뭐가 좋다고 이렇게 사고뭉치인 그녀에게 눈길이 갔을까. 그 와중에도 내 뜨거운 시선을 누군가는 느낀 모양이다. 갑자기 서 형사님이 나의 등을 툭 치더니 '잘해봐.'라는 입모양을 만들어 보였다.

조서를 작성하려고 주민등록증을 살펴보는데 나는 그녀의 나이를 보고 깜짝 놀랐다. 나보다 한두 살 어릴 거라 생각했는데 오히려 두 살이나 많다니! 그런데도 이런 외모에 굴곡진 몸매라니 아주 훌륭하다.

어쨌든 난, 그녀의 고소 건을 도와주면서 나답지 않은 열정에 불타올랐다. 항상 심드렁해 있던 모습과 달리 불과 며칠 만에 녀석의 추적에 성공했으니까.

가해자를 찾고 보니 녀석은 열여덟 살의 평범한 고등학생이었다. 아무 전과가 없는 초범이었지만, 내 형사적 촉은 이 아이에게 숨겨진 무언가가 있다고 자꾸 경고하고 있었다. 아니나 달라. 전화를 받은 아이는 꽤 주눅 들어 있었고, 몹시 초조해했으며 조근조근한 나의 말에 겁을 집어먹은 채 대답하고 있었다.

그때였다. 그 아이의 엄마가 전화를 받더니 꽤 당당하게 자신이 이번에 당선된 시의원 부인임을 밝혔다. 시의원 부인하고 네 아들이 범죄를 저지른 것하고 무슨 연관 있느냐고 한마디 쏘아붙여주고 싶었지만 일단 확인하는 차원이니까 그냥 넘어가기로 했다.

어른과의 관계보다 일단 사각지대에 내몰린 저 아이가 중요하니까. 하지만 내가 반한 그 여자는 역시 독특했다. 그녀는 사과를 받겠다며 대면을 요구했다.

골치는 아프겠지만 그것도 썩 나쁘진 않았다. 그녀를 한 번 더 볼 기회가 생겼으니까. 그런데 역시나 내가 너무 안일하게 생각했던 걸까. 가해자와 피해자가 서에서 대면하는 날, 일이 벌어졌다.

여자의 너무나도 바른 도덕심이 시큰둥하게 사과를 하는 아이를 채근하기 시작했던 것이다.

처음에는 단지 바른 길로 인도하기 위한 차원에서 시작했겠지만, 적반하장인 그 아이의 부모 때문에 화가 난 그녀는 아이를 윽박지르기 시작했다.

유전무죄, 무전유죄인 이 세상에서 '우리 아이가 실수 한 번 한 것이 뭐 어때서'라는 태도를 가진 그 아이의 부모는 모든 이의 눈살을 찌푸리게 했지만 유독 이 여자의 기준에서는 그들의 태도가 결코 용납할 수가 없었던 모양이다.

그녀는 다짜고짜 아이를 붙잡고 훈계하기 시작했는데, 난 갑작스럽게 그 모습에 울컥 화가 치밀어 올랐다.

고등학교 시절, 학교 폭력에 시달리던 내게 사람들은 내 문제에 관해 관심을 보이기보다 폭력 사건에 연루된 나를 다그치기만 했었다. 네가 무언가 잘못했으니까 그런 일이 벌어졌겠지, 라는 식이었다.

그때가 생각나서 아이의 감정을 무시한 채 윽박지르는 그녀를 밖으로 끌어냈다. 그녀는 맑고 깨끗한 눈동자만큼이나 올곧은 신념을 가진 사람이었고 '정의는 곧 승리한다'라는 믿음을 가진 사람이었다.

그녀의 이상이 곧 무참하게 짓밟힐 거라는 것을 알았던 나는 그녀를 말려보려 노력했지만 내 방법이 틀렸던 듯 그녀는 나를 '민중의 썩은 지팡이'라고 비난했다. 그 아이의 부모는 나를 과잉진압수사를 한 형사로 매도하여 경위서를 쓰게 만들었다.

떡도 먹어 본 사람이 먹는다더니 나를 두고 하는 말인가?

그래, 어쭙잖게 평범한 인간인 척한 벌이라고 생각하자. 맑고 깨끗한 마음, 희망, 용기. 그런 밝은 세상은 어차피 처음부터 나와는 어울리지 않는 단어였다.

그렇게 그녀와 인연은 거기서 마무리된 거라고 생각했다. 그런데 나는 듣지 말아야 할 것을 듣고 말았다. 아픈 부모를 모시며 곪을 대로 곪아버린 상처를 드러내놓고는 쓰디쓴 소주를 들이켜고 있는 그녀를 본 순간 나는 한 발자국도 움직일 수가 없었다.

그런 아픔을 겪고도 이렇게 밝을 수 있다고? 그런데도 아직 당신에게는 희망이 살아 있어?

그래서 난 주저 없이 그녀에게 다가갔다. 그리고 그날 밤, 나는 운 좋게도 그녀에 대한 조각들을 퍼즐 맞추듯 하나씩 맞춰가기 시작했다.

그리고 비로소 난, 하늘을 훨훨 날다가 갑작스러운 사고로 날개가 꺾여 오들오들 떨고 있는 작은 새 한 마리를 발견한 느낌이 들었다. 그렇다면, 그녀의 날개가 다시 살아날 때까지만 보살펴주면 안 될까?

그래서 이런 말을 해버린 것 같다.

"우리, 묻고 따지지 말고 딱 3개월만 연애해 봅시다."

처음 시작한 마음으로는 진짜 3개월 정도만 잠시 빌렸다가 돌려줄 셈이었다. 그러나 나는 사귀기로 한 지 하루가 채 되지 않아 그녀의 전부를 내놓으라고 으르렁거렸다.

그녀가 나를 외면한 채 다른 곳으로 눈을 돌리는 순간 나는 가면을 벗어던진 채 본심을 드러냈다. 역시나 난 전부가 아니면 싫다.

그렇게 우리는 순풍에 돛 단 듯 꽤 만족스런 연애를 이어나갔다. 그녀는 나이답지 않게 엉뚱했고 에너지가 풍부해서 그녀를 만날 때면 나를 둘러싼 문제들은 모두 빛을 잃어갔다.

겨우겨우 하루를 버티며 살던 내 생활에도 활력이 밀려들기 시작했고 그런 나를 보고 선배들은 사람이 바뀐 것 같다고 말하곤 했다.

그런 나를 하늘이 질투했던 걸까.

요 몇 년간 잠잠하셨던 아버지가 또다시 응급실로 실려 가신 것이다. 고열로 인한 열성 경련은 쉽게 멈추지 않았다.

하늘은 극한의 기쁨과 극한의 슬픔을 함께 준다고 하던데 내가 바로 그랬다.

의사는 이번에도 절망적인 말들을 쏟아내었고 나는 중환자실 밖에서 이틀 밤을 꼬박 새우며 나의 운명에 조소를 보냈다. 그럼 그렇지. 내가 그렇게 행복할 수 있을 리가 없지.

아버지는 내게 남은 유일한 가족이지만 내 마음을 물들이는 가장 깊은 어둠이기도 했다. 나에게 꿈과 희망과 따뜻한 안식을 주던 아버지는 지난 10년을 어둠 속에 갇혀 계셨다.

아버지가 응급실에 실려 가실 때마다 느끼는 불안감과 슬픔은 당해보지 않은 사람은 알 수 없을 것이다. 매번 무사히 버텨주시는 것이 감사하긴 했지만 수없이 반복되는 이 과정에 내 마음의 짐은 걷잡을 수 없이 늘어가기만 했다.

난 아버지 때문에 수많은 것을 포기해야 했지만 그래도 아버지가 살아 계시기에 그 모든 것을 견뎌낼 수 있었다. 이렇듯 여러 갈래로 갈라지는 마음을 다잡을 수가 없어 방황하고 있는데 그녀가 내 침묵을 뚫고 나를 찾아왔다.

너무나 괴로운 나머지 몸살이 온 내게 이불을 덮어주고 푹 쉬라며 나의 머리를 쓸어주었다. 며칠간 너무 괴로웠던 나는 어느덧 익숙해진 그 손길이 너무 따뜻해서 눈물이 날 지경이었다. 그녀의 따뜻함은 칼날처럼 날카로웠던 나의 신경을 일순간에 잠재워버렸다.

선잠에서 깨어났을 때 그녀는 가고 없었다.

그녀는 마법이라도 부려놓은 듯 내 방에 잠시 머무른 새에 창고 같은 나의 방을 사람이 사는 집으로 탈바꿈시켜 놓았다. 온 집 안에서는 따뜻한 음식 냄새가 풍겼고 잔뜩 늘어져 있던 내 물건들은 깔끔하게 정리가 되어 있었다. 난 그녀의 흔적을 따라 부엌으로 걸어갔다.

뭔가에 홀린 듯 냄비를 열어 본 나는 터지는 눈물을 제어할 수가 없었다. 거기에는 그녀가 정성스럽게 끓인 죽이 아직도 따뜻한 온기를 품고 있었기 때문이다.

그녀가 끓여준 죽을 입 안에 밀어 넣으며 눈물을 삼켰다는 것을 그녀는 절대 모를 것이다. 그 맛은 꼭, 어릴 적 내가 아팠을 때 엄마가 끓여주었던 죽 맛과 똑같았다.

그녀의 행방을 찾다가 병원으로 달려갔을 때 나는 거의 미쳐 있었다. 이제 겨우 마음 둘 곳을 찾았는데 그녀가 아버지에 관해 알아버리다니!

그녀가 아버지를 보고 도망가버리면 어떡하지? 그러면 나는 앞으로 어떻게 해야 하지? 밑도 끝도 없는 두려움이 밀려들자 나는 더 미칠 것 같았다.

하지만 정작 병실에서 발견한 것은 아버지의 손을 잡고 밝은 얼굴로 조잘거리는 그녀였다. 그 순간 나는 그녀가 너무 욕심이 난 나머지 주먹을 꼭 쥐고 있어야 했다. 그녀를 보내야 한다고 결심도 잠시 나는 또다시 피어오르는 욕심에 몸살을 앓고 있었다.

그래서 나는 더욱더 그녀에게 쌀쌀맞게 굴었다. 일부러 더 못된 말을 하고 그녀를 울렸다. 그렇게 하지 않으면 난 그녀에게 매달리게 될 것만 같았다.

하지만 그녀는 역시나 강적이었다. 나의 심술과 협박에도 눈 하나 깜짝하지 않았다.

"당신은 뭐가 그렇게 안 되는 게 많아요? 따지고 보면 당신은 한 분뿐이고 난 두 분인데. 그렇게 따지면 내가 더 당신보다 갑갑한 상황이거든요?"

그녀는 나의 완강한 반대도 불구하고 아버지에게 점점 더 깊이 다가가기 시작했다. 그러더니 급기야 대형 사고까지 치고 말았다.

10년간 잠들어 있던 나의 아버지를 깨워버린 것이다.

분명 원하는 일이었는데, 미친 듯이 좋아야 하는데 나는 그러지 못했다. 아버지를 얻는 대신 그녀를 놓아야 할 상황이 벌어진 것이다.

더군다나 그녀의 어머니까지 날 찾아와 무릎까지 꿇고 그녀를 놓아 달라 엎드려 통곡하신 이후로 난 그대로 무너져버렸다. 피가 철철 흐르는 가슴을 부여잡고 그녀에게 작별 인사를 하려는데 김소람은 끝까지 나를 가만두지 않았다.

나보고 멋진 여자가 되어 돌아올 테니 기다리란다. 도대체 이 여자는 내 마음 어디까지 쳐들어올 작정인 걸까. 내 모든 것을 빼앗고도 모자라 나를 바싹 말려죽일 작정인가?

하지만 나는 그녀의 말에 정면으로 반박하지 않았다. 당신이 나를 갖겠다는데 내가 더 이상 마다할 이유가 없지 않은가.

그녀가 돌아오겠다면 기꺼이 기다릴 생각이었다. 하지만 그녀가 미처 모르는 것이 있었다. 지금까지는 그녀를 최대한 배려하기 위해 그녀의 룰을 많이 따랐었다.

하지만 지금부터는 나의 룰을 따라야만 한다. 처음부터 말했듯이 나는 전부가 아니면 안 되는 사람이니까, 그렇다면 난 그녀를 위한 덫을 놓을 생각이었다.

그즈음 아버지가 나를 부르셨다. 나이 연한이 다 되기 전에 마지막으로 경호실 시험을 보라고 종용하셨다. 혹시 내가 몇 년간 경호실 시험을 봐왔다는 사실을 알고 계셨던 건가.

"경호실에서 몇 년째 필기 성적은 수석인데 매번 실기를 보지 않는 이상한 수험생이 있어 응시자를 추적해봤단다. 얼마 전, 대학 교수로 있는 내 옛 상관에게 혹시 아는 학생이 아닌가 싶어 문의를 해왔다는데 그 이름을 듣고 그 양반이 소스라치게 놀라셨다잖니! 이태준 이놈아!"

아버지는 애잔한 얼굴로 나를 바라보셨다.

"바다에 나가서 헤엄쳐도 모자랄 놈이 작은 우물에서 놀고 있어 속상해 죽겠더니 그동안 담 넘을 궁리는 하고 있었던 모양이구나. 역시 내 아들답다."

나는 멋쩍게 웃으며 아버지를 바라보았다. 그러자 아버지는 단호한 목소리로 내게 명령하셨다.

"나도 내 앞가림 정도는 할 수 있으니까 나에게 더 이상 매달리지 말고 네가 할 일을 해라. 신이 우리 아들 앞길 제대로 열어주라고 날 깨운 것 같으니까. 내가 회복될 동안 그 아이와도 떨어져 있기로 했다면서. 그 아이는 눈부시게 발전할 텐데 너는 거기 멈춰 있을 거야? 다시 만났을 때 역시 이 남자다, 싶게 너도 뭔가를 보여줘야 할 거 아니냐. 남자 녀석이 되어서 왜 이렇게 패기가 없어. 내가 너를 그렇게 키웠냐?"

아버지의 호된 꾸지람과 열띤 응원에 힘입어 나는 그 해 경호공무원 시험에 응시해 수석을 차지하였다.

경호실에 조금 익숙해질 무렵 나는 정보계 선배를 통해 그녀를 뒤쫓기 시작했다. 그때, 그녀는 노량진에서 수험 공부를 시작한 상태였다. 솔직히 나는 그녀가 일러스트레이션을 공부하거나 동화 작가가 될 줄 알았다. 그런데 난데없이 공무원이라니.

당신이 기댈 만한 어깨가 되어주겠다던 말이 이런 의미였었나?

문득 마지막으로 그녀를 집까지 데려다주던 날, 그녀가 내게 했던 말들이 생각났다.

"태준 씨를 만나면서 난 항상 불안했어요. 또다시 예전의 전철을 밟게 되는 건 아닐까하는 생각이 들었거든요. 되든 안 되든 난 사회인으로서의 날 완성시키기 위해 노력할 거예요. 그러지 않으면 난 끝까지 노력하지 않았던 이 날을 두고 평생 후회하며 살게 될 테니까요."

그녀는 그런 여자였다. 남자에게 기대어 살기보다는 오히려 기댈 수 있는 상대가 되고 싶어 하는 여자.

그녀를 떠올릴 때면 나는 항상 외로웠다. 그럴 때면 나는 그녀가 사는 동네를 찾아가곤 했다. 가끔 운이 좋을 때면 우리는 함께 길을 걷기도 했다.

그녀가 수험 공부를 하고 있을 때에는 공부하는 데 정신이 팔려 있었기 때문에 멀찍이 내가 나타난 것도, 심지어는 같은 전철을 타고 같은 길을 걸으며 그녀를 지켜보고 있다는 사실을 전혀 알아채지 못했다.

특히 주말이 오면 나는 그녀에게서 몇 걸음 떨어져 걸으며 숱한 날을 집에서 노량진까지 데려다주기도 했었는데 그녀는 끝까지 그런 사실을 알지 못했다.

그렇게 외로운 8개월이 지나고 그녀는 드디어 최종 합격자 명단에 당당히 이름을 올렸다. 그즈음 아버지가 내게 넌지시 말씀하셨다.

"월세 계약 기간 끝나면 이제 세입자 내보내고 네가 그 집으로 들어가는 건 어떻겠니? 집이라도 제대로 꾸며놔야 여자가 혹해서 들어올 거 아니야."

아버지 말씀에 따라 나는 원룸을 정리하고 아파트로 이사했다.

그로부터 얼마 후 우리는 뜨거운 재회를 했다. 구청에서 그녀를 만나던 순간, 그때만큼은 적어도 그녀가 공무원이 된 것을 하느님께 감사드렸던 것 같다.

다시 만난 날부터 나는 그녀를 기세 좋게 코너로 몰고 가기 시작했다. 더 이상 젠틀하고 관대한 이태준은 없었다.

"나와 떨어져 있는 사이 뭔가 잘못 먹은 거 아니에요? 사람이 달라져도 그렇지 어쩜 이렇게 극과 극을 달릴 수 있어요?"

그녀의 항의에 나는 능글맞게 웃으며 그녀를 약 올렸다.

"당신이 나를 돌보지 않는 바람에 선악과라도 따먹은 모양이지. 그러니까 잘해. 언제 내가 악의 화신으로 돌변할지 모르잖아. 그래서 하는 말인데 우리 언제 식을 올린다고?"

나는 더 이상 그녀를 기다리지 않을 작정이었다. 그래서 내친 김에 그녀에게 결혼부터 하자고 졸라댔다.

"와! 이 사람 좀 봐. 우리 솔직히 따지고 보면 몇 개월밖에 안 만난 사이거든요?"

나는 그 말에 대답할 자신이 있었다.

"그래? 그럼 통상적인 커플들에게 물어봐. 3개월을 매일같이 만난 커플이 얼마나 있는지. 어차피 결론은 난데 더 이상 미룰 이유가 뭐 있어. 결혼식도 조촐하게 하자면서 그렇다면 뭐 있어. 친척들 불러 모아 밥 한 끼 하고 그냥 살림 합쳐 사는 거지!"

나의 똑부러진 말에 그녀는 할 말을 잃었다. 그렇게 번갯불에 콩 볶아먹듯 결혼 날짜를 정하고 우리는 함께 살기 위한 준비를 착착 진행해가기 시작했다.

사무실에 내가 신혼여행을 위한 휴가계를 낸 사실이 알려지자 나는 곧바로 화제의 중심에 우뚝 섰다. 그동안 워낙 여자 보기를 돌같이 했던 터라 나의 결혼은 동료들에게 커다란 충격으로 다가왔던 모양이다.

"이눔의 자식. 뒤에서 그렇게 호박씨 까면서 우리를 농락해? 에라이! 술이나 먹어라."

그날 저녁 나는 회식 자리에서 평소의 세 배가 넘는 술을 들이켜야만 했고 취하지 않기로 유명했던 나는 인사불성이 된 채 김소람을 찾아갔다.

"어휴, 어디서 이렇게 술을 마신 거예요!"

술에 취해 흐느적거리는 내 몸을 지탱하는 그녀의 여린 몸체, 그리고 나를 타박하는 목소리. 갑자기 나는 그 모든 것이 만족스러운 나머지 그녀를 다시 한 번 꼭 끌어안았다.

"이태준! 진짜 버리고 갈까보다."

"좀 봐주라. 어차피 넌 날 사랑하잖아."

술에 취해 웅얼거리는 내 말을 알아들었는지 그녀는 내 등짝을 사정없이 후려쳤다.

"결혼해서도 이렇게 술 취해서 들어오기만 해요. 발가벗겨서 집 밖으로 쫓아낼 거니까."

그녀에게 기댄 채 나는 낄낄거리며 웃었다.

"그래. 다른 여자 좋은 일시키려면 그렇게 해라. 내가 얼마나 섹시한지는 당신이 더 잘 알잖아. 네 서방 속살은 너만 봐야지."

그러자 그녀는 인정사정없이 나를 꼬집었다.

"말이나 못하면 밉지나 않지. 그걸 아는 사람이 이래?"

그렇게 투덜거리면서도 나를 침대 위에 눕혀놓고 꿀물을 타러 가는 그녀의 뒷모습을 보다가 까무룩 잠이 들어버린 것 같다.

아침이 되자 내 귀에 이상한 소리가 들려왔다.

술에 잔뜩 취한 내가 분명 이렇게 중얼거리고 있었다.

"소람아. 사랑해. 이제부터는 내가 공주처럼 아끼며 살게."

순간 정신이 확 들어오더니 어슴푸레 그녀의 얼굴이 보였다. 그녀는 나의 목소리가 녹음된 휴대폰을 흔들며 나를 깨우고 있었다. 갑자기 나긋나긋해진 그녀의 목소리가 나의 등줄기를 싸하게 만들었다.

"특전사는 약물 훈련도 한다면서. 이런 속마음을 털어놓을 줄 누가 알았겠어요? 이런 깜찍한 사람 같으니라고. 앞으로는 종종 취해서 들어와요. 가끔은 애교로 봐줄게요."

엉덩이를 요염하게 흔들며 방을 나가는 그녀를 보며 나는 머리를 감싸며 침대 위로 무너지고 말았다. 아이고! 머리야!

갑자기 숙취가 몰려들면서 머리가 깨질 듯이 아파왔다.

그동안 김소람을 휘몰아치는 재미에 그녀가 이런 여자라는 사실을 깜박 잊고 있었다. 아무래도 앞으로의 내 삶이 결코 순탄치 않을 것 같은 예감이 드는 것은 기우인 걸까? 아무래도 오늘부터 당장 술을 끊어야 할 것 같다.

에필로그 2. 아직은 끝나지 않은 이야기

드디어 봄이 시작되었다. 개나리가 꽃피고 진달래가 산천을 뒤덮기 시작하였지만 김소람의 봄은 몽롱하기만 했다. 태준이 새벽 운동을 하고 돌아왔더니 그녀는 식탁에 엎어진 채 여전히 정신을 못 차리고 있었다.

"소람아. 소람아? 여기서 졸고 있으면 어떡해. 들어가서 누워."

태준의 말에 소람은 겨우 눈을 뜨더니 그를 올려다보았다.

"요즘 너무 졸려서 정신을 차릴 수가 없어."

태준은 마지못해 그녀를 번쩍 안아들고는 침대로 자리를 옮겨 주었다. 소람은 그런 그에게 미안했던 듯 그의 목을 끌어안고는 자신의 얼굴을 한참 동안 비벼댔다.

"미안해요. 자기. 나 정말 딱 10분만 잘게요."

그러고는 바로 잠에 빠져드는 그녀. 요즘따라 그녀는 잠도 많이 늘었고 식욕도 늘었다. 뭔가 이상한데?

평소와 달라진 그녀를 보며 태준은 머리를 긁적이다가 장모님께 전화를 걸어보았다.

-어. 우리 이 서방.

결혼 전 그에게 무릎까지 꿇으며 소람과 헤어져줄 것을 호소했던 장모님은 결혼 후 누구보다도 든든한 그의 지원군이 되었다. 그때, 그에게 상처를 준 것이 못내 미안했다는 듯 지금은 당신의 아들 챙기듯 태준을 챙기곤 했다.

"어머님. 혹시. 말입니다. 혹시……. 소람이 임신하셨을 때……."

-어머! 그것이 임신했나? 하느님 감사합니다. 나이가 너무 많아서 내가 그렇게 기도했는데!

장모님의 김칫국에 태준은 소스라치게 놀랐다.

"아. 아닙니다. 어머님. 그건 아닌데 소람이 몸이 요즘 좀 이상한 것 같아서 여쭤보는 겁니다."

-혹시 잠이 막 쏟아지고 몸이 나른하고 식욕이 좋아지고 그랬어?

장모님의 말에 태준은 할 말을 잃어버리고 말았다.

"축하드려요. 임신이시네요. 한 5주 정도 되신 것 같아요."

의사 선생의 그 말에 바르르 떨던 소람의 손이 무릎 위로 툭 하고 떨어지고 말았다.

"네? 임신이요?"

의사는 그러더니 웃으면서 한마디 더 덧붙였다.

"아직 작아서 잘 보이지는 않는데 아기가 하나가 더 있는 것 같네요."

소람의 멍한 표정에 의사가 설명을 덧붙였다.

"쌍둥이를 임신하셨어요."

그대로 병원을 뛰쳐나간 소람은 부들부들 떨리는 손으로 단축번호 1번 '우리 서방님'을 눌렀다.

-어. 부인.

"태준 씨. 어떡해! 나 임신이래."

순간 태준에게서 한동안 아무 말도 들려오지 않았다.

"나. 어떡해. 어떡하냐고! 더군다나 쌍둥이래!"

길거리에서 소리를 지를 듯 당황하는 소람을 보며 태준이 그제야 정신을 차리고 소람을 불러 세웠다.

-뭐가 그렇게 급해서 혼자서 갔어? 같이 가보자고 했잖아.

태준의 말에 소람을 턱을 바르르 떨며 중얼거렸다.

"테스트기도 잘 안 나오니까. 답답해서 견딜 수가 있어야죠."

재회하고 난 후, 소람에게서 손을 떼지 못하는 태준에게 임신만 시켜보라며 협박을 하더니 정작 그녀의 마음은 이런 거였나.

-기분은 좀 어때?

태준의 다정한 말에 소람은 거리 한가운데 서서 하늘을 올려다보았다.

"잘 모르겠어."

소람의 그 말에 태준은 양복 상의를 걸쳐 입고 사무실을 나섰다.

"어. 선배님 어디 가십니까."

"어. 잠시 은행에 다녀올게."

아무렇지도 않게 거짓말한 태준은 뛰다시피 걸으면서 주차장으로 향했다.

-태준 씨. 내가 과연 잘할 수 있을까? 좋은데 무섭고 기쁜데 슬프고 신혼생활이 끝난 것 같아서 아쉽지만 새로운 가족이 생긴다는 사실은 왠지 모르게 흥분 돼.

여전히 김소람 머릿속은 복잡하구만. 태준은 속으로 너털웃음을 터트리면서 핸들을 꺾었다. 그래. 불안해하는 마누라 달래주러 가자. 인생 뭐 있냐. 좋은 시절에 서로 예쁘게 아끼면서 사는 게 행복이지. 그러면서 태준의 입가에도 잔잔한 미소가 피어오르기 시작했다.

그로부터 30분 후, 소람은 구청 주차장에 와 있다는 신랑의 부름에 한걸음에 그에게 달려 나갔다. 삐딱한 미소를 지으며 팔짱을 낀 채 그녀를 바라보는 모습을 보고 있자니 그 어느 때보다 태준과 결혼하길 잘했다는 생각이 든다. 소람의 불안함을 감지하고 근무 시간도 무시한 채 달려와 준 사람이라니!

그녀가 말없이 그에 품에 폭 안겨오자 태준은 그녀의 등을 강하게 안아주더니 이렇게 중얼거렸다.

"당신에게 달려오면서 걱정 많이 했는데 얼굴 보니 괜찮아 보여서 다행이네. 축하해. 둥이 엄마. 어쩌면 당신은 새장으로도 모자라 쌍둥이로 내 발목을 붙잡냐?"

이 와중에도 실없는 농담을 하는 신랑을 보며 주책없이 불쑥하고 솟아오르는 눈물에 소람은 한참 동안 그의 품에 안겨 고개를 들지 못했다.

10개월 후.

소람은 15시간의 산고 끝에 튼튼한 아들 쌍둥이를 출산했다. 지금 생각해봐도 스스로 굉장히 대견했던 순간이었다.

아이들을 품에 안는 순간 갑자기 소람은 지난날이 주마등처럼 스쳐 지나가 그만 울어버리고 말았다.

세상에. 역전의 김소람! 네가 시집을 가서 아들 쌍둥이까지 낳다니!

밤톨처럼 너무 귀엽게 생긴 두 아이를 안고 처음으로 젖을 물리는데 불현듯 순이 할매가 예전에 했던 말이 생각났다.

'둥이 어매 되려면 뭐든 잘 먹고 튼튼해져야겠어.'

아……! 갑자기 온몸에 소름이 돋더니 나는 젖을 빨고 있는 아이들을 내려다보았다. 그럴 줄 알았으면 이것저것 잔뜩 물어놓을걸. 그러고는 혼자 웃었다. 하긴 그때도 못 알아들었는데 지금 들어봐도 알아들으려는지 모르겠네.

"뭐 해?"

태준이 다가와서 처음으로 아이에게 젖을 물리는 장면을 구경했다.

"어때? 너무 맛있게 먹지."

"이것들. 너희가 너무 어리니까 봐주는 거야. 잘 쓰고 돌려놓기나 해라."

아빠답지 않은 그 발언에 소람은 딱 하고 태준의 등짝을 때렸다. 저 사람은 가면 갈수록 둥이들과 경쟁하려는 경향이 있다. 아빠답지 못하게.

태준은 소람이 임신하고 얼마 못가 아이들 때문에 길어진 밤이 무섭다며 대학원에 등록하여 공부를 시작했다. 떡 본 김에 제사 지낸다고 언제고 할 일을 굳이 아이들의 핑계를 대가며 하는 저 심보는 뭔가. 아마도 모든 일을 스톱하고 아이들만 돌봐야 하는 소람에게 미안하다는 생각이 들었던 모양이다.

무섭도록 부푼 배 때문에 남들보다 조금 더 일찍 육아 휴직에 돌입한 소람은 우연스럽게 접한 창작 그림책 공모전에 작품을 출품하여 장려상을 수상했다. 화실 선생이 드디어 당신은 모든 것을 다 가진 여자라며 추켜세우는 통에 소람은 얼굴이 빨개졌다. 꿈은 이루어진다더니 포기하지 않았더니 이런 일도 다 생긴다.

두 아이가 100일 잔치를 하던 주말, 소람의 가족은 친가, 외가 같이 조촐하게 식사를 하고 기념 촬영을 했다.

친정 식구가 모두 돌아간 조용한 저녁, 소람은 집 안의 모든 이불을 꺼내 와서 거실에 깔았다.

"뭐 하는 거냐?"

아버지의 그 말씀에 소람은 기쁜 듯이 아버지를 바라보았다.

"아버지. 오늘은 다 같이 한번 주무시는 게 어떨까요? 자다가 갑자기 옆구리를 푹 찌르는 용석들의 발차기에 아버지도 한번 당해 보셔야죠."

소람의 그 말에 갑자기 아버지는 누워 있는 백호들을 바라보더니 껄껄껄 웃었다.

아버지가 자리를 잡자마자 소람과 태준은 아버지의 양쪽 팔에 둥이 녀석들을 하나씩 안겼다. 그러고는 재빨리 아버지의 팔 양쪽에 누워서는 여러 장의 셀카를 찍었다.

그 사진은 그들 가족의 처음이자 마지막 가족사진이 되었다.

까무룩 잠이 들었다. 아이들이 뒤척이긴 했으나 그래도 비교적 굉장히 평화로운 밤이었다. 그리고 그날 밤, 아주 평화로운 미소를 지으시며 잠자리에 들었던 아버지는 다시는 잠에서 깨어나지 않았다.

그렇게 아버지의 49재가 지나고 나서 소람은 여전히 잠 못 이루고 뒤척이는 태준을 일으켜 거실로 데리고 나왔다.

"뭐 하게. 나 술 한 잔 주게?"

"아니! 당신이 너무 허전해서 당신에게 선물 주게. 조금 있다가 주려고 했는데 당신이 너무 힘들어 하니까 내 마음도 안 좋아서."

소람은 서랍에서 외장하드를 꺼내 텔레비전에 연결시켰다.

"당신 기억 안 나? 내가 동영상 엄청 열심히 모으니까 신종 직박구리 폴더 만드냐며 놀렸잖아? 그거."

태준은 이 여자가 지금 미쳤나 하는 시선으로 소람을 돌아보았지만, 소람은 Play 버튼을 눌렀다. 그러자 갑자기 아버지의 모습이 화면 가득 나타났다.

-아니 뭘 찍으려고 나를 카메라 앞에 세우는 거냐?

그러자 갑자가 소람이 한껏 배가 부른 모양새로 화면 안에 나타났다가 사라졌다.

-아무거나요. 아버님. 그냥 저희한테 대놓고 못하셨던 것도 좋고, 당부 말씀도 좋고요. 중요한 건 아버님의 말씀을 남기는 거니까요. 아버님 편하게 말씀하세요. 전 나가 있을게요?

소람이 문을 닫고 나가는 목소리가 들렸고 잠시 동안 혼자서 조용히 생각하시던 아버님이 다시 카메라를 응시하셨다.

-태준아.

태준이 너무나 놀란 얼굴로 화면을 응시하는 것이 느껴졌다.

-우리 아들, 만약 네가 이 화면을 보고 있다면 아마도 그때쯤은 내가 이 세상에 없다는 뜻이겠구나. 그렇지?

갑자기 그의 시선이 소람을 바라보는 눈빛이 느껴졌다.

아이 참, 주책없이. 내가 왜 눈물이 나와서 난리야. 이럴까 봐 마음이 많이 진정되면 보려고 했는데, 이 사고뭉치 신랑아!

눈물을 닦고 있는데 태준이 소람의 어깨를 감싸 안는 것이 느껴졌다. 그래서는 모른 척 그의 품에 안겨 눈물 젖은 얼굴로 돌아가신 아버지를 응시했다.

-하지만 아들, 나의 부재를 너무 슬퍼하지는 말거라. 이 세상에는 순리라는 게 있잖느냐. 그동안 이 죄 많은 아비를 버리지 않고 잘 지켜줘서 내가 얼마나 고마운지 모르겠다. 네 덕분에 이 좋은 세상 잠시나마 실컷 만끽하고 간다.

아버지가 남긴 말들을 주워 삼키며 갑자기 조용히 눈물을 터트리는 태준을 바라보면서 아버지 생전의 모습들을 찍어 둔 동영상들을 남겨놓기 잘했다는 생각이 들었다.

사람은 누구나 흙으로 돌아간다고는 하지만 그 사람이 주는 존재감만큼 소중한 것도 없으니까.

비록 아버지의 육신은 사라지셨지만 아버지가 남기고 싶어 했던 그 정신만큼은 나의 백호들에게도 전수해줄 생각이다.

나는 요즘도 잠자리에 누워 신랑과 우리들의 지난 시간에 대한 이야기를 나누곤 한다.

그때마다 항상 하는 이야기는 '그때 포기하지 않길 잘했어'란 말을 자주 하곤 한다. 우리는 수많은 고비가 닥칠 때마다 버티고 이겨내어 기적을 일궈왔다. 앞으로 또 다른 고난과 시련을 맞닥뜨리겠지만 우린 그때마다 여전히 포기하지 않고 모든 것을 함께 이겨낼 생각이다.

그래서 하는 말인데, 만약 포기한 길이 있다면, 그리운 사람이 있다면, 아니면 후회가 되는 일이 있다면 한 번 더 부딪쳐보길 바란다. 포기하기엔 우리는 아직 늦지 않았을지도 모르니까.

-마침-

작가 후기

『아직 늦지 않았을지도 몰라』의 소재는 실은 제 주변의 이야기들이 많습니다. 그런데 신기하게도 연재를 따라오시던 독자님 중 간혹 내 이야기 같아서 '울컥' 한다는 분들을 종종 만날 수 있었습니다. 사람 사는 모습이 별반 다른 것은 아니니까요.

연재를 끝내면서 어떤 독자님께서는 저더러 여전히 세상을 따뜻하게 보고 싶어 하는 것이 글에서 느껴진다고 하셨었는데 그 말씀이 맞는 것 같아요. 세상살이가 점점 각박해져도 전 여전히 희망을 품으며 살고 싶거든요. 소람의 말처럼 희망이 없는 삶보다는 희망이 있는 삶을 살아가는 것이 더 쉬우니까요.

그렇게 한 사람, 두 사람 소중한 가치를 지켜가다 보면 이 세상이 조금 더 살아갈 만하지 않을까 하는 희망도 가져봅니다.

잠시 이 글의 뒷이야기를 해보자면 원래 태준 아버님께서 이렇게 살아나실지 몰랐었습니다. 그런데 소설은 소설답게 가보자며 많은 독자님들께서 열렬히 성원을 주신 덕분에 소생하셨어요. 현실적으로는 불가능할진 몰라도 그들의 행복한 모습을 보니 저도 덩달아 기쁘네요.

그리고 가장 인기가 많았던 인물, 글 속의 순이 할머니는 실존 인물이십니다. 그 할머니께 주옥같은 말씀도 많이 들었는데. 특히 '보석을 만나고 싶거든 네가 먼저 보석이 되어라'란 말씀이 아직도 귓가를 떠나지 않아요.

마지막으로 지금도 어디선가 치열한 고군분투를 하고 계실 젊은 보호자분들에게 힘나는 파이팅을 보내드리고 싶네요.

지금은 당장은 내가 포기하는 것이 많은 것 같아도 훗날 뒤돌아 보면 후회 없는 날들이었다는 걸 느끼실 날이 곧 찾아올 겁니다. 그러니까 누가 뭐라고 하든 용기 잃지 마세요.

당신은 항상 옳아요!

-하늘연달에(송지오) 드림.